In seinen klassischen Tierromanen beschreibt Jack London auf eindrucksvolle Weise die Welt der Goldgräber in Alaska aus der Perspektive der Hunde, die für den Menschen auf der Suche nach dem gelben Metall unentbehrlich waren. In ›Ruf der Wildnis‹ (1903) geht es um den kalifornischen Haushund Buck, der zur Zeit des Goldrauschs von seiner sicheren Farm im Süden entführt, in den hohen Norden verschifft und dort verkauft wird. Das ehemals zahme Tier entdeckt seine ursprünglichen Instinkte wieder, ohne die es in der Wildnis nicht überleben könnte. Buck wird zum Schlittenhund abgerichtet und gewöhnt sich an die harte Arbeit im ewigen Eis. Nach dem Tod seines Herrn ist das letzte Band zum Menschen zerschnitten und der »Ruf der Wildnis« wird stärker als alles andere: Buck schließt sich einem Wolfsrudel an und lebt das ursprüngliche Leben seiner Vorfahren.
›Wolfsblut‹ (1906) ist in vielem das Gegenstück zu ›Ruf der Wildnis‹. Ein Wolfshund unterwirft sich einem Menschen freiwillig und faßt schließlich soviel Vertrauen zu ihm, daß er sich sogar an ein Leben in der Zivilisation gewöhnen kann.
Ohne die Tiere zu vermenschlichen oder gar verniedlichen zu wollen, gelingt es London, den Leser einen Blick durch Wolfspupillen tun zu lassen, vor denen ein Hase in der Schlinge zappelt oder ein Mensch Feuer entfacht.

Jack London, der 1876 in San Francisco geboren wurde, schlug sich als Fabrikarbeiter, Austernpirat, Matrose, Goldsucher, Eisenbahntramp und Landstreicher durch; später war er Kriegsberichterstatter im Russisch-Japanischen Krieg. London war einer der produktivsten und erfolgreichsten Autoren seiner Zeit. Literarisch von Kipling und Stevenson, weltanschaulich von Darwin, Marx und Nietzsche geprägt, gilt er als bedeutendster Repräsentant des amerikanischen Naturalismus. London nahm sich 1916 auf seiner Farm in Kalifornien das Leben.

Im Fischer Taschenbuch Verlag erschienen auch Jack Londons ›Alaska-Erzählungen‹ (Bd. 10141) und sein Roman ›Der Seewolf‹ (Bd. 10140).

JACK LONDON

DER RUF DER WILDNIS
WOLFSBLUT

Neuübersetzung aus dem
Amerikanischen von Rainer von Savigny
Herausgegeben und mit einem Nachwort
von Ulrich Horstmann

———

FISCHER TASCHENBUCH VERLAG

Veröffentlicht im Fischer Taschenbuch Verlag GmbH,
Frankfurt am Main, Dezember 1993

Lizenzausgabe mit freundlicher Genehmigung
des Winkler Verlags München
Jack Londons Werke werden in ›Winkler Weltliteratur‹
von Ulrich Horstmann herausgegeben.
Die amerikanische Originalausgabe von ›Der Ruf der Wildnis‹
erschien 1903 unter dem Titel ›The Call of the Wild‹;
die Erstausgabe von ›Wolfsblut‹ erschien 1906 in New York
unter dem Titel ›White Fang‹.
© 1991 Artemis & Winkler Verlag München und Zürich,
Umschlaggestaltung: Buchholz/Hinsch/Hensinger
Satz: Filmsatz Schröter, München
Druck und Bindung: Clausen & Bosse, Leck
Printed in Germany
ISBN 3-596-10142-5

Gedruckt auf chlor- und säurefreiem Papier

DER RUF DER WILDNIS

I. ABSCHIED VON DER ZIVILISATION

Uralte Sehnsucht und Wanderlust
zerrt an gewohnten Ketten,
beschwört in der Tiefe,
in schlummernder Brust
der versunkenen Wildheit Stätten.

Buck las keine Zeitungen, sonst hätte er gewußt, daß Unheil in der Luft lag; es bedrohte nicht nur ihn, sondern jeden kräftigen Hund mit wärmendem Pelz, der an der Küste zwischen dem Puget-Sund und San Diego zu Hause war. Männer, die in arktischer Finsternis herumtappten, waren auf ein gelbes Metall gestoßen, und weil Dampfschiffahrts- und andere Transportgesellschaften dem Fund gehörige Resonanz verschafften, strömten Männer zu Tausenden in das Nordland. Diese Männer brauchten Hunde, und zwar große Hunde mit starken Muskeln, die für harte Arbeit taugten, und mit dichten Pelzen, die sie gegen die Kälte schützten.

Buck lebte in einem großen Haus im sonnendurchfluteten Santa Clara Tal. Die Leute nannten es Richter Millers Anwesen. Es lag etwas abseits der Straße, halbversteckt zwischen Bäumen, die hier und da einen Blick auf die großzügige schattige Veranda freigaben, die das ganze Haus umgab. Man näherte sich dem Anwesen auf kiesbestreuten, von hohen Pappeln eng gesäumten Alleen, die im weiten Bogen durch ausgedehnte Rasenflächen führten. Hinter dem Gebäude war alles eher noch großzügiger bemessen als davor. Geräumige Ställe, wo ein Dutzend Reitknechte und Stallburschen ihrer Arbeit nachgingen, Reihen von Katen für die Bediensteten, an denen der Wein emporrankte, ein nicht enden wollendes Aufgebot schmucker Außengebäude, lange Weinlauben,

7

grüne Weiden, Obstgärten und Beerensträucher; und schließlich gab es noch die Pumpanlage für den Springbrunnen und das große Zementbecken, wo Richter Millers Söhne ihr Morgenbad nahmen und sich am Nachmittag erfrischten.

Auf diesem großen Landgut war Buck König. Hier war er zur Welt gekommen, hier hatte er die ersten vier Jahre seines Lebens verbracht. Gewiß, es gab außer ihm noch andere Hunde. Es konnte auf einem so riesigen Anwesen gar nicht anders sein, aber diese Hunde zählten nicht. Sie kamen und gingen, hausten in Zwingern, die sie mit zahlreichen Artgenossen teilten, oder fristeten ihr obskures Dasein in versteckten Winkeln des Hauses, so wie Toots, der japanische Mops, oder Ysabel, die haarlose mexikanische Hündin – merkwürdige Wesen, die nur selten die Nase aus der Tür steckten oder einen Fuß auf die nackte Erde setzten. Andererseits gab es die Foxterrier, ein Dutzend mindestens, die ein drohendes Gekläff von sich gaben, sobald Toots und Ysabel im Schutz einer Armada besen- und schrubberbewehrter Hausmädchen aus den Fenstern auf sie herabsahen.

Buck aber war weder Haus- noch Zwingerhund. Ihm gehörte das ganze Reich. Zusammen mit den Söhnen des Richters tauchte er in das Schwimmbassin oder ging mit ihnen jagen; er eskortierte die Töchter Mollie und Alice auf langen Spaziergängen am frühen Abend oder Morgen; in den Winternächten lag er zu Füßen des Richters vor dem lodernden Kaminfeuer; er ließ die Enkelsöhne auf seinem Rücken reiten oder wälzte sich mit ihnen im Gras, wachte über sie bei ihren abenteuerlichen Expeditionen zur Tränke zwischen den Stallungen oder noch weiter hinaus zu den Pferdekoppeln und Beerengesträuch. Hocherhobenen Hauptes schritt er durch die Meute der Terrier, und Toots und Ysabel ignorierte er vollkommen, denn der König war er – Herrscher über alle kriechende, krabbelnde und fliegende Kreatur auf Richter Millers Anwesen, menschliche Wesen inbegriffen.

Sein Vater, Elmo, ein mächtiger Bernhardiner, war der unzertrennliche Begleiter des Richters gewesen, und Buck versprach, in die Fußstapfen seines Vaters zu treten. Er war nicht so massig – er wog nur einhundertdreißig Pfund –, denn seine Mutter, Shep, war eine schottische Schäferhündin gewesen. Trotzdem erlaubten ihm diese einhundertdreißig Pfund, vereint mit der Würde, die ein gutes Leben und allseitige Hochachtung mit sich bringen, in wahrhaft königlicher Manier aufzutreten. In den vier Jahren nach seiner Welpenzeit hatte er das Leben eines übersättigten Aristokraten geführt; er war ordentlich stolz auf sich, sogar ein bißchen selbstgefällig, so wie Landedelleute aufgrund ihrer isolierten Lebensweise das eben zuweilen an sich haben. Immerhin hatte er sich nicht zum verhätschelten Haustier machen lassen. Die Jagd und verwandte Vergnügungen an der frischen Luft hatten bewirkt, daß er kein überflüssiges Fett ansetzte und kräftige Muskeln entwickelte; und wie alle Arten, die ein kaltes Bad schätzen, hatte auch er, der das Wasser liebte, seine belebende und kräftigende Wirkung erfahren.

So also stand es um dieses Tier, als im Herbst des Jahres 1897 der Goldfund im Klondike Männer aus der ganzen Welt in den eisigen Norden lockte. Buck allerdings las keine Zeitung und wußte auch nicht, daß Manuel, ein Gärtnergehilfe, nicht der angemessene Umgang für ihn war. Manuel hatte ein unausrottbares Laster. Es zog ihn zur chinesischen Lotterie. Und dabei trat noch eine weitere unausrottbare Schwäche zutage – der Glaube an ein System; damit war sein Untergang besiegelt. Denn für das Systemspiel braucht man Kapital, das nicht übrigbleibt, wenn man vom Lohn eines Gärtnergehilfen abzieht, was die Versorgung einer Ehefrau und zahlreicher Nachkommen erfordert.

Der Richter nahm gerade an einer Versammlung der Rosinenproduzenten teil, und die Jungen waren damit beschäftigt, einen Sportverein ins Leben zu rufen, als der denkwürdige Abend von Manuels Verrat gekommen war. Niemand sah ihn mit Buck durch den Obstgarten davongehen, so als ob sie bloß einen Spaziergang unternähmen. Und nur ein einziger Mann sah sie an der kleinen, College Park genannten Bedarfshaltestelle ankommen. Dieser Mann unterhielt sich mit Manuel, und Geld wechselte klimpernd den Besitzer.

»Du könntest deine Ware ruhig verpacken, ehe du sie auslieferst«, sagte der Fremde mürrisch, und Manuel schlang Buck unter dem Halsband ein dickes Seil um den Hals.

»Wenn Sie da ordentlich zudrehen, dann tut er keinen Muckser mehr«, sagte Manuel, und der Fremde brummte bloß zustimmend.

Buck hatte das Seil mit ruhiger Würde hingenommen. Die Sache war zwar ungewohnt; aber er hatte gelernt, Menschen zu trauen, die er kannte, und ihnen ein Wissen zuzugestehen, das über sein eigenes hinausreichte. Als die Seilenden aber dem Fremden in die Hände gelegt wurden, knurrte er drohend. Er hatte sein Mißfallen lediglich angedeutet, weil er in seinem Stolz überzeugt war, daß seine Andeutung einem Befehl gleichkam. Er mußte jedoch zu seiner Überraschung feststellen, daß sich das Seil um seinen Hals zusammenzog und ihm die Luft abschnitt. Wutentbrannt sprang er den Mann an, der ihn auf halbem Weg abfing, indem er ihn fest an der Kehle packte, um ihn dann mit einer geschickten Drehung auf den Rücken zu werfen. Während Buck sich heftig zur Wehr setzte, schnürte ihm das Seil unerbittlich die Kehle zu, so daß ihm die Zunge aus dem Maul trat und der breite Brustkorb sich in ohnmächtiger Anstrengung hob und senkte. In seinem ganzen Leben war man noch nicht so niederträchtig mit ihm verfahren, und noch nie in seinem Leben war er so wütend gewesen. Doch seine Kraft verebbte, seine Augen wurden glasig, und er nahm nichts mehr wahr, als der Zug auf Verlangen hielt und die beiden Männer ihn in den Gepäckwagen warfen.

Als er wieder zu sich kam, spürte er wie von fern, daß seine Zunge schmerzte und daß er in irgendeiner Art von Gefährt durchgerüttelt wurde. Erst das heisere Pfeifen einer Lokomotive an einem Bahnübergang verriet ihm, wo er war. Er war oft genug mit dem Richter unterwegs gewesen, um zu wissen, daß er sich in einem Gepäckwagen befand. Er schlug die Augen auf, und die unbändige Wut eines entführten Königs loderte in seinem Blick auf. Der Mann griff nach seiner Kehle, aber Buck kam ihm zuvor. Er schnappte zu, und seine Fänge schlossen sich um die Hand, die sie erst wieder freigaben, als ihm im Würgegriff des Seils erneut die Sinne schwanden.

»Tja, der spinnt«, sagte der Mann und verbarg seine übel zugerichtete Hand vor den Blicken des Gepäckwagenschaffners, den die Geräusche dieses Kampfs auf den Plan gerufen hatten. »Ich bring ihn für meinen Boß nach 'Frisco. So'n toller Tierarzt dort meint, er könnte ihm diese Anfälle abgewöhnen.«

Was diese nächtliche Fahrt anging, so machte der Mann seinen wahren Gefühlen erst Luft, als er sich in einem kleinen Schuppen im Hinterhof einer Hafenkneipe von San Francisco befand.

»Und ich kriege ganze fünfzig Dollar dafür«, brummelte er; »nicht für tausend bar auf die Hand würde ich das noch mal machen.«

Um seine Hand hatte er ein blutgetränktes Taschentuch geknotet, und das rechte Hosenbein war vom Knie bis zum Knöchel aufgerissen.

»Was hat denn der andere Ganove bekommen?« fragte der Barbesitzer.

»Einhundert«, war die Antwort. »Ließ nicht mit sich handeln, Ehrenwort.«

»Macht also einhundertfünfzig«, rechnete der Barbesitzer aus. »Und das ist er wert, oder man soll mich einen Quadratschädel schimpfen.«

Der Hundedieb nahm seinen blutigen Verband herunter und besah sich die zerbissene Hand. »Wenn ich nicht die Tollwut bekomme –«

»Dann bloß deshalb, weil du für den Galgen geboren bist«, lachte der Barbesitzer. »Komm, hilf mir ein bißchen, ehe du dich auf die Socken machst«, setzte er hinzu.

Noch ganz benommen und mit unerträglichen Schmerzen in Hals und Zunge versuchte ein halb zu Tode gewürgter Buck sich seinen Peinigern entgegenzustellen. Doch sie warfen ihn nieder und schnürten ihm wiederholt die Luft ab, bis sie ihm endlich das massive Messinghalsband durchgefeilt hatten. Dann lösten sie das Seil und warfen ihn in eine käfigartige Lattenkiste.

Dort blieb er den Rest der Nacht ermattet liegen und überließ sich ganz seiner Empörung und seinem verletzten Stolz. Er verstand einfach nicht, was das alles bedeutete. Was wollen sie eigentlich von ihm, diese fremden Leute? Warum hatten sie ihn in diese enge Kiste gesperrt? Er wußte es nicht, aber eine unheilvolle Ahnung bedrückte ihn. Mehrmals in dieser Nacht, wenn die Tür des Schuppens knarrend geöffnet wurde, sprang er erwartungsvoll auf die Füße, weil er hoffte, den Richter oder wenigstens seine Söhne zu sehen. Aber jedesmal starrte er nur in das aufgedunsene Gesicht des Barbesitzers, der ihn im fahlen Licht einer Talgkerze musterte. Und jedesmal schlug das freudige Gebell, das bebend aus seiner Kehle drang, in bösartiges Knurren um.

Doch der Wirt ließ ihn in Ruhe, und am Morgen kamen vier Männer herein und holten die Kiste ab. Neue Peiniger, schloß Buck, denn es waren üble Gestalten, abgerissen und verwahrlost; er tobte und wütete in seinem Gefängnis. Sie aber lachten bloß und stießen mit Stöcken nach ihm, die er prompt mit den Zähnen bearbeitete, bis ihm bewußt wurde, daß sie eben das gewollt hatten. Daraufhin legte er sich mit finsterer Miene nieder und ließ es über sich ergehen, daß man die Kiste auf ein Fuhrwerk beförderte. Nun begann eine wahre Odyssee, auf der er in seiner Kiste durch viele Hände wanderte. Angestellte der Expreßgutabteilung übernahmen die Ware; er wurde auf ein weiteres Fuhrwerk verfrachtet; man karrte ihn zusammen mit einem Sortiment von Schachteln und Paketen auf eine Dampffähre, und von dort ging es wiederum in ein großes Expreßgutlager der Eisenbahn, von wo aus man ihn endlich in einen Güterzug verlud.

Zwei Tage und Nächte lang zogen schrill pfeifende Lokomotiven den Waggon hinter sich her; und zwei Tage und Nächte lang fraß und trank Buck nichts. In seinem Zorn hatte er die ersten Annäherungsversuche des Personals knurrend zurückgewiesen, und sie hatten es ihm vergolten, indem sie ihn absichtlich reizten. Wenn er sich wutschnaubend gegen das Gitter warf, lachten sie ihn aus und quälten ihn noch mehr. Sie knurrten und kläfften wie widerwärtige Hunde, miauten oder krähten, wobei sie mit den Armen schlugen. Er wußte wohl, wie albern das war, fühlte sich aber deshalb in seiner Würde noch tiefer verletzt, so daß er immer wütender wurde. Der Hunger störte ihn weniger, aber der Wassermangel quälte ihn entsetzlich und steigerte seinen Zorn zu fiebernder Glut. Die Mißhandlungen hatten auch tatsächlich einen Fieberanfall ausgelöst, denn seine sensible Natur reagierte empfindlich auf alle Reize; die geschwollene Zunge und die Entzündung in seinem ausgedörrten Rachen trugen zu diesem Fieber noch bei.

Um eins war er froh: das Seil war fort. Sie hatten sich dadurch einen unfairen Vorteil verschafft; jetzt, wo man ihn davon befreit hatte, würde er es ihnen zeigen. Noch einmal würden sie ihm ein solches Seil nicht anlegen. Das stand für ihn fest. Zwei Tage und Nächte lang fraß und trank er nichts, und in diesen zwei qualvollen Tagen und Nächten staute sich ein Zorn in ihm an, der dem Menschen Schreckliches verhieß, der als erster mit ihm aneinandergeriet. Seine Augen waren jetzt blutunterlaufen, und er hatte sich in eine rasende Bestie verwandelt, so daß selbst der Richter ihn nicht wiedererkannt hätte; die Angestellten im Güterzug atmeten jedenfalls erleichtert auf, als sie ihn in Seattle aus dem Zug schaffen konnten.

Vier Männer hoben die Kiste behutsam vom Wagen und trugen sie in einen kleinen, von hohen Mauern umschlossenen Hinterhof. Ein stämmiger Mann in einem weiten roten Pullover kam heraus und bestätigte dem Kutscher den Empfang im Quittungsbuch. Dieser Mann, vermutete Buck, war also der nächste Peiniger, und er warf sich wutschnaubend gegen die Stäbe. Der Mann lächelte grimmig und holte sich eine Axt und einen Knüppel.

»Sie wollen ihn jetzt doch nicht etwa 'rauslassen?« fragte der Kutscher.

»Aber sicher doch«, erwiderte der Mann und begann, die Kiste aufzuhebeln, wobei er die Axt als Brecheisen benutzte.

Die vier Männer, die sie hereingetragen hatten, stoben auseinander und suchten sich oben auf der Mauer ein sicheres Plätzchen, um das Geschehen zu beobachten.

Buck stürzte sich auf das splitternde Holz, verbiß sich darin und schleuderte die Bruchstücke in wildem Kampfeseifer hin und her. Wo die Axt von außen niederfuhr, war er auf der Innenseite knurrend und zähnefletschend zur Stelle. Der tobende Hund und der gelassene Mann verfolgten dabei das gleiche Ziel: Buck sollte heraus.

»Na also, du rotäugiger Teufel«, sagte der Mann, als die Öffnung so groß war, daß Buck hindurchschlüpfen konnte. Gleichzeitig ließ er die Axt fallen und nahm den Knüppel in seine Rechte.

Und ein rotäugiger Teufel war Buck in der Tat, als er mit

gesträubtem Nackenhaar, schäumenden Lefzen und einem irren Glitzern in den Augen zum Sprung ansetzte. Einhundertdreißig Pfund geballter Wut, aufgeladen mit dem in zwei Tagen und Nächten angesammelten Haß, schossen geradewegs auf den Mann zu. Aber noch in der Luft, als seine Fänge sich schon zum Biß schließen wollten, spürte er einen Schlag, der seinem Körper den Schwung nahm und seine Zähne mit einem mörderischen Schmerz aufeinanderkrachen ließ. Er überschlug sich und landete mit Rücken und Flanke auf dem Boden. Noch nie in seinem Leben hatte man ihn mit einem Knüppel geschlagen, und er verstand nicht, was vorging. Mit einem Knurrlaut, der einem Schrei ähnlicher war als einem Bellen, kam er wieder auf die Beine und schnellte noch einmal durch die Luft. Wieder erhielt er diesen Schlag, der ihn niederschmetterte. Diesmal nahm er den Knüppel als Ursache wahr, aber seine rasende Wut ließ ihn alle Vorsicht vergessen. Ein halbes dutzendmal attackierte er, und ebenso oft fing der Knüppel seinen Angriff ab und streckte ihn zu Boden.

Nach einem besonders heftigen Schlag kam er nur noch mühsam auf die Füße und war zu benommen, um erneut anzugreifen. Er taumelte kraftlos umher, während ihm das Blut aus Nase, Schnauze und Ohren rann; sein prächtiges Fell war gesprenkelt mit Spritzern von blutigem Schleim. In diesem Moment trat der Mann auf ihn zu und versetzte ihm einen schrecklichen Hieb auf die Nase. All die Qual, die er bisher erduldet hatte, verblaßte gegenüber diesem entsetzlichen Schmerz. Mit einem Brüllen, das in seiner Wildheit an einen Löwen erinnerte, stürzte er sich von neuem auf den Mann. Doch der ließ den Knüppel von der rechten in die linke Hand gleiten, packte kaltblütig den Unterkiefer des Tieres und drehte ihn gleichzeitig nach hinten und unten. Buck überschlug sich einmal ganz und noch einmal halb in der Luft, ehe er mit Kopf und Brust auf dem Boden aufschlug.

Ein letztes Mal stürmte er los. Der Mann versetzte ihm einen raffinierten Hieb, den er sich absichtlich bis zuletzt aufgespart hatte, Buck brach zusammen und streckte bewußtlos alle viere von sich.

»Menschenskinder, der hat's aber 'raus, wie man Hunde kleinkriegt«, rief einer der Männer auf der Mauer begeistert aus.

»Also, wenn ihr mich fragt, da würd' ich doch lieber pro Tag ein Wildpferd bändigen, und sonntags zwei als Zugabe«, erklärte der Kutscher, indem er wieder auf sein Fuhrwerk stieg und die Pferde antrieb.

Buck hatte zwar sein Bewußtsein wiedererlangt, nicht aber seine Kräfte. Er blieb liegen, wo er zusammengebrochen war, und beobachtete den Mann im roten Pullover.

»Hört auf den Namen Buck«, las dieser vor sich hin, während er den Brief studierte, in dem der Barbesitzer die Lieferung der Kiste und ihres Inhalts angekündigt hatte. »Na, Buck, alter Junge«, fuhr er mit freundlicher Stimme fort, »unsere kleine Prügelei haben wir jetzt hinter uns, und dabei lassen wir es am besten wohl auch bewenden. Du hast gelernt, wo dein Platz ist, und ich kenne meinen. Benimm dich anständig, dann geht alles gut. Wenn nicht, dann dresche ich dir die Eingeweide aus dem Leib. Verstanden?«

Beim Reden tätschelte er ihm furchtlos den Kopf, auf den er so mitleidlos eingeprügelt hatte; Bucks Nackenhaare sträubten sich zwar unwillkürlich, als die Hand ihn berührte, aber er nahm es hin, ohne aufzubegehren. Das Wasser, das der Mann ihm brachte, trank er begierig, und später verschlang er eine reichliche Portion rohes Fleisch und fraß dabei dem Mann die Fleischstücke aus der Hand.

Man hatte ihn besiegt (das wußte er), aber nicht gebrochen. Er sah ein für allemal ein, daß er gegen einen Mann mit Knüppel keine Chance hatte. Er hatte eine Lektion erhalten, die er sein Leben lang nicht mehr vergaß. Der Knüppel war eine Offenbarung. Er bedeutete den ersten Schritt in eine Welt, in der das Recht des Stärkeren galt, und die übrigen Schritte tat er selbst. Das Leben zeigte jetzt ein grimmigeres Gesicht, und ohne sich einschüchtern zu lassen, stellte er sich den neuen Tatsachen mit der ganzen Klugheit, die in ihm schlummerte und nun erwachte. Die Tage vergingen; andere Hunde, in Kisten und angeleint, trafen ein, einige gefügig, andere tobend und brüllend wie er. Buck wurde Zeuge, wie einer nach dem anderen sich der Herrschaft des Mannes im roten Pullover unterwarf. Immer von neuem führte ihm das grausame Schauspiel dieselbe Regel vor Augen: Ein Mensch, der einen Knüppel hat, macht das Gesetz, er ist der Gebieter, dem man gehorchen muß, auch wenn man sich nicht unbedingt mit ihm aussöhnt. Das gestattete Buck sich nie, auch wenn er verprügelte Hunde beobachtete, die dem Mann nachher schöntaten und ihm schwanzwedelnd die Hand leckten. Er sah jedoch auch, wie ein Hund, der weder zur Versöhnung noch zu Gehorsam bereit war, den Kampf um die Herrschaft schließlich mit dem Leben bezahlte.

Hin und wieder kamen Männer, Fremde, die erregt, mit Honigzungen auf jede erdenkliche Weise auf den Mann im roten Pullover einredeten. Und immer wenn dabei Geld den Besitzer wechselte, nahmen die Fremden einen oder mehrere Hunde mit. Buck fragte sich, wohin sie wohl gebracht wurden, denn sie kamen nie zurück; aber seine Angst vor der Zukunft war so stark, daß er jedesmal erleichtert war, wenn er nicht ausgewählt wurde.

Doch schließlich kam dieser Augenblick auch für ihn – in der Gestalt eines kleinen, ausgemergelten Mannes, der nur gebrochenes Englisch hervorstieß und es mit vielen merkwürdigen und wunderlichen Ausrufen begleitete, die Buck nicht verstand.

»'errgott«, schrie er, als sein Blick auf Buck fiel. »'ergottsakrament, das ist aber ein präschtiger Kerl. Wieviel?«

»Dreihundert, und das ist noch geschenkt«, antwortete der Mann im roten Pullover wie aus der Pistole geschossen. »Du bezahlst ja mit dem Geld der Regierung, und da wird sich wohl niemand beschweren, was, Perrault?«

Perrault grinste. Wenn man bedachte, daß die Preise für Hunde durch die ungewöhnliche Nachfrage geradezu explodiert waren, dann war die genannte Summe für ein so herrliches Tier nicht einmal überzogen. Die kanadische Regierung würde nichts dabei verlieren, und ihre Kuriere würden gewiß nicht langsamer vorankommen. Perrault kannte sich mit Hunden aus, und als er Buck betrachtete, wußte er, so einen Hund fand man unter tausend nur einmal – »unter zehntausend«, verbesserte er sich in Gedanken.

Buck beobachtete, wie Geld den Besitzer wechselte, und war nicht überrascht, als Curly, ein gutmütiger Neufundländer, und er selbst von dem ausgemergelten kleinen Mann mitgenommen wurden. Dem Mann im roten Pullover begegnete er nie wieder, und was Curly und er an Deck der *Narwhal* vom entschwindenden Seattle mitbekamen, war das letzte, was sie vom warmen Südland sehen sollten. Perrault brachte Curly und ihn unter Deck und übergab sie einem dunkelgesichtigen Hünen namens François. Perrault war Frankokanadier und dunkler Hautfarbe; François aber war ein frankokanadisches Halbblut und doppelt so schwarz. Für Buck waren diese Menschen eine unbekannte Rasse (er sollte noch viele von ihnen kennenlernen), und wenn er auch keine Zuneigung zu ihnen entwickelte, so lernte er doch mit der Zeit, sie aufrichtig zu schätzen. Er machte rasch die Erfahrung, daß Perrault und François anständige Menschen waren, die gelassen und unparteiisch Gerechtigkeit übten und Hunde zu genau kannten, als daß sie sich von ihnen zum Narren halten ließen.

Im Zwischendeck der *Narwhal* kamen Buck und Curly mit zwei weiteren Artgenossen zusammen. Einer davon war ein großer, schneeweißer Hund, den der Kapitän eines Walfängers aus Spitzbergen mitgebracht und der später eine geologische Expedition in die Barrens begleitet hatte. Er war auf eine tückische Art freundlich, so daß er einem ins Gesicht lächeln konnte, während er gleichzeitig etwas Hinterlistiges im Schilde führte, so etwa, als er Buck bei der ersten Mahlzeit das Fressen aus seinem Napf stahl. In dem Moment, als Buck über ihn herfallen wollte, um ihn zu bestrafen, pfiff auch schon François' Peitsche durch die Luft und erwischte den Übeltäter noch vor ihm; Buck mußte sich nur noch den Knochen zurückholen. François hatte sehr gerecht gehandelt, fand Buck, und das Halbblut fing an, in seiner Achtung zu steigen.

Der zweite Hund unternahm keinerlei Annäherungsversuche und wurde auch selbst in Frieden gelassen; außerdem versuchte er nicht, den Neuankömmlingen etwas wegzunehmen. Er war ein düsterer, mürrischer Kerl und machte Curly unmißverständlich klar, daß er nur seine Ruhe wollte, aber unangenehm werden konnte, wenn er sie nicht bekam. Er wurde »Dave« gerufen, fraß und schlief, gähnte zwischendurch und nahm an nichts Anteil, nicht einmal dann, als die *Narwhal* den Queen Charlotte Sund kreuzte und dabei schlingerte, stampfte und sich aufbäumte, als sei sie von bösen Geistern besessen. Während Buck und Curly in helle Aufregung gerieten und vor Angst halbverrückt wurden, hob er nur etwas indigniert den Kopf, musterte sie ohne Neugier, gähnte einmal und legte sich wieder zum Schlafen zurecht.

Tag und Nacht dröhnte die unablässig arbeitende Schraube wie ein gleichmäßiger Pulsschlag durch das Schiff, und wenn ein Tag sich auch kaum vom nächsten unterschied, blieb Buck nicht verborgen, daß es zunehmend kälter wurde. Eines Morgens schließlich verstummte das Geräusch der Schraube, und eine allgemeine Erregung machte sich breit. Er spürte das ebenso wie die anderen Hunde und wußte, daß sich eine

Veränderung ankündigte. François leinte die Hunde an und brachte sie an Deck. Als Buck die kalten Planken betrat, versank er in einem weißen, schlammähnlichen Brei. Er sprang aufschnaubend zurück. Aus der Luft fiel noch mehr von diesem weißen Zeug auf ihn nieder. Er schüttelte sich, ohne daß es aufhörte. Neugierig schnüffelte er und leckte dann etwas davon auf. Es brannte erst auf der Zunge wie Feuer und löste sich im nächsten Augenblick in Nichts auf. Das verblüffte ihn. Er probierte es noch einmal, mit dem gleichen Ergebnis. Die Umstehenden lachten schallend, und er schämte sich, ohne zu wissen, warum: Es war sein erster Schnee.

II. DAS NEUE GESETZ: KNÜPPEL UND FANG

Bucks erste Nacht am Strand von Dyea war ein Alptraum. Sie brachte mit jeder Stunde neue Überraschungen und Schrekken. Er war urplötzlich aus dem Herzen der Zivilisation herausgerissen und mitten in eine barbarische Welt hineinkatapultiert worden. Das war nun nicht mehr das träge Leben unter sonnigem Himmel, wo einer nur faulenzen und sich langweilen konnte. Hier gab es keinen Frieden, keine Ruhe, keinen Augenblick der Sicherheit. Es war ein einziges hektisches Durcheinander, Leib und Leben waren unaufhörlich in Gefahr. Man mußte unbedingt und jederzeit auf der Hut sein, denn diese Hunde und Menschen waren anders als Hunde und Menschen in der Stadt. Es waren Wilde, ausnahmslos, und sie kannten kein Gesetz außer Knüppel und Fang.

Er hatte noch nie Hunde so kämpfen sehen, wie diese wölfischen Kreaturen kämpften, und seine erste Erfahrung damit war ihm eine unvergeßliche Lehre. Er machte sie allerdings nur stellvertretend, sonst hätte er nicht überlebt, um Nutzen daraus zu ziehen. Das Opfer war Curly. Ihr Camp war in der Nähe des Holzlagers, und Curly hatte in ihrer freundlichen Art Bekanntschaft mit einem Eskimohund schließen wollen; er war so groß wie ein ausgewachsener Wolf, wenn auch nur halb so hoch wie sie. Es kam ohne Vorwarnung, ein blitzschneller Satz nach vorn, ein metallisches Klicken von Zähnen, ein ebenso schneller Satz zur Seite, und Curlys Gesicht war vom Auge bis zum Kiefer aufgerissen.

Ein Satz, ein Biß und ein Satz zurück, so kämpften Wölfe; aber das war noch nicht alles. Dreißig oder vierzig Eskimohunde kamen angelaufen und umringten die Kämpfenden in lautloser Spannung. Buck konnte sich das nicht erklären, ebensowenig wie die Gier, mit der sie sich die Lefzen leckten. Curly stürzte sich auf ihren Gegner, der wieder einen Ausfall machte und dann zur Seite sprang. Den nächsten Angriff fing er so mit der Brust ab, daß er Curly zu Fall brachte. Sie kam nicht wieder auf die Füße. Denn auf diesen Moment hatten die Huskies gewartet. Sie fielen knurrend und jaulend über sie her, und während sie vor Schmerz aufheulte, wurde sie unter den wogenden Leibern begraben.

Es kam so plötzlich und so unerwartet, daß Buck völlig verblüfft war. Er sah, wie Spitz seine scharlachrote Zunge durch die Zähne schob, was seine Art zu lachen war; und er sah François, eine Axt schwingend, mitten in das Hundegewühl hineinspringen. Drei Männer mit Knüppeln halfen ihm, sie auseinanderzutreiben. Es ging ganz schnell. Zwei Minuten, nachdem Curly zu Boden gegangen war, hatten sie die letzten Angreifer davongejagt. Doch sie lag schlaff und leblos im zertrampelten, blutgetränkten Schnee, fast buchstäblich in Stücke gerissen, während das dunkelhäutige Halbblut über ihr stand und gräßliche Flüche hören ließ. Dieses Bild suchte Buck häufig in seinen Träumen heim. So machten sie das also. Es gab keine Fairneß. Wer einmal zu Boden ging, war verloren. Nun, er würde eben dafür sorgen, daß ihm das nicht passierte. Spitz schob wieder seine Zunge durch die Zähne und lachte, und von jenem Augenblick an begegnete ihm Buck mit bitterem, ausdauerndem Haß.

Er hatte den durch Curlys tragisches Ende ausgelösten Schock noch nicht überwunden, als neues Unheil über ihn hereinbrach. François machte einen Haufen Gurte und Schnallen an ihm fest. Es war ein Geschirr, so wie es die Stallburschen unter seinen Augen den Pferden zu Hause angelegt hatten. Und so wie die Pferde vor seinen Augen gearbeitet hatten, so spannte man jetzt auch ihn ein, und er zog François auf einem Schlitten in den Wald, der das Tal säumte, um mit einer Ladung Brennholz zurückzukehren. Wenn es seinen Stolz auch tief verletzte, zu einem Zugtier degradiert zu werden, war er doch weise genug, sich nicht aufzulehnen. Er legte sich entschlossen ins Zeug und gab sein Bestes, obgleich ihm alles neu und fremdartig war. François war streng und erwartete prompten Gehorsam, was er mit Hilfe seiner Peitsche auch durchzusetzen wußte; und Dave, der in seiner Position als letztes Zugtier im Geschirr viel Erfahrung hatte, zwickte Buck in die Hinterläufe, sobald er einen Fehler machte. Spitz, als Leithund ebenso erfahren, kam an Buck zwar nicht direkt heran, wies ihn aber von Zeit zu Zeit durch sein Knurren scharf zurecht oder warf sein Gewicht so geschickt in das Zugseil, daß er ihn in die richtige Richtung zwang. Buck war ein gelehriger Schüler und machte unter der gemeinsamen Anleitung von François und seinen beiden Artgenossen bemerkenswerte Fortschritte. Noch ehe sie wieder im Lager anlangten, wußte er, daß er bei »Ho« stehenbleiben und bei »Mush« vorwärtsgehen mußte, daß man Kurven weit zu nehmen hatte und dem letzten Hund im Geschirr nicht in die Spur geraten durfte, wenn der vollbeladene Schlitten hinter ihnen einen Abhang hinuntersauste.

»Das da drei sehr gute Hunde«, sagte François zu Perrault. »Dieser Buck, er zieht wie der Teufel. Isch ihm 'abe gelernt so schnell!«

Am Nachmittag brachte Perrault, der mit seiner Post so rasch wie möglich auf den Trail wollte, zwei weitere Hunde ins Lager. »Billee« und »Joe« rief er sie, echte Huskies und Brüder. Zwar hatten sie dieselbe Mutter, doch waren sie so verschieden wie Tag und Nacht. Billees einziger Fehler bestand in übertriebener Gutmütigkeit, ganz im Gegensatz zu Joe, der durch dauerndes Zähnefletschen und böse Blicke übellaunig und ungesellig wirkte. Buck begrüßte sie kameradschaftlich, Dave ignorierte sie, während Spitz sie sich nacheinander vornahm, um ihnen eine Abreibung zu verpassen. Billee wedelte beschwichtigend mit dem Schwanz, ergriff die Flucht, sobald der Beschwichtigungsversuch sich als zwecklos erwies, und jaulte (immer noch beschwichtigend), als sein Gegner ihn mit seinen scharfen Zähnen an der Flanke erwischte. Doch dafür umkreiste Spitz dann Joe vergeblich, der sich auf den Hinterpfoten herumwarf, um jeden Angriff frontal abzuwehren. Mit aufgestelltem Nackenhaar, zurückgelegten Ohren, gefletschten Zähnen, immer wieder blitzschnell zuschnappenden Kiefern und teuflisch glimmenden Augen war er die Inkarnation kampfbereiter Angst. Er wirkte so furchteinflößend, daß Spitz gezwungen war, von seinen Disziplinierungsmaßnahmen abzusehen; um seine Niederlage zu verschleiern, stürzte er sich auf den friedlichen Billee, der winselnd davonjagte.

Bis zum Abend hatte Perrault noch einen Hund besorgt, einen alten Husky, lang, mager und von finsterem Wesen, mit einem von Kämpfen zernarbten Gesicht und nur noch einem Auge, aus dem er jedermann furchtlos und respektheischend anfunkelte. Er wurde Sol-leks gerufen, das hieß »der

Zornige«. Wie Dave erbat er sich nichts, gab nichts und erwartete nichts, und als er mit demonstrativer Ruhe zwischen sie trat, ließ selbst Spitz ihn zufrieden. Eine Eigenheit zeichnete ihn aus, mit der Buck unglückseligerweise Bekanntschaft machte. Er mochte es nicht, daß man sich ihm von seiner blinden Seite her näherte. Buck hatte nichtsahnend gegen dieses Gebot verstoßen und wurde sich seiner Taktlosigkeit erst bewußt, als Sol-leks zu ihm herumwirbelte und ihm die Schulter zehn Zentimeter lang bis auf die Knochen aufschlitzte. Buck hielt seitdem immer Abstand von dieser Seite und hatte bis zum Ende ihres Beisammenseins keinerlei Schwierigkeiten mehr. Allem Anschein nach hatte Sol-leks wie Dave nur den Wunsch, in Ruhe gelassen zu werden; später jedoch sollte Buck erfahren, daß in beiden noch ein anderer, tiefersitzender Ehrgeiz brannte.

Am Abend stand Buck vor dem großen Problem, sich einen Schlafplatz zu suchen. Das kerzenerleuchtete Zelt warf einen warmen Schein hinaus auf die weiße Ebene. Doch als er ganz selbstverständlich durch den Eingang trat, bombardierten ihn Perrault und François mit Flüchen und Kochtöpfen, bis er sich von seiner Bestürzung erholte und in Schimpf und Schande die Flucht nach draußen in die Kälte antrat. Es ging ein eisiger Wind, der ihn heftig zwickte und sich mit besonders beißender Schärfe in der Wunde an seiner Schulter bemerkbar machte. Er legte sich in den Schnee und versuchte zu schlafen, aber binnen kurzem stand er vor Kälte schlotternd wieder auf den Beinen. Elend und traurig durchstreifte er das Lager, nur um festzustellen, daß zwischen den zahlreichen Zelten ein Platz so kalt wie der andere war. Hier und da schoß ein wütender Hund auf ihn zu, doch er stellte knurrend die Nackenhaare auf (er lernte rasch) und konnte so unbelästigt seinen Weg fortsetzen.

Schließlich hatte er eine Idee. Er würde umkehren und sehen, wie die anderen Hunde aus seinem Team zurechtkamen. Erstaunt stellte er fest, daß sie verschwunden waren. Er suchte das Lager noch einmal nach ihnen ab und kehrte wieder um. Ob sie im Zelt waren? Nein, unmöglich, sonst hätte man ihn nicht hinausgejagt. Wo konnten sie denn geblieben sein? Mit eingezogenem Schwanz und am ganzen Körper zitternd, elend und verlassen, umkreiste er ziellos das Zelt. Plötzlich gab der Schnee unter seinen Vorderläufen nach, und er sank ein. Unter seinen Pfoten zappelte etwas. Knurrend und mit gesträubtem Fell machte er einen Satz rückwärts, voller Angst vor etwas ganz und gar Unbekanntem. Doch ein freundliches Bellen beruhigte ihn, so daß er zurückkam, um die Sache zu untersuchen. Ein Schwall warmer Luft stieg ihm in die Nase. Unter dem Schnee hatte sich Billee zu einer behaglichen Kugel zusammengerollt. Er winselte beschwichtigend, krümmte sich zappelnd, um seinen guten Willen und die besten Absichten unter Beweis zu stellen, und ging in seinen Friedensangeboten sogar soweit, Bucks Gesicht mit seiner nassen, warmen Zunge abzuschlekken.

Wieder hatte er etwas gelernt. So machten sie es also. Zuversichtlich suchte sich Buck einen Platz aus und ging umständlich und mit viel überflüssigem Aufwand daran, ein Loch zu graben. Im Handumdrehen war der enge Raum von seinem Körper angewärmt und er selbst eingeschlafen. Er hatte einen langen und anstrengenden Tag gehabt, so daß sein Schlaf tief und erholsam war, auch wenn er in Alpträumen knurrte, bellte und kämpfte.

Er schlug die Augen erst auf, als ihn die Geräusche des morgendlichen Lagerlebens weckten. Zunächst wußte er nicht, wo er sich befand. Über Nacht hatte es geschneit, und er war völlig unter dem Neuschnee begraben. Er fühlte sich eingeengt, und einen Augenblick lang überwältigte ihn die Angst des wilden Tieres in der Falle – ein Indiz dafür, daß er schon dabei war, die Spur aufzunehmen, die ihn durch sein eigenes Leben zurück zum Erbe seiner Vorfahren führte. Er selbst war ja ein zivilisierter Hund, übermäßig zivilisiert, und nie Fallen begegnet, so daß er auch keine Angst davor hatte entwickeln können. Alle Muskeln seines Körpers spannten sich instinktiv und ruckartig, Schulter- und Nackenhaar stellten sich auf, und mit einem wilden Knurren schnellte er senkrecht nach oben in das blendende Tageslicht. Eine Wolke von Schnee stob glitzernd nach allen Seiten. Noch bevor er wieder auf den Füßen landete, sah er das Lager um sich herum, wußte, wo er sich befand, und erinnerte sich an alles, was sich von dem Moment an, als er mit Manuel zu jenem kleinen Spaziergang aufgebrochen war, bis zum Abend des Vortags, als er das Loch grub, ereignet hatte.

François quittierte sein Erscheinen mit einem Ausruf. »Was 'abe isch gesagt?« rief der Schlittenführer Perrault zu. »Dieser Buck, er lernt wie der Blitz.«

Perrault nickte bedächtig. Als Kurier der kanadischen Regierung, dem man wichtige Sendungen anvertraute, legte er großen Wert auf die Anschaffung erstklassiger Hunde, und daß er Buck erworben hatte, stimmte ihn besonders froh.

Innerhalb einer Stunde war das Team durch drei neue Huskies auf neun Tiere angewachsen, und weniger als fünfzehn Minuten später waren alle Hunde angeschirrt, und das Gespann folgte dem Trail in Richtung Dyea Cañon. Buck freute sich, daß es losging, und obwohl das harte Arbeit bedeutete, stellte er fest, daß sie ihm nicht sonderlich zuwider war. Ihn überraschte der ungeduldige Eifer, der das ganze Team erfüllte und sich auch auf ihn übertrug; noch erstaunlicher aber war die Verwandlung, die in Dave und Sol-leks vorging. Sie waren jetzt ganz andere Hunde, die ihr Platz im Gespann von Grund auf verändert hatte. Die gleichgültige Lethargie war von ihnen abgefallen. Hellwach und aktiv waren sie darauf bedacht, daß alles gut voranging, und mit wütender Ungeduld reagierten sie auf jede Verzögerung, jedes Durcheinander, das ihre Arbeit aufhielt. Offenbar fanden sie erst in der Mühsal am Zugseil zu sich selbst, einzig dafür schienen sie zu leben, nur daran Freude zu haben.

Dave war Wheeler, d. h. er lief unmittelbar vor dem Schlitten, vor ihm zog Buck, dann kam Sol-leks; das übrige Team war in einer Reihe hintereinandergespannt, bis zum Leithund, dessen Position Spitz einnahm.

Buck hatten sie absichtlich zwischen Dave und Sol-leks plaziert, damit er von ihnen lernen konnte. Er war ein ebenso gelehriger Schüler wie sie gute Lehrer waren, weil sie ihm niemals erlaubten, lange im Irrtum zu verharren, und ihrer Unterweisung mit scharfen Zähnen Nachdruck zu verleihen wußten. Dave war gerecht und erfahren. Er knuffte Buck nie ohne Grund, verzichtete aber auch nie auf eine Ermahnung, wenn Buck sie brauchte. Da François ihn mit seiner Peitsche unterstützte, mußte Buck einsehen, daß es einfacher war, sein eigenes Verhalten zu ändern, als sich zu revanchieren. Einmal, als er bei einer kurzen Pause die Seile verwirrte und damit den Aufbruch verzögerte, fielen Dave und Sol-leks gemeinsam über ihn her und verpaßten ihm eine ordentliche Abreibung. Daraus entstand zwar ein noch heilloseres Durcheinander, Buck aber achtete von da an sorgfältig darauf, nicht mehr in die Zugriemen zu geraten. Bevor der Tag verstrichen war, beherrschte er sein Handwerk so gut, daß seine Gefährten praktisch aufgehört hatten, ihm weiter zuzusetzen. François' Peitsche klatschte seltener auf ihn nieder, und Perrault erwies Buck sogar die Ehre, ihm die Pfoten hochzuheben, um sie sorgfältig zu untersuchen.

Es war ein harter Arbeitstag, die Schlittenspur hinauf durch den Cañon, über Sheep Camp, an den Scales vorbei bis über die Baumgrenze, über Gletscher und Schneeverwehungen, die sich mehr als hundert Meter hoch türmten, und dann über den abschreckenden Chilcoot Paß, der Salz- und Süßwasser voneinander scheidet und den öden und einsamen

Norden bewacht. Auf dem Weg hinunter entlang der Seenkette, die die Krater erloschener Vulkane füllt, kamen sie rasch voran und machten spät am Abend in dem riesigen Lager am oberen Ende des Bennettsees halt, dort wo Tausende von Goldsuchern Boote für die Eisschmelze im Frühjahr bauten. Buck grub sich seine Schneehöhle und schlief den Schlaf des erschöpften Gerechten, aus dem er allzu früh wieder herausgerissen wurde, um in eiskalter Finsternis mit seinen Gefährten vor den Schlitten gespannt zu werden.

An diesem Tag legten sie vierzig Meilen zurück, weil die Spur schon festgetreten war; am nächsten Tag jedoch, so wie an vielen Tagen, die noch folgen sollten, mußten sie die Spur selbst legen, und das bedeutete härtere Arbeit und mühsameres Vorwärtskommen. Gewöhnlich stapfte Perrault dem Gespann voraus und trat den Schnee mit seinen Schneeschuhen fest, um die Spur gangbarer zu machen. François, der den Schlitten mit der Steuerstange lenkte, tauschte nur gelegentlich den Platz mit ihm. Perrault hatte es eilig und war stolz darauf, wie gut er sich im Eis auskannte. Das war auch unbedingt nötig, denn das Herbsteis war sehr dünn, und wo es eine Strömung gab, hatte sich noch gar kein Eis gebildet.

Tag für Tag, endlose Tage lang, schuftete Buck im Schlittengeschirr. Sie brachen das Camp immer bei Dunkelheit ab, und wenn auf dem Trail der Morgen graute, hatten sie bereits etliche Meilen hinter sich gebracht. Das Nachtlager wurde immer erst nach Einbruch der Dunkelheit aufgeschlagen; jeder Hund erhielt dann seine Portion Fisch und verkroch sich anschließend zum Schlafen im Schnee. Buck hatte einen gewaltigen Hunger. Die tägliche Ration von anderthalb Pfund luftgetrocknetem Lachs schien spurlos zu verschwinden. Er bekam nie genug und litt unaufhörlich Hunger. Dabei gab man den anderen Hunden, weil sie we-

28

niger wogen und diese Lebensweise von Geburt an gewohnt waren, nur ein Pfund von dem Fisch, und sie blieben trotzdem in guter Verfassung.

War er in seinem alten Leben wählerisch gewesen, so legte er diese Eigenschaft nun in kürzester Zeit ab. Wenn er beim Fressen heikel war, dann mußte er feststellen, daß seine Gefährten, die eher fertig wurden, ihm raubten, was er noch nicht verzehrt hatte. Jede Gegenwehr war zwecklos. Während er zwei oder drei davonjagte, verschwand die Portion im Rachen der übrigen. Er kam dem Problem nur bei, indem er so hastig fraß wie sie; ja, der Hunger setzte ihm derart zu, daß er sich nicht zu schade dazu war, seinerseits zu stehlen, was den anderen gehörte. Er lernte durch Beobachtung. Als er sah, wie Pike, einer der neuen Hunde, ein raffinierter Drückeberger und Dieb, hinter Perraults Rücken eine Scheibe Speck stibitzte, machte er es ihm am nächsten Tag nach und ließ gleich das ganze Stück mitgehen. Es gab einen Riesenaufruhr, aber niemand verdächtigte ihn; Dub, ein unglückseliger Tölpel, der sich immer erwischen ließ, bezog an seiner Stelle die Prügel.

Dieser erste Diebstahl zeigte, daß Buck in der feindlichen Welt des Nordlands überlebensfähig war. Er bewies sein Anpassungsvermögen, die Fähigkeit, unter veränderten Bedingungen zurechtzukommen. Ohne diese Eigenschaft hätte er rasch ein schreckliches Ende gefunden. Es zeigte sich darin auch der Verfall, der Zusammenbruch einer Moral, die im rücksichtslosen Kampf ums Dasein unnütz, ja von Nachteil war. Im Südland, dort wo Liebe und Kameradschaft Gesetzeskraft besaßen, war es schön und gut, privates Eigentum und persönliche Gefühle zu respektieren; doch im Nordland, wo Knüppel und Fang regierten, war jemand, der auf so etwas Rücksicht nahm, ein Narr und zum Untergang verurteilt.

Nicht daß Buck die Sache durchdacht hätte. Er war einfach lebenstauglich und paßte sich unbewußt der neuen Daseinsform an. Er war einem Kampf niemals ausgewichen, ganz gleich, wie die Chancen standen. Doch der Mann mit dem roten Pullover hatte ihm mit seinem Knüppel einen Kodex eingehämmert, der elementarer, primitiver war. Als zivilisiertes Wesen hätte er aus moralischen Beweggründen, etwa um Richter Millers Reitgerte zu verteidigen, möglicherweise sein Leben geopfert; nun bewies seine Fähigkeit, sich moralischen Verpflichtungen zu entziehen und damit seine Haut zu retten, wie vollständig er seine Zivilisierung rückgängig gemacht hatte. Er stahl nicht zum Vergnügen, sondern weil es sein Magen unüberhörbar forderte. Er stahl nicht vor aller Augen, sondern mit List und Tücke, weil er Knüppel und Fang zu respektieren wußte. Kurz, er tat diese Dinge, weil es einfacher war, sie zu tun, als sie zu unterlassen.

Er machte schnelle Fortschritte (oder Rückschritte). Seine Muskeln wurden hart wie Stahl, er selbst unempfindlich gegen gewöhnliche Schmerzen. Er lernte, mit seinen Kräften innerlich und äußerlich hauszuhalten. Er konnte alles herunterschlingen, ganz gleich, wie ekelerregend oder unverdaulich es war; und wenn er es sich dann einverleibt hatte, dann holten seine Magensäfte auch noch das letzte Partikelchen Nährwert heraus, und sein Blut transportierte es bis in die äußersten Bezirke seines Körpers, wo sich ein überaus festes und widerstandsfähiges Gewebe daraus aufbaute. Gesichts- und Geruchssinn schärften sich außerordentlich, und er entwickelte ein so feines Gehör, daß es ihm im Schlaf noch beim leisesten Geräusch Gefahr oder Entwarnung meldete. Er lernte, die Eisstückchen, die zwischen den Zehen zusammenklumpten, selbst herauszubeißen; und wenn er durstig war und sich über dem Wasserloch eine feste Eisschicht gebildet hatte, dann richtete er sich auf den Hinterläufen auf und zerschlug die Kruste mit gestreckten Vorderläufen. Am auffälligsten war seine Fähigkeit, den Wind zu wittern und ihn um eine Nacht vorherzusehen. Selbst wenn sich kein Lüftchen regte, während er sich an einem Baum oder am Ufer sein Schlupfloch grub, stellte sich doch, sobald der Wind nachträglich aufkam, unweigerlich heraus, daß er geschützt und behaglich auf der windabgewandten Seite schlief.

Nicht nur aus Erfahrung lernte er, sondern längst verschüttete Instinkte wurden wieder lebendig. An Generationen domestizierter Vorfahren vorbei tastete sich die Erinnerung in die Jugendzeit seiner Rasse zurück, als Wildhunde in Rudeln durch die Urwälder streiften und ihre Beute zu Tode hetzten. Er lernte mühelos, den Gegner im Kampf plötzlich zu packen, aufzuschlitzen und so schnell zuzuschnappen wie ein Wolf. Vergessene Ahnen hatten so gekämpft. Sie hauchten dem alten Leben in ihm den Atem ein, und die Finten, die sie der Art als Erbe mitgegeben hatten, waren nun Teil seiner eigenen Vergangenheit. Er strengte sich nicht an, er entdeckte sie nicht, sie fielen ihm zu, als habe er schon immer über sie verfügt. Und wenn er in stillen, kalten Nächten die Schnauze zu den Sternen emporreckte und ein langes Wolfsgeheul anstimmte, dann waren es die längst zu Staub gewordenen Ahnen in ihm, die ihre Schnauzen zu den Sternen hoben und heulten, daß es durch die Jahrhunderte an sein Ohr drang. Die Folge von Tönen, die er von sich gab, war ihre, und sie hatten damit ihrem Leid Ausdruck verliehen und all dem, was die Stille und die Kälte und die Dunkelheit für sie bedeuteten.

Wie zum Zeichen dafür, an welchen Marionettenschnüren das Leben hängt, brach so das alte Lied aus ihm heraus und machte ihn wieder zu sich selbst; und das wiederum geschah, weil Männer im hohen Norden ein gelbes Metall gefunden hatten und weil Manuel ein Gärtnergehilfe war, dessen Lohn für die Versorgung seiner Ehefrau und mehrerer kleiner Kopien seiner selbst nicht ausreichte.

III. DER TRIUMPH DES RAUBTIERS

Das Raubtier der Urzeit regte sich mächtig in Buck und nahm unter den gnadenlosen Bedingungen des Lebens auf dem Trail immer mehr Platz ein. Doch es wuchs im Verborgenen. Seine zu neuem Leben erwachte Verschlagenheit erlaubte Buck, mit Beherrschung und Selbstsicherheit aufzutreten. Entspannt lebte er nicht, weil er noch zu sehr damit beschäftigt war, sich den neuen Umständen anzupassen, und er suchte keinen Streit, sondern ging ihm möglichst aus dem Weg. Eine Art Besonnenheit kennzeichnete sein Verhalten. Er neigte nicht dazu, hastig und überstürzt zu handeln; und in der von bitterem Haß erfüllten Beziehung zu Spitz legte er keine Ungeduld an den Tag, vermied er jede Provokation.

Spitz seinerseits ließ keine Gelegenheit aus, die Zähne zu zeigen, vielleicht weil er in Buck einen gefährlichen Rivalen spürte. Er schikanierte ihn sogar ganz bewußt, um einen Streit vom Zaun zu brechen, der nur mit dem Tod des einen oder des anderen enden konnte. Es hätte schon zu Beginn ihrer Reise dazu kommen können, wenn nicht etwas Ungewöhnliches dazwischengetreten wäre. Am Abend dieses Tages schlugen sie am Ufer des La Berge Sees ein trostloses und erbärmliches Lager auf. Schneetreiben, Wind, der wie ein weißglühendes Messer ins Fleisch schnitt, und die anbrechende Nacht hatten sie gezwungen, den Platz blind zu wählen. Eine schlechtere Wahl wäre kaum möglich gewesen. Da unmittelbar hinter ihnen eine Felswand senkrecht in die Höhe ragte, blieb Perrault und François nichts anderes übrig, als direkt auf dem Eis Feuer zu machen und dort auch die Schlafsäcke auszubreiten. Das Zelt hatten sie in Dyea gelassen, um ohne Ballast zu reisen. Ein kleiner Haufen Treibholz nährte die Flammen, die im auftauenden Eis erloschen, so daß sie im Dunkeln zu Abend aßen.

Buck hatte seine Schlafhöhle eng an den schützenden Fels geschmiegt. Dort war es so gemütlich warm, daß er sie nur widerwillig verließ, als François die Fischrationen austeilte, die er vorher über dem Feuer aufgetaut hatte. Buck verschlang seine Portion, doch als er in seine Schlafhöhle zurückkehren wollte, fand er sie besetzt. Ein warnendes Knurren zeigte an, daß Spitz der Eindringling war. Bis zu diesem Augenblick war Buck Auseinandersetzungen mit seinem Feind aus dem Weg gegangen, aber das brachte das Faß zum Überlaufen. Das Raubtier in ihm brüllte auf. Er fiel mit einer Wut über Spitz her, die sie beide überraschte, vor allem aber Spitz, der aufgrund der bisherigen Erfahrungen mit Buck geglaubt hatte, daß sein Konkurrent ein ungewöhnlich furchtsamer Hund sei, der sich nur durch sein Gewicht und seine Größe behauptete.

Auch François war überrascht, als sie ineinander verknäult aus dem zerwühlten Schlafplatz schossen, und erriet die Ursache des Aufruhrs. »Ah!« schrie er Buck zu. »Gib's ihm, verdammt! Gib's ihm, diesem dreckigen 'alunken!«

Spitz war gleichermaßen entschlossen. Er heulte geradezu vor Zorn und Ungeduld, als er Buck umkreiste und auf eine Chance lauerte, im Sprung zuzupacken. Buck war nicht weniger kampfeslüstern und ebenso vorsichtig; auch er umkreiste den Gegner unaufhörlich, um sich einen Vorteil zu verschaffen. Dann aber geschah das Unerwartete, und bis zu ihrem Kampf um die Vorherrschaft sollte danach noch eine lange Zeit vergehen, in der sie noch viele anstrengende und erschöpfende Meilen auf dem Trail hinter sich brachten.

Erst hörte man Perraults Fluch, anschließend den dumpfen Zusammenprall von Knüppel und Knochen, einen schrillen Schmerzensschrei – dann brach im Lager die Hölle los. Es wimmelte plötzlich von dahinhuschenden pelzigen Gestalten – halbverhungerte Eskimohunde, achtzig oder hundert an der Zahl, die das Lager in ihrem Indianerdorf gewittert hatten.

Sie hatten sich angeschlichen, während Buck und Spitz ihren Kampf austrugen, und als nun die beiden Männer mit dicken Knüppeln dazwischensprangen, zeigten sie die Zähne und wehrten sich. Der Geruch der Nahrungsmittel brachte sie fast um den Verstand. Perrault entdeckte einen von ihnen, dessen Kopf in der Vorratskiste steckte. Mit voller Wucht landete sein Knüppel auf den mageren Rippen; die Kiste fiel um. Im Nu stürzten sich etwa zwanzig verhungerte Bestien auf das Brot und den Speck. Die Knüppel richteten nichts mehr aus. Die Tiere jaulten und heulten unter den niederprasselnden Schlägen, kämpften aber dennoch um ihren Beuteanteil, bis das letzte Bröckchen verschlungen war.

Inzwischen waren die überraschten Schlittenhunde aus ihren Schlafplätzen hervorgestürmt, nur um sogleich Ziel wütender Attacken der Eindringlinge zu werden. Noch nie hatte Buck solche Hunde gesehen. Es schien, als wollten ihre Knochen durch die Haut stoßen. Bloße Skelette waren sie, über denen faltig und lose schmutzige Felle hingen, mit lodernden Augen und triefenden Fängen. In ihrem Hungerwahn wurden sie zu unwiderstehlichen Furien. Widerstand war zwecklos. Gleich die erste Angriffswelle warf die Schlittenhunde an die Felswand zurück. Drei Huskies fielen über Buck her und rissen ihm im Nu tiefe Wunden an Kopf und Schultern. Ein schrecklicher Lärm erfüllte das Lager. Billee jaulte wie üblich. Aus zahllosen Wunden blutend kämpften Dave und Sol-leks tapfer nebeneinander. Joe schnappte wie der Teufel um sich. Einmal packte er einen Eskimohund am Vorderlauf, und knirschend zermalmten seine Zähne den Knochen. Pike, der Drückeberger, stürzte sich auf das hilflose Tier und brach ihm mit einem plötzlichen Biß und einer heftigen Schüttelbewegung das Genick. Buck bekam einen schaumtriefenden Gegner an der Kehle zu fassen; als er ihm die Gurgel zerbiß, spritzte das Blut über ihn. Der warme Geschmack in seinem Maul stachelte ihn zu größerer Wildheit an. Er warf sich auf den nächsten Gegner und spürte im gleichen Moment Zähne an seiner eigenen Kehle. Es war Spitz, der ihn heimtückisch von der Seite angegriffen hatte.

Perrault und François, die ihren Teil des Lagers zurückerobert hatten, eilten jetzt ihren Schlittenhunden zu Hilfe. Die brodelnde Welle verhungerter Bestien wich vor ihnen zurück, und Buck konnte sich befreien. Doch es gab nur eine kurze Atempause. Die beiden Männer mußten ins Lager zurückhasten, um ihre Vorräte in Sicherheit zu bringen, woraufhin die Eskimohunde einen erneuten Angriff auf die Schlittenhunde unternahmen. Billee, den die Angst tollkühn werden ließ, bahnte sich einen Fluchtweg mitten durch die Meute. Pike und Dub hefteten sich an seine Fersen, dahinter folgte das übrige Gespann. Als Buck zum Sprung ansetzte, um sich anzuschließen, nahm er aus dem Augenwinkel wahr, wie Spitz in der unverkennbaren Absicht auf ihn zustürmte, ihn über den Haufen zu rennen. Wenn er in diesem Gewühl von Huskies den Boden unter den Füßen verlor, gab es keine Hoffnung mehr. Also fing er den wuchtigen Anprall ab und jagte dann den anderen über den See nach.

Später fanden die neun Schlittenhunde gemeinsam Zuflucht im Wald. Auch wenn sie nicht verfolgt wurden, waren sie doch in einer mißlichen Lage. Jeder hatte mindestens vier oder fünf Wunden davongetragen, einige waren sogar ernsthaft verletzt. Dubs Hinterlauf war übel zugerichtet; Dolly, als letzter Husky in Dyea dazugekommen, hatten sie die Kehle zerbissen; Joe hatte ein Auge verloren; der gutmütige Billee schließlich, dessen eines Ohr völlig zerfleischt war, jaulte und wimmerte die ganze Nacht. Bei Tagesanbruch hinkten sie mißtrauisch ins Lager zurück, wo sie zwar keine Plünderer mehr, wohl aber zwei übelgelaunte Männer antrafen. Mehr als die Hälfte der Vorräte war verloren. Die Indianerhunde hatten Packriemen und Leinendecken zerbissen. Im Grunde war ihnen nichts auch nur entfernt Eßbares entgangen. Von Perraults Elchledermokkasins hatten sie ein Paar gefressen, einzelne Stücke der ledernen Zugriemen und sogar mehr als einen halben Meter von François' Peitschenschnur. Er riß sich von diesem melancholischen Anblick los, um seine verwundeten Hunde zu mustern.

»Oh je, ihr Guten«, sagte er leise, »so viele Bisse, sie eusch bringen Tollwut, kann sein. Kann sein, ihr werdet alle verrückt. 'errgottsakrament! Was sagst du, Perrault?«

Der Kurier wiegte bedenklich den Kopf. Vierhundert Meilen waren es noch auf dem Trail bis Dawson – da konnte er sich einen Ausbruch von Tollwut unter seinen Hunden kaum leisten. Nach zwei Stunden angestrengter und von Flüchen begleiteter Arbeit hatten sie das Zuggeschirr wieder hergerichtet, und die wunden Tiere kämpften sich mit steifen Gliedern mühsam durch den schlimmsten Abschnitt des Trails, den sie bis hierhin – und überhaupt bis Dawson – überwinden mußten.

Der Thirty Mile River war praktisch eisfrei. Die wilde Strömung hatte dem Frost widerstanden, und nur an den Stellen, wo das Wasser ruhiger floß, trug das Eis. Sie plagten sich sechs Tage bis zur Erschöpfung, ehe sie diese fürchterlichen dreißig Meilen hinter sich hatten. Und sie waren in der Tat entsetzlich, denn Mann und Hund setzten bei jedem Schritt ihr Leben aufs Spiel. Perrault, der den richtigen Weg auskundschaften mußte, brach ein dutzendmal durch die Eisbrücken, und jedesmal rettete ihn nur die lange Stange, die er mit sich führte und immer so hielt, daß sie sich quer über das Loch legte, wenn er einbrach. Da jedoch eine Kältewelle herrschte und das Thermometer 45 Grad unter Null anzeigte, war es überlebenswichtig, jedesmal ein Feuer zu machen und die Kleider zu trocknen.

Er ließ sich nicht entmutigen. Eben deswegen hatte die Regierung ihn ja als Kurier gewählt. Er scheute kein Risiko, reckte sein ausgemergeltes Gesicht entschlossen der eisigen

Kälte entgegen und kämpfte vom Morgengrauen bis in die Nacht. Er vermied den Weg über den abweisenden Uferstreifen, indem er auf schwankendes Randeis auswich, das unter den Füßen knisterte, so daß sie nicht anzuhalten wagten. Einmal brach der Schlitten zusammen mit Dave und Buck ein, und als man sie herauszerrte, waren sie halb erstarrt und fast ertrunken. Man mußte das übliche Feuer machen, um sie am Leben zu erhalten. Sie waren mit einer festen Eisschicht überzogen, und die beiden Männer zwangen sie, ohne Pause und so nah am Feuer im Kreis zu laufen, daß sie schwitzend auftauten und ihr Fell von den Flammen versengt wurde.

Ein anderes Mal gab das Eis unter Spitz nach, der das ganze Gespann nachzog bis hin zu Buck, der die Vorderpfoten in den rutschigen Eisrand krallte und mit aller Kraft dagegenhielt, während es rundherum bebte und krachte. Aber hinter ihm unterstützte ihn Dave, und auf der anderen Seite des Schlittens stand François, der seine Sehnen bis zum Zerreißen gespannt hatte.

Dann wieder brach das Randeis vor und hinter ihnen, und nur über die Felsklippen konnten sie entkommen. Perrault gelang es wie durch ein Wunder, sich hochzuziehen, während François Stoßgebete zum Himmel schickte. Aus allen Peitschen- und Packschnüren und mit jedem Bestandteil des Zuggeschirrs flochten sie ein langes Seil, an dem sie die Hunde nacheinander auf den Klippenrand hievten. Zum Schluß kam François, nach dem Schlitten und der Ladung. Darauf folgte die Suche nach einem Abstieg, den sie am Ende erneut mit dem Seil bewältigten, und als sie in der Nacht ihr Lager am Fluß aufschlugen, durften sie diesem Tag eine ganze Viertelmeile gutschreiben.

Am Hootalinqua angelangt und endlich auf sicherem Eis, war Buck am Ende seiner Kräfte. Den anderen Hunden erging es ebenso, doch Perrault trieb sie von früh bis spät an, um die verlorene Zeit aufzuholen. Am ersten Tag legten sie fünfunddreißig Meilen bis zum Big Salmon zurück; am nächsten weitere fünfunddreißig bis zum Little Salmon; am dritten Tag vierzig, womit sie sich fast an den Five Fingers befanden.

Bucks Pfoten waren weniger robust als die der Huskies. In den vielen Generationen, seit irgendein Höhlenmensch oder Flußanwohner den letzten seiner wilden Vorfahren gezähmt hatte, waren sie verweichlicht. Den ganzen Tag lang humpelte er unter schrecklichen Schmerzen und brach wie tot zusammen, sobald das Lager aufgeschlagen wurde. Obwohl er hungrig war, rührte er sich nicht, um seine Fischration entgegenzunehmen; François mußte sie ihm bringen. Er mußte ihm auch jeden Abend nach dem Essen eine halbe Stunde lang die Pfoten reiben und opferte das Oberteil seiner eigenen Mokkasins, um Buck vier Überschuhe daraus anzufertigen. Das bedeutete eine große Erleichterung, und einmal, morgens, brachte Buck selbst Perrault dazu, sein runzliges Gesicht zu einem Grinsen zu verziehen, als er sich auf den Rücken legte, alle vier Pfoten fordernd in die Luft streckte und sich weigerte, einen Schritt zu tun, weil François vergessen hatte, ihm sein Schuhwerk anzulegen. Im Lauf der Zeit gewöhnten sich die Pfoten an den Trail, und die abgetragenen Lederlappen wurden weggeworfen.

Als die Hunde eines Morgens, am Pelly, gerade angespannt wurden, überfiel Dolly, der man bis dahin nichts angemerkt hatte, urplötzlich die Tollwut. Sie kündigte ihren Zustand durch ein langgezogenes, markerschütterndes Wolfsheulen an, das den anderen Hunden Angstschauer über den Rücken jagte, und ging dann unvermittelt auf Buck los. Er hatte noch nie erlebt, wie ein Hund tollwütig wurde, und damit eigentlich auch keinen Grund, die Tollwut zu fürchten; er erkannte jedoch sofort, daß Grauenhaftes drohte, und floh in panischem Schrecken. Schnurgerade schoß er davon, die hechelnde und schäumende Dolly einen Satz hinter sich; weder

38

konnte sie den Abstand verkürzen, so groß war sein Entsetzen, noch konnte er sie abschütteln, so groß war ihre Tollheit. Er stürmte den bewaldeten Inselhang hinab, suchte Zuflucht am Ufer, erreichte über einen mit Eisbrocken bedeckten Nebenarm eine weitere Insel, gelangte von dort auf eine dritte, kehrte im Bogen zurück zur Hauptader des Stroms und begann verzweifelt, ihn zu überqueren. Er blickte zwar nicht zurück, hörte sie aber die ganze Zeit einen Satz hinter sich knurren. Eine Viertelmeile zurück schrie François ihm etwas nach; immer noch einen Satz vor seiner Verfolgerin und mühsam nach Luft schnappend, schlug er einen Haken. Er setzte alles Vertrauen in seine Rettung durch François. Der Hundetreiber erwartete sie mit hocherhobener Axt, und als Buck an ihm vorbeigeschossen war, fuhr sie krachend auf den Kopf der tollwütigen Dolly nieder.

Buck sank ausgepumpt und nach Luft ringend am Schlitten zusammen – völlig hilflos. Das war die Chance für Spitz. Er stürzte sich auf Buck, grub zweimal die Zähne in den Körper seines wehrlosen Widersachers und riß ihm das Fleisch bis zu den Knochen auf. Dann pfiff François' Peitsche durch die Luft, und Buck konnte mit Genugtuung zusehen, wie Spitz die übelste Tracht Prügel bezog, die bisher unter den Schlittenhunden ausgeteilt worden war.

»Ein Teufel ist er, dieser Spitz«, war Perraults Kommentar. »Eines Tages, verdammt, er bringt dieser Buck um.«

»Dieser Buck, er ist zwei Teufel«, gab François zurück. »Isch sehe dieser Buck alle Tage und isch bin sischer. Hör zu: Eines Tages – isch freu misch darauf – er wird sein fuchsteufelswild, und dann er beißt ihn kurz und klein und spuckt ihn in den Schnee, sischer. Isch weiß es.«

Von diesem Tag an herrschte offener Krieg zwischen den beiden. Spitz, als Leithund und anerkannter Herr im Gespann, sah seine Vorherrschaft durch diesen fremdartigen Hund aus dem Süden bedroht. Und Buck war ungewöhnlich, denn er hatte viele Hunde aus dem Süden kennengelernt, von denen sich nicht einer im Lagerleben und auf dem Trail bewährt hatte. Sie waren alle zu weich, starben vor Erschöpfung, Kälte und Hunger. Buck war die Ausnahme. Als einziger hielt er durch und gedieh dabei; er war dem Husky an Kraft, Wildheit und List ebenbürtig. Ein Herrentier und nicht zuletzt deshalb so gefährlich, weil der Mann im roten Pullover mit seinem Knüppel alles Tollkühne und Unbesonnene aus seinem Dominanzstreben herausgeprügelt hatte. Was ihn vor allem auszeichnete, war seine List und die Fähigkeit, mit einer geradezu urzeitlichen Geduld auf seine Chance zu warten.

Der Kampf um die Führung war unvermeidlich. Buck suchte ihn. Er wollte ihn, weil das für ihn natürlich war, weil jener namenlose, unbegreifliche Stolz des Schlittenhunds von ihm Besitz ergriffen hatte – der Stolz, der den Hunden bis zum letzten Atemzug alles abverlangt, der sie dazu verführt, freudig im Geschirr zu sterben, und der ihnen das Herz bricht, wenn man sie aus den Zugriemen schneidet. Dieser Stolz erfüllte Dave an seinem Platz direkt vor dem Schlitten oder Sol-leks, wenn er sich mit aller Kraft ins Zeug legte; dieser Stolz erfaßte sie, wenn das Lager abgebrochen wurde, und verwandelte mißmutige, störrische, rohe Tiere in ungeduldig zerrende, ehrgeizige Geschöpfe; dieser Stolz spornte sie den ganzen Tag über an und verließ sie, wenn am Abend das Lager aufgeschlagen wurde, um sie erneut finsterer Unruhe und Unzufriedenheit auszuliefern. Dieser Stolz gab Spitz Auftrieb und brachte ihn dazu, über Schlittenhunde herzufallen, die im Zuggeschirr Fehler machten, sich vor der Arbeit drückten oder am Morgen versteckten, wenn angespannt wurde. Dieser Stolz aber war es auch, der ihn Buck als möglichen Leithund fürchten ließ. Und derselbe Stolz erfüllte Buck.

Er forderte den Führungsanspruch des anderen unverhohlen heraus. Er stellte sich vor die Faulpelze, die Spitz hätte strafen müssen – und er tat das bewußt. So hatte es einmal nachts heftig geschneit, und am Morgen ließ sich der ewige Drückeberger Pike nicht blicken. Er lag unter einer fußhohen Schneedecke sicher in seiner Schlafhöhle. François rief und suchte ihn vergeblich. Spitz raste vor Wut. Er jagte durch das Lager, schnüffelte und grub an allen erdenklichen Orten, wobei er so schreckenerregend knurrte, daß Pike ihn in seinem Versteck hörte und erschauerte.

Als er aber schließlich aufgestöbert wurde und Spitz sich wütend auf ihn stürzte, um ihn zu bestrafen, fuhr Buck mit gleicher Wut dazwischen. Das geschah so unvermutet, und der Moment war so raffiniert abgepaßt, daß Spitz nach hinten geschleudert wurde und den Boden unter den Füßen verlor. Pike, der in erbärmlicher Angst gezittert hatte, faßte sich angesichts solch offener Meuterei ein Herz und fiel über den gestürzten Führer her. Auch Buck, der die Spielregel der Fairneß vergessen hatte, ging nun zum Angriff über. Doch der gerechte François ließ sich nicht beirren und zog Buck mit ganzer Härte die Peitsche über, obwohl ihn der Vorfall mit heimlicher Genugtuung erfüllte. Als Buck trotzdem nicht von seinem am Boden liegenden Rivalen abließ, kam der Peitschenknauf zum Einsatz. Halb benommen von dem Schlag, taumelte Buck rückwärts, und während Spitz dem mehrfach straffälligen Pike eine solide Abreibung verpaßte, fuhr die Peitsche weiter auf Buck nieder.

Sie kamen in den folgenden Tagen Dawson zusehends näher, und Buck hörte nicht auf, sich zwischen Spitz und die Sündenböcke zu stellen; aber er ging jetzt verschlagener vor, indem er François' Abwesenheit ausnutzte. Durch Bucks verdeckte Meuterei kam es zu schleichender Auflehnung im Gespann. Dave und Sol-leks hielten sich heraus, aber bei den anderen wurde es immer schlimmer. Nichts ging mehr reibungslos. Immer wieder kam es zu Gezänk und Rangeleien.

Es gab unaufhörlich Ärger, dessen eigentlicher Urheber Buck war. Das ließ François keine Ruhe, weil der Hundetreiber in dauernder Angst vor dem Kampf auf Leben und Tod schwebte, den die beiden, wie er wohl wußte, früher oder später ausfechten würden. Mehrfach kroch er nachts aus seinem Schlafsack, wenn ihn lärmender Streit unter den Hunden geweckt hatte und er fürchtete, nun sei es endgültig zum Duell zwischen Buck und Spitz gekommen.

Jedoch bot sich nie eine Gelegenheit, und an einem trüben Nachmittag erreichten sie Dawson, ohne daß die Sache ausgestanden war. Hier gab es viele Männer und zahllose Hunde, und Buck stellte fest, daß alle arbeiteten. Offenbar waren Hunde einfach zur Arbeit bestimmt. Den ganzen Tag über glitten lange Gespanne die Hauptstraße hinauf und hinunter, und selbst in der Nacht noch hörte man die vorüberziehenden Schlitten klingeln. Die Hunde schleiften Stämme für Blockhütten und Brennholz heran, transportierten Fracht zu den Goldgruben und übernahmen all die Arbeiten, die im Santa Clara Tal Pferde leisteten. Hin und wieder traf Buck Hunde aus dem Süden, die meisten jedoch gehörten zur Rasse der wilden Wolfshuskies. Jede Nacht, ganz regelmäßig um neun, um zwölf und um drei, schickten sie eine Melodie gen Himmel, einen unheimlichen und schaurigen Gesang, in den Buck hingerissen miteinstimmte.

Wenn das Polarlicht dann in kalten Flammen über ihnen stand oder die Sterne in der frostigen Luft tanzten und die Erde fühllos und erstarrt unter ihrem Leichentuch aus Schnee lag, dann hätte dieses Lied der Huskies wohl ein Trotzgesang des Lebens sein können, doch war die Tonart Moll, und langgezogene Klagen und abbrechende Schluchzer ließen es eher wie eine flehentliche Bitte des Lebens erscheinen, mit der sich die Mühsal des Daseins Gehör verschaffte. Es war ein altes Lied, so alt wie die Rasse selbst – eines der ersten der noch jungen Welt, in einer Zeit, als alle Lieder schwermütig waren. Diesem Trauerchor, der Buck so sonderbar erregte, wohnte das Leid ungezählter Generationen inne. Seine Stimme verlieh aufstöhnend und winselnd einem Lebensschmerz Ausdruck, den einstmals auch seine ungezähmten Vorväter empfunden hatten, beklagte wie sie das Geheimnis der Kälte und der Angst. Die Erregung, die ihn erfaßte, zeigte anschaulich, wie weit er den Weg durch die Zonen von Feuer und schützendem Dach bis zu den schaurigen und rohen Anfängen des Lebens schon zurückgegangen war.

Sieben Tage, nachdem sie in Dawson eingetroffen waren, fuhren sie das Steilufer am Polizeihauptquartier hinunter zum Yukon-Trail und hielten auf Dyea und Salt Water zu. Perrault beförderte Nachrichten, die eher noch eiliger waren als jene, die er hergebracht hatte. Zudem war sein Stolz als Schlittenführer erwacht, und er hatte sich vorgenommen, den Streckenrekord des Jahres aufzustellen. Dabei kamen ihm mehrere Umstände zugute. Während der einwöchigen Ruheperiode hatten die Hunde ihre Kräfte wiedergewonnen und waren jetzt in hervorragender Verfassung. Die Spur, die sie auf dem Herweg frisch gelegt hatten, war durch nachfolgende Gespanne festgefahren. Außerdem hatte die Polizei an zwei oder drei Stellen Lebensmitteldepots für Mensch und Hund angelegt, so daß er mit leichtem Gepäck fahren konnte.

Sie erreichten Sixty Mile am ersten Tag; das war eine Wegstrecke von fünfzig Meilen. Am zweiten Tag jagten sie den Yukon aufwärts und kamen Pelly ein erhebliches Stück näher. Allerdings waren diese hervorragenden Tagesleistungen mit viel Mühe und Ärger für François verbunden. Die heimtückische Revolte, die Buck anführte, hatte die Solidarität im Gespann untergraben. Sie zogen nicht mehr wie vorher gewissermaßen alle an einem Strang. Bucks Unterstützung für die Rebellen führte zu allerlei kleinen Vergehen. Spitz war nicht länger der gefürchtete Leithund. Die frühere Ehrfurcht war gewichen, und jeder konnte es sich allmählich leisten, seine Autorität in Frage zu stellen. Pike stahl ihm eines Abends einen halben Fisch und verschlang ihn unter Bucks Schutz. Ein anderes Mal begehrten Dub und Joe gegen ihn auf und ließen ihn ausbaden, was sie selbst verdient hatten. Sogar der gutmütige Billee war nun weniger entgegenkommend und jaulte nicht mehr halb so besänftigend wie früher. Buck kam Spitz nie nahe, ohne nicht gleichzeitig drohend zu knurren und das Nackenfell zu sträuben. Eigentlich war nun er derjenige, der schikanierte, und besonders gern stolzierte er herausfordernd vor Spitz' Nase auf und ab.

Der Zusammenbruch der Disziplin wirkte sich auch auf das Verhältnis der Hunde untereinander aus. Sie zankten und stritten mehr denn je, so daß ihr Lager zuweilen das reinste Tollhaus war. Nur Dave und Sol-leks blieben die alten, obwohl die endlosen Auseinandersetzungen sie gereizt machten. François stieß barbarische Flüche aus, trampelte in hilfloser Wut auf dem Schnee herum und raufte sich die Haare. Unaufhörlich sauste die Peitsche auf die Hunde nieder, aber der Erfolg war gering. Kaum drehte er ihnen den Rücken, fingen die Rangeleien wieder an. Mit seiner Peitsche verlieh er der Autorität von Spitz Nachdruck, Buck unterstützte das restliche Gespann. François wußte, daß er hinter allen Schwierigkeiten steckte, und Buck wußte, daß François im Bilde war; aber er war raffiniert genug, sich kein einziges Mal mehr auf frischer Tat ertappen zu lassen. Im Gespann tat er gewissenhaft seine Pflicht, denn die Anstrengung war für ihn zum Genuß geworden. Nichtsdestoweniger empfand er ein noch größeres Vergnügen, wenn er dabei unbemerkt eine Auseinandersetzung zwischen den anderen provozieren konnte, bis alle Zugriemen heillos verknäult waren.

An der Tahkeenamündung stöberte Dub eines Abends nach dem Fressen einen Schneehasen auf, packte aber so ungeschickt zu, daß er ihm entwischte. Innerhalb von Sekunden machte sich das ganze Team mit lautem Gebell an die

Verfolgung. Keine hundert Meter weiter befand sich ein Lager der Berittenen Polizei mit fünfzig Hunden, ausnahmslos Huskies, die sich an der Jagd beteiligten. Der Hase raste den Fluß hinab und bog in einen kleinen Seitenarm ein. Er hielt sich an den Verlauf des zugefrorenen Bachbetts, auf dessen schneebedeckter Oberfläche das leichtfüßige Tier kaum einsank, während die Hunde mit schierer Kraft durch den Schnee pflügen mußten. Buck führte die Meute von sechzig Verfolgern an, doch hinter jeder Biegung erwies sich, daß er den Abstand nicht verkürzen konnte. Ungeduldig jaulend schoß er im gestreckten Lauf dahin, und bei jedem Satz leuchtete sein prächtiger Körper im fahlen Mondlicht auf. Bei jedem Satz aber sah er auch den Hasen wie einen irrlichternden Schneegeist vor sich aufblitzen.

All jene alten Instinkte, die in regelmäßigen Abständen erwachen und die Menschen aus ihren lärmenden Städten hinaus in Wald und Feld treiben, um dort mit Bleikugeln zu töten, die mittels chemischer Reaktionen auf ihre Bahn geschickt werden, der Blutdurst und Mordrausch – all das trieb Buck an, nur war diese Regung bei ihm unendlich viel inniger mit seinem Wesen verbunden. Er jagte an der Spitze der Meute, hetzte das Wild, lebendiges Fleisch, bis zur Erschöpfung, um es mit eigenen Zähnen zu töten und die Schnauze bis über die Augen in Blut zu baden.

Es gibt eine Ekstase, die den Höhepunkt der Existenz markiert, über den das Leben nicht mehr hinausgelangen kann. Und so paradox ist unser Dasein, daß diese Ekstase im Augenblick höchster Lebensintensität eintritt und gleichzeitig bedeutet, daß man sich in keiner Weise mehr seiner Lebendigkeit bewußt ist. Diese Ekstase und Seinsvergessenheit erfaßt den Künstler wie eine Feuerwand, reißt ihn empor und gleichsam aus sich heraus; sie überfällt den Soldaten, der auf dem blutgetränkten Schlachtfeld im Rausch des Tötens kein Erbarmen mehr kennt; und sie erfüllte Buck, als er an der

Spitze der Meute das uralte Wolfsgeheul ausstieß und der Beute aus Fleisch und Blut nachsetzte, die vor ihm im Mondschein in rasender Flucht zu entkommen suchte. Er lotete die Abgründe seiner Natur aus, Wurzeln, die tiefer reichten als er selbst, bis weit zurück in den Schoß der Zeit. Was ihn überwältigte, das war ungebändigt aufwallendes Leben, die Flutwelle des Seins, die vollkommene Lust, die jeder einzelne Muskel, jedes Gelenk und jede Sehne verspürte, weil sie alles das waren, was dem Tod trotzte, was sich, hitzig und ungezügelt, in der Bewegung Ausdruck verschaffte, was jubelnd unter den Sternen dahinjagte und im Triumph über erstarrte, tote Materie hinwegflog.

Spitz jedoch, der auch im Hochgefühl noch kühl und berechnend blieb, trennte sich von der Meute und wählte eine Abkürzung quer über eine schmale Landzunge, die der Bach in einer weiten Kurve umschlang. Buck hatte das nicht mitbekommen, und als er aus der Biegung herausschoß, den irrlichternden Hasen immer noch vor sich, blitzte plötzlich ein anderes Irrlicht auf: Ein größerer Schneegeist stürzte sich von der überhängenden Uferböschung geradewegs auf den Hasen. Es war Spitz. Der Hase konnte nicht mehr ausweichen, und als die weißen Zähne ihm das Genick brachen, gab er einen schrillen Schrei von sich, so laut, wie ihn ein Mensch in höchster Not ausstoßen mag. Auf diesen Schrei hin, den Schrei des Lebens, das auf dem Gipfelpunkt vom Tod gepackt und hinabgerissen wird, brach die Meute hinter Buck in höllisches Triumphgeheul aus.

Buck blieb stumm. Er bremste nicht ab, sondern stürmte auf Spitz zu und rammte ihn so heftig mit der Schulter, daß er seine Kehle verfehlte. Sie überschlugen sich mehrmals im stäubenden Schnee. Spitz kam fast so schnell wieder auf die Beine, als sei er nie zu Boden gegangen, und riß Buck die Schulter auf, bevor er sich mit einem Satz in Sicherheit brachte. Zweimal krachten seine Zähne wie Stahlbügel einer

Falle zusammen, während er rückwärts ausweichend besseren Stand suchte, und seine schmalen Lefzen zogen sich zurück, um fletschend die Zähne zu entblößen.

Die Erkenntnis durchfuhr Buck wie ein Blitz. Der Augenblick war da. Es ging um Leben und Tod. Während sie einander umkreisten, knurrend, mit angelegten Ohren und erpicht darauf, sich einen Vorteil zu verschaffen, erlebte Buck die Szene wie etwas längst Vertrautes. Ihm war, als ob er sich an alles erinnere, – die weißen Wälder, die Erde, das Mondlicht und die Erregung des Kampfs. Eine gespenstische Ruhe legte sich über das weiße Schweigen. Kein Lufthauch war zu spüren – alles stand still, kein Blatt regte sich, und der Atem der Hunde stieg nur zögernd als sichtbarer Hauch in die frostige Luft. Mit dem Schneehasen hatten sie kurzen Prozeß gemacht, diese Hunde, die kaum gezähmte Wölfe waren; jetzt hatten sie sich erwartungsvoll zu einem Kreis formiert. Auch sie waren stumm, nur die Augen glühten hinter dem langsam aufsteigenden Atem. Buck war nichts neu oder fremd an dieser Szene aus alten Tagen. Es war, als wäre es schon immer so gewesen, der gewohnte Gang der Dinge.

Spitz war ein erfahrener Kämpfer. Von Spitzbergen durch das Eismeer, quer durch Kanada und die Barrens hatte er sich gegenüber den verschiedensten Hunden behauptet und sich zum Herrn über sie aufgeschwungen. Er kannte haßerfüllten Zorn, aber blinde Wut war ihm fremd. In dem leidenschaftlichen Wunsch, zu zerreißen und zu vernichten, vergaß er nie, daß seinen Widersacher die gleiche Leidenschaft verzehrte. Er stürmte nicht auf den Gegner los, ehe er nicht bereit war, selbst einem solchen Ansturm standzuhalten; er ging nicht zum Angriff über, ehe er seinen Angriff nicht abgesichert hatte.

Vergebens trachtete Buck danach, seine Zähne in den Hals des mächtigen weißen Hundes zu schlagen. Wo immer seine Fänge das weiche Fleisch suchten, traf er auf die Fänge des anderen. Fang krachte gegen Fang, die Lippen wurden aufgerissen und bluteten, doch Buck fand keinen Weg durch die Abwehr des Gegners. Er wurde jetzt hitziger und wirbelte in unaufhörlichen und stürmisch vorgetragenen Angriffen um Spitz herum. Immer wieder schnappte er nach der schneeweißen Kehle, wo das Leben gleich unter der Oberfläche sprudelte, und jedes Mal riß Spitz ihm ungestraft eine Wunde ins Fleisch. Buck ging nun dazu über, auf Spitz zuzustürmen, als wollte er ihn an der Kehle packen, bog aber im letzten Moment den Kopf zurück und drehte den Körper seitwärts, um die Schulter des Gegners mit seiner eigenen zu rammen und ihn so aus dem Gleichgewicht zu bringen. Statt dessen aber wurde Bucks Schulter aufgerissen, und Spitz sprang leichtfüßig zur Seite.

Er hatte keine Schramme abbekommen, während dem keuchenden Buck das Blut in Strömen herunterlief. Der Kampf begann eine verzweifelte Wendung zu nehmen. Und die ganze Zeit über wartete der schweigende Kreis wölfischer Kreaturen darauf, demjenigen den Garaus zu machen, der als erster zu Boden ging. Als Buck die Luft knapp wurde, ging Spitz zum Angriff über und brachte ihn immer wieder ins Wanken. Einmal verlor Buck das Gleichgewicht, und alle sechzig Hunde im Kreis zuckten hoch, aber fast noch in der Luft fing er sich wieder, und die Hunde sanken in die Ruhestellung zurück, um weiter abzuwarten.

Buck besaß jedoch eine Eigenschaft, die zu großen Taten befähigt – Erfindungsgeist. Er kämpfte instinktiv, aber er konnte auch mit dem Verstand kämpfen. Er stürmte vorwärts, als wollte er den alten Schultertrick anwenden, aber im letzten Moment schoß er flach über den Schnee auf Spitz zu. Seine Zähne schlossen sich um den linken Vorderlauf des Gegners. Man hörte das Knirschen brechender Knochen, und nun stand ihm der weiße Hund auf drei Beinen gegenüber. Dreimal versuchte Buck, ihn umzurennen, ehe er seinen Trick erneut anwendete und seinem Widersacher den rechten Vorderlauf brach. Trotz seiner Schmerzen und Hilflosigkeit wehrte sich Spitz verzweifelt dagegen, zu Boden geworfen zu werden. Er sah die schweigende Runde, ihre glühenden Augen, heraushängenden Zungen und die silbrig aufsteigende Atemluft näherrücken; er hatte mitangesehen, wie sich in der Vergangenheit ähnliche Ringe um den unterlegenen Gegner schlossen. Nur war dieses Mal er der Besiegte.

Seine Lage war hoffnungslos. Buck blieb unerbittlich. Mitleid war ein Gefühl für freundlichere Welten. Er machte sich bereit zum letzten Angriff. Der Kreis war so eng geworden, daß er den Atem der Huskies an seinen Flanken spürte. Hinter Spitz und auf beiden Seiten nahm er wahr, wie sie, schon halb zum Sprung geduckt, ihre Augen auf ihn hefteten. Es war, als trete eine Pause ein. Jedes Tier erstarrte zu Stein. Nur in Spitz bebte das Leben, während er mit aufgestelltem Nackenhaar und knurrend vor und zurück taumelte, als wollte er den bevorstehenden Tod durch gräßliche Drohungen verscheuchen. Dann sprang Buck ihn an und wich gleich wieder zurück; aber bei diesem Sprung waren endlich die Schultern der beiden Kontrahenten voll gegeneinandergeprallt. Der dunkle Kreis auf dem mondhellen Schnee verengte sich zu einem Fleck, unter dem Spitz verschwand. Buck blieb stehen und sah zu – der Sieger im Kampf, ein triumphierendes Raubtier der Urzeit, das seine Beute erlegt hatte und tiefe Genugtuung empfand.

IV. LEITHUND

Also? Isch 'abe das gewußt. Isch 'abe gesagt, dieser Buck ist wie zwei Teufel.«

Das erklärte François am nächsten Morgen, als er entdeckte, daß Spitz fehlte und Buck mit Wunden übersät war. Er holte ihn ans Feuer, um im Widerschein der Flammen die Verletzungen vorzuführen.

»Dieser Spitz kämpft wie Fuchsteufel«, meinte Perrault und musterte die klaffenden Risse und Schnitte.

»Und dieser Buck, er kämpft wie zwei Fuchsteufel«, erwiderte François. »Jetzt geht fix. Kein Spitz, kein Probleme, das ist sischer.«

Während Perrault die Lagerausrüstung zusammenpackte und den Schlitten belud, ging der Hundeführer daran, die Hunde anzuschirren. Buck trottete an die Stelle, die Spitz als Leithund eingenommen hätte; doch François ignorierte ihn und führte Sol-leks an den begehrten Platz. Seiner Meinung nach war Sol-leks nun das beste Leittier. Buck sprang Sol-leks wütend an, scheuchte ihn zurück und nahm dann selbst seine Position ein.

»Was du sagst nun?« rief François aus und schlug sich in heller Freude auf die Schenkel. »Schau dieser Buck an. Er tötet Spitz, und er will sein Arbeit 'aben.«

»'au ab, du frescher Kerl!« brüllte er ihn an, aber Buck rührte sich nicht von der Stelle.

François packte den Hund am Genick, zerrte das bedrohlich knurrende Tier zur Seite und holte Sol-leks zurück. Das mochte der alte Hund überhaupt nicht; es war nicht zu übersehen, daß er Buck fürchtete. François blieb hartnäckig, doch als er Buck den Rücken zukehrte, nahm dieser wieder die Stelle von Sol-leks ein, der sie ihm nur allzu bereitwillig überließ.

François wurde zornig. »Verflixt und zugenäht, gleich kannst du was erleben!« schrie er und kam mit einem dicken Knüppel in der Hand zurück.

Buck erinnerte sich an den Mann im roten Pullover und trat langsam den Rückzug an; er unternahm auch keinen weiteren Versuch, sich einzumischen, als Sol-leks erneut nach vorn gebracht wurde. Allerdings umkreiste er den Schauplatz gerade außerhalb der Reichweite des Knüppels und machte knurrend seinem Ingrimm Luft. Dabei ließ er den Knüppel nie aus den Augen, um ausweichen zu können, falls François ihn nach ihm werfen sollte, denn mit Knüppeln kannte er sich inzwischen sehr gut aus.

Der Hundeführer tat seine Arbeit. Als er soweit war, rief er Buck, um ihn wieder an seinem alten Platz vor Dave einzuspannen. Buck wich zwei oder drei Schritte zurück. François folgte ihm; er wich erneut zurück. Nachdem das einige Zeit so gegangen war, warf François in der Annahme, Buck fürchte eine Tracht Prügel, den Knüppel fort. Doch Bucks Auflehnung zielte auf mehr. Er wollte nicht einfach dem Knüppel entgehen, er forderte die Führungsposition. Er hatte ein Recht darauf. Er hatte sie sich verdient, und mit weniger würde er sich nicht zufriedengeben.

Perrault kam François zu Hilfe. Fast eine Stunde lang rannten sie abwechselnd hinter ihm her. Sie warfen ihm Knüppel nach. Er wich aus. Sie verwünschten ihn, seine Vorfahren sowie Kinder und Kindeskinder bis ins letzte Glied, jedes Haar an seinem Körper, jeden Tropfen Blut in seinen Adern; er beantwortete jeden Fluch mit Zähnefletschen und blieb außer Reichweite. Er machte keinerlei Anstalten davonzulaufen, sondern umkreiste auf seiner Flucht immer wieder das Lager, um unmißverständlich kundzutun, daß er ganz folgsam zurückkommen würde, wenn man ihm nur seinen Wunsch erfüllte.

François setzte sich und kratzte sich den Kopf. Perrault sah auf die Uhr und fluchte. Die Zeit verrann, und seit einer Stunde hätten sie schon unterwegs sein sollen. François kratzte sich noch einmal. Er schüttelte den Kopf und grinste verlegen zum Kurier hinüber, der sich schulterzuckend geschlagen gab. Daraufhin ging François nach vorn zu Sol-leks und rief Buck zu sich. Buck lachte, wie Hunde das tun, hielt aber noch Abstand. François löste Sol-leks aus dem Geschirr und machte ihn an seinem alten Platz wieder fest. Jetzt stand das gesamte Gespann in lückenloser Reihe vor dem Schlitten, zum Aufbruch bereit. Für Buck blieb nur noch die Spitzenposition. François rief ihn noch einmal, und wieder lachte Buck, ohne näherzukommen.

»Schmeiß dieser Knüppel weg«, befahl Perrault.

Es geschah; erst jetzt trottete Buck mit einem triumphierenden Lachen heran und schwenkte in seine Position an der Spitze des Gespanns ein. Die Riemen wurden festgemacht, der Schlitten angeschoben, und das Gespann sauste, gefolgt von den beiden laufenden Männern, hinaus in die Spur auf dem Fluß.

So sehr der Hundeführer Buck mit Vorschußlorbeeren bedacht hatte, als er von den zwei Teufeln sprach, so sehr hatte er ihn doch unterschätzt; das stellte er jedenfalls fest, noch ehe der Tag weit fortgeschritten war. Buck übernahm alle Pflichten als Leithund, ohne eine Sekunde zu zögern. Dort, wo Urteilskraft, schnelle Entschlüsse und rasches Handeln geboten waren, übertraf er sogar Spitz, obwohl François nie erlebt hatte, daß ein anderer Hund ihm je ebenbürtig gewesen wäre.

Bucks überragende Fähigkeit bestand jedoch darin, Autorität zu demonstrieren und dafür zu sorgen, daß sein Gespann sie respektierte. Dave und Sol-leks ließ der Wechsel in der Führung kalt. Das ging sie nichts an. Ihre Aufgabe war es, im Gespann zu schuften, und zwar mit allen Kräften. Solange ihnen dabei niemand in die Quere kam, war ihnen alles andere gleichgültig. Ihretwegen konnte der gute Billee die Führung übernehmen, wenn er bloß Ordnung hielt. Alle anderen jedoch waren gegen Ende von Spitz' Regiment aufsässig geworden. Zu ihrer Überraschung hatte Buck keine Hemmungen, sie ordentlich zurechtzustauchen.

Pike, der gleich hinter Buck zog und sich nie auch nur mit einer Unze mehr ins Zeug legte, als unbedingt nötig war, wurde wiederholt und prompt für jede Bummelei bestraft. Noch vor Ende des ersten Tages strengte er sich mehr an als jemals zuvor in seinem Leben. Am ersten Abend im Lager bezog auch der sauertöpfische Joe eine gründliche Abreibung – etwas, das Spitz nicht ein einziges Mal gelungen war. Buck begrub ihn einfach unter seinem Gewicht und biß auf ihn ein, bis Joe es aufgab, nach ihm zu schnappen, und um Gnade winselte.

Die Stimmung im Gespann wurde augenblicklich besser. Die Hunde fanden zu ihrer früheren Solidarität zurück und zogen wieder an einem Strang. Bei den Rink Rapids stießen zwei einheimische Huskies, Teek und Koona, zum Team; als François sah, mit welcher Geschwindigkeit Buck sie anlernte, verschlug es ihm fast die Sprache.

»Nie – isch 'abe nie ein 'und gesehen wie dieser!« rief er aus. »Nein, nie! Er ist wert tausend Dollar, verdammt. Was? Nischt wahr, Perrault?«

Und Perrault nickte. Er war auf dieser Etappe schon schneller als der Streckenrekord, und jeden Tag vergrößerte er den Vorsprung. Der Trail war in ausgezeichnetem Zustand, hart und schön festgetreten, und auch mit Neuschnee hatten sie nicht zu kämpfen. Zu kalt war es nicht. Das Thermometer zeigte 45 Grad unter Null, und dabei blieb es die ganze Fahrt über. Einer der beiden Männer fuhr jeweils auf dem Schlitten mit, während der andere neben ihm herlief. Es kam nur zu wenigen Aufenthalten, so daß die Hunde ständig in Trab gehalten wurden.

Der Thirty Mile River trug eine solide Eisschicht, und die

Strecke, die sie auf dem Herweg zehn Tage gekostet hatte, legten sie jetzt in einem zurück. Die sechzig Meilen vom Ende des La Berge-Sees bis zu den White Horse Rapids bewältigten sie in einem Gewaltmarsch auf einer einzigen Etappe. Sie brausten so schnell über den Marsh, Tagish und Bennett (siebzig Meilen über Seen), daß sich derjenige, der jeweils mitlief, am Schlitten anseilen mußte. Am letzten Abend der zweiten Woche überwanden sie den Weißen Paß und hielten bergauf die Lichter von Skagway und den darunterliegenden Hafen zu.

Es war eine Rekordfahrt geworden. Vierzehn Tage lang hatten sie im Schnitt vierzig Meilen pro Tag zurückgelegt. Drei Tage lang paradierten Perrault und François auf der Hauptstraße und ließen sich mit Einladungen in die Bars überschütten; in dieser Zeit stand das Gespann ständig im Mittelpunkt ehrfürchtiger Bewunderung der Männer, die Hunde anlernten und führten. Kurz darauf machten drei oder vier Wildwestganoven den Versuch, in der Stadt ein bißchen aufzuräumen; zum Dank wurden sie von Bleikugeln durchsiebt wie Pfefferstreuer, und das öffentliche Interesse suchte sich andere Idole. Als nächstes gab es einen neuen Regierungsauftrag. François rief Buck heran, umarmte ihn und weinte. Das war das letzte, was dieser von ihm und Perrault zu sehen bekam. Wie andere vor ihnen verschwanden sie auf Nimmerwiedersehen aus seinem Leben.

Ein schottisches Halbblut übernahm ihn und die anderen, und gemeinsam mit zwölf weiteren Gespannen machten sie sich auf den mühsamen Rückweg nach Dawson. Diese Fahrt ging weniger glatt voran, und sie fuhren auch keine Rekordzeit; jeder Tag bedeutete vielmehr härteste Arbeit mit schweren Lasten, denn sie beförderten die Post mit Nachrichten aus der zivilisierten Welt für die Männer, die in arktischer Finsternis Gold finden wollten.

Buck mochte die Arbeit nicht, zeigte sich ihr aber völlig

gewachsen, weil sie ihn so wie Dave und Sol-leks mit Stolz erfüllte. Er sorgte auch dafür, daß die übrigen im Gespann, ob sie nun genauso empfanden oder nicht, ihren Anteil an der Plackerei übernahmen. Es war ein eintöniges Leben, das mit der Regelmäßigkeit eines Uhrwerks ablief. Ein Tag war dem anderen zum Verwechseln ähnlich. Jeden Morgen um die gleiche Zeit kamen die Köche heraus, machten Feuer, und anschließend wurde gefrühstückt. Dann brachen die einen das Lager ab, während andere die Hunde anschirrten, und eine Stunde, bevor die sich vertiefende Dunkelheit den Morgen ankündigte, waren sie bereits unterwegs. Abends wurde das Lager wieder aufgeschlagen. Einige stellten die Zelte auf, andere holten Brennholz und schnitten Fichtenzweige als Streu unter den Betten, wieder andere brachten Wasser und Eis für die Köche. Auch die Hunde wurden gefüttert. Das war für sie das Hauptereignis des Tages, obgleich sie nach ihrer Fischmahlzeit auch gern zusammen mit einigen von den über hundert anderen Tieren herumstreiften. Es gab sehr streitlustige Gesellen darunter, aber Buck sicherte seinen Herrschaftsanspruch durch Kämpfe gegen die drei grimmigsten von ihnen. Wenn er das Fell sträubte und die Zähne bleckte, gingen sie ihm alle aus dem Weg.

Am liebsten lag er wohl mit angezogenen Hinterläufen am Feuer, streckte die Vorderpfoten von sich und blinzelte mit erhobenem Haupt träumerisch in die Flammen. Manchmal dachte er dann an Richter Millers Anwesen im sonnendurchfluteten Santa Clara Tal, an das Zementschwimmbecken, an Ysabel, die haarlose mexikanische Hündin, und an Toots, den japanischen Mops; doch häufiger erinnerte er sich an den Mann im roten Pullover, an Curlys Tod, an den großen Kampf mit Spitz und an die guten Sachen, die er gefressen hatte oder gern fressen würde. Er empfand kein Heimweh. Das Sonnenland lag in blasser Ferne, und solche Erinnerungen hatten keine Macht über ihn. Viel mächtiger wirkte das

Erbe seiner Vergangenheit; Dinge, die er nie zuvor gesehen hatte, erschienen ihm in vertrautem Licht; die Instinkte (mit anderen Worten, die zu Gewohnheiten verfestigten Erinnerungen der Vorfahren), die in der Folgezeit bei ihnen und bei ihm verschüttet worden waren, regten sich wieder und erwachten zu neuem Leben.

Wenn er manchmal so am Feuer kauerte und träumerisch in die Flammen blinzelte, dann erschienen sie ihm wie die Flammen eines anderen Feuers, an dem er dann nicht mehr den Koch von heute, sondern einen ganz anderen Mann erblickte. Der hatte kürzere Beine, längere Arme und Muskeln, die eher sehnig und knotig als rund und voll waren. Das Haar dieses Mannes war lang und verfilzt, und darunter kam eine stark fliehende Stirn zum Vorschein. Merkwürdige Laute stieß er aus, und vor der Dunkelheit fürchtete er sich besonders, starrte unablässig in die Nacht, während seine Hand, die bis weit unter das Knie reichte, einen Knüppel umklammerte, an dessen Ende ein schwerer Stein befestigt war. Er war so gut wie nackt, bis auf das vom Feuer versengte, zerrissene Fell, das seinen Rücken bedeckte; der ganze Körper war stark behaart. An manchen Stellen – Brust, Schultern und den Außenseiten von Armen und Beinen – bildete sich geradezu ein dichter Pelz. Er stand nicht aufrecht, sondern mit vornüber geneigtem Rumpf, und die Beine knickten an den Knien ein. Sein Körper strahlte etwas Elastisches, eine katzenartige Spannkraft und äußerste Wachsamkeit aus, wie bei jemandem, der in ständiger Angst vor bekannten und namenlosen Gefahren lebt.

Zu anderen Zeiten hockte dieser behaarte Mann mit dem Kopf zwischen den Beinen am Feuer und schlief. Bei diesen Gelegenheiten stützte er die Ellbogen auf die Knie und verschränkte die Hände über dem Schädel, als ob er sich mit den haarigen Armen gegen Regen schützen wollte. In der Dunkelheit rings um das Feuer erkannte Buck lauter glimmende Kohlen, jeweils zwei nebeneinander, immer paarweise, und er wußte, daß es die Augen großer Raubtiere waren. Er konnte hören, wie sie krachend durch das Unterholz brachen, nahm ihre nächtlichen Geräusche wahr. Wenn er so träumend am Ufer des Yukon lag und träge ins Feuer blickte, dann sträubte sich bei diesen Lauten und Bildern aus einer anderen Welt das Fell auf seinem Rücken, den Schultern und im Nacken, und er begann leise und unterdrückt zu winseln oder kaum hörbar zu knurren, so daß der Koch ihm zurief: »He, du, Buck, wach auf!« Daraufhin löste sich die andere Welt in Nichts auf, und die reale Welt erstand wieder vor seinen Augen.

Gewöhnlich richtete er sich dann auf und streckte gähnend die Glieder, als habe er geschlafen.

Die Post auf den Schlitten hinter ihnen machte das Vorwärtskommen schwer, und die harte Arbeit zermürbte sie. Als sie Dawson erreichten, hatten sie Untergewicht und waren auch sonst in schlechter Verfassung; sie hätten mindestens zehn Tage Rast gebraucht. Doch zwei Tage später fuhren sie mit einer Ladung Briefe, die für den hohen Norden bestimmt waren, vom Polizeihauptquartier zum Yukon hinab. Die Hunde waren müde, die Hundeführer schlecht gelaunt, und um alles noch schlimmer zu machen, schneite es jeden Tag. Das bedeutete eine weiche Spur, stärkere Reibung an den Kufen und beschwerlicheres Ziehen für die Hunde. Allerdings blieben die Hundeführer immer gerecht und taten ihr Bestes für die Tiere.

Jeden Abend wurden sie als erste versorgt. Sie bekamen ihr Futter, bevor die Männer aßen, und kein Mann hüllte sich in seine Schlafdecke, ehe er nicht die Pfoten der Hunde seines Gespanns untersucht hatte. Dennoch ließ ihre Kraft nach. Seit Winterbeginn hatten sie achtzehnhundert Meilen zurückgelegt und schwere Schlitten über die gesamte, ermüdende Distanz gezogen. Achtzehnhundert Meilen machen sich auch bei den Zähesten bemerkbar. Buck stand es durch, hielt seine Gefährten zur Arbeit an und wahrte die Disziplin, obwohl auch er sehr müde war. Nachts winselte und jaulte Billee regelmäßig im Schlaf. Joe war mißgelaunter denn je, und Sol-leks durfte man sich überhaupt nicht nähern, weder von seiner blinden noch von der anderen Seite.

Am schlimmsten jedoch litt Dave. Irgend etwas stimmte nicht mehr mit ihm. Er wurde mißmutig und reizbar, und wenn man das Lager aufschlug, richtete er sich sogleich in seiner Schlafhöhle ein, wo ihn der Hundeführer fütterte. Sobald er einmal ausgeschirrt war, rührte er sich nicht mehr vom Fleck, bis am nächsten Morgen wieder angespannt wurde. Manchmal, wenn der Schlitten ruckartig zum Stehen kam und die Hunde an ihren Riemen zurückriß, oder wenn sie beim Losfahren angestrengt ziehen mußten, schrie er vor Schmerzen auf. Der Hundeführer untersuchte ihn ohne Ergebnis. Alle anderen begannen, sich für den Fall zu interessieren. Bei den Mahlzeiten sprachen sie darüber oder bei der letzten Pfeife vor dem Schlafengehen, und eines Abends hielten sie Rat. Man holte ihn aus seiner Höhle ans Feuer und drückte und stocherte solange an ihm herum, bis er mehrmals aufjaulte. Irgend etwas war in seinem Innern in Unordnung, aber sie fanden keine Knochenbrüche, wußten nichts mit seinem Leiden anzufangen.

Als sie Cassiar Bar erreichten, war er so geschwächt, daß er wiederholt im Geschirr stürzte. Das schottische Halbblut ließ anhalten und nahm ihn heraus, um an seiner Stelle Sol-leks, den nächsten in der Reihe, direkt vor den Schlitten zu spannen. Er wollte Dave eine Erholungspause verschaffen, indem er ihn frei neben dem Schlitten laufen ließ. Trotz seiner Schwäche aber nahm dieser seine Entfernung aus dem Gespann übel, grollte und knurrte, während die Riemen gelöst wurden, und winselte herzerweichend, als er mitansah, wie Sol-leks die Position einnahm, die er so lange innegehabt und

ausgefüllt hatte. Schließlich besaß er den Stolz der Schlittenhunde, und noch als Sterbenskranker konnte er es nicht ertragen, daß ein anderer seine Arbeit übernahm.

Als der Schlitten anfuhr, kämpfte er sich durch den tiefen
Schnee neben der festgetretenen Piste, attackierte Sol-leks mit
den Zähnen, rannte gegen ihn an und versuchte, ihn gegenüber in den weichen Schnee zu stoßen oder drängte sich trotz
der Gurte zwischen ihn und den Schlitten, wobei er vor
Jammer und Schmerz ohne Unterlaß winselte, jaulte und
heulte. Das Halbblut wollte ihn mit der Peitsche verscheuchen, aber Dave kümmerte sich nicht um die schmerzenden
Hiebe, und der Mann brachte es nicht übers Herz, fester
zuzuschlagen. Dave weigerte sich, friedlich auf der Spur
hinter dem Schlitten herzulaufen, wo man gut vorwärtskam,
und pflügte solange weiter durch den tiefen Schnee, wo es
kaum ein Weiterkommen gab, bis er ausgepumpt zu Boden
sank und liegenblieb. Sein klägliches Geheul klang der Schlit-
tenkarawane hinterher, die nun auf knirschenden Kufen an
ihm vorüberzog.

Mit dem letzten Quentchen seiner Kraft raffte er sich noch
einmal auf und stolperte dem Zug nach, bis wieder Halt
gemacht wurde. Er kämpfte sich durch den Tiefschnee nach
vorn zu seinem Schlitten und stellte sich neben Sol-leks auf.
Der Hundeführer blieb einen Augenblick zurück, um sich
von seinem Hintermann Feuer für die Pfeife geben zu lassen.
Als er seinen Posten wieder einnahm und die Hunde erneut
antrieb, kostete der Start sie auffällig wenig Anstrengung, so
daß sie irritiert zurückblickten und dann überrascht stehenblieben. Auch der Hundeführer war erstaunt; der Schlitten
hatte sich nicht von der Stelle gerührt. Der Mann rief seine
Kameraden herbei, um sich die Sache anzuschauen. Dave
hatte beide Zugriemen hinter Sol-leks durchgebissen und
wartete nun an seinem angestammten Platz direkt vor dem
Schlitten.

In seinen Augen stand die flehentliche Bitte, ihn nicht von dort zu vertreiben. Der Hundeführer war ratlos. Seine Gefährten sprachen davon, daß man einem Hund das Herz brechen konnte, wenn man ihm die Arbeit verweigerte, die ihn umbrachte, und sie erinnerten sich aus eigener Erfahrung an Fälle, wo Hunde, die für die Arbeit zu alt waren oder Verletzungen hatten, gestorben waren, weil man sie aus dem Geschirr geschnitten hatte. Sie hielten es daher für einen Akt der Barmherzigkeit, den ohnehin todgeweihten Dave glücklich und zufrieden im Gespann sterben zu lassen. Er wurde also wieder angeschirrt und zog stolz wie in alten Tagen mit, obgleich er mehr als einmal unwillkürlich aufwinselte, wenn ihm seine innere Verletzung zusetzte. Einige Male stürzte er und wurde in den Riemen mitgeschleift, und einmal fuhr der Schlitten auf ihn auf, so daß er danach auf dem linken Hinterlauf lahmte.

Dennoch hielt er durch, bis sie den Lagerplatz erreichten, wo ihm der Hundeführer einen Platz am Feuer einräumte. Am nächsten Morgen stellte sich heraus, daß er zu schwach war, um weiterzumachen. Als der Zeitpunkt zum Anschirren kam, versuchte er, zu seinem Gespann zu kriechen. Mit krampfhafter Anstrengung kam er auf die Füße, taumelte und fiel. Dann rutschte er auf dem Bauch auf die Stelle zu, wo seine Gefährten angeschirrt wurden. Dafür mußte er die Vorderläufe nach vorn ausstrecken und anschließend den Körper mit ruckenden Bewegungen so lange nachziehen, bis er die Beine wieder ausstrecken und den Rumpf ein paar Zentimeter weiter vorwärtszerren konnte. Die Kräfte verließen ihn, und das letzte, was seine Gefährten von ihm sahen, war, wie er hechelnd im Schnee lag und sehnsüchtig zu ihnen herüberstarrte. Doch sein melancholisches Geheul hörten sie noch, bis sie einen Waldgürtel am Fluß durchquert hatten und außer Sichtweite waren.

Hier wurden die Schlitten angehalten. Das schottische

Halbblut ging langsam den Weg zum Lager zurück. Die Männer verstummten. Ein Revolverschuß ertönte. Der Mann kehrte hastig zurück. Die Peitschen knallten, die Schlittenglocken klingelten fröhlich, die Kufen glitten knirschend in die Spur; doch wie alle übrigen Hunde wußte auch Buck, was jenseits des Wäldchens am Fluß geschehen war.

V. QUÄLEREI AUF DEM TRAIL

Dreißig Tage nach der Abfahrt aus Dawson erreichte der Schlittenzug mit der Salzwasserpost Skagway; Buck und seine Gefährten bildeten die Vorhut. Sie waren in erbärmlicher Verfassung, zermürbt und ausgelaugt. Buck war von einhundertdreißig Pfund auf einhundertfünf abgemagert. Die übrigen Hunde waren zwar leichter, hatten aber relativ mehr an Gewicht verloren. Der Drückeberger Pike, der sein betrügerisches Leben lang immer wieder mit Erfolg eine Fußverletzung vorgetäuscht hatte, lahmte nun wirklich. Sol-leks hinkte ebenfalls, und Dub hatte sich die Schulter ausgerenkt.

Alle hatten wunde Pfoten. Spannkraft und Elastizität waren verflogen. Die Fußballen schlugen so hart am Boden auf, daß der ganze Körper durchgerüttelt und die Mühsal des Tages verdoppelt wurde. Sie waren einfach todmüde. Dabei handelte es sich nicht um die völlige Verausgabung nach einer kurzzeitigen übermäßigen Anstrengung, von der man sich innerhalb von Stunden erholt; es lag vielmehr ein Zustand der Erschöpfung vor, wie ihn der schleichende Kräfteverfall durch monatelange härteste Arbeit herbeiführt. Es fehlte inzwischen sogar die Fähigkeit zur Erholung, sie verfügten über keinerlei Reserven mehr. Auch das letzte bißchen Energie, einfach alles war aufgezehrt. Jeder Muskel, jede Fiber, jede Zelle war müde, todmüde. Und mit gutem Grund. In weniger als fünf Monaten hatten sie eine Strecke von zweitausendfünfhundert Meilen zurückgelegt, die letzten achtzehnhundert davon mit nicht mehr als fünf Tagen Pause. Als sie in Skagway ankamen, waren sie unübersehbar am Ende. Sie konnten die Zugriemen kaum noch straffhalten, und im abschüssigen Gelände gelang es ihnen nur mit Mühe, dem nachdrängenden Schlitten auszuweichen.

»Vorwärts, ihr armen Fußkranken«, ermutigte sie der Hundeführer, als sie die Hauptstraße von Skagway entlangtaumelten. »Jetzt ist es geschafft. Jetzt werden wir ordentlich Rast machen, was? Aber garantiert. So 'mal richtig ausspannen.«

Die Schlittenmannschaft rechnete nämlich fest mit einer langen Pause. Hinter ihnen lagen zwölfhundert Meilen mit nur zwei Ruhetagen, und wenn alles mit rechten Dingen zuging, dann hatten sie gewiß Anspruch darauf, einmal ordentlich zu faulenzen. Es waren jedoch so viele Männer Hals über Kopf ins Klondikegebiet gezogen und hatten ihre Liebste oder Frau und Familie zurückgelassen, daß sich die Post zu Bergen von alpinem Ausmaß türmte. Außerdem lagen Anweisungen der Regierung vor. Die Hunde, die für den Trail nicht mehr taugten, sollten durch Nachschub von der Hudson-Bay ersetzt werden. Von den wertlosen Tieren sollten sie sich trennen, und weil die Belange von Hunden gegenüber harten Dollars nicht zählen, mußten sie verkauft werden.

Während der drei folgenden Tage hatten Buck und seine Gefährten Zeit festzustellen, wie matt und schwach sie tatsächlich waren. Und dann, am Morgen des vierten Tages, kamen zwei Männer aus den Staaten und kauften Bucks ganzes Gespann, samt Zuggeschirr und allem Drum und Dran, für ein Butterbrot. Sie nannten sich »Hal« bzw. »Charles«. Charles war ein hellhäutiger Mann in mittleren Jahren, mit blassen, wäßrigen Augen und einem wild und verwegen aufwärts gezwirbelten Schnurrbart, hinter dem sich eine schlaff herunterhängende Lippe versteckte, die die forsche Erscheinung Lügen strafte. Hal war ein junger Bursche, neunzehn oder zwanzig Jahre alt, an dessen patronengespicktem Gürtel ein schwerer Colt und ein Jagdmesser hingen. Was an ihm auffiel, das war dieser Gürtel. Und darin verriet sich seine ganze Unreife – so grenzenlos, daß sie nicht in Worte zu fassen war. Beide Männer waren ganz offenkundig fehl am Platze, und warum solche Menschen wie sie sich in den Norden wagten, wird auf ewig ein Geheimnis bleiben.

Buck hörte, wie um den Preis gefeilscht wurde, sah das Geld zwischen dem Mann und dem Regierungsangestellten den Besitzer wechseln und wußte, daß damit das schottische Halbblut und die Hundeführer des Postzugs aus seinem Leben verschwanden wie vor ihnen Perrault und François und noch andere mehr. Als er mit den übrigen Hunden in das Lager der neuen Besitzer getrieben wurde, bot sich ihm ein Anblick schlampiger Verwahrlosung: ein halbzusammengesunkenes Zelt, schmutziges Geschirr, ein wüstes Durcheinander. Auch eine Frau bekam er zu Gesicht. »Mercedes« nannten die Männer sie. Sie war Charles' Frau und Hals Schwester – ein feines Familienunternehmen also.

Buck beobachtete besorgt, wie sie sich daranmachten, das Zelt abzubauen und den Schlitten zu bepacken. Sie arbeiteten mit erheblichem Kraftaufwand, aber ohne Sachverstand. Das Zelt wurde zu einem Bündel gerollt, das dreimal größer war, als es hätte sein sollen. Die Blechteller wanderten ungewaschen ins Gepäck. Mercedes lief herum wie ein aufgeregtes Huhn, wobei sie den Männern ständig in die Quere kam und ununterbrochen mit Ermahnungen und Ratschlägen auf sie einplapperte. Wenn die beiden den Kleidersack vorn auf den Schlitten packen wollten, schlug sie vor, ihn hinten aufzuladen; wenn sie ihn dann hinten untergebracht hatten und er unter anderen Bündeln begraben lag, dann entdeckte sie unweigerlich vergessene Gegenstände, die unbedingt in diesen einen Kleidersack gehörten, und sie luden wieder alles ab.

Aus dem Nachbarzelt traten drei Männer, die grinsend und feixend zuschauten.

»Ihr habt da ohnehin schon eine mächtige Ladung zusammen«, sagte einer von ihnen; »und ich will euch ja nicht dreinreden, aber an eurer Stelle würde ich das Zelt nicht auch noch mitschleppen.«

»Ausgeschlossen!« rief Mercedes und breitete in gezierter Empörung die Arme aus. »Wie in aller Welt soll ich denn ohne Zelt auskommen?«

»Es ist Frühling, und jetzt ist die Kälte vorbei«, erwiderte der Mann.

Sie schüttelte entschieden den Kopf, und Charles und Hal packten noch letzte Kleinigkeiten auf die aufgetürmte Ladung.

»Und ihr meint, der fährt so?« fragte einer der Männer.

»Warum nicht?« gab Charles etwas bissig zurück.

»Ach, schon gut, schon gut.« Die Antwort kam rasch und besänftigend. »Ich war bloß nicht ganz sicher, das ist alles. Ich dachte, er wär' ein Ideechen toplastig.«

Charles kehrte ihm den Rücken zu und straffte die Packschnüre so gut er konnte, aber auch das ließ noch erheblich zu wünschen übrig.

»Und die Hunde laufen bestimmt prima den ganzen Tag mit diesen Aufbauten hinter sich«, verkündete der zweite.

»Sicher«, sagte Hal mit eisiger Höflichkeit und griff mit einer Hand nach der Steuerstange, während er mit der anderen die Peitsche schwang. »Vorwärts!« rief er. »Los, vorwärts mit euch!«

Die Hunde legten sich mit einem Satz ins Zeug, kämpften einige Augenblicke lang mit aller Kraft und gaben dann auf. Sie waren nicht imstande, den Schlitten zu bewegen.

»Faule Bande, euch werd' ich es zeigen«, schrie Hal und machte Anstalten, ihnen die Peitsche überzuziehen.

Doch jetzt mischte Mercedes sich ein. »Hal, bitte«, rief sie, griff nach der Peitsche und entwand sie ihm. »Das darfst du nicht tun! Die armen Kreaturen! Du mußt mir versprechen, sie auf unserer Fahrt nie mehr hart anzupacken, sonst rühr' ich mich nicht von der Stelle.«

»Bei Hunden kennst du dich bestimmt sagenhaft aus«, spottete ihr Bruder; »laß mich bloß in Frieden. Glaub mir, das ist ein faules Pack, und was du von ihnen willst, das mußt du aus ihnen 'rausprügeln. So sind die nun 'mal. Da kannst du jeden fragen. Frag doch diese Männer hier.«

Mercedes schaute sie flehentlich an, und in ihrem hübschen Gesichtchen spiegelte sich unsägliches Grausen vor jedem zugefügten Leid.

»Die sind schlapp wie'n nasser Lappen, wenn Sie es genau wissen wollen«, gab einer der Männer Auskunft. »Da ist die Luft 'raus, da geht kein Weg dran vorbei. Die brauchen 'ne Ruhepause.«

»Zum Teufel mit der Ruhepause«, stieß Hal zwischen seinen bartlosen Lippen hervor; Mercedes, schmerzlich berührt durch diesen Fluch, machte »Oh!«

Doch sie hatte Familiensinn und warf sich gleich wieder für ihren Bruder in die Bresche. »Kümmere dich nicht um diesen Menschen«, sagte sie spitz. »Du fährst mit unseren Hunden, und du machst mit ihnen, was du für richtig hältst.«

Hals Peitsche fuhr wieder auf die Tiere nieder. Sie stemmten sich ins Brustgeschirr, krallten die Pfoten in den festgetretenen Schnee, preßten sich flach an den Boden und zerrten mit aller Kraft. Der Schlitten rührte sich so wenig, als wäre er verankert. Nach zwei Kraftanstrengungen standen sie keuchend still. Peitschenhiebe prasselten wahllos nieder, ehe Mercedes erneut dazwischentrat. Sie sank mit Tränen in den Augen vor Buck in die Knie und umschlang seinen Nacken.

»Ihr armen, armen Kreaturen!« rief sie mitleidig. »Warum zieht ihr nicht fester? Dann bleibt euch doch die Peitsche erspart.« Buck mochte sie nicht, aber er fühlte sich zu elend, um sich zur Wehr zu setzen, und betrachtete sie an diesem Tag bloß als eine zusätzliche Plage.

Einer der Zuschauer, der die Zähne zusammengebissen hatte, um nicht ausfallend zu werden, ergriff jetzt das Wort:

»Es ist mir zwar völlig piepegal, was aus euch wird, aber den Hunden zuliebe möchte ich euch doch nicht verschweigen, daß ihr ihnen durch das Ausbrechen des Schlittens mächtig helfen könntet. Die Kufen sind festgefroren. Stemmt den Schlitten mit der Steuerstange links und rechts aus, damit die Kufen sich lösen.«

Nun wurde ein dritter Versuch gemacht, aber dieses Mal folgte Hal dem Rat und brach die Kufen los, die im Schnee angefroren waren. Der überladene und schwerfällige Schlitten glitt mühsam vorwärts, während Buck und seine Gefährten unter einem Hagel von Schlägen verzweifelt schufteten. Hundert Meter weiter machte der Weg eine Kurve und fiel steil zur Hauptstraße hin ab. Nur ein erfahrener Mann hätte verhindern können, daß der kopflastige Schlitten dabei umstürzte, und ein solcher Mann war Hal nicht. Als der Schlitten um die Biegung fuhr, kippte er zur Seite, und die halbe Ladung rutschte durch die lockeren Packschnüre. Die Hunde blieben nicht eine Sekunde stehen. Sie zogen den auf der Seite liegenden Schlitten, der jetzt leichter geworden war, polternd hinter sich her. Sie waren wütend, weil man sie schlecht behandelt und den Schlitten überladen hatte. Buck raste vor Zorn. Er fing an zu rennen, und das Gespann schloß sich ihm an. Hal schrie »Brrrr!«, doch sie hörten nicht auf ihn. Er stolperte und schlug der Länge nach hin. Nachdem die Hunde den umgestürzten Schlitten über ihn hinweggeschleift hatten, sausten sie weiter und erheiterten halb Skagway, indem sie den Rest der Ausrüstung auf der Hauptstraße verteilten.

Gutmütige Bewohner fingen die Hunde ein und sammelten die verstreuten Habseligkeiten auf. Dazu gaben sie gute Ratschläge. Die halbe Last und doppelt soviel Hunde, wenn sie Dawson jemals erreichen wollten, das war der Tenor der Meinungen. Hal, Schwester und Schwager hörten unwillig zu, schlugen ihr Zelt auf und brachten ihre Ausrüstung in Ordnung. Lebensmittel in Konservendosen, die allgemeines Gelächter auslösten, wurden aussortiert, denn auf dem langen Trail kann man von solchen Dingen nur träumen. »Die Decken reichen ja für ein Hotel«, bemerkte lachend einer der Helfer. »Halb so viele sind immer noch mehr als genug; trennt euch davon. Das Zelt könnt ihr wegschmeißen, und diese ganzen Teller – wer soll die denn überhaupt abwaschen? Ja, glaubt ihr denn, ihr reist im Pullman?«

Und so wurde alles Überflüssige unerbittlich beiseite gelegt. Mercedes weinte, als ihre Kleiderbündel im Schnee landeten und sie auf ein Stück nach dem anderen verzichten mußte. Sie weinte einmal ganz allgemein und dann im besonderen über jedes ausrangierte Einzelstück. Sie schlang die Arme um die Knie und wiegte sich unter herzzerreißendem Schluchzen hin und her. Nicht einen Zoll weiter würde sie gehen, schwor sie, nicht für ein Dutzend Männer wie Charles. Sie suchte bei allen und allem Unterstützung, bis sie schließlich ihre Tränen trocknete und begann, auch solche Ausrüstungsgegenstände fortzuwerfen, die unbedingt nötig waren. Nachdem sie ihren eigenen Sachen zu Leibe gerückt war, fiel sie im Eifer des Gefechts anschließend auch über die Habseligkeiten der Männer her und wütete darin wie ein Tornado.

Nach getaner Arbeit türmte sich die immerhin halbierte Ausrüstung trotz allem noch zu einem stattlichen Haufen. Charles und Hal gingen am Abend fort und kauften sechs auswärtige Hunde. Wenn man Teek und Koona, die auf der Rekordfahrt an den Rink Rapids erworbenen Huskies, dazuzählte, dann wuchs das ursprüngliche Sechsergespann damit auf vierzehn an. Doch obwohl die fremden Hunde seit ihrer Landung praktisch als angelernt gelten konnten, waren sie nur wenig wert. Drei waren kurzhaarige Pointer, einer Neufundländer, und die übrigen zwei Mischlinge ungewisser Herkunft. Offenbar kannten sie sich überhaupt nicht aus, diese Neulinge. Buck und seine Gefährten blickten mit Verachtung auf sie herab. Er hatte sie zwar rasch in ihre Schranken verwiesen und ihnen klargemacht, was verboten war, aber er konnte ihnen nicht beibringen, was sie zu tun hatten. Mit Geschirr und Trail vermochten sie sich nicht anzufreunden. Die fremdartige Wildnis, die sie umgab, und die üble Behandlung in der Vergangenheit hatten sie verwirrt und ihren Willen gebrochen – die beiden Mischlinge ausgenommen; sie besaßen überhaupt keine Charakterstärke, ihnen konnte man außer den Knochen ohnehin nichts brechen.

Bei diesen armseligen Neuzugängen einerseits und einem alten Gespann, das zweitausendfünfhundert Meilen ununterbrochener Fahrt zermürbt hatten, waren die Aussichten nicht eben rosig. Die beiden Männer allerdings waren durchaus guter Dinge. Und stolz waren sie auch. Ihr Unternehmen hatte doch Stil, mit vierzehn Hunden. Sie hatten andere Schlittengespanne über den Paß nach Dawson ziehen oder von dort zurückkehren sehen, aber nicht einen einzigen Schlitten mit vierzehn Hunden. In der Logik der Arktis gab es einen guten Grund dafür, daß man nicht so viele Hunde vor einen Schlitten spannte, die Tatsache nämlich, daß ein Schlitten keine Verpflegung für vierzehn Hunde transportieren konnte. Charles und Hal jedoch wußten nichts davon. Sie hatten die Strecke am grünen Tisch ausgearbeitet, soundso viel pro Hund, soundso viele Hunde, soundso viele Tage, quod erat demonstrandum. Mercedes sah ihnen über die

Schulter und nickte verständnisinnig, denn es war ja alles so einfach.

Am späten Morgen des folgenden Tages führte Buck das lange Gespann die Straße hinauf. Sie strahlten keinerlei Lebensfreude aus, weder er noch seine Genossen hatten den geringsten Schwung. Todmüde brachen sie auf. Viermal hatte Buck die Entfernung zwischen dem Meer und Dawson zurückgelegt, und nun verbitterte ihn die Aussicht, müde und ausgelaugt, wie er war, dieselbe Strecke noch einmal bewältigen zu müssen. Er war nicht mit dem Herzen bei der Arbeit, und das galt für alle Tiere. Die auswärtigen Hunde waren scheu und verängstigt, die erfahrenen hatten kein Zutrauen zu ihren Herren.

Buck spürte irgendwie, daß auf die beiden Männer und die Frau kein Verlaß war. Sie kannten sich nicht aus, und jeder Tag bewies deutlicher, daß sie unfähig waren zu lernen. In allem waren sie nachlässig, ohne Ordnung und Disziplin. Sie brauchten die halbe Nacht, um ein schlampiges Lager aufzubauen, und den halben Vormittag, um dieses Lager wieder abzubrechen und den Schlitten so ungeschickt zu beladen, daß sie den Rest des Tages damit zubrachten, anzuhalten und alles neu zu ordnen. An manchen Tagen schafften sie keine zehn Meilen. An anderen kamen sie gar nicht erst los. Und an keinem Tag gelang es ihnen, mehr als die Hälfte der Distanz zu überwinden, von der die Männer bei ihren Berechnungen für das benötigte Hundefutter ausgegangen waren.

Daß es am Ende nicht reichen würde, war unvermeidlich. Doch sie beschleunigten den Lauf der Dinge durch Überfütterung und näherten sich so noch schneller dem Tag, an dem die Unterernährung beginnen mußte. Die fremden Hunde, deren Verdauungsapparat noch nicht durch chronischen Nahrungsmangel dazu erzogen war, das wenige gründlich zu verwerten, hatten einen unersättlichen Appetit. Und als dann die geschwächten Huskies nicht kraftvoll genug zogen, kam

Hal zu dem Schluß, daß die landesübliche Ration zu klein sei. Er verdoppelte sie. Zu allem Überfluß begann Mercedes, als sie ihn mit Tränen in den Augen und versagender Stimme nicht dazu bewegen konnte, den Hunden noch mehr zu geben, die Fischvorräte zu plündern und den Hunden heimlich etwas zuzustecken. Was sie aber brauchten, war nicht Futter, sondern Erholung. Sie legten zwar nur geringe Strekken zurück, aber die schwere Last, die sie schleppten, ließ ihre Kräfte weiter schwinden.

Dann begann die Zeit des Futtermangels. Eines Tages dämmerte es Hal, daß sein Hundefutter zur Hälfte verbraucht war, obwohl sie erst ein Viertel der Strecke hinter sich hatten; außerdem wußte er, daß zusätzliches Futter unterwegs weder für Geld noch gute Worte aufzutreiben war. Also ging er sogar unter die normale Ration und versuchte, die Tagesleistung zu erhöhen. Schwester und Schwager unterstützten ihn dabei; doch die schwere Ausrüstung und ihr eigenes Unvermögen machten alles zunichte. Es war ein leichtes, den Hunden weniger Futter zu geben; aber es war ein Ding der Unmöglichkeit, sie zu einem höheren Tempo zu bewegen; und ihre eigene Unfähigkeit, früher am Morgen loszukommen, verhinderte längere Fahrzeiten. Sie waren nicht nur außerstande, die Hunde zum Arbeiten anzuhalten, sondern ebensowenig fähig, sich selbst zusammenzunehmen.

Als erster mußte Dub daran glauben. Er war zwar ein schrecklich ungeschickter Dieb gewesen, der sich immer wieder ertappen und verprügeln ließ, aber seine Arbeit hatte er doch zuverlässig geleistet. Die ausgerenkte Schulter verschlimmerte sich durch fehlende Behandlung und Ruhe, so daß ihm Hal schließlich mit dem schweren Colt den Gnadenschuß gab. Die Leute in Alaska behaupten, ein landesfremder Hund verhungere, wenn man ihn auf die Ration eines Eskimohunds setze; so blieb den sechs auswärtigen Hunden in

Bucks Gespann, die nur die Hälfte davon bekamen, gar nichts anderes übrig, als das Zeitliche zu segnen. Der Neufundländer war der erste, und die drei kurzhaarigen Pointer folgten, ehe auch die beiden Mischlinge, die sich zäher ans Leben klammerten, am Ende denselben Weg nahmen.

Den drei Menschen waren inzwischen die Liebenswürdigkeit und die freundlichen Umgangsformen des Südens völlig abhanden gekommen. Das Reisen in der Arktis, all seines Glanzes und jeder Romantik beraubt, verwandelte sich für sie in rauhe Wirklichkeit, der sie weder als Mann noch als Frau gewachsen waren. Mercedes vergoß keine Tränen mehr wegen der Hunde, weil sie zu viele Tränen für sich selbst verbrauchte und zu sehr damit beschäftigt war, mit Ehemann und Bruder zu streiten. Zum Streiten war keiner von ihnen je zu müde. Die Gereiztheit entsprang ihrem Elend, nahm mit ihm zu, wuchs doppelt so schnell, eilte ihm voraus. Jene bewundernswerte Geduld, die den Männern auf dem Trail zuwächst, die Schwerarbeit leisten, Schreckliches erdulden und dennoch ohne Groll und herzlich miteinander sprechen, sie war ihnen nicht gegeben. Nicht das leiseste Vorgefühl solcher Geduld wurde ihnen zuteil. Sie waren steif und voller Schmerzen; der Schmerz drang in ihre Muskeln, ihre Knochen, er durchdrang ihr Herz; und so wurde die Zunge spitz, und vom frühen Morgen bis spät in die Nacht fielen harte Worte.

Charles und Hal gerieten in Streit, sobald Mercedes ihnen eine Verschnaufpause ließ. Jeder der beiden war felsenfest davon überzeugt, daß er mehr als seinen Teil der Arbeit tat, und keiner verzichtete darauf, dieser Überzeugung bei jeder Gelegenheit Ausdruck zu verleihen. Manchmal schlug sich Mercedes auf die Seite ihres Ehemanns, manchmal auf die ihres Bruders. Daraus ergab sich der schönste, nicht enden wollende Familienzank. Der Ausgangspunkt war etwa, wer die paar Scheite für das Feuer herzurichten hätte (eine Frage, die nur Charles und Hal betraf), und schon sah sich die ganze übrige Familie in die Auseinandersetzung verwickelt: Väter, Mütter, Onkel, Kusinen – Menschen, die Tausende von Meilen vom Schauplatz entfernt waren oder gar nicht mehr unter den Lebenden weilten. Der Zusammenhang zwischen Hals Ansichten über die Kunst oder die Gesellschaftskomödien, die sein Onkel schrieb, einerseits und dem Spalten von ein paar Scheiten Brennholz andererseits übersteigt zwar das Begriffsvermögen eines normalen Sterblichen, doch konnte der Streit ebensogut bei diesem Thema enden wie bei den politischen Vorurteilen von Charles. Auch daß die Klatschsucht seiner Schwester für das Feuermachen am Yukon von entscheidender Bedeutung war, leuchtete bloß Mercedes unmittelbar ein, die dieses Thema in epischer Breite auswalzte, wobei auch ein paar weitere unangenehme Charakterzüge ihrer angeheirateten Familie wie von ungefähr zur Sprache kamen. Währenddessen kümmerte sich natürlich niemand ums Feuer, ums Lager oder die Fütterung der Hunde.

Mercedes nährte einen besonderen Groll – einen ganz geschlechtsspezifischen Unmut. Sie war hübsch und zartbesaitet und ihr Leben lang galant behandelt worden. Die Behandlung, die sie nun von ihrem Ehemann und ihrem Bruder erfuhr, war alles andere als zuvorkommend. Hilflosigkeit war ihr selbstverständlich. Nun beklagte man sich darüber. Als sie ihr das zum Vorwurf machten, was sie als das ureigene Vorrecht ihres Geschlechts betrachtete, machte sie ihnen das Leben zur Hölle. Auf die Hunde nahm sie keine Rücksicht mehr, und weil sie erschöpft und müde war, bestand sie darauf, sich auf dem Schlitten ziehen zu lassen. Sie war hübsch und zartbesaitet, doch sie wog ihre hundertzehn Pfund – die entscheidenden paar Gramm zuviel für die unter der Last keuchenden, halbverhungerten Tiere. Tagelang fuhr sie auf dem Schlitten mit, bis die Hunde im Geschirr zusammenbrachen und alles zum Stillstand kam. Charles und Hal beschworen sie, abzusteigen und zu Fuß weiterzugehen, redeten mit Engelszungen auf sie ein, während sie weinte und den Himmel zum Zeugen ihrer Grausamkeit anrief.

Bei einer solchen Gelegenheit wurde sie einmal von den Männern mit Gewalt vom Schlitten gehoben. Ein zweites Mal wagten sie es nicht. Sie knickte ein wie ein verwöhntes Kind und blieb auf der Piste sitzen. Die Männer fuhren allein weiter, während sie sich nicht vom Fleck rührte. Drei Meilen später luden sie den Schlitten ab, kehrten um und beförderten sie gewaltsam zurück an ihren alten Platz.

Im Übermaß des eigenen Elends berührte die drei das Leid der Tiere nicht mehr. Hal vertrat eine Theorie der Abhärtung, die er bevorzugt auf andere anwendete. Ursprünglich hatte er sie seiner Schwester und seinem Schwager gepredigt. Nachdem er bei ihnen gescheitert war, hämmerte er sie den Tieren mit dem Knüppel ein. Bei den Five Fingers ging die Hundenahrung aus, und ein zahnloses altes Weib bot ihnen ein paar Pfund hartgefrorene Pferdehaut im Tausch gegen den Colt, der dem großen Jagdmesser an Hals Gürtel Gesellschaft leistete. Sechs Monate zuvor hatte man den verhungerten Pferden der Viehtreiber diese Fetzen abgezogen, und sie waren ein erbärmlicher Futterersatz. Steinhart gefroren, wie sie waren, glichen sie eher Bandeisenstücken, und wenn die Hunde etwas heruntergewürgt hatten, verwandelte es sich beim Auftauen in ein Knäuel kurzer Haare und dünner, lederiger Streifen ohne Nährwert, die wie Steine im Magen lagen.

An der Spitze des Gespanns schleppte sich Buck wankend durch diesen Alptraum. Er zog, solange er dazu fähig war; wenn ihn die Kräfte verließen, brach er zusammen und blieb liegen, bis ihn Peitschenhiebe oder Knüppelschläge wieder aufscheuchten. Alle Festigkeit, jeder Glanz war aus seinem prächtigen dicken Pelz gewichen. Das Fell hing schlaff und schmutzig an ihm herab, und an den Stellen, wo Hals Knüppel ihn getroffen hatte, war es durch getrocknetes Blut verfilzt. Seine Muskeln waren zu knotigen Fasern geschrumpft und die Fleischpolster ganz verschwunden, so daß jede Rippe und jeder Knochen seines Skeletts sich deutlich unter der losen Haut abzeichneten, die über dem ausgemergelten Körper Falten warf. Es brach einem das Herz, nur daß Bucks Herz nicht zu brechen war. Der Mann im roten Pullover hatte das bewiesen.

Wie Buck, so erging es auch seinen Gefährten. Sie waren wandelnde Knochengerüste, sieben an der Zahl, wenn man ihn einrechnete. Die entsetzliche Qual hatte sie den schneidenden Peitschenhieben oder schweren Knüppelschlägen gegenüber abgestumpft. Der Schmerz drang nur von Ferne und dumpf zu ihnen vor, so wie alles, was ihre Augen und Ohren wahrnahmen, dumpf und wie von weit her zu ihnen zu kommen schien. Sie waren nicht halb- oder dreivierteltot. Sie waren nichts als Knochensäcke, in denen hin und wieder ein Lebensfunke aufglomm. Wenn sie haltmachten, fielen sie in den Riemen zusammen wie Tote, und der Funke wurde schwächer und blasser, bis er ganz zu verlöschen schien. Sauste dann die Peitsche oder der Knüppel auf sie herab, dann flackerte er ein wenig auf, sie rappelten sich hoch und wankten weiter.

Der Tag kam, an dem der gutmütige Billee zusammenbrach und nicht mehr auf die Füße kam. Hal hatte sich seinen Revolver abhandeln lassen, so daß er die Axt nahm und sie Billee, der noch angeschirrt im Schnee lag, auf den Schädel schlug. Er schnitt den Kadaver aus den Riemen und zerrte ihn zur Seite. Buck sah zu, wie seine Gefährten auch, und alle wußten, wie nah auch ihnen dieses Schicksal war. Am Tag darauf war Koona an der Reihe, und nur noch fünf blieben übrig: Joe, zu geschwächt, um noch bösartig zu sein; Pike, lahm und hinkend, längst nicht mehr ausreichend bei Bewußtsein, um weiterhin seine Rolle als Drückeberger zu spielen; der einäugige Sol-leks, der der Mühsal und Qual des Trails nach wie vor die Treue hielt und darunter litt, wie wenig Kraft ihm zum Ziehen geblieben war; Teek, der in diesem Winter zum erstenmal fuhr und nun häufiger geschlagen wurde, weil er frischer wirkte; und Buck, der das Gespann zwar noch anführte, aber weder für Disziplin sorgte, noch in dieser Richtung Anstrengungen unternahm, den seine Schwäche die halbe Zeit blind machte, so daß er der nebelhaft vor ihm auftauchenden Spur nur noch mit unsicher tastenden Pfoten folgen konnte.

Es war herrliches Frühlingswetter, doch weder Mensch noch Tier nahmen Notiz davon. Jeden Tag ging die Sonne früher auf und später unter. Um drei Uhr graute der Morgen, und die Abenddämmerung zog sich bis neun Uhr hin. Den ganzen Tag über schien strahlend die Sonne. Das geisterhafte Schweigen des Winters hatte sich in das allgegenwärtige Frühlingsgemurmel der erwachenden Natur verwandelt. Es kam von überall her, sprühend vor Lebensfreude. Es kam von den Dingen, die sich wieder regten und bewegten, Dingen, die in den langen Monaten des Frosts starr und wie tot verharrt hatten. In den Fichten stieg der Saft auf. Weiden und Espen trieben schwellende Knospen. Sträucher und Kletterpflanzen überzogen sich mit frischem Grün. In der Nacht zirpten die Grillen, und am Tag raschelte es überall von sonnenhungrigen Kriech- und Krabbeltieren jeder Art. Man hörte Waldhühner balzen, Spechte klopfen, Eichhörnchen keckern, Vögel singen, und oben am Himmel ertönte das Geschrei von Wildenten, die in ausgeklügelter Keilformation von Süden heranbrausten.

Von jedem Hang rieselte Wasser herab, Musik unsichtbarer Quellen. Alles taute, bog, streckte sich. Der Yukon bäumte sich auf, um den Panzer zu sprengen, der ihn einengte. Er fraß ihn von unten weg, die Sonne von oben. Luftlöcher entstanden, Risse liefen durch das Eis und weiteten sich, während dünne Deckschichten durch diese Spalten in den Strom abrutschten. Und mitten in diesem Bersten, Krachen und Pulsieren des erwachenden Lebens, in strahlender Sonne und sanft fächelnder Brise torkelten die zwei Männer, die Frau und die Hunde wie Pilger ihrem Tod entgegen.

So also, während die Hunde immer wieder zu Boden sanken, Mercedes sich weinend auf dem Schlitten ziehen ließ, Hal seine folgenlosen Flüche von sich gab und Charles aus melancholisch umflorten Augen vor sich hinstarrte, zogen sie in John Thorntons Lager an der Mündung des White River ein. Als sie anhielten, sackten die Tiere zusammen, als hätte sie alle der Schlag getroffen. Mercedes trocknete ihre Tränen und sah John Thornton an. Charles ließ sich auf einem Holzstoß nieder, um auszuruhen. Er machte das ganz langsam und sorgfältig, weil er so steif war. Hal übernahm das Reden. John Thornton war gerade dabei, mit dem Schnitzmesser letzte Hand an einen Axtstiel anzulegen, den er aus Birkenholz gefertigt hatte. Er schnitzte weiter, während er zuhörte, einsilbig antwortete oder auf Fragen mit kurzangebundenen Empfehlungen reagierte. Er kannte diese Sorte Menschen und erteilte seinen Rat in der Gewißheit, daß man ihn nicht befolgen würde.

»Oben haben sie uns erzählt, der Trail taut auf und wir sollten abwarten«, erwiderte Hal auf Thorntons Warnung, kein Risiko mehr auf dem brüchigen Flußeis einzugehen. »Den White River würden wir nie erreichen, haben sie gesagt, und jetzt stehen wir hier.« Im letzten Satz schwang höhnischer Triumph mit.

»Sie haben auch völlig recht gehabt«, antwortete Thornton. »Mit dem Trail kann es jeden Moment soweit sein. Und nur Dummköpfe mit dem unverschämten Glück solcher Leute kriegen so etwas fertig. Ich sage euch geradeheraus, daß ich meine Haut dabei nicht riskieren würde, und wenn man mir alles Gold in Alaska verspräche.«

»Na ja, dann sind Sie wohl kein Dummkopf«, sagte Hal.
»Wir fahren trotzdem nach Dawson weiter.« Er löste die
Peitsche. »Komm schon hoch, Buck! Hopp! Auf geht's!
Vorwärts!«

Thornton setzte seine Schnitzarbeit fort. Er wußte, daß es
müßig ist, sich zwischen den Toren und seine Torheit zu
stellen; außerdem änderten zwei oder drei Narren mehr oder
weniger nichts am Lauf der Dinge.

Das Gespann reagierte allerdings nicht auf den Befehl. Es
befand sich schon lange in jenem Stadium, wo Hiebe nötig
waren, um etwas zu bewirken. Gnadenlos in der Verfolgung
ihres Zwecks fuhr die Peitsche nieder. John Thornton preßte
die Lippen aufeinander. Sol-leks stemmte sich als erster hoch.
Teek folgte ihm, dann Joe, der vor Schmerzen jaulte. Pike
unternahm qualvolle Versuche. Zweimal fiel er um, kaum
daß er sich halb aufgerichtet hatte; erst beim dritten Anlauf
kam er endgültig auf die Füße. Buck bemühte sich nicht. Er
blieb still liegen, wo er niedergesunken war. Immer wieder
schnitt ihm die Peitschenschnur ins Fell, aber er winselte
weder noch setzte er sich zur Wehr. Mehrmals machte
Thornton Anstalten, etwas zu sagen, besann sich dann aber
eines Besseren. In seine Augen trat ein feuchter Glanz, und
als die Schläge nicht aufhörten, erhob er sich und ging
unentschlossen auf und ab.

Es war das erste Mal, daß Buck versagte, und das reichte
allein schon aus, Hal in Rage zu bringen. Er vertauschte die
Peitsche mit dem üblichen Knüppel. Buck ließ sich auch
durch die nun auf ihn niederprasselnden, schweren Schläge
zu keiner Reaktion bewegen. Wie seine Gefährten hatte er
kaum die Kraft aufzustehen, doch anders als sie hatte er den
Entschluß gefaßt, es nicht zu tun. Er empfand ein unbe-
stimmtes Gefühl heraufziehenden Unheils. Es hatte sich
unüberhörbar zu Wort gemeldet, als sie das Ufer hinauffuh-
ren, und ihn seitdem nicht mehr verlassen. Wohl wegen der

77

dünnen, brüchigen Eisdecke, die er den ganzen Tag über unter den Pfoten gespürt hatte, erahnte er die bevorstehende Katastrophe dort draußen auf dem Eis, wohin sein Herr ihn wieder treiben wollte. Er rührte sich einfach nicht vom Fleck. Er hatte so furchtbar gelitten und war so entkräftet, daß die Schläge ihn nicht mehr sonderlich schmerzten. Während sie weiter auf ihn niedertrommelten, begann sein Lebenslicht zu flackern, die Flamme wurde klein, wollte fast verlöschen. Er fühlte sich merkwürdig taub. Sein Bewußtsein meldete ihm wie aus großer Ferne, daß er geschlagen wurde. Die letzten Schmerzempfindungen verließen ihn. Er spürte nichts mehr, obgleich er das Geräusch des auftreffenden Knüppels noch schwach mitbekam. Doch sein Körper schien schon so weit entfernt zu sein, daß er nicht mehr zu ihm gehörte.

Plötzlich, ohne jede Vorwarnung und mit einem unartikulierten, eher tierischen Laut fiel John Thornton über den Mann her, der den Knüppel schwang. Hal wurde rückwärts zu Boden geschleudert, als ob ihn ein umstürzender Baum getroffen hätte. Mercedes schrie auf. Charles betrachtete die Szene melancholisch, wischte sich die wäßrigen Augen, stand aber nicht auf, weil er zu steife Glieder hatte.

John Thornton stellte sich schützend vor Buck; er bebte vor Zorn und war nicht imstande zu sprechen.

»Wenn Sie diesen Hund noch einmal schlagen, dann bringe ich Sie um«, stieß er endlich halberstickt hervor.

»Der Hund gehört mir«, antwortete Hal, der zurückkam und sich das Blut aus dem Mundwinkel wischte. »Aus dem Weg, oder Sie können sich auf was gefaßt machen. Ich fahre nach Dawson.«

Thornton blieb zwischen ihm und Buck stehen und gab keineswegs zu erkennen, daß er den Weg freimachen würde. Hal zog sein langes Jagdmesser. Mercedes kreischte, weinte, lachte und zeigte alle anderen wirren Anzeichen eines hysterischen Anfalls. Thornton schlug Hal mit dem Axtstiel auf die

Handknöchel, so daß er das Messer fallen ließ. Ein zweiter Schlag hinderte ihn daran, es wieder aufzuheben. Dann bückte sich Thornton, nahm es selbst an sich und befreite Buck mit zwei Schnitten aus dem Geschirr.

Hals Angriffslust war verraucht. Außerdem hatte er alle Hände oder vielmehr Arme voll mit seiner Schwester zu tun, und Buck war so gut wie tot und daher als Zugtier für den Schlitten nicht mehr zu gebrauchen. Wenige Minuten später fuhren sie vom Ufer stromabwärts auf den Fluß hinaus. Buck hörte sie abfahren und hob den Kopf, um ihnen nachzuschauen. Pike führte das Gespann, Sol-leks hatte die Position direkt vor dem Schlitten, dazwischen zogen Joe und Teek. Sie hinkten und stolperten. Mercedes saß auf dem beladenen Gefährt. Hal bediente die Steuerstange, und Charles torkelte hinter ihnen her.

Während Buck sie beobachtete, kniete Thornton neben ihm und untersuchte ihn mit rauher, liebevoller Hand auf Knochenbrüche. Als er zu dem Ergebnis gekommen war, daß Buck nur zahlreiche Blutergüsse davongetragen hatte und erschreckend unterernährt war, hatte der Schlitten eine Viertelmeile zurückgelegt. Der Mann und der Hund sahen ihn im Schneckentempo über das Eis kriechen. Plötzlich versank der hintere Teil vor ihren Augen wie in einem Schlagloch, und die Steuerstange schoß mit Hal, der sich daran festklammerte, in die Höhe. Mercedes' Schrei drang bis zu ihnen. Sie sahen, wie Charles sich umdrehte und einen Schritt tat, um zurückzulaufen; im gleichen Augenblick jedoch brach eine ganze Eisfläche ein, und Menschen und Hunde entschwanden ihren Blicken. Was blieb, war ein gähnendes Loch. Die Piste war eingebrochen.

John Thornton und Buck blickten sich an.

»Du armer Teufel«, sagte John Thornton. Buck leckte ihm die Hand.

VI. AUS LIEBE ZU EINEM MENSCHEN

Als sich John Thornton im Dezember des vorhergehenden Jahres Erfrierungen an den Füßen zuzog, fuhren seine Partner ohne ihn flußaufwärts, um ein Floß mit Bauholz auf den Weg nach Dawson zu bringen; zuvor hatten sie ihn mit allem Notwendigen versorgt, damit er sich auskurieren konnte. Zu dem Zeitpunkt, als er Buck rettete, hinkte er immer noch etwas, aber bei der anhaltend warmen Witterung verlor sich auch das. Buck verbrachte die langen Frühlingstage am Flußufer, schaute dem dahinströmenden Wasser nach, lauschte träge dem Gesang der Vögel und dem Murmeln der Natur und kam dabei langsam wieder zu Kräften.

Wenn man dreitausend Meilen zurückgelegt hat, dann ist Ruhe sehr willkommen, und es soll nicht verschwiegen werden, daß Buck der Faulheit frönte, während seine Wunden heilten, die Muskeln sich kräftigten und die Knochen wieder unter einem Fleischpolster verschwanden. Sie faulenzten eigentlich alle – Buck, John Thornton, Skeet und Nig –, während sie auf die Rückkehr des Floßes warteten, das sie nach Dawson bringen würde. Skeet war eine kleine irische Setterhündin, die sich frühzeitig mit Buck angefreundet hatte, als dieser halb im Sterben lag und nicht in der Lage war, ihre Annäherungsversuche zurückzuweisen. Sie hatte den Pflegetrieb, der manche Hunde auszeichnet. Wie eine Katze ihre Jungen putzt, so wusch und säuberte sie Bucks Wunden. Regelmäßig jeden Morgen erschien sie zur Erfüllung ihrer selbstgewählten Pflicht, bis er schließlich ihren Diensten genauso freudig entgegensah wie Thornton. Nig war ebenso freundlich, auch wenn er es weniger zeigte. Dieses mächtige schwarze Tier stellte eine Mischung zwischen Bluthund und Deerhound dar und war mit stets lachenden Augen von unerschütterlicher Gutmütigkeit.

Zu Bucks Überraschung legten die beiden Hunde ihm gegenüber keine Eifersucht an den Tag. Das freundliche Wesen und die Großzügigkeit hatten sie offenbar mit John Thornton gemeinsam. Als Buck wieder zu Kräften kam, verführten sie ihn zu allerlei kindischen Spielen, denen auch Thornton sich nicht entziehen konnte. So tollte Buck herum, während seine Genesung Fortschritte machte, und trat gleichzeitig in einen neuen Lebensabschnitt ein. Was er erstmals empfand, war Liebe, wirkliche, leidenschaftliche Liebe. Diese Erfahrung hatte er bei Richter Miller, damals im sonnigen Santa Clara Tal, nie gemacht. Auf der Jagd und den Erkundungsfahrten mit den Söhnen des Richters hatte es sich um eine Art Arbeitsgemeinschaft gehandelt; bei den Enkelkindern hatte er eher eine etwas pompöse Beschützerrolle gespielt; und mit dem Richter selbst verband ihn eine distanzierte und würdevolle Freundschaft. Es mußte erst ein John Thornton kommen, um inbrünstige Liebe und rasende Verehrung in ihm zu wecken.

Dieser Mann hatte ihm das Leben gerettet, und das bedeutete viel; zudem aber war er ein idealer Herr. Andere Männer sorgten sich aus Pflichtgefühl und praktischen Erwägungen um das Wohlergehen ihrer Hunde; er dagegen nahm sich ihrer an, als seien sie seine eigenen Kinder, weil er gar nicht anders konnte. Und er kümmerte sich noch um mehr. Er versäumte es nie, sie freundlich zu begrüßen oder mit einem Wort aufzumuntern, und es war für ihn ein ebensogroßes Vergnügen wie für sie, wenn er lange mit den Tieren plauderte (die »Quasselstunde« nannte er das). Er hatte eine Art, Bucks Kopf fest zwischen seine Hände zu nehmen und den eigenen Kopf auf seinen zu legen, ihn hin und her zu schütteln und Buck dabei mit Schimpfwörtern zu belegen, die für diesen Kosenamen waren. Buck kannte nichts Schöneres als diese rauhe Umarmung und die geraunten Beleidigungen, und jedesmal, wenn er geschüttelt wurde, empfand er ein so ekstatisches Glück, daß ihm das Herz zerspringen wollte. Wenn Thornton ihn dann losließ, sprang er auf, zeigte lachend die Zähne, und während sein Kehlkopf von Lauten vibrierte, die keinen Weg nach außen fanden, richtete er einen so ausdrucksvollen Blick auf seinen Herrn, daß dieser angesichts des völlig regungslosen Hundes ehrfürchtig ausrief: »Mein Gott! Dir fehlt wirklich nur noch die Sprache!«

Buck drückte seine Liebe auf eine Art aus, die fast schmerzhaft war. Er packte häufig Thorntons Hand mit dem Maul und drückte dann so fest zu, daß die Gebißspuren noch einige Zeit später zu sehen waren. Und wie Buck die Schimpfwörter als Kosenamen auffaßte, so verstand auch der Mann den scheinbaren Biß als Liebkosung.

Meistens jedoch äußerte sich Bucks Liebe als Verehrung. Obwohl er fast wahnsinnig vor Glück war, wenn Thornton ihn berührte oder mit ihm sprach, bettelte er nicht darum. Anders als Skeet, die ihre Schnauze unter Thorntons Hand schob und ihn so lange anstieß, bis er sie streichelte, oder Nig, der heranstolzierte und seinen mächtigen Kopf auf Thorntons Knie legte, begnügte sich Buck damit, aus der Ferne zu verehren. Er brachte Stunden damit zu, Thornton zu Füßen zu liegen und mit gespannter Aufmerksamkeit zu ihm aufzuschauen, indem er unverwandt sein Gesicht betrachtete, es studierte, jedem darüberhuschenden Ausdruck, jeder Bewegung, jeder Veränderung der Gesichtszüge mit höchster Konzentration folgte. Falls er sich aber zufällig in größerer Entfernung befand, seitlich von ihm oder in seinem Rücken, dann beobachtete er die Silhouette des Mannes und seine gelegentlichen Bewegungen. So eng war das Band zwischen ihnen, daß John Thornton nicht selten Bucks intensiven Blick zu spüren schien und sich umdrehte; dann erwiderte er den Blick schweigend, und sein ganzes Herz lag darin wie bei seinem Gegenüber.

Noch lange nach seiner Rettung mochte Buck es nicht,

wenn Thornton außer Sichtweite geriet. Von dem Moment an, wenn er aus dem Zelt trat, bis zu dem Zeitpunkt, an dem er abends wieder darin verschwand, folgte ihm Buck auf dem Fuße. Der stete Wechsel seiner Herren seit der Ankunft im Nordland hatte ihm die Angst eingepflanzt, kein Herr würde für immer bleiben. Er fürchtete, Thornton könnte aus seinem Leben verschwinden, wie Perrault und François und das schottische Halbblut daraus verschwunden waren. Sogar nachts in seinen Träumen verfolgte ihn diese Angst. In solchen Momenten schüttelte er alle Schläfrigkeit ab und schlich durch die Kälte bis zum Zelteingang, wo er dann stehenblieb und auf die Atemgeräusche seines Herrn horchte.

Trotz der großen Liebe, die er für John Thornton empfand und die von dem besänftigenden Einfluß zivilisierter Lebensweise zu zeugen schien, blieb das ursprüngliche Wilde, das der hohe Norden in ihm geweckt hatte, lebendig und wirksam. Treue und Ergebenheit, Gefühle, die am Feuer und unter dem schützenden Dach entstehen, besaß er durchaus; doch Wildheit und List gehörten weiterhin zu seiner Mitgift. Er war ein Teil der Wildnis, war aus ihr herausgetreten, um an John Thorntons Feuer zu sitzen; er war nicht mehr der Hund aus dem sanften Süden, von Generationen domestizierter Vorfahren geprägt. Diesem Menschen konnte er zwar wegen seiner großen Liebe nichts stehlen, doch zögerte er nicht einen Augenblick, bei einem beliebigen anderen Menschen oder in einem beliebigen anderen Lager zuzulangen; und seine Gerissenheit schützte ihn dabei vor Entdeckung.

Sein Gesicht und sein Körper waren von den Zähnen vieler Hunde gezeichnet, und er kämpfte mit unverändertem Ungestüm, aber größerer List. Skeet und Nig waren zu gutmütig zum Streiten, – außerdem gehörten sie John Thornton; aber jeder fremde Hund, welcher Rasse er auch angehörte und wie tapfer er sein mochte, beugte sich rasch Bucks Überlegenheit oder sah sich mit diesem furchtbaren Gegner in einen Kampf

83

auf Leben und Tod verwickelt. Buck kannte keine Gnade. Er hatte die Lektion von Knüppel und Fang gut gelernt und verzichtete niemals auf einen Vorteil oder ließ von einem Gegner ab, den er schon an den Rand des Todes gebracht hatte. Spitz, aber auch die großen Kämpfer unter den Polizei- und Posthunden hatten ihm die notwendigen Denkzettel verpaßt: er wußte, daß es keinen Mittelweg gab. Man unterwarf oder wurde unterworfen; wer Erbarmen zeigte, war schwach. Im primitiven Leben gab es kein Erbarmen. Es wurde als Angst mißverstanden, und Mißverständnisse dieser Art konnten tödlich sein. Töten oder getötet werden, fressen oder gefressen werden, so lautete das Gesetz; und diesem Gebot aus den Tiefen der Zeit gehorchte er.

Er war älter als die Tage, die er gesehen, die Atemzüge, die er getan hatte. In ihm verband sich die Vergangenheit mit der Gegenwart. Die Ewigkeit hinter ihm durchpulste ihn, und wie die Jahreszeiten oder Ebbe und Flut folgte er ihrem mächtigen Pendelschlag. Er saß an John Thorntons Feuer, ein Hund mit massigem Brustkorb, weißen Fängen und langem Pelz; doch dahinter reihten sich die Schatten vieler andersartiger Hunde, wolfsblütiger Tiere und wilder Wölfe. Sie waren drängend und fordernd, schmeckten das Fleisch, das er fraß, lechzten nach dem Wasser, das er trank, hielten mit ihm die Nase in den Wind, horchten und ließen ihn die Laute wilder Tiere im Wald verstehen, diktierten seine Stimmungen, lenkten sein Handeln, legten sich mit ihm schlafen, drangen in sein Traumreich und noch weiter vor, wurden selbst zum Stoff seiner Träume.

So gebieterisch und verlockend wirkten diese Schatten, daß mit jedem Tag die Menschen und ihre Ansprüche in weitere Ferne rückten. Aus der Tiefe des Waldes drang ein Ruf, und so oft er ihn hörte, diesen rätselhaft lockenden und erregenden Ruf, empfand er ein zwingendes Verlangen, dem Feuer und der festgetretenen Erde, die es umgab, den Rücken zu kehren, in den Wald einzutauchen, tief und immer tiefer, ohne zu wissen, wohin und warum; das kümmerte ihn auch gar nicht, weil der Ruf aus der Tiefe des Waldes keinen Widerspruch duldete. Doch immer, wenn er den weichen, unberührten Boden und das grüne Halbdunkel erreichte, dann zog ihn die Liebe zu John Thornton zurück an das Feuer.

Niemand als Thornton hielt ihn. Der Rest der Menschheit bedeutete ihm nichts. Durchreisende mochten ihn loben oder streicheln; er blieb immer kühl dabei, und wurde jemand allzu aufdringlich, dann stand er auf und suchte das Weite. Als Thorntons Partner, Hans und Pete, auf dem langerwarteten Floß eintrafen, nahm Buck keine Notiz von ihnen, bis er verstanden hatte, daß sie Thornton nahestanden; danach duldete er sie und nahm ihre Aufmerksamkeiten hin, als ob er ihnen damit eine Gunst erweise. Sie waren Thornton recht ähnlich, naturverbunden, geradlinig und von rascher Auffassungsgabe; noch ehe das Floß in den großen Mühlteich des Sägewerks von Dawson hineintrieb, hatten sie Bucks Eigenart begriffen und versuchten nicht länger, mit ihm so vertraulich umzugehen wie mit Skeet und Nig.

Seine Liebe zu Thornton schien jedoch immer noch zu wachsen. Er war der einzige, der Buck auf dem Sommertrail eine Last aufschnallen durfte. Nichts wurde Buck zuviel, solange Thornton es befahl. Eines Tages (sie hatten mit dem Erlös aus der Floßladung die Ausrüstung zum Goldschürfen gekauft und sich von Dawson zum Oberlauf des Tanana aufgemacht) saßen die Männer mit ihren Hunden am Rand einer Wand, die in senkrechter Linie hundert Meter tief bis zu einem Felssockel abfiel. John Thornton hatte sich unmittelbar an diesem Abgrund niedergelassen, Buck an seiner Seite. Thornton gehorchte einer gedankenlosen Laune und machte Hans und Pete auf das Experiment aufmerksam, das er im Sinn hatte. »Spring, Buck!« befahl er, indem er mit der Hand über den Abgrund deutete. Im nächsten Moment kämpfte er mit Buck am äußersten Rand, und Hans und Pete mußten sie auf sicheren Grund zurückzerren.

»Es ist geradezu unheimlich«, sagte Pete, als alles vorbei war und sie wieder Atem schöpften.

Thornton schüttelte den Kopf. »Nein, es ist großartig, aber auch schrecklich. Wißt ihr, manchmal macht es mir Angst.«

»Ich lege jedenfalls keinen Wert darauf, mit dir in Streit zu geraten, wenn er dabei ist«, verkündete Pete im Brustton der Überzeugung und wies mit dem Kopf auf Buck.

»Weiß Gott!« fiel Hans ein. »Ich genausowenig!«

Doch ehe das Jahr um war, sollte das befürchtete Ereignis in Circle City eintreten. »Black« Burton, ein finsterer, bösartiger Geselle, hatte mit einem Greenhorn an der Bar Streit gesucht, als Thornton schlichtend dazwischentrat. Buck lag wie gewohnt in einer Ecke, die Schnauze auf den Pfoten, und beobachtete jede Regung seines Herrn. Burton schlug ohne Vorwarnung zu. Thornton taumelte rückwärts und stürzte nur deshalb nicht zu Boden, weil er sich an die Stange klammerte, die um die Theke lief.

Die Umstehenden hörten etwas, das weder als Bellen noch als Jaulen, sondern am ehesten als Brüllen zu bezeichnen war, und dann sahen sie Bucks Körper durch die Luft schießen, als er Burton mit einem mächtigen Satz an die Kehle sprang. Der Mann rettete sein Leben, indem er instinktiv den Arm ausstreckte, aber er wurde trotzdem rückwärts zu Boden geschleudert, und schon war Buck über ihm. Er gab den Arm frei, in den er seine Zähne vergraben hatte, und suchte erneut die Kehle. Diesmal konnte ihn der Mann nur teilweise abwehren und eine klaffende Halswunde nicht verhindern. Inzwischen hatten sich die Zuschauer eingemischt und vertrieben das Tier; aber während der Arzt die Blutung stillte, strich er wild knurrend an der Menschenmauer entlang und versuchte durchzubrechen, so daß ihn nur die zahllosen, drohend erhobenen Knüppel zurückhielten. Man berief spontan eine »Goldschürferversammlung« ein, einigte sich auf den Urteilsspruch, der Hund habe ausreichend Anlaß gehabt, und sprach Buck frei. Einen Namen hatte er sich allerdings gemacht, und von diesem Tag an verbreitete sich sein Ruhm in den Zeltlagern Alaskas.

Später, im Herbst desselben Jahres, rettete er John Thornton auf ganz andere Weise das Leben. Die drei Partner waren dabei, ein langes und schmales Stakboot durch die schlimmen Stromschnellen im Forty-Mile-Creek zu bugsieren. Hans und Pete gingen am Ufer entlang und bremsten das Gefährt mit Hilfe eines dünnen Hanfseils, das sie um Bäume schlangen, während Thornton im Boot geblieben war, um es mit der Stange zu steuern und seinen Gefährten die notwendigen Anweisungen zuzurufen. Am Ufer lief ein unruhiger und besorgter Buck auf Höhe des Bootes mit, ohne seinen Herrn auch nur einen Augenblick aus den Augen zu lassen.

An einer besonders gefährlichen Stelle, wo eine Felsbank knapp unter der Wasseroberfläche in den Fluß hinausragte, gab Hans dem Seil Spiel und rannte, während Thornton das Boot in die Strömung hinausmanövrierte, mit dem Seilende in der Hand am Ufer flußabwärts, um das Boot wieder zu bremsen, sobald es die Klippe umfahren hatte. Das tat es auch und schoß in der Strömung pfeilschnell hinab wie in einem Mühlkanal, bis Hans das Seil straffte, aber allzu plötzlich. Das Boot kenterte und schwenkte kieloben auf das Ufer zu, während Thornton, der geradewegs ins Wasser katapultiert worden war, flußabwärts auf den schlimmsten Abschnitt der Stromschnellen zutrieb, ein Wildwasser, in dem kein Schwimmer überleben konnte.

Buck war ohne Zögern hinterhergesprungen; und zweihundert Meter weiter hatte er Thornton überholt. Als er spürte, daß sein Herr seinen Schwanz gepackt hatte, hielt

Buck auf das Ufer zu. Er schwamm unter Aufbietung all seiner Kräfte. Doch während das Ufer nur langsam näherrückte, trieben sie mit atemberaubendem Tempo den Fluß hinab. Von unterhalb tosten die brüllenden Fluten, dort, wo die unbändige Strömung noch wilder wurde und von Felsen, die wie die spitzen Zähne eines gigantischen Kamms aus dem Wasser ragten, schäumend zerschnitten wurde. Im letzten Teilstück, wo der steile Abfall begann, wurde der Sog übermächtig, und Thornton wußte, daß das Ufer unerreichbar war. Er schrammte in wilder Fahrt über einen ersten Felsen, schlug im Vorbeitreiben mehrfach gegen einen zweiten, bis er mit voller Wucht auf den dritten prallte. Er ließ Buck los und umklammerte die glitschige Felsnase mit beiden Händen; über das Donnergetöse hinweg schrie er Buck zu: »Schwimm, Buck, schwimm!«

Buck konnte sich nicht festkrallen und wurde flußabwärts getrieben; er kämpfte verzweifelt, aber vergeblich dagegen an. Als er hörte, wie Thornton sein Kommando wiederholte, stellte er sich im Wasser auf, reckte den Kopf hoch, als ob er noch einen letzten Blick zurückwerfen wollte, und nahm dann gehorsam Kurs auf das Ufer. Er schwamm kraftvoll, und Pete und Hans zogen ihn gerade dort aus dem Wasser, wo das Schwimmen unmöglich wurde und der Untergang gewiß war.

Sie wußten, daß sich jemand in dieser reißenden Strömung nur wenige Minuten lang an einen glitschigen Felsen klammern konnte. So schnell es ging, rannten sie zu einem Punkt weit oberhalb der Stelle, an der Thornton sich befand. Sie legten die Leine, mit der sie das Boot gebremst hatten, um Bucks Hals und Schultern, sorgfältig darauf bedacht, ihn weder zu würgen noch beim Schwimmen zu behindern, und schickten ihn dann hinaus in die Strömung. Er paddelte entschlossen los, aber nicht weit genug auf die Strommitte zu. Er erkannte seinen Fehler zu spät, als er schon an Thornton vorbei war, kaum ein halbes Dutzend Paddelschläge entfernt und doch hoffnungslos außer Reichweite.

Hans stoppte ihn auf der Stelle mit der Leine wie ein Boot. Sie straffte sich in der kräftigen Strömung und riß ihn unter Wasser; bis sein Körper gegen die Uferböschung prallte und herausgezogen wurde, kam er nicht mehr an die Oberfläche. Er war halb ertrunken, und Hans und Pete warfen sich auf ihn, pumpten das Wasser aus seinen Lungen und die Luft hinein. Taumelnd kam er auf die Füße und brach wieder zusammen. Thorntons Stimme drang schwach zu ihnen herüber, und wenn sie auch die Worte nicht verstanden, so begriffen sie doch, daß er in höchster Not war. Die Stimme seines Herrn wirkte auf Buck wie ein elektrischer Schock. Er sprang auf und rannte den Männern voraus auf die Stelle zu, von der er beim ersten Mal losgeschwommen war.

Wieder machten sie ihn an der Leine fest und schickten ihn in den Fluß, wieder paddelte er hinaus, doch diesmal hielt er gleich auf die Strommitte zu. Er hatte sich einmal verrechnet, noch einmal würde ihm das nicht passieren. Hans ließ die Leine laufen, wobei er darauf achtete, daß sie nicht durchhing, während Pete Sorge trug, daß sich keine Schlingen bildeten. Buck schwamm so lange zur Mitte, bis er sich direkt oberhalb von Thornton befand; dann wendete er und trieb im D-Zug-Tempo auf ihn zu. Thornton beobachtete sein Kommen, und als Buck mit der vollen Wucht der Strömung wie eine Ramme gegen ihn prallte, warf er die Arme hoch und umklammerte seinen zottigen Nacken. Hans schlang das Seil um einen Baum, und Buck und Thornton wurden unter Wasser gerissen. Die Leine, die sie in Richtung Ufer zog, schleifte sie über das zerklüftete Flußbett, wo sie schon halberstickt gegen Baumstümpfe und Steine prallten, während einmal der eine, dann der andere oben schwamm.

Als Thornton wieder zu sich kam, lag er bäuchlings auf einem angetriebenen Baumstamm. Hans und Pete preßten mit aller Kraft das Wasser aus ihm heraus. Sein erster Blick galt Buck, über dessen schlaffem und allem Anschein nach leblosem Körper Nig ein Geheul anstimmte, während Skeet das nasse Gesicht und die geschlossenen Augen ableckte. Thornton hatte selbst Prellungen abbekommen und war übel zugerichtet, doch als sie Buck wieder zu sich gebracht hatten, untersuchte er ihn sorgfältig und fand drei gebrochene Rippen.

»Damit ist die Sache entschieden«, erklärte er. »Wir lagern hier.« Und dieses Lager blieb stehen, bis Bucks Rippen so weit verheilt waren, daß er reisefähig war.

Im folgenden Winter vollbrachte Buck in Dawson eine weitere Glanztat, die vielleicht weniger heldenhaft war, seinem Ruhm in Alaska jedoch ein paar zusätzliche Kerben auf dem Totempfahl eintrug. Den drei Männern kam seine Bravourleistung besonders gelegen, denn sie waren dringend auf die Ausrüstung angewiesen, die er ihnen so verschaffte und die sie brauchten, um eine langersehnte Reise in den unberührten Osten anzutreten, wohin die Goldschürfer noch nicht vorgedrungen waren. Herbeigeführt wurde das Ganze durch eine Unterhaltung in der Eldorado-Bar, in deren Verlauf verschiedene Männer ihre Lieblingshunde rühmten. Wegen seiner Vorgeschichte war Buck die Zielscheibe der Überbietungsversuche, und Thornton mußte ihn hartnäckig verteidigen. Nach der ersten halben Stunde verkündete einer der Männer, daß sein Hund einen Schlitten mit einer Ladung von fünfhundert Pfund in Gang bringen und dann weiterziehen könne; ein zweiter prahlte, sein Hund könne auch sechshundert Pfund bewältigen; der dritte schraubte die Marke auf siebenhundert.

»Pah!« sagte John Thornton. »Buck zieht mit tausend Pfund an.«

»Bricht die Kufen aus dem Eis? Und marschiert noch hundert Meter weiter?« fragte Matthewson, ein Bonanzakönig, der mit den siebenhundert Pfund geprahlt hatte.

»Bricht ihn aus und marschiert noch hundert Meter weiter«, wiederholte John Thornton kühl.

»Na gut«, sagte Matthewson, absichtlich langsam, damit alle es hören konnten, »ich halte mit tausend Dollar dagegen. Da sind sie.« Mit diesen Worten schleuderte er einen Beutel voller Goldstaub, prall wie eine Mortadella, auf die Theke.

Es wurde totenstill. Ob Thornton nun geblufft hatte oder nicht, jetzt mußte er die Karten auf den Tisch legen. Er spürte, wie ihm das Blut ins Gesicht stieg. Im Eifer des Wortgefechts war er vorschnell gewesen. Er wußte nicht, ob Buck imstande war, mit tausend Pfund anzuziehen. Eine halbe Tonne! Dieses ungeheure Gewicht erschreckte ihn. Er besaß großes Zutrauen zu Bucks Kräften und hatte oft gedacht, daß er eine solche Last bewegen könne; aber noch nie hatte er die Möglichkeit konkret ins Auge gefaßt, während ein Dutzend Männer abwartend und schweigend ihre Blicke auf ihn hefteten. Außerdem hatte er keine tausend Dollar, und Hans und Pete ebensowenig.

»Da draußen steht gerade mein Schlitten mit zwanzig Säcken Mehl von jeweils fünfzig Pfund«, fuhr Matthewson in schonungsloser Direktheit fort. »Laßt euch also nicht aufhalten.«

Thornton gab keine Antwort. Er wußte nicht, was er sagen sollte. Er sah von einem zum anderen wie ein Mensch, der das Denken verlernt hat und nun nach etwas sucht, das ihm diese Fähigkeit zurückgeben könnte. Sein Blick fiel auf das Gesicht Jim O'Briens, eines Freundes aus alten Tagen, inzwischen am Mastodon Creek zum Goldbaron geworden. Es wirkte wie ein Stichwort, und jetzt tat er etwas, woran er sonst nicht einmal im Traum gedacht hätte.

»Kannst du mir einen Tausender leihen?« fragte er ihn, fast im Flüsterton.

»Na klar«, antwortete O'Brien und ließ einen zweiten prallgefüllten Beutel neben den von Matthewson plumpsen. »Aber viel Hoffnung habe ich nicht, John, daß der Hund die Sache fertigbringt.«

Die Eldorado-Bar leerte sich, als alle auf die Straße strömten, um die Probe aufs Exempel zu beobachten. Die Spieltische blieben einsam zurück, als Spieler und Croupiers herauskamen, um den Ausgang der Wette mitanzusehen und selbst Einsätze zu wagen. Mehrere hundert Männer in Pelzen und Fausthandschuhen stellten sich in Reihen zu beiden Seiten von Matthewsons Schlitten auf. Er hatte seit einigen Stunden dort gestanden, und in der eisigen Kälte (50 Grad unter Null) waren die Kufen auf dem festgetretenen Schnee angefroren. Man wettete zwei zu eins, daß Buck den Schlitten nicht von der Stelle bringen könne. Man stritt darum, was genau der Ausdruck »ausbrechen« bedeute. O'Brien behauptete, es sei Thorntons gutes Recht, die Kufen loszuschlagen, ehe Buck den Schlitten aus dem absoluten Stillstand »ausbreche«. Matthewson beharrte darauf, »ausbrechen« bedeute, die in der Spur festgefrorenen Kufen zu lösen. Eine Mehrheit der Männer, die bei Abschluß der Wette zugegen gewesen waren, entschied zu seinen Gunsten, woraufhin die Wetten auf drei zu eins zuungunsten Bucks stiegen.

Niemand nahm die Wette an. Nicht einer traute ihm eine solche Leistung zu. Thornton hatte sich, schon selbst von Zweifeln geplagt, überstürzt zu dieser Wette verleiten lassen; jetzt, wo er den Schlitten handgreiflich vor sich sah, samt dem regulären Gespann von zehn Hunden, die vor ihm zusammengerollt im Schnee lagen, schien die Aufgabe noch unlösbarer. Matthewson triumphierte.

»Drei zu eins!« rief er aus. »Wenn du willst, Thornton, dann leg ich noch einmal tausend drauf.«

Thornton standen die Zweifel ins Gesicht geschrieben, aber sein Kampfgeist war erwacht – der Kampfgeist, der sich über jede Wahrscheinlichkeit hinwegsetzt, das Unmögliche nicht mehr zur Kenntnis nimmt, der taub ist für alles außer dem Lärm der Schlacht. Er rief Hans und Pete heran. Was sie in ihren Geldbeuteln zu bieten hatten, war mager; mit seinem eigenen Geld konnten sie gerade zweihundert Dollar zusammenkratzen. Angesichts der Ebbe in ihrer Kasse stellte diese Summe ihr gesamtes Vermögen dar; dennoch zögerten sie nicht, es gegen Matthewsons sechshundert Dollar zu setzen.

Das Zehnergespann vor dem Schlitten wurde losgemacht und Buck im eigenen Zuggeschirr vorgespannt. Er hatte sich von der allgemeinen Erregung anstecken lassen und spürte, daß er etwas Großartiges für John Thornton leisten mußte. Seine prachtvolle Erscheinung löste bewunderndes Gemurmel aus. Er war in bester Verfassung, ohne eine Unze überflüssiges Fett, und die gut hundertunddreißig Pfund, die er auf die Waage brachte, bestanden aus nichts als Schneid und Kraft. Sein dichter Pelz glänzte wie Seide. Auch jetzt, im entspannten Zustand, kräuselte sich die Mähne auf Nacken und Schultern bei jeder Bewegung und schien sich aufzustellen, als ob überschüssige Kraft jedes einzelne Haar wach und aktiv werden ließ. Der mächtige Brustkorb und die schweren Vorderläufe standen durchaus im Verhältnis zu seinem übrigen Körper, unter dessen Haut sich straffe Muskelpakete abzeichneten. Einige tasteten diese Muskeln ab und teilten den anderen mit, sie seien hart wie Eisen, worauf die Wetten auf zwei zu eins fielen.

»Menschenskinder!« stammelte ein Angehöriger der neuesten Generation von Goldbaronen, einer, der an den Skookum Benches sein Glück gemacht hatte. »Hören Sie, ich biete Ihnen achthundert Dollar, auf der Stelle, vor dem Versuch. Achthundert Dollar, so wie er da steht.«

Thornton schüttelte den Kopf und trat neben Buck.

»Da mußt du weg«, protestierte Matthewson. »Keine Einmischung, und schön Abstand halten!«

Es wurde still in der Menge; man hörte nur noch die Stimme der Glücksspieler, die vergeblich ihre Zwei-zu-Eins-Wetten anboten. Jeder hätte eingeräumt, daß Buck ein prächtiges Tier war, aber der riesige Haufen von zwanzig Halbzentnersäcken Mehl vor ihren Augen sorgte dafür, daß niemand seinen Geldbeutel öffnete.

Thornton kniete sich neben Buck. Er nahm seinen Kopf zwischen die Hände und legte Wange an Wange. Er schüttelte ihn nicht spielerisch wie sonst, raunte ihm keine zärtlichen Verwünschungen ins Ohr; er flüsterte ihm zu. »Aus Liebe zu mir, Buck. Aus Liebe zu mir«, das sagte er ihm ein. Buck winselte vor ungestilltem Tatendurst.

Die Menge beobachtete sie neugierig. Die Sache wurde immer geheimnisvoller. Es wirkte wie eine Beschwörung. Als Thornton sich aufrichtete, packte Buck die Hand im Fäustling und drückte sie zwischen seinen Zähnen, ehe er sie langsam und halb widerstrebend freigab. Es war eine Antwort, die nicht durch Worte, sondern durch Liebe sprach. Thornton machte einen großen Schritt zur Seite.

»Jetzt, Buck«, sagte er.

Buck straffte die Riemen und ließ sie dann wieder ein paar Zoll durchhängen. So hatte er es gelernt.

»Yee!« Thorntons Stimme hallte durch die gespannte Stille.

Buck schwenkte nach rechts aus und stürmte los, bis sich die Riemen strafften und seine hundertunddreißig Pfund Körpergewicht ruckartig zum Stehen brachten. Die Ladung erzitterte, und unter den Kufen knisterte es hell.

»Haw!« befahl Thornton.

Buck wiederholte das Manöver, jetzt auf der linken Seite. Das Knistern ging in Krachen über, und der Schlitten drehte sich seitwärts, wobei die Kufen mit einem Kratzgeräusch mehrere Zoll ausscherten. Er hatte den Schlitten aus der Spur gebrochen. Die Männer hielten den Atem an, ohne sich dessen im geringsten bewußt zu sein.

»Jetzt Mush!«

Thorntons Befehl explodierte wie ein Pistolenschuß. Buck warf sich wuchtig nach vorn und zog die Riemen stramm. Sein ganzer Körper wirkte wie geballt angesichts der ungeheuren Anstrengung, unter dem seidigen Fell verknoteten sich die Muskeln und zuckten wie eigenständige Lebewesen. Den massigen Brustkorb fast am Boden, den Kopf gesenkt und vorgereckt, vollführten seine Pfoten einen wahnwitzigen Trommelwirbel, wobei die Krallen zwei parallele Furchen in den festen Packschnee gruben. Der Schlitten schwankte und bebte, wollte sich in Bewegung setzen. Eine Pfote rutschte aus, und ein Mann stöhnte auf. Dann ruckte der Schlitten an, wie in einer raschen Folge von Zuckungen, die jedoch nicht einmal wirklich aussetzten... einen halben Zoll voran... einen ganzen... zwei Zoll... Das Rucken ließ merklich nach; der Schlitten kam in Fahrt, Buck federte die abrupten Bewegungen ab, bis das Gefährt gleichmäßig vorwärtsglitt.

Die Männer holten tief Luft, ohne überhaupt wahrzunehmen, daß sie einen Augenblick lang das Atmen vergessen hatten. Thornton lief Buck nach und trieb ihn mit kurzen, aufmunternden Worten an. Man hatte die Distanz abgesteckt, und als er sich dem Brennholzhaufen näherte, der die hundert Meter markierte, wurden die Hochrufe immer lauter und gingen dann, als er den Haufen passierte und auf Thorntons Befehl anhielt, in donnerndes Gebrüll über. Alle waren völlig aus dem Häuschen, Matthewson inbegriffen; Hüte und Handschuhe flogen durch die Luft; jeder schüttelte dem Nächstbesten die Hand; im allgemeinen Tohuwabohu sprudelte alles vor Erregung über.

Thornton aber sank neben Buck auf die Knie. Kopf lag an Kopf, und er schüttelte ihn hin und her. Wer herbeigeeilt war, konnte hören, wie er Buck beschimpfte, ausdauernd und inbrünstig, weich und liebevoll.

»Menschenskind! Sir!« brach es aus dem Goldbaron vom Skookum Bench hervor. »Sir. Ich geb Ihnen einen Tausender für ihn, Sir, einen Tausender – zwölfhundert, Sir.«

Thornton stand auf. Seine Augen waren naß, und die Tränen liefen ihm über die Backen. »Nein«, erwiderte er dem Goldbaron. »Und abermals nein! Scheren Sie sich zum Teufel, Sir. Das ist der beste Rat, den ich Ihnen geben kann, Sir.«

Buck nahm seine Hand zwischen die Zähne. Thornton schüttelte ihn. Als ob alle einer gemeinsamen Regung folgten, wichen die Zuschauer respektvoll zurück; sie waren diskret genug, nicht noch ein zweites Mal zu stören.

VII. DIE WILDNIS RUFT

Als Buck innerhalb von fünf Minuten sechzehnhundert Dollar für John Thornton verdiente, erlaubte er ihm damit, Schulden abzuzahlen und mit seinen Partnern nach Osten zu ziehen, wo es eine verschollene, sagenumwobene Goldmine gab, deren Geschichte so alt war wie die Geschichte des Landes selbst. Viele Männer hatten sie gesucht; kaum jemand hatte sie gefunden; und nicht wenige waren niemals von ihrer Suche zurückgekehrt. Die Geschichte der verschollenen Goldmine war in tragisches Licht getaucht und von Geheimnissen umwittert. Niemand kannte ihren Entdecker. Die älteste Überlieferung riß ab, bevor sie bei ihm anlangte. Es hatte dort von Anfang an eine alte, baufällige Hütte gestanden. Männer, die im Sterben lagen, hatten es beschworen, das und die Existenz der Mine, deren Standort die Hütte bezeichnete. Ihren Schwur hatten sie mit Nuggets untermauert, deren Gold von einer Reinheit war, die man im gesamten übrigen Norden nicht kannte.

Kein Lebender jedoch hatte diese Schatzkammer geplündert, und die Toten waren tot. John Thornton, Pete und Hans suchten also zusammen mit Buck und einem halben Dutzend anderer Hunde einen Weg nach Osten, um dort Erfolg zu haben, wo nicht weniger fähige Männer und Hunde gescheitert waren. Mit dem Schlitten fuhren sie siebzig Meilen den Yukon flußaufwärts, schwenkten links hinüber zum Lauf des Stewart, ließen Mayo und McQuesten hinter sich und setzten ihren Weg so lange fort, bis der Stewart selbst zu einem Flüßchen geschrumpft war, das sich durch die aufragenden Berggipfel schlängelte, die das Rückgrat des Kontinents bilden.

John Thornton erwartete nicht viel von Mensch oder Natur. Er fürchtete die Wildnis nicht. Mit einer Handvoll Salz und einem Gewehr konnte er in sie eintauchen und reisen, wohin er wollte und so lange er wollte. Ohne Eile, nach Indianerart, verschaffte er sich die tägliche Essensration unterwegs, auf der Jagd; wenn er nichts erlegte, setzte er die Reise wie ein Indianer fort, in dem sicheren Wissen, daß er früher oder später auf Beute stoßen würde. Auf seiner großen Fahrt in den Osten bestand die Verpflegung also aus Wildbret; Munition und Geräte stellten den Löwenanteil der Schlittenlast, und ihren Zeitbedarf deckten sie durch unbeschränkten Kredit bei der Zukunft.

Für Buck war alles ein grenzenloses Vergnügen, die Jagd, das Fischen und das unendliche Wandern von einem unbekannten Ort zum nächsten. Wochenlang zogen sie manchmal immer weiter, Tag für Tag; dann wieder campierten sie irgendwo für mehrere Wochen; die Hunde streiften herum, die Männer schmolzen Löcher durch gefrorenen Schlamm und Kies und wuschen dann unzählige Goldpfannen voll Erde am wärmenden Feuer aus. Manchmal hungerten sie, manchmal schlugen sie sich den Wanst zum Bersten voll, je nach dem, ob das Wild reichlich und das Jagdglück ihnen gewogen war oder nicht. Der Sommer kam, und Männer und Hunde luden sich die Last auf den Rücken, setzten auf dem Floß über blaue Bergseen und fuhren in schlanken Booten aus Holzbrettern, die sie in den umliegenden Wäldern mit der Baumsäge zugeschnitten hatten, unbekannte Flüsse hinauf oder hinab.

Die Monate kamen und gingen, und sie durchwanderten auf verschlungenen Wegen die nie erschlossene Wildnis, wo es keine Menschen gab und wo doch schon welche gewesen waren, wenn die Geschichte von der verschollenen Hütte der Wahrheit entsprach. Sie überquerten Wasserscheiden in Sommerschneestürmen, zitterten unter der Mitternachtssonne auf kahlen Berggipfeln zwischen der Baumgrenze und dem ewigen Schnee, tauchten in die Mücken- und Fliegenschwärme sommerlicher Täler ein und pflückten im Schatten der Gletscher Erdbeeren und Blumen, so reif und schön, wie irgendein Land des Südens sich ihrer rühmen durfte. Im Herbst des Jahres drangen sie in ein schauriges Seenland vor, schwermütig und schweigsam, wo sich Wildenten aufgehalten hatten, jetzt aber kein Leben oder Lebenszeichen mehr zu finden war – wo es nichts gab als frostige Winde, Eis, das sich an geschützten Stellen zu bilden begann, und das melancholische Klatschen der Wellen in einsamen Buchten.

Und noch einen Winter zogen sie auf den verwischten Spuren ihrer Vorgänger so weiter. Einmal trafen sie auf einen markierten Pfad durch den Wald; er war alt, und die verschollene Hütte schien greifbar nah zu sein. Doch der Weg begann irgendwo und endete irgendwo, und er blieb rätselhaft, wie der Mensch, der ihn markiert hatte, und sein Motiv ein Rätsel blieben. Ein anderes Mal stießen sie auf die Überreste einer von den Spuren der Zeit gezeichneten Jagdbehausung, und John Thornton fand mitten in einem Haufen verrotteter

Decken ein langläufiges Steinschloßgewehr. Er wußte, daß die Hudson Bay Company während der Erschließung des Nordwestens ihre Männer damit ausgerüstet hatte. Damals bezahlte man eine solche Waffe mit Biberfellen, so hoch gepackt, wie der Gewehrlauf reichte. Sonst fanden sie nichts – nichts, was einen Hinweis auf den Mann gegeben hätte, der den Unterschlupf damals errichtet und das Gewehr zwischen den Decken zurückgelassen hatte.

Der Frühling kehrte ein zweites Mal zurück, und am Ende ihrer Wanderschaft fanden sie zwar nicht die verschollene Hütte, aber eine flache Mulde in einem breiten Tal, wo das Gold am Grund ihrer Pfanne schimmerte wie Butter. Sie suchten nicht weiter. Mit jedem Arbeitstag verdienten sie sich Tausende von Dollars in bestem Goldstaub und in Nuggets, und sie arbeiteten jeden Tag. Das Gold wurde in Elchleder- beutel zu jeweils fünfzig Pfund abgefüllt und wie Brennholz vor der Hütte aus Fichtenholz aufgeschichtet. Sie schufteten wie die Berserker, und ein Tag nach dem anderen huschte vorbei wie im Traum, während sie ihre Schätze anhäuften.

Die Hunde hatten nichts zu tun, außer daß sie hin und wieder von Thornton erlegte Beute zur Hütte schleifen muß- ten. Buck verbrachte viele Stunden träumend am Feuer. Jetzt, wo es so wenig Arbeit gab, erschien ihm der kurzbeinige behaarte Mann häufiger. Oft, wenn er so in das Feuer blinzel- te, streifte Buck mit ihm gemeinsam durch jene andere Welt, an die er sich erinnerte.

Was diese Welt vor allem kennzeichnete, war Angst. Wenn Buck den behaarten Mann beobachtete, wie er am Feuer schlief, den Kopf zwischen den Knien, die Hände über dem Kopf verschränkt, dann sah er, wie unruhig sein Schlaf war, wie er immer wieder aufschreckte, erwachte und dann furchtsam in die Dunkelheit starrte, während er Holz nach- legte. Wanderten sie an einem Meeresstrand entlang, wo der Mann Schalentiere sammelte und auf der Stelle verspeiste, dann ließ er seinen Blick unentwegt auf der Suche nach versteckten Gefahren umherschweifen, jederzeit bereit, bei den ersten Anzeichen schnell wie der Wind das Weite zu suchen. Geräuschlos schlichen sie durch den Wald, Buck immer auf seinen Fersen; sie waren wachsam und auf der Hut, alle beide, ihre Ohren zuckten und bewegten sich hin und her, und die Nasenflügel bebten, hatte doch der Mann einen ebenso scharfen Gehör- und Geruchssinn wie Buck. Er konnte auf Bäume springen und sich dort mit der gleichen Geschwindigkeit fortbewegen wie am Boden; er hangelte sich von Ast zu Ast, wobei der Zwischenraum manchmal drei, vier Meter betrug, löste den Griff und packte erneut zu, ohne jemals abzustürzen oder fehlzugreifen. Er schien dort oben ebenso zu Hause zu sein wie auf der Erde, und Buck erinnerte sich an Nächte, die er wachend am Fuß von Bäumen verbrachte, über sich den Mann, der an den Stamm geklammert schlief.

Seine Traumbilder von dem behaarten Menschen und der Ruf, der aus der Tiefe des Waldes drang, hatten vieles gemeinsam. Dieser Ruf erfüllte ihn mit großer Unruhe und seltsamer Sehnsucht. Er fühlte dann, wie ihn ein ungewisses, süßes Glücksgefühl überkam, und spürte ein wildes Verlangen und Begehren nach unnennbaren Dingen. Zuweilen folgte er dem Ruf in die Wildnis hinein, suchte ihn wie ein handgreifliches Etwas, wobei er leise oder herausfordernd bellte, je nach dem, wie ihm gerade zumute war. Er stöberte mit der Nase im kühlen Moos des Waldes oder im schwarzen Boden, wo hohes Gras stand, und schnaubte dann voller Entzücken über den satten Duft der Erde; oder aber er kauerte sich stundenlang wie im Versteck hinter das pilzbedeckte Holz umgestürzter Bäume, mit großen Augen und Ohren, wach für jede Bewegung und jedes Geräusch um sich herum. Mag sein, daß er hoffte, diesen Ruf, den er nicht verstehen konnte, auf solche Weise zu überrumpeln. Doch wußte er nicht, warum er das alles tat. Etwas nötigte ihn dazu, und er dachte nicht darüber nach.

Unwiderstehliche Impulse überwältigten ihn. Er lag vielleicht gerade im Lager und war in der Hitze des Tages eingenickt; plötzlich hob er den Kopf, die Ohren stellten sich gespannt lauschend auf, und dann sprang er hoch und jagte davon, immer fort, stundenlang, durch Waldschneisen und über offenes, büschelbestandenes Gelände hinweg. Mit großem Vergnügen preschte er manches trockene Bachbett hinab oder beschlich und belauschte die Vögel des Waldes. Einen ganzen Tag lang konnte er im Dickicht zubringen und Waldhühner beobachten, die dort balzend auf und ab stolzierten. Ganz besonders jedoch liebte er das dämmrige Zwielicht der Mitternacht im Sommer, wenn er umherstreifte und auf das gedämpfte, verschlafene Murmeln des Waldes horchte, Zeichen und Laute las wie der Mensch ein Buch und dabei nach dem geheimnisvollen Etwas suchte, von dem der Ruf ausging – der ihn, wachend oder schlafend, unablässig lockte.

Eines Nachts schreckte er aus dem Schlaf. Seine Augen waren weit aufgerissen, die Nasenflügel bebten und witterten, und sein Rückenfell sträubte sich wiederholt in wellenförmigen Bewegungen. Aus dem Wald kam der Ruf (oder einer seiner Töne, denn der Ruf setzte sich aus vielen Tönen zusammen), so klar und bestimmt wie nie zuvor – ein langgezogenes Heulen, den Lauten des Husky ähnlich und doch völlig anders. Er erkannte es auf die altvertraute Weise als einen Laut, den er bereits gehört hatte. Er setzte in großen Sprüngen durch das schlafende Lager und eilte geräuschlos und schnell wie der Wind durch den Wald. Als er näher kam, drosselte er das Tempo und bewegte sich überaus vorsichtig, bis er an den Rand einer Lichtung gelangte. Was er dort sah, aufrecht sitzend, die Schnauze in den Himmel gereckt, war ein langgestreckter, magerer Wolf.

Buck hatte keinen Lärm gemacht, doch der Wolf unterbrach sein Geheul und versuchte, ihn zu wittern. Buck pirschte halb kriechend auf die Lichtung hinaus; sein Körper hatte sich zusammengezogen, der Schweif war gerade und steif nach hinten gestreckt, die Pfoten setzten mit ungewöhnlicher Vorsicht auf dem Boden auf. Jede Bewegung war Drohgebärde und Freundschaftsangebot zugleich. Es handelte sich um die mit Warnsignalen verbundene Waffenruhe, die das Zusammentreffen von Raubtieren kennzeichnet. Doch der Wolf ergriff bei seinem Anblick die Flucht. Er folgte ihm mit wilden Sprüngen, in dem rauschhaften Verlangen, ihn einzuholen. Er trieb ihn in eine Sackgasse, in ein Bachbett, wo eine Barriere aus angeschwemmtem Holz den Fluchtweg versperrte. Der Wolf wirbelte herum und drehte sich dabei auf den Hinterläufen gerade so wie Joe und alle in die Enge getriebenen Huskies, wobei er mit gesträubtem Fell die Zähne fletschte und die Kiefer ohne Unterlaß zusammenschnappen ließ.

Buck griff nicht an, sondern rückte mit kreisenden Bewegungen und unter wiederholten Freundschaftsangeboten immer näher. Der Wolf blieb mißtrauisch und ängstlich. Buck war immerhin dreimal so schwer wie er, und das wilde Tier reichte ihm mit seinem Kopf kaum bis zur Schulter. Als der Wolf eine Chance sah, entwischte er, und die Jagd begann von neuem. Immer wieder wurde er in die Enge getrieben, und das Spiel wiederholte sich; allerdings war er in schlechter Verfassung, sonst hätte Buck ihn nicht so leicht einholen können. Der Wolf rannte immer so lange, bis Bucks Kopf auf der Höhe seiner Flanke erschien; dann wirbelte er herum und stellte sich, nur um bei der ersten sich bietenden Gelegenheit wieder davonzujagen.

Am Ende jedoch wurde Bucks Hartnäckigkeit belohnt; nachdem sein Gegenüber nämlich erkannt hatte, daß Buck ihm nichts Böses wollte, beschnupperte er ihn schließlich. Nun schlossen sie Frieden und spielten miteinander; sie legten dabei jenes nervöse, fast linkische Wesen an den Tag, mit dem wilde Tiere ihre Wildheit Lügen strafen. Nachdem das einige Zeit so gegangen war, trabte der Wolf in lockerer Gangart fort und zeigte damit unmißverständlich, daß er ein Ziel im Auge hatte. Er machte Buck klar, daß er mitkommen sollte, und Seite an Seite liefen sie durch das dämmrige Licht, das Bachbett aufwärts in die Schlucht hinein, aus der der Bach kam, und über die kahle Wasserscheide hinweg, wo er entsprang.

Von der anderen Hangseite gelangten sie in eine Ebene mit ausgedehnten Waldflächen, die von vielen Flüssen durchzogen war. Durch dieses Waldland liefen sie ständig weiter, stundenlang, während die Sonne höher stieg und es immer heißer wurde. Buck hatte unbändige Glücksgefühle. Er wußte, daß er, Seite an Seite mit seinem Bruder aus den Wäldern dem Ruf jetzt endlich bis an seinen wahren Ursprungsort folgte. Alte Erinnerungen strömten auf ihn ein, und er reagierte darauf, wie er in alten Zeiten auf die Wirklichkeit reagiert hatte, die sie schattenhaft begleitete. Er hatte das alles schon einmal getan, irgendwo in dieser anderen, verschwommen erinnerten Welt, und er wiederholte es jetzt, wo er ohne Fesseln durch ein weites Land lief, unter sich noch nicht betretene Erde, über sich den weiten Himmel.

An einem plätschernden Bach machten sie halt, um zu trinken, und indem er innehielt, besann sich Buck auf John Thornton. Er setzte sich. Der Wolf wollte wieder dahin aufbrechen, von wo der Ruf ohne Zweifel kam; er machte kehrt, beschnupperte ihn und versuchte, ihn auf mannigfache Weise zu ermuntern. Buck jedoch drehte sich um und machte sich zögernd auf den Rückweg. Fast eine Stunde lang lief sein ungezähmter Bruder winselnd neben ihm her. Dann ließ er sich nieder, reckte die Schnauze zum Himmel und heulte. Es war ein melancholisches Heulen, und Buck, der seinen Weg unbeirrt fortsetzte, hörte, wie es immer schwächer wurde und sich schließlich in der Ferne verlor.

John Thornton saß gerade beim Abendessen, als Buck ins Lager stürmte und ihn in einem wilden Anfall von Zuneigung ansprang, umwarf und auf ihm herumkletterte, wobei er ihm das Gesicht abschleckte, ihn in die Hand biß – »einfach verrückt spielte«, wie John Thornton es nannte, der Buck schüttelte und ihn liebevoll beschimpfte.

Danach verließ Buck zwei Tage und Nächte lang das Lager nicht, ließ Thornton nicht einen Moment aus den Augen. Bei der Arbeit folgte er ihm auf Schritt und Tritt, beobachtete ihn beim Essen, begleitete ihn bis ans Nachtlager und erwartete ihn dort am nächsten Morgen. Doch nach zwei Tagen drang der Ruf aus dem Wald noch gebieterischer an sein Ohr als je zuvor. Die Unruhe ergriff erneut von ihm Besitz, und die Erinnerungen an seinen wilden Bruder, an das einladende Land jenseits der Hügelkette, an das gemeinsame Laufen quer durch die großen Wälder ließen ihn nicht mehr los. Er fing wieder an, durch den Wald zu streifen, aber der Bruder aus der Wildnis kam nicht zurück; und obgleich er lange wachte und horchte – auch das schwermütige Heulen erklang nicht wieder.

Er begann, die Nacht außerhalb des Lagers zu verbringen, und blieb oft tagelang aus; einmal überquerte er die Wasserscheide an der Quelle des Bachs und stieg in das waldige, von Flüssen durchzogene Land hinab. Eine Woche lang streifte er herum und suchte vergeblich nach einer frischen Spur seines ungezähmten Bruders. Er ernährte sich von unterwegs erlegter Beute und bewegte sich mit weit ausholenden Schritten in jenem lockeren Trab vorwärts, der offenbar keine Ermüdung kennt. Er angelte Lachse an einem breiten Fluß, der irgendwo ins Meer mündete; dort tötete er auch einen großen Schwarzbären, der beim Fischen von den Mückenschwärmen blind gestochen worden war und in ohnmächtiger, schrecklicher

Wut durch den Wald raste. Selbst unter diesen Umständen war es ein grausamer Kampf, der auch die letzten Instinkte entfesselte, die noch in Buck geschlummert hatten. Als er zwei Tage darauf zurückkehrte und ein Dutzend Vielfraße im Streit um seine Beute vorfand, stoben sie wie Spreu im Wind vor ihm davon. Auf ihrer Flucht mußten sie zwei der ihren zurücklassen, die danach mit niemandem mehr Streit suchen würden.

Sein Blutdurst wurde stärker denn je. Er war ein Tier, das raubte und tötete, das sich von lebenden Wesen ernährte, ohne Hilfe anderer, allein, kraft seiner eigenen Stärke und Kühnheit, das sich in einer feindlichen Umwelt, wo nur die Starken überlebten, glanzvoll behauptete. Deswegen erfüllte ihn ein großer Stolz auf sich selbst, der sich wie eine Anstekkung auf sein ganzes Äußeres übertrug. Er zeigte sich in allen seinen Bewegungen, trat im Spiel eines jeden Muskels an den Tag, äußerte sich in seiner Haltung so unmißverständlich wie das gesprochene Wort und ließ sein prächtiges, dichtes Fell noch prächtiger erscheinen, wenn das überhaupt möglich war. Hätte er nicht auf der Schnauze und über den Augen einen braunen Fleck gehabt und den weißen Streifen mitten auf der Brust, man hätte ihn durchaus für einen riesigen Wolf halten können, mächtiger noch als der größte ihrer Rasse. Von seinem Bernhardinervater hatte er Masse und Gewicht ererbt, aber die Schäferhundmutter hatte dieser Masse und diesem Gewicht die Statur verliehen. Er hatte die lange Wolfsschnauze, die allerdings größer war als die irgendeines Wolfs; und sein Schädel war zwar ein wenig breiter, aber insgesamt ein massiger Wolfsschädel.

Seine List war Wolfslist und List der Wildnis; seine Intelligenz die des Schäferhunds und des Bernhardiners; all das, zusammen mit einer in der gnadenlosen Schule, durch die er gegangen war, erworbenen Erfahrung machte ihn zu einem furchterregenden Wesen, das sich mit jedem anderen Ge-

105

schöpf der Wildnis messen konnte. Als Raubtier, das sich von purem Fleisch ernährte, war er nun voll entwickelt, stand im Zenit seines Lebens und hatte Energie und männliche Kraft im Überfluß. Wenn Thornton ihm mit der Hand über den Rücken strich, dann knisterte und prasselte das Fell dahinter, weil jedes einzelne Haar mit dem Kontakt seine aufgestaute Energie entlud. Alles, Kopf und Körper, Gewebe und Nervenfasern, befanden sich in vorzüglicher Verfassung, das Gleichgewicht oder die Abstimmung zwischen allen Teilen war vollkommen. Seine Reaktionen auf das, was er sah und hörte, auf Ereignisse, die Handeln nötig machten, kamen blitzartig. So schnell ein Husky auch springen konnte, um sich gegen einen Angriff zu verteidigen oder selbst anzugreifen, er sprang doppelt so schnell. Um eine Bewegung zu sehen oder einen Laut zu hören und gleich darauf zu reagieren, benötigte er weniger Zeit als ein anderer Hund zum bloßen Wahrnehmen. Bei ihm waren Erkennen, Entscheiden und Reagieren eins. Genaugenommen folgten diese drei Vorgänge zwar nacheinander; aber der zeitliche Abstand zwischen ihnen war so verschwindend gering, daß sie wie gleichzeitig wirkten. Seine Vitalität setzte seine Muskeln so unter Spannung, daß sie in Aktion traten wie losschnellende Stahlfedern. Das Leben durchströmte ihn wie eine mächtige Flut, jubelnd und ausgelassen, bis es fast den Anschein hatte, sie werde ihn in schierer Ekstase auseinandersprengen und sich über die ganze Welt ergießen.

»Einen solchen Hund hat es noch nie gegeben«, sagte John Thornton eines Tages, als Buck gerade aus dem Lager schritt und die drei Männer ihm nachblickten.

»Als er erschaffen wurde, ist die Form zersprungen«, sagte Pete.

»Bei Gott! Das glaube ich auch«, bestätigte Hans.

Sie sahen ihn aus dem Lager stolzieren, aber sie sahen nicht, welch plötzliche und erschreckende Verwandlung mit ihm vorging, sobald er in das Dunkel des Waldes eintauchte. Sein Gang konnte nicht länger als Schreiten bezeichnet werden. Er wurde auf der Stelle Teil der Wildnis, wie er so auf Samtpfoten daherschlich, ein flüchtiger Schatten, der zwischen den Schatten hervorglitt und wieder unter ihnen verschwand. Er besaß die Fähigkeit, jede Deckung zu nutzen, auf dem Bauch zu kriechen wie eine Schlange und wie eine Schlange hochzuschnellen und zuzustoßen. Er konnte ein Schneehuhn im Nest greifen, einen Hasen im Schlaf überraschen und ein Eichhörnchen, das eine Sekunde zu spät zum rettenden Sprung auf den Baum ansetzte, noch in der Luft mit den Zähnen packen. Fische in offenen Tümpeln waren ihm nicht zu schnell, Biber, die ihre Dämme reparierten, nicht zu wachsam. Er tötete, um zu fressen, nicht mutwillig; allerdings zog er es vor, die Beute auch selbst zu schlagen. So lag denn in dem, was er tat, ein hintergründiger Humor, wenn er sich etwa zu seinem Vergnügen an Eichhörnchen heranpirschte und sie erst im allerletzten Moment entkommen ließ, so daß sie keifend und in tödlichem Schrecken in die Baumwipfel flüchteten.

Mit dem Herbst erschienen immer mehr Elche, die aus der Höhe herabstiegen, um den Winter in den tiefergelegenen und weniger rauhen Tälern zu verbringen. Buck hatte schon ein verirrtes, halberwachsenes Kalb gerissen, aber er sehnte sich nach einem größeren und mächtigeren Gegner. Er fand ihn eines Tages oben auf der Wasserscheide über dem Bachlauf. Eine Herde von zwanzig Elchen war aus dem Wald- und Wasserland herübergezogen, und ihr Anführer war ein großer Bulle. Er war außerordentlich gereizt; einen ernsthafteren Gegner als ihn hätte sich Buck nicht wünschen können. Mit seinen riesigen, vierzehnendigen Schaufeln, die über zwei Meter breit waren, fegte er ständig hin und her. In den kleinen Augen brannte ein böse glitzerndes Licht, und Bucks Anblick quittierte er mit einem wütenden Brüllen.

Aus seinem Körper ragte seitlich, unmittelbar vor der Flanke, ein gefiedertes Pfeilende hervor, das seine Gereiztheit erklärte. Von einem Jagdinstinkt aus uralter Zeit gelenkt, machte sich Buck daran, den Bullen von seiner Herde zu trennen. Diese Aufgabe war keineswegs einfach. Er tänzelte bellend vor dem Bullen herum, wobei er sich gerade außerhalb der Reichweite seiner Riesenschaufeln und der furchterregenden Paarhufe bewegte, denn diese hätten mit einem einzigen Tritt das Leben aus ihm herausgestampft. Da der Bulle den Fängen seines Widersachers unmöglich den Rücken kehren und einfach weitergehen konnte, geriet er immer wieder außer sich vor Wut. Dann griff er Buck an, der sich geschickt zurückzog und den Bullen hinter sich herlockte, indem er den Anschein erweckte, er sei unfähig zur Flucht. Hatte er jedoch sein Opfer auf diese Weise von der Herde getrennt, dann griffen ihn zwei oder drei von den jüngeren Bullen an und erlaubten so dem verwundeten Artgenossen den Rückzug zur Herde.

Die ungezähmte Natur kennt eine Geduld, so hartnäckig, unermüdlich und ausdauernd wie das Leben selbst: endlose Stunden wartet die Spinne regungslos in ihrem Netz, der Panther in seinem Hinterhalt, die Schlange in den Windungen ihres Körpers. Diese Geduld ist vor allem Lebewesen eigen, die auf lebende Beute aus sind; und auch Buck brachte sie auf, indem er nicht von der Flanke der Herde abließ, ihren Vormarsch behinderte, die jungen Bullen reizte, die Kühe mit ihren halberwachsenen Kälbern belästigte und den verwundeten Bullen vor ohnmächtiger Wut ganz wahnsinnig machte. Das ging so einen halben Tag lang. Buck war allgegenwärtig, griff von jeder Seite an, umkreiste die Herde als drohender Wirbelwind, schnitt sein Opfer so schnell von der Herde ab, wie er sich ihr wieder angeschlossen hatte, und erschöpfte die Geduld der Gejagten, die weniger ausdauernd ist als die der Jäger.

Im Laufe des Tages, als die Sonne im Nordwesten nieder-
sank (die Dunkelheit war zurückgekommen, und die Herbst-
nacht dauerte sechs Stunden), blieben die jungen Bullen
immer widerwilliger zurück, um ihrem geplagten Anführer
beizustehen. Der herabsteigende Winter trieb sie talwärts,
und es schien, als ob sie diese unermüdliche Kreatur, die sie
dabei aufhielt, nie mehr abschütteln könnten. Außerdem war
ja nicht das Leben der Herde oder der jungen Bullen selbst
bedroht. Es ging nur um die Existenz eines einzigen Herden-
genossen, die sie weniger interessierte als das eigene Leben,
und letztlich waren sie bereit, diesen Preis zu zahlen.

Bei Einbruch der Dämmerung stand der alte Bulle mit
gesenktem Haupt da und sah zu, wie seine Gefährten – die
Kühe, die er gekannt, die Kälber, die er gezeugt, die Bullen,
die er besiegt hatte – mit raschen, wiegenden Schritten im
verblassenden Tageslicht verschwanden. Er konnte ihnen
nicht folgen, denn vor seiner Nase sprang diese gnadenlose
Kreatur mit ihren schrecklichen Fängen auf und ab und
versperrte ihm den Weg. Er wog weit mehr als eine halbe
Tonne; er blickte auf ein langes, kraftvolles Leben zurück, in
dem er den Kampf ums Dasein geführt und sich mit vielen
Gegnern gemessen hatte, und nun, am Ende, lauerte der Tod
in den Fängen eines Tieres, das ihm gerade bis an die knochi-
gen Knie reichte.

Von jetzt an blieb Buck seiner Beute Tag und Nacht, ohne
Unterbrechung, auf den Fersen, ließ dem Bullen nicht eine
einzige Verschnaufpause, erlaubte ihm nicht, Blätter oder die
Schößlinge von Birke oder Weide zu fressen. Er gab dem
verwundeten Tier auch keine Gelegenheit, seinen brennenden Durst in den schmalen Rinnsalen zu stillen, die sie
überquerten. In seiner Verzweiflung ergriff der Bulle manchmal die Flucht und galoppierte weite Strecken. Buck unternahm dann keinen Versuch, ihn aufzuhalten, sondern folgte
ihm mit locker federnden Sprüngen, denn ihm war es ganz

recht so. Wenn der Elch stehenblieb, legte er sich nieder, wenn er Anstalten machte, zu fressen oder zu trinken, attackierte er ihn heftig.

Der große Kopf neigte sich tiefer und tiefer unter der Last der verzweigten Schaufeln, und der wiegende Schritt wurde zunehmend matter. Immer häufiger und länger verharrte er still, die Nase berührte den Boden, und die Ohren hingen schlaff herunter. Buck fand jetzt mehr Zeit, selbst etwas zu trinken und auszuruhen. In solchen Momenten, wenn er die rote Zunge aus dem Maul hängen ließ und Luft schöpfte, ohne den Bullen dabei aus den Augen zu lassen, hatte er den Eindruck, daß sich ein Wandel in den Dingen ankündigte. Er konnte spüren, daß sich in diesem Land etwas rührte. Mit den Elchen kamen auch andere Lebewesen. In Wald, Wasser und Luft schien ihre Gegenwart mitzuschwingen. Es war nicht sein Gesichts-, Gehör- oder Geruchssinn, der ihm das mitteilte, sondern irgendein anderes, subtileres Gespür. Er hörte nichts, sah nichts und wußte doch, daß das Land irgendwie verändert war, daß es merkwürdige Wesen durchstreiften; und er nahm sich vor, sie aufzuspüren, sobald er die anstehende Aufgabe erledigt hatte.

Schließlich, am Ende des vierten Tages, brachte er den großen Elch zur Strecke. Einen Tag und eine Nacht blieb er bei seiner Beute liegen, fraß und trank immer abwechselnd. So ausgeruht, erfrischt und gestärkt machte er sich auf den Rückweg zum Lager und zu John Thornton. Er verfiel wieder in den lockeren Trab mit weit ausholenden Schritten, den er stundenlang fortsetzen konnte. Trotz der verschlungenen Pfade, denen er gefolgt war, fand er, ohne zu zögern, den direkten Weg zurück durch das fremde Land, und sein unbeirrbarer Richtungssinn stellte den Menschen mit seiner Magnetnadel weit in den Schatten.

Während er weitertrabte, nahm er die Veränderung seiner Umwelt immer deutlicher wahr. Sie war jetzt auf andere

110

Weise belebt als den ganzen Sommer hindurch, und das teilte sich ihm nun nicht mehr auf untergründige, geheimnisvolle Weise mit. Das Singen der Vögel, das aufgeregte Lärmen der Eichhörnchen, der flüsternde Wind erzählten es ihm. Wiederholt hielt er an und sog die frische Morgenluft ein, in der er eine Botschaft las, die ihn mit größeren Sätzen vorwärtstrieb. Eine unheilvolle Vorahnung überkam ihn, wenn sich das Unheil nicht sogar schon ereignet hatte; und als er die letzte Wasserscheide überquerte und in das Tal hinabstieg, in dem sich das Lager befand, bewegte er sich mit größerer Vorsicht fort.

In einer Entfernung von drei Meilen stieß er auf eine frische Fährte; seine Nackenhaare stellten sich in Wellen auf. Die Spur führte geradewegs zum Lager und zu John Thornton. Buck hastete vorsichtig weiter; jeder Nerv war auf der Hut und angespannt und nahm unzählige Einzelheiten wahr, die eine ganze Geschichte erzählten – bis auf das Ende. Seine Nase verriet ihm, daß er der Spur mehrerer verschiedener Lebewesen folgte. Er bemerkte die unheilschwangere Stille im Wald. Die Vögel waren davongeflattert. Die Eichhörnchen hielten sich verborgen. Er sah nur ein einziges – ein geschmeidiges graues Wesen, das sich flach an einen morschen, grauen Ast preßte, so daß es zu ihm zu gehören schien wie eine Wucherung im Holz.

Buck glitt als huschender Schatten weiter, bis ihm etwas die Nase zur Seite riß, als ob sie tatsächlich jemand gepackt und herumgezerrt hätte. Er folgte der neuen Witterung in ein Dickicht und fand Nig. Er lag auf der Seite, dort, wohin er sich noch zum Sterben geschleppt hatte; ein Pfeil hatte seinen Rumpf durchbohrt, Spitze und gefiedertes Ende schauten zu beiden Seiten heraus.

Hundert Meter weiter stieß Buck auf einen der Schlittenhunde, die Thornton in Dawson gekauft hatte. Der Hund wand sich mitten auf dem Pfad im Todeskampf, und Buck machte einen Bogen um ihn herum, ohne anzuhalten. Vom Lager drang das schwache Geräusch vieler Stimmen herüber, die sich im Sing-Sang hoben und senkten. Buck robbte an den Rand der Lichtung, wo er Hans entdeckte; er lag auf dem Bauch und war mit Pfeilen gespickt wie ein Stachelschwein. Buck blickte sofort zum Standort der Holzhütte hinüber, und der Anblick brachte seine Nacken- und Schulterhaare dazu, sich auf der Stelle kerzengerade aufzurichten. Rasende Wut übermannte ihn. Es war ihm nicht bewußt, daß er knurrte, doch er knurrte laut und mit furchtbarem Ingrimm. Zum letzten Mal in seinem Leben ließ er es zu, daß List und Vernunft von seiner Leidenschaft übermannt wurden, und nur aus Liebe zu John Thornton verlor er den Kopf.

Die Yeehats führten gerade einen Tanz um die Überreste der Blockhütte auf, als sie ein schreckliches Brüllen hörten und sahen, daß sich ein Wesen auf sie stürzte, wie sie es noch nie gesehen hatten. Es war Buck, ein tobender Hurrikan, der mit vernichtender Wut über sie herfiel. Er sprang dem vordersten Mann (dem Häuptling der Yeehats) an die Kehle und riß eine klaffende Wunde, so daß aus der offenen Schlagader eine Blutfontäne schoß. Er hielt sich aber bei diesem Opfer nicht auf, sondern zerfetzte beim nächsten Satz einem zweiten Mann die Kehle. Er war nicht aufzuhalten. Er wütete mitten unter ihnen, eine reißende, niedermachende, todbringende Bestie, die so unaufhörlich und blitzschnell durch die Luft fuhr, daß alle Pfeile, die sie ihr nachschickten, das Ziel verfehlten. Die Indianer trafen sich vielmehr gegenseitig, weil seine Bewegungen unvorstellbar schnell abliefen und sie selbst eng beieinanderstanden. Der Speer eines jungen Kriegers, der Buck im Sprung hätte treffen sollen, bohrte sich mit solcher Gewalt durch die Brust eines anderen, daß die Spitze aus dem Rücken wieder heraustrat. Panik überwältigte nun die Yeehats, und in Angst und Schrecken flüchteten sie in den Wald, wobei sie sich gegenseitig zuriefen, der Böse Geist suche sie heim.

Tatsächlich wütete Buck wie der Leibhaftige selbst, als er hinter ihnen her raste und sie auf ihrer panischen Flucht zwischen den Bäumen zu Boden riß. Es war ein schicksalsschwerer Tag für die Yeehats. Sie wurden in alle Winde zerstreut, und es dauerte eine Woche, bis auch die letzten der Überlebenden in einem tiefergelegenen Tal zu den anderen stießen und man die Verluste ermitteln konnte. Buck seinerseits wurde müde und gab die Verfolgung schließlich auf. Er kehrte in das verlassene Lager zurück. Er entdeckte Pete dort, wo er – noch zugedeckt – überrumpelt und getötet worden war. Thorntons Verzweiflungskampf hatte sich in die Erde eingegraben, und Buck folgte der Spur in jeder Einzelheit bis an den Rand eines tiefen Teichs. Dort lag auch Skeet, treu bis ans Ende, Kopf und Vorderläufe im Wasser. Der Teich, den die Spülrinnen fürs Goldwaschen verfärbt und getrübt hatten, verbarg erfolgreich, was in ihm ruhte – John Thornton. Denn Buck war seiner Spur bis zum Wasser gefolgt, konnte aber keine finden, die wieder herausführte.

Den ganzen Tag lang saß Buck brütend am Teich oder strich ruhelos durch das Lager. Den Tod als das Ende von Bewegung, als Ausscheiden aus dem lebendigen Dasein kannte er, und er wußte, daß John Thornton tot war. Er hinterließ in ihm eine große Leere, dem Hunger nicht unähnlich, nur daß sie nicht aufhörte zu schmerzen und durch Fressen nicht auszufüllen war. Zuweilen, wenn er innehielt und die Leichen der Yeehats betrachtete, vergaß er den Schmerz. In solchen Augenblicken verspürte er einen großen Stolz auf sich selbst – größer als er ihn jemals empfunden hatte. Er hatte Menschen getötet, die edelste Beute überhaupt, und das war ihm dort gelungen, wo das Gesetz von Knüppel und Fang Geltung hatte. Er beschnupperte neugierig ihre Leichen. Es war so einfach gewesen. Es war schwieriger, einen Eskimohund umzubringen als sie. Ohne Pfeile, Speere und Knüppel waren sie eigentlich gar keine richtigen Gegner. In Zukunft würde er sich vor ihnen nicht mehr fürchten, wenn sie keine Waffen trugen.

Die Nacht brach herein, und hinter den Bäumen stieg der Vollmond in den Himmel, bis das ganze Land in gespenstisches Licht getaucht war. Mit dem Hereinbrechen der Dunkelheit wurde Buck, der melancholisch vor sich hinbrütend am Teich lag, auf das neue Leben aufmerksam, das sich im Wald zu rühren begann und nichts mit den Yeehats zu tun hatte. Er stand auf, lauschte und witterte. Von weit her wehte schwach ein helles Jaulen herüber, dem ein Chor ähnlicher Laute folgte. Allmählich rückte es näher. Wie früher erkannte Buck es auch jetzt als etwas, das in seiner Erinnerung an eine andere Welt überlebt hatte. Er trat in die Mitte der Lichtung und horchte. Es war der Ruf, der sich aus vielen Tönen zusammensetzte, und er klang verlockender und drängender denn je. Und mehr als je zuvor war er bereit, ihm zu folgen. John Thornton war tot. Das letzte Band zerschnitten. Der Mensch und seine Ansprüche fesselten ihn nicht länger.

Auf der Jagd nach lebender Beute, genau wie die Yeehats, hatte das Wolfsrudel schließlich sein wasserreiches Waldgebiet verlassen und war mit den davonziehenden Elchen in Bucks Tal eingedrungen. Wie eine silbrige Flut ergossen sie sich auf die mondbeschienene Lichtung; dort in der Mitte stand Buck, bewegungslos wie eine Statue, und erwartete sie. Daß er so still und groß dort stand, flößte ihnen Ehrfurcht ein, und einen Moment lang geschah gar nichts, bis der mutigste von ihnen auf ihn zustürzte. Buck schlug blitzschnell zu und brach ihm das Genick. Dann verharrte er wieder so regungslos wie zuvor, während der besiegte Gegner sich hinter ihm im Todeskampf wand. Drei weitere Wölfe versuchten kurz nacheinander ihr Glück; und einer

114

nach dem anderen zog sich mit blutenden Wunden an Schulter oder Kehle zurück.

Nun fiel das ganze Rudel in wildem Durcheinander über ihn her; sie waren so begierig, die Beute zu reißen, daß sie sich gegenseitig behinderten und im Weg standen. Bucks unglaubliche Schnelligkeit und Beweglichkeit zahlten sich jetzt aus. Er warf sich auf den Hinterläufen herum, schnappte zu und riß klaffende Wunden, war überall gleichzeitig, wirbelte so pfeilschnell im Kreis, daß dieser Verteidigungsring nirgendwo eine Schwachstelle zeigte. Die Notwendigkeit, einen Angriff von hinten zu verhindern, erzwang allerdings einen Rückzug am Teich vorbei in das Flußbett hinein, wo er an einer hohen Kiesbank anlangte. Er wich kämpfend zurück, bis er eine Stelle erreichte, wo die Männer die Böschung beim Goldschürfen rechtwinklig abgeteuft hatten. Hier, wo er von drei Seiten geschützt war und sich nur nach vorn verteidigen mußte, stellte er sich endgültig zum Kampf.

Er verteidigte sich so hervorragend, daß sich die Wölfe nach Ablauf einer halben Stunde geschlagen gaben. Alle ließen die Zunge heraushängen, und ihre weißen Fänge schimmerten kalt im Mondlicht. Einige lagen am Boden, wobei sie den Kopf aufgerichtet hielten und die Ohren spitzten; andere waren stehengeblieben und beobachteten ihn; wieder andere schlabberten Wasser aus dem Teich. Ein Wolf, ein langgestrecktes, mageres, graues Tier, kam in freundlicher Absicht vorsichtig näher, und Buck erkannte den Bruder aus der Wildnis wieder, mit dem er eine Nacht und einen Tag zusammengewesen war. Der Wolf winselte leise, und als Buck ebenso antwortete, berührten sie einander mit der Schnauze.

Dann näherte sich ein altes, mageres, von Kämpfen gezeichnetes Tier. Buck schob die Lefzen zurück, um es anzufletschen, doch dann beschnupperten sie sich gegenseitig. Daraufhin setzte sich der alte Wolf auf die Hinterläufe, hob die Schnauze zum Himmel und brach in das langgezogene Wolfsheulen aus. Die anderen schlossen sich ihm an. Und nun hörte Buck innerlich selbst den Ruf in unverwechselbarer Färbung. Auch er setzte sich und heulte. Als das geschehen war, kam er aus seiner Ecke, und das Rudel drängte sich um ihn, beschnüffelte ihn halb aggressiv, halb freundschaftlich. Die Anführer stimmten das Jaulen der Meute an und hielten mit großen Sprüngen auf den Wald zu. Die übrigen Wölfe fielen ein und folgten ihnen. Buck lief neben ihnen her, Seite an Seite mit seinem wilden Bruder, und im Lauf jaulte er wie sie.

Und hier soll Bucks Geschichte ihr Ende finden. Es vergingen nur wenige Jahre, bis die Yeehats eine Veränderung im Aussehen der Wolfsrasse bemerkten; denn man sah nun Wölfe mit braunen Flecken an Kopf und Schnauze und einem weißen Streifen mitten auf der Brust. Doch noch bemerkenswerter scheint es, daß die Yeehats von einem Geisterhund erzählen, der an der Spitze eines Rudels läuft. Sie fürchten ihn, weil er ihre eigene Verschlagenheit noch übertrifft und in strengen Wintern in den Lagern stiehlt, ihre Fallen plündert, ihre Hunde tötet und ihren tapfersten Kriegern trotzt.

Ja, man erzählt sich noch Schlimmeres. Es gibt Jäger, die nicht mehr zurückkommen, und Jäger, die Stammesgenossen mit zerfetzter Kehle gefunden haben, inmitten von Wolfsspuren im Schnee, weit größer als die üblichen Abdrücke. Im Herbst, wenn die Yeehats dem Zug der Elche folgen, gibt es ein bestimmtes Tal, das sie nie betreten. Und manche Frauen werden schwermütig, wenn am Lagerfeuer berichtet wird, wie es kam, daß nun der Böse Geist darin haust.

Im Sommer aber hat das Tal einen Besucher, von dem die Yeehats nichts wissen. Es ist ein großer Wolf mit prächtigem Pelz, der seinesgleichen ähnlich und doch ganz anders ist. Er wandert allein aus dem freundlichen Waldland herüber und tritt hinaus auf die Lichtung. Hier sickert ein gelbes Rinnsal aus verrotteten Elchlederbeuteln und verschwindet im Boden; dazwischen steht Gras auf langen Halmen, und modriges Grün überwuchert das Gelb, das kein Sonnenstrahl mehr erreicht; dort bleibt er eine Weile wie andächtig stehen, heult dann einmal lang und schwermütig auf und zieht seines Weges.

Doch er ist nicht immer allein. Wenn die langen Winternächte kommen und die Wölfe ihrer Beute in die tiefergelegenen Täler folgen, dann kann es sein, daß man ihn im blassen Mondschein oder im glimmenden Nordlicht an der Spitze des Rudels laufen sieht, riesenhaft neben den Artgenossen, und seine mächtige Kehle vibriert, denn er singt das Lied einer jüngeren Welt, das Lied der Meute.

WOLFSBLUT

ERSTER TEIL: DIE WILDNIS

I. AUF DER SPUR DER BEUTE

Zu beiden Seiten des gefrorenen Wasserwegs stand düsterer Tannenwald. Vor kurzem erst hatte der Wind die Bäume ihrer weißen Reifschicht beraubt, und in der hereinbrechenden Dämmerung schienen sie sich nun wie eine finstere Drohung über den Fluß zu senken. Eine ungeheure Stille lastete auf dem Land; es lag öde, leblos, ohne jede Regung da, so einsam und kalt, daß es nicht einmal schwermütig wirkte. Ein Anflug von Gelächter war spürbar, erschreckender als alle Schwermut – ein Lachen, so freudlos wie das Lächeln der Sphinx, so kalt wie der Frost, so grimmig wie das unfehlbare Schicksal. Die alles beherrschende Weisheit der Ewigkeit, für die wir keine Worte haben, spottete der Nichtigkeit des Lebens und seiner Mühen. Es war die Wildnis – die grausame, frostklirrende, herzlose Wildnis des Nordlands.

Und doch *gab* es Leben, das ihr trotzte. Unten auf dem gefrorenen Flußlauf kämpfte sich eine Reihe wolfsähnlicher Hunde voran. Ihr struppiges Fell war mit Reif überzogen. Die Wolke, die sie beim Atmen ausstießen, kondensierte und gefror zu winzigen Kristallen, die in ihrem Pelz hängenblieben. Die Hunde trugen ein ledernes Zuggeschirr, von dem Riemen zu einem Schlitten führten, den sie hinter sich her schleppten. Der Schlitten hatte keine Kufen. Er bestand aus dicker Birkenrinde und ruhte mit seiner ganzen Fläche auf dem Schnee. Das vordere Ende war hochgebogen wie eine Schriftrolle, so daß der Pulverschnee, der sich, einer Bugwelle ähnlich, davor auftürmte, unter den Schlitten gedrückt wurde. Auf dem Schlitten lag eine lange, schmale, rechteckige Kiste; sie war fest vertäut. Der Schlitten war auch mit anderen Gegenständen beladen – mit Decken, einer Axt, einer Kaffeekanne, einer Bratpfanne. Was jedoch ins Auge fiel und den meisten Platz einnahm, das war die lange, schmale, rechteckige Kiste.

Ein Mann auf Schneeschuhen mühte sich vor den Hunden ab. Hinter dem Schlitten mühte sich ein zweiter. Auf dem Schlitten, in der Kiste, lag ein dritter, dessen Mühen zu Ende waren – ein Mann, den die Wildnis niedergeworfen und bezwungen hatte, so daß er sich nie mehr bewegen und wehren würde. Die Wildnis des Nordens liebt die Bewegung nicht. Das Leben ist ihr ein Ärgernis, denn Leben heißt Bewegung; und diese Wildnis verfolgt jede Bewegung, um sie zu vernichten. Sie läßt das Wasser gefrieren, damit es nicht zum Meer läuft; sie zieht den Saft aus den Bäumen, so daß sie bis in ihr mächtiges Mark erstarren; mit besonderem Ingrimm aber verfolgt sie den Menschen und zwingt ihn mit zermalmender Gewalt in die Knie – den Menschen, dessen Leben am ruhelosesten ist, eine ständige Auflehnung gegen die Regel, daß alle Bewegung schließlich zum Stillstand kommen muß.

Vor und hinter dem Schlitten jedoch schufteten die beiden furchtlosen und unbeugsamen Männer, die noch nicht tot waren. Sie trugen Kleidung aus Pelzen und weichgegerbtem Leder. Der gefrierende Atem hatte ihnen Wimpern, Backen und Lippen mit einer solchen Schicht aus Eiskristallen bedeckt, daß ihre Gesichter unkenntlich geworden waren. Das verlieh ihnen ein fratzenhaftes Aussehen und sie wirkten wie Leichenbestatter, die in einem Gespensterreich einen Geist zu Grabe tragen. Doch diese Maske verbarg Menschen, die sich ihren Weg durch ein Land der Verlassenheit und des höhnischen Schweigens bahnten, winzige Abenteurer auf gigantischer Fahrt, die ihre Kräfte mit der Macht einer Welt maßen, so fern und fremd und ohne Leben wie die Tiefen des Weltraums.

Sie sprachen nicht unterwegs, sondern sparten ihre Kräfte für die körperliche Anstrengung. Überall umgab sie das Schweigen, und seine greifbare Gegenwart beklemmte sie. Es wirkte auf ihren Geist wie der atmosphärische Druck auf den Körper des Tiefseetauchers. Es drückte sie mit dem ganzen Gewicht unermeßlicher Weite und unabänderlicher Fügung zusammen. Wie den Saft aus der Traube preßte es aus den verborgensten Tiefen der menschlichen Seele jede unechte Leidenschaft und Begeisterung, jede Selbstüberschätzung solange heraus, bis sie sich als endlich und klein begriffen, als winzige Punkte und Staubkörnchen, die sich mit schwachem Verstand und wenig Umsicht inmitten des Zusammenspiels der großen, blind waltenden Elemente und Mächte fortbewegten.

Eine Stunde verstrich, dann eine zweite. Das fahle Licht des kurzen, sonnenlosen Tages begann zu verblassen, als in der Ferne ein schwacher Ruf in die reglose Luft aufstieg. Er schwang sich rasch hinauf auf den höchsten Ton, auf dem er bebend und angespannt verharrte, ehe er langsam wieder erstarb. Es hätte die Wehklage einer ruhelosen Seele sein können, hätte man aus dem Ruf nicht auch eine gewisse melancholische Wildheit und hungrige Gier herausgehört. Der Vorausgehende drehte den Kopf und suchte den Blick des Hintermannes. Über die lange, rechteckige Kiste hinweg nickten sie einander zu.

Ein zweiter Ruf ertönte und stieß wie eine spitze Nadel durch die Stille. Beide Männer machten die Stelle aus, von der er kam. Sie lag hinter ihnen, irgendwo auf der weiten Schneefläche, die sie gerade durchquert hatten. Ein dritter Ruf antwortete jetzt den anderen, ebenfalls von hinten und links vom Vorgänger.

»Die haben's auf uns abgesehen, Bill«, sagte der Vordermann.

Seine Stimme klang heiser und unwirklich, und das Sprechen fiel ihm offenbar schwer.

»Es gibt kaum Beute«, antwortete sein Gefährte. »Ich hab' seit Tagen keine Hasenspuren mehr gesehen.«

Danach schwiegen sie wieder, wenn sie auch weiterhin auf die Jagdrufe horchten, die immer noch hinter ihnen zu hören waren.

Bei Einbruch der Dunkelheit ließen sie die Hunde am Rande des Flußlaufs unter einer Baumgruppe haltmachen und schlugen ihr Lager auf. Der ans Feuer gerückte Sarg diente als Sitzplatz und Tisch zugleich. Die Huskies sammelten sich auf der anderen Seite des Feuers, wo sie zwar miteinander stritten und sich anknurrten, jedoch keine Neigung zeigten, die düstere Umgebung zu erkunden.

»Also, Henry, ich finde, die bleiben ganz schön nah beim Lager«, bemerkte Bill dazu.

Henry, der am Feuer hockte und gerade den Kaffee in der Kanne mit einem Eisstückchen klärte, nickte bloß. Er gab seine Antwort erst, als er seinen Platz auf dem Sarg wieder eingenommen und mit der Mahlzeit begonnen hatte.

»Die wissen eben, wo sie nichts zu befürchten haben«, sagte er. »Die wollen ihr Futter fressen und nicht selbst verfuttert werden. Sind mit allen Wassern gewaschen, die Köter.«

Bill schüttelte den Kopf. »Also, da bin ich nicht so sicher.«

Sein Kamerad sah ihn erstaunt an. »Jetzt hör ich doch zum ersten Mal von dir, daß diese Viecher nicht mächtig was auf dem Kasten haben.«

»Henry«, sagte der andere und kaute dabei bedächtig weiter an seinen Bohnen, »hast du zufällig bemerkt, was für einen Aufstand die Hunde veranstaltet haben, als ich sie gefüttert habe?«

»Na ja, sie haben schon ein bißchen mehr Radau gemacht als sonst«, räumte Henry ein.

»Wie viele Hunde haben wir denn, Henry?«

»Sechs.«

»Hör gut zu, Henry...« Bill machte eine bedeutungsschwere Pause. »Wie gesagt, Henry, wir haben sechs Hunde. Ich hab sechs Fische aus dem Futtersack geholt. Ich hab jedem Hund einen Fisch gegeben, und, Henry, ich hatte einen Fisch zu wenig.«

»Du hast dich verzählt.«

»Wir haben sechs Hunde«, wiederholte der andere ungerührt. »Ich habe sechs Fische rausgeholt. Einohr hat keinen Fisch bekommen. Ich bin hinterher zum Futtersack zurückgegangen und hab ihm seinen Fisch geholt.«

»Wir haben aber nur sechs Hunde«, sagte Henry.

»Henry,« fuhr Bill fort. »Ich behaupte nicht, daß es ausschließlich *Hunde* gewesen sind, sondern nur, daß es sieben waren, die ihren Fisch bekommen haben.«

Henry unterbrach seine Mahlzeit und blickte über das Feuer hinweg, um die Hunde zu zählen.

»Jetzt sind es nur sechs«, sagte er.

»Ich hab den anderen durch den Schnee davonlaufen sehen«, verkündete Bill bestimmt. »Ich habe sieben gesehen.«

Henry schaute ihn mitleidig an und sagte: »Ich bin jedenfalls heilfroh, wenn diese Fahrt vorbei ist.«

»Was meinst du damit?« fragte Bill.

»Ich meine, daß dir unsere Fracht da zu schaffen macht und daß du anfängst, Gespenster zu sehen.«

»Ist mir auch schon durch den Kopf gegangen«, antwortete Bill ernst. »Deswegen hab ich mir den Schnee angeschaut, als das Tier weglief, und ich hab die Spuren gefunden. Dann hab ich die Hunde gezählt, und es waren immer noch sechs. Die Spuren sind immer noch da, falls du einen Blick darauf werfen willst. Soll ich sie dir zeigen?«

..Henry gab keine Antwort, sondern kaute schweigend weiter. Nach dem Essen trank er noch eine Tasse Kaffee, wischte sich den Mund mit dem Handrücken sauber und sagte schließlich:

»Du glaubst also, es war ...«

Von irgendwoher aus der Dunkelheit unterbrach ihn ein langer, klagender Ruf, voll unbändiger Trauer. Er hielt inne, um ihm zu lauschen, und beendete seinen Satz dann mit einer Geste in die Richtung, aus der der Laut gekommen war, »... einer von denen?«

Bill nickte. »Genau so ist es, da kannst du Gift drauf nehmen. Du hast ja selbst mitgekriegt, was für'n Spektakel die Hunde gemacht haben.«

Durch immer neue Rufe und die zahlreichen Antworten darauf verwandelte sich die Stille allmählich in infernalischen Lärm. Von allen Seiten kamen sie, und die Hunde verrieten ihre Angst, indem sie sich so nah am Feuer zusammendrängten, daß die Hitze ihr Fell versengte. Bill legte noch Holz nach, ehe er seine Pfeife ansteckte.

»Ich glaub, du bist ein bißchen mit den Nerven runter«, sagte Henry.

»Henry ...« Bill zog ein paarmal nachdenklich an seiner Pfeife, ehe er weiterredete. »Henry, ich dachte grad, daß es dem da verdammt viel besser geht, als es dir und mir jemals gehen wird.«

Die dritte Person bezeichnete er näher, indem er mit dem Daumen nach unten auf die Kiste wies, auf der sie saßen.

»Du und ich, Henry, wenn wir sterben, dann können wir froh sein, so viele Steine über unseren Leichen zu haben, daß die Hunde nicht drankommen.«

»Wir haben eben keine Verwandten und Geld und so weiter wie er«, erwiderte Henry. »So ein Begräbnis mit Überführung geht einfach ein bißchen über unsere Verhältnisse.«

»Was ich nicht kapiere, Henry – was hat so ein Mensch, der doch da, wo er herkommt, was Besseres ist und sich um sowas wie Verpflegung oder Decken nie Sorgen machen mußte, was hat der bloß an diesem gottverlassenen Ende der Welt zu suchen? Ich versteh das einfach nicht.«

»Der hätte steinalt werden können, wenn er zu Hause geblieben wäre«, stimmte Henry ihm zu.

Bill machte den Mund auf, um etwas zu sagen, besann sich dann aber eines Besseren. Er deutete statt dessen auf die dunkle Wand, die sie auf allen Seiten umschloß. Die absolute Finsternis verschluckte alle Konturen; man sah nichts darin außer einem Augenpaar, rot wie glühende Kohlen. Henry machte eine Kopfbewegung, um auf ein zweites, dann ein drittes aufmerksam zu machen. Ein Ring glühender Augen hatte sich um ihr Lager gelegt. Hin und wieder bewegte sich ein Augenpaar oder verschwand ganz, um einen Moment später wieder aufzuglimmen.

Die Unruhe unter den Schlittenhunden hatte zugenommen, und in plötzlich aufwallender Angst stürmten sie auf die andere Seite des Feuers, wo sie sich schutzsuchend zwischen den Beinen der Männer verkrochen. Einer der Hunde hatte sich in dem Durcheinander direkt beim Feuer überschlagen und vor Schmerz und Schrecken aufgejault; und gleich darauf roch es nach seinem versengten Fell. Die entstandene Unruhe führte dazu, daß der Ring von Augenpaaren vorübergehend in Bewegung geriet; doch als die Hunde wieder still waren, rührte sich auch im Kreis um sie herum nichts mehr.

»So ein verdammtes Pech, daß keine Munition mehr da ist, was Henry?«

Bill hatte seine Pfeife zu Ende geraucht und half seinem Begleiter dabei, das Nachtlager aus Pelzen und Decken auf den Tannenzweigen zu richten, die er vor dem Abendessen auf dem Schnee aufgeschüttet hatte. Henry brummte etwas und fing an, seine Mokkasins aufzuschnüren.

»Was hast du gesagt, wie viele Patronen noch da sind?«
fragte er.

»Drei«, kam die Antwort. »Und ich wünschte, es wären
dreihundert. Dann würd ich es denen schon zeigen, dieser
verfluchten Bande!«

Er drohte den Augenpaaren wütend mit der Faust und
machte sich dann daran, seine Mokkasins säuberlich am
Feuer aufzustellen.

»Und ich wünschte auch, diese Kältewelle würde mal aufhören«, fuhr er fort. »Jetzt haben wir schon seit zwei Wochen
45 Grad unter Null. Und ich wünschte, ich hätte diese Fahrt
nie angetreten, Henry. Es sieht nicht gut aus. Ich hab ein
mulmiges Gefühl. Und wenn ich schon beim Wünschen bin,
dann wünschte ich, es wäre aus und vorbei mit dieser Tour
und wir säßen jetzt in Fort McGurry am Feuer und spielten
Cribbage – das wünschte ich mir.«

Henry kroch brummelnd in sein Bett. Er war im Begriff
einzuschlummern, als ihn die Stimme seines Kameraden aus
dem Schlaf holte.

»Sag mal, Henry, dieser andere, der sich da seinen Fisch
abgeholt hat – warum sind die Hunde nicht über ihn hergefallen? Das läßt mir keine Ruhe.«

»Du übertreibst ein bißchen, Bill«, kam die verschlafene
Antwort. »Du bist doch sonst nicht so. Jetzt halt einfach mal
die Klappe, leg dich schlafen, und morgen früh bist du wieder
quietschfidel. Du hast dir den Magen verdorben – das läßt dir
keine Ruhe.«

Unter der gemeinsamen Oberdecke schliefen die Männer
tief und fest. Das Feuer brannte herunter, und die glühenden
Augen zogen ihren Kreis enger um das Lager. Die Hunde
drängten sich voller Angst aneinander und knurrten gelegentlich drohend, sobald ein Augenpaar ihnen zu nahe rückte.
Einmal machten sie einen solchen Lärm, daß Bill aufwachte.
Vorsichtig, um seinen Gefährten nicht zu wecken, stand er

auf und legte Holz nach. Als die Scheite Feuer fingen, wich der Ring von Augen zurück. Er warf einen flüchtigen Blick auf die aneinandergeschmiegten Hunde. Er rieb sich die Augen und sah noch einmal genauer hin. Dann kroch er zurück unter die Decke.

»Henry«, sagte er. »He, Henry!«

Stöhnend kehrte Henry aus dem Reich der Träume in die rauhe Wirklichkeit zurück und fragte: »Was ist jetzt schon wieder?«

»Nichts«, kam die Antwort; »nur sind es inzwischen wieder sieben. Ich hab grad gezählt.«

Henry quittierte die Information mit einem Brummen, das sich in Schnarchen verwandelte, als er wieder einschlief.

Am Morgen erwachte er als erster und scheuchte seinen Gefährten aus dem Bett. Bis zum Anbruch des Tages hatten sie noch drei Stunden Zeit, doch es war schon sechs Uhr. Er begann, im Dunkeln das Frühstück vorzubereiten, während Bill die Decken zusammenrollte und den Schlitten zum Anspannen herrichtete.

»Sag mal, Henry«, fragte der plötzlich, »wie viele Hunde haben wir deiner Meinung nach?«

»Sechs.«

»Falsch«, triumphierte Bill.

»Wieder sieben?« erkundigte sich Henry.

»Nein, fünf; einer fehlt.«

»Verflucht noch mal!« rief Henry wütend aus, überließ das Frühstück sich selbst und ging nachzählen.

»Du hast recht, Bill«, bemerkte er schließlich. »Mops ist weg.«

»Der muß in den Orkus gefahren sein wie'n geölter Blitz, nachdem er hier ausgebüxt ist. Hat bloß noch 'ne Rauchfahne hinterlassen.«

»Hatte überhaupt keine Chance«, pflichtete ihm Henry bei. »Die haben ihn bei lebendigem Leib verspeist. Der hat todsicher noch gejault, während sie ihn runterschlangen, diese Teufelsbande!«

»War immer schon ein bißchen dämlich«, sagte Bill.

»Kein dämlicher Hund darf so dämlich sein, daß er abzieht und auf diese Art Selbstmord begeht.« Er musterte die noch im Gespann verbliebenen Huskies und vergegenwärtigte sich mit einem raschen Blick die hervorstechenden Eigenschaften jedes einzelnen. »Von den übrigen macht das bestimmt keiner.«

»Die könntest du nicht mal mit 'nem Knüppel vom Feuer vertreiben«, stimmte Bill zu. »Ich hab immer schon gedacht, mit dem Mops stimmt was nicht.«

Und das war der Nachruf für einen toten Hund auf Nordlandfahrt – wortreicher als der für viele andere Hunde oder auch Menschen.

II. DIE WÖLFIN

Nachdem die Männer ihr Frühstück verzehrt und die spärliche Lagerausrüstung auf dem Schlitten verschnürt hatten, kehrten sie dem anheimelnden Feuer den Rücken und machten sich auf den Weg durch die Finsternis. Sogleich ertönten die Rufe voll wilder Trauer durch Dunkelheit und Kälte; ein Wolf rief den anderen und bekam Antwort. Das Gespräch versiegte. Um neun Uhr wurde es Tag. Mittags färbte sich der Himmel im Süden rosig warm und bezeichnete so die Stelle, an der die Erdkrümmung zwischen die im Zenit stehende Sonne und den hohen Norden trat. Doch verblaßte der rosige Schimmer rasch. Das graue Tageslicht, das ihm folgte, hielt sich bis drei Uhr, um dann seinerseits zu vergehen. Über das einsame, schweigende Land legte sich das Leichentuch der arktischen Nacht.

Mit zunehmender Dunkelheit rückten die Jagdrufe von rechts und links und hinter ihnen näher – so nahe, daß mehr als einmal Wellen der Angst durch das hart arbeitende Gespann der Hunde liefen und sie vorübergehend in Panik gerieten.

Als er und Henry die Zugriemen nach einem solchen Zwischenfall wieder entwirrt hatten, sagte Bill:

»Ich wünschte, sie fänden irgendwo Beute; dann zögen sie ab und ließen uns in Frieden.«

»Sie gehen einem schon schwer auf die Nerven«, antwortete Henry mitfühlend.

Bis sie das Lager aufschlugen, sprachen sie nicht mehr.

Henry beugte sich gerade über den brodelnden Bohnentopf, um Eisstückchen nachzuwerfen, als er durch das Geräusch eines Hiebs aufgeschreckt wurde, dem ein Ausruf Bills und ein schmerzvolles Aufjaulen folgte. Er richtete sich noch rechtzeitig genug auf, um wahrzunehmen, wie eine verschwommene Gestalt über den Schnee hinweg in der Dunkelheit verschwand. Dann sah er Bill, der halb triumphierend, halb niedergeschlagen zwischen den Hunden stand, in einer Hand einen dicken Knüppel, in der anderen den Schwanz und das Endstück eines luftgetrockneten Lachses.

»Die Hälfte hat er noch erwischt«, verkündete er. »Ich hab ihm aber trotzdem noch eins überziehen können. Hast du ihn jaulen hören?«

»Wie sah er denn aus?« fragte Henry.

»Konnt' ich nicht erkennen. Hatte aber vier Beine, 'ne Schnauze und Fell wie 'n ganz gewöhnlicher Hund.«

»Muß wohl ein zahmer Wolf sein.«

»Verflucht zahm, diese Kreatur, wenn sie sich zur Futterzeit heranschleicht, um ihre Portion Fisch abzuholen.«

An diesem Abend schloß sich der Ring glühender Augen noch enger um sie, als sie nach dem Essen auf der länglichen Kiste saßen und ihre Pfeifen rauchten.

»Ich wünschte, sie würden ein paar Elche oder sonstwas aufstöbern, damit sie abziehen und uns in Frieden lassen«, sagte Bill.

Henry brummte etwas vor sich hin, das nicht ausschließlich nach freundlicher Anteilnahme klang, und sie blieben eine Viertelstunde lang schweigend sitzen; Henry starrte ins Feuer und Bill auf den Kreis von Augen, die jenseits des Lichtscheins, den die Flammen warfen, in der Dunkelheit glühten.

»Ich wünschte, wir kämen in diesem Moment in McGurry an«, legte er von neuem los.

»Halt's Maul mit deinen Wünschen und deinem Gequengel«, explodierte Henry. »Du hast dir den Magen verdorben. Sonst fehlt dir nichts. Schluck einen Löffel Natriumkarbonat, dann kommst du wieder ins Lot und gehst einem auch nicht mehr so auf den Wecker.«

Am nächsten Morgen wurde Henry von Bills gotteslästerlichen Flüchen geweckt. Er stützte den Kopf auf den Ellenbogen und erblickte seinen Gefährten, der neben dem neu entfachten Feuer mitten unter den Hunden stand, die Arme empört hochgereckt, das Gesicht wutverzerrt.

»He!« rief Henry. »Was ist denn jetzt los?«

»Frosch ist weg«, kam die Antwort.

»Nein!«

»Wenn ich es dir doch sage.«

Henry sprang aus den Decken und lief zu den Hunden hinüber. Er zählte sie sorgfältig und verfluchte dann gemeinsam mit seinem Partner die Mächte der Wildnis, die ihnen einen zweiten Hund geraubt hatten.

»Frosch war der kräftigste von allen«, erklärte Bill abschließend.

»Und dämlich war er auch nicht«, setzte Henry hinzu.

Und das war der zweite Nachruf innerhalb von zwei Tagen.

Sie nahmen ihr Frühstück in gedrückter Stimmung ein und spannten anschließend die ihnen noch verbliebenen vier Hunde vor den Schlitten. Der Tag war eine Wiederholung der vorangegangenen Tage. Die Männer zogen schweigend über erstarrtes Land. Nur die Rufe ihrer Verfolger, die ihnen unsichtbar auf den Fersen waren, unterbrachen die Stille. Als am frühen Nachmittag die Dunkelheit hereinbrach, rückten die Verfolger wie üblich näher, und ihre Rufe tönten aus geringerer Entfernung. Die Hunde überfiel eine ängstliche Erregung, und sie gerieten mehrfach in Panik, was die Zugriemen durcheinanderbrachte und die Männer noch mehr niederdrückte.

»So, das hätten wir, verrückte Bande«, sagte Bill befriedigt an diesem Abend und richtete sich auf, nachdem er sein Werk vollendet hatte.

Henry ließ seinen Topf am Feuer stehen und kam näher, um die Sache in Augenschein zu nehmen. Sein Partner hatte die Hunde nicht nur zusammengebunden, sondern nach Indianerart mit Stöcken festgemacht. Jedem Hund hatte er einen Lederriemen um den Hals gelegt. Daran war ein dikker, etwa anderthalb Meter langer Stock befestigt, und zwar so dicht am Nacken, daß der Hund ihn nicht mit den Zähnen greifen konnte. Das andere Ende des Steckens wiederum war mit einem Lederriemen an einem Pflock im Boden festgemacht. Den Riemen an seinem Ende des Steckens konnte der Hund nicht durchbeißen. Und der Stock hinderte ihn daran, den Riemen am entfernten Ende zu erreichen.

Henry nickte beifällig.

»Der einzige Trick, mit dem man Einohr festhalten kann«, sagte er. »Der beißt durch Leder wie mit dem Messer, nur nicht ganz so schnell. Morgen früh sind bestimmt alle noch da und in bester Verfassung.«

»Da kannst du Gift drauf nehmen«, bekräftigte Bill.

»Wenn einer von ihnen fehlt, verzichte ich freiwillig auf meinen Morgenkaffee.«

»Die wissen ganz genau, daß wir unser Pulver verschossen haben«, bemerkte Henry beim Schlafengehen und wies auf den enger gewordenen Kreis. »Wenn wir ihnen ein paar Kugeln auf den Pelz brennen könnten, dann hätten sie mehr Respekt. Jede Nacht rücken sie näher. Schirm mal deine Augen gegen die Flammen ab und schau genau hin – da! Hast du den gesehen?«

Eine Weile beschäftigten sich die Männer damit, die Bewegungen schemenhafter Gestalten am Rande des Feuerscheins zu beobachten. Wenn sie ein in der Dunkelheit leuchtendes Augenpaar längere Zeit fixierten, dann nahmen die Umrisse des Tieres allmählich Gestalt an. Manchmal konnten sie sogar die Bewegungen einer solchen Gestalt verfolgen.

Ein Laut, der von den Schlittenhunden kam, erregte ihre Aufmerksamkeit. Man hörte Einohr immer wieder ungeduldig winseln und sah, wie er am Ende seines Steckens zerrte und in die Dunkelheit hinausstürmen wollte. Dann wieder drehte er sich um und attackierte den Stock wie wild mit den Zähnen.

»Schau dir das an, Bill«, wisperte Henry.

Ein hundeähnliches Tier schob sich verstohlen seitwärts ins helle Licht der Flammen. Es bewegte sich mit einer Mischung aus Mißtrauen und Wagemut. Seine Aufmerksamkeit richtete sich ganz auf die Hunde, ohne daß es die Männer dabei aus den Augen gelassen hätte. Einohr riß an seinem Riemen und kam dem Eindringling so weit entgegen, wie es der Stock zuließ, wobei er nicht aufhörte, erregt zu winseln.

»Der dämliche Einohr scheint nicht besonders viel Angst zu haben«, sagte Bill halblaut.

»Es ist eine Wölfin«, flüsterte Henry zurück, »womit auch das Verschwinden von Mops und Frosch erklärt wäre. Sie ist der Köder für die Meute. Sie lockt den Hund weg, und dann fallen alle übrigen über ihn her und verputzen ihn.«

Das Feuer knisterte. Ein Scheit fiel prasselnd auseinander. Bei diesem Geräusch sprang das fremde Tier mit einem Satz zurück in die Dunkelheit.

»Henry, mir kommt da eine Idee«, verkündete Bill.

»Was für eine Idee?«

»Ich glaube, das war das Tier, dem ich mit dem Knüppel eins übergezogen habe.«

»Daran hab ich nicht den leisesten Zweifel«, erwiderte Henry.

»Und wenn ich schon dabei bin, dann mach ich dich auch darauf aufmerksam«, fuhr Bill fort, »daß die Vertrautheit dieses Tieres mit Lagerfeuern verdächtig und geradezu unanständig ist.«

»Der weiß allerdings mehr als ein anständiger Wolf wissen sollte«, stimmte Henry ihm zu. »Ein Wolf, der soviel weiß, daß er sich zur Fütterung bei den Hunden einfindet, ist kein unbeschriebenes Blatt.«

»Der alte Villan hatte mal 'nen Hund, der mit Wölfen davongelaufen ist«, grübelte Bill laut. »Ich muß es wissen. Ich hab ihn damals aus dem Rudel herausgeschossen, drüben am Little Stick, wo die Elche ästen. Und der alte Villan hat geflennt wie 'n Baby. Hat gesagt, er hätt' ihn drei Jahre nicht mehr gesehen. War die ganze Zeit mit den Wölfen unterwegs.«

»Ich glaube, du hast den Nagel auf den Kopf getroffen, Bill. Dieser Wolf ist ein Hund und hat schon oft einem Menschen aus der Hand gefressen.«

»Und wenn er mir 'ne Chance dazu gibt, dann wird dieser Wolf, der ein Hund ist, selbst 'ne Fleischration«, erklärte Bill. »Wir können es uns nicht leisten, noch mehr Hunde zu verlieren.«

»Du hast aber nur drei Patronen«, wandte Henry ein.

»Ich warte auf eine todsichere Gelegenheit«, gab Bill zurück.

Am Morgen fachte Henry das Feuer wieder an und bereitete das Frühstück, während sein Partner weiterschnarchte.

»Du hast einfach zu fest geschlafen«, sagte Henry, als er ihn zum Frühstück aus den Decken scheuchte. »Ich hab's nicht über's Herz gebracht, dich zu wecken.«

Bill begann verschlafen zu essen. Er bemerkte, daß seine Kaffeetasse leer war und langte nach der Kanne. Sie stand jedoch neben Henry und außer Reichweite.

»Hör mal, Henry«, sagte er mit leisem Vorwurf in der Stimme. »Kann es sein, daß du was vergessen hast?«

Henry sah sich sorgfältig um und schüttelte den Kopf. Bill hielt die leere Tasse hoch.

»Du kriegst keinen Kaffee«, verkündete Henry.

»Ist doch nicht etwa ausgegangen?« erkundigte sich Bill besorgt.

»Nee.«

»Hast du vielleicht Angst, er könnte mir nicht bekommen?«

»Nee.«

Bills Gesicht lief jetzt rot an.

»Dann bin ich aber gespannt wie 'n Flitzebogen, wie du mir das erklären willst.«

»Renner ist weg«, antwortete Henry.

Ohne Eile, wie jemand, der sich mit seinem Unglück abgefunden hat, drehte sich Bill um und zählte die Hunde von seinem Platz aus.

»Wie ist es passiert?« fragte er apathisch.

Henry zuckte mit den Schultern. »Weiß ich nicht. Es sei denn, Einohr hat seinen Riemen durchgeknabbert. Selbst konnte Renner das nicht, soviel steht fest.«

»Verdammter Idiot.« Bill redete ruhig und langsam und gab durch nichts zu erkennen, welcher Zorn in ihm wütete. »Bloß weil er sich selbst nicht losknabbern kann, beißt er den Renner frei.«

»Nun ja, Renner hat keine Sorgen mehr; ich nehme an, er ist inzwischen verdaut und hüpft in den Bäuchen von zwanzig verschiedenen Wölfen durch die Gegend«, war Henrys Nachruf für diesen zuletzt verlorenen Hund. »Komm, trink einen Schluck Kaffee, Bill.«

Doch Bill schüttelte den Kopf.

»Sei vernünftig«, bat Henry ihn und hielt die Kanne hoch.

Bill schob seine Tasse beiseite. »Den Teufel werd ich. Ich hab gesagt, ich tät's nicht, wenn einer von ihnen fehlen würde, und jetzt tu ich's auch nicht.«

»Es ist verdammt guter Kaffee«, lockte Henry.

Bill blieb aber hartnäckig und würgte sein Frühstück trocken herunter. Nur die gemurmelten Flüche, mit denen er Einohr für seinen üblen Streich bedachte, halfen ihm beim Schlucken.

»Ich werd sie heute abend so anpflocken, daß sie sich gegenseitig nicht erreichen können«, sagte Bill, als sie sich wieder auf den Weg machten.

Sie waren kaum dreißig Meter weit gefahren, als der vorausgehende Henry sich bückte und einen Gegenstand aufhob, gegen den er mit seinem Schneeschuh gestoßen war. Da es dunkel war, konnte er ihn nicht sehen, aber er fühlte, was es war. Er warf ihn hinter sich, so daß er auf den Schlitten aufprallte und von dort rückwärts auf die Piste fiel, wo er anschließend unter Bills Schneeschuh landete.

»Vielleicht kannst du das noch mal gebrauchen«, meinte Henry.

Bill konnte einen Aufschrei nicht unterdrücken. Mehr war von Renner nicht übriggeblieben – nur der Stock, an den er ihn festgebunden hatte.

»Die haben ihn mit Haut und Haaren verputzt«, erklärte er. »Der Stock ist blitzblank. Das Leder haben sie an beiden Enden abgenagt. Die sind verdammt hungrig, Henry, und bevor diese Fahrt vorüber ist, werden wir noch ordentlich in der Tinte stecken.«

Henry lachte trotzig. »Ich hatte zwar noch nie so eine Wolf-Eskorte, aber ich hab schon Schlimmeres durchgemacht und bin immer noch kerngesund. Da muß schon was anderes kommen, mein Lieber, als diese verdammten Viecher, um mir den Garaus zu machen.«

»Ich weiß nicht, ich weiß nicht«, murmelte Bill bedenklich.

»Na, dann wirst du es eben wissen, wenn wir in McGurry ankommen.«

»Ich bin da weniger optimistisch«, antwortete Bill verstockt.

»Du bist nicht auf'm Damm; das ist alles«, behauptete Henry im Brustton der Überzeugung. »Was du brauchst, ist Chinin, und wenn wir nach McGurry kommen, dann stopf ich dich damit voll, daß es dir aus den Ohren wieder rauskommt.«

Bill, der die Diagnose nicht akzeptierte, brummte etwas und sagte weiter nichts. Der Tag verlief wie alle anderen. Um neun Uhr wurde es hell. Um zwölf verlieh eine unsichtbare Sonne dem Horizont einen warmen Schimmer; und dann kam das kalte Grau des Nachmittags, das drei Stunden später in das Dunkel der Nacht übergehen würde.

Es war kurz nach dem vergeblichen Versuch der Sonne, über den Horizont zu treten, als Bill das Gewehr unter den Packschnüren hervorzog und sagte:

»Fahr du weiter, Henry; ich seh mal, was ich tun kann.«

»Du solltest lieber beim Schlitten bleiben«, wandte sein Partner ein. »Du hast bloß drei Patronen, und kein Mensch weiß, was alles passieren kann.«

»Wer unkt jetzt?« fragte Bill triumphierend.

Henry gab keine Antwort, sondern trottete allein weiter, obwohl er mehr als einmal besorgte Blicke in die graue Einöde hinter sich warf, wo sein Partner verschwunden war.

Eine Stunde später tauchte Bill, der dort Abkürzungen genommen hatte, wo der Schlitten Umwege fahren mußte,
wieder auf.

»Die sind weit ausgeschwärmt«, sagte er. »Sie folgen uns
und halten gleichzeitig nach Wild Ausschau. Die wissen
eben, daß wir ihnen nicht durch die Lappen gehen werden,
daß sie aber abwarten müssen, ehe sie uns kriegen. Bis es
soweit ist, haben sie nichts dagegen, alles Eßbare mitzuneh-
men, das ihnen über den Weg läuft.«

»Du meinst, sie *glauben*, daß wir ihnen nicht durch die
Lappen gehen«, widersprach ihm Henry mit Nachdruck.

Bill überhörte seine Bemerkung. »Ich habe einige zu Gesicht bekommen. Die sind verdammt ausgezehrt und haben
vermutlich seit Wochen nichts mehr zu fressen gekriegt,
abgesehen von Mops, Frosch und Renner; und es sind so
viele, daß die drei nicht weit gereicht haben. Sie sind unwahr-
scheinlich mager. Rippen wie'n Waschbrett, und der Magen
eingeschrumpelt bis zum Kreuz. Die gehen aufs Ganze, das
kann ich dir sagen. Die drehen bestimmt noch durch, und
dann kannst du dich auf was gefaßt machen.«

Wenige Minuten später stieß Henry, der jetzt hinter dem
Schlitten ging, einen leisen Warnpfiff aus. Bill wandte sich um
und hielt dann wortlos die Hunde an. Aus der letzten Wegbiegung hinter ihnen, in eben der Spur, die sie gerade gelegt
hatten, trottete eine pelzige, geschmeidige Gestalt, die nicht
einmal mehr Deckung suchte. Die Nase knapp über dem
Boden, bewegte sie sich mit eigenartigen, fast gleitenden und
mühelosen Bewegungen voran. Als sie stehenblieben, blieb
sie auch stehen, hob den Kopf, starrte sie unverwandt an,
nahm mit zuckenden Nasenflügeln Witterung auf und prüfte
ihren Geruch.

»Es ist die Wölfin«, sagte Bill.

Die Hunde hatten sich in den Schnee gelegt; Bill ging an
ihnen vorbei, bis er beim Schlitten neben seinem Gefährten

stand. Gemeinsam beobachteten sie das merkwürdige Wesen, das sie seit Tagen verfolgte und bereits die Hälfte ihres Gespanns ins Verderben gelockt hatte.

Nachdem es sie gründlich gemustert hatte, trottete das Tier einige Schritte vorwärts. Das wiederholte sich mehrmals, bis die Entfernung gerade noch neunzig Meter betrug. Die Wölfin blieb bei einer Fichtengruppe mit erhobenem Kopf stehen und prüfte nun mit Gesichts- und Geruchssinn die Ausrüstung der Männer, die sie ihrerseits fixierten. Sie sah die Männer begehrlich an, wie ein Hund, doch ging ihr dabei die Zuneigung eines Hundes völlig ab. Es war eine Begehrlichkeit, wie sie der Hunger hervorbringt, grausam wie ihre eigenen Fänge, gnadenlos wie die Frostkälte selbst.

Für einen Wolf war sie groß, und die ausgemergelte Gestalt gehörte von den Umrissen her zu den größten Tieren dieser Gattung.

»Hat fast fünfundsiebzig Zentimeter Schulterhöhe«, war Henrys Kommentar. »Und ich wette, an ein Meter und fünfzig Länge fehlt auch nicht viel.«

»Die Farbe ist ein bißchen komisch für einen Wolf«, kritisierte Bill. »Ich hab noch nie 'nen roten Wolf gesehen. Sieht fast zimtfarben aus, finde ich.«

Das Tier war sicher nicht zimtfarben. Es hatte einen echten Wolfspelz. Die vorherrschende Farbe war grau, und doch lag ein schwacher rötlicher Schimmer darauf – ein irritierender Schimmer, der aufschien und wieder verschwand, eher einer optischen Täuschung glich, in einem Moment grau war, eindeutig grau, dann wieder einen schwachen roten Glanz aufwies, dessen Tönung mit den Begriffen der Alltagserfahrung nicht zu beschreiben war.

»Sieht beim besten Willen nicht anders aus als ein großer Eskimo-Schlittenhund«, sagte Bill. »Ich wär gar nicht überrascht, wenn er gleich mit dem Schwanz wedelt.«

»Hallo, Husky«, schrie er. »Komm her, du, egal, wie du heißt!«

»Hat jedenfalls kein bißchen Angst vor dir«, lachte Henry.

Bill machte eine drohende Handbewegung und brüllte dabei; das Tier ließ sich dadurch nicht ins Bockshorn jagen. Die einzige Veränderung, die sie wahrnehmen konnten, war eine gesteigerte Wachsamkeit. In seinen Augen stand noch die gleiche erbarmungslose Begehrlichkeit des Hungers. Sie waren Beute, und das Tier war hungrig; wenn es den Mut dazu aufgebracht hätte, würde es sich am liebsten auf sie gestürzt und sie verspeist haben.

»Hör mal, Henry«, sagte Bill, und da er etwas im Schilde führte, senkte er unbewußt die Stimme, bis sie zu einem Flüstern wurde. »Wir haben drei Patronen. Aber dieser Schuß ist eine todsichere Sache. Er kann gar nicht fehlgehen. Die hat drei unserer Hunde auf dem Gewissen, da sollten wir doch einen Riegel vorschieben. Was meinst du?«

Henry nickte zustimmend. Vorsichtig löste Bill das Gewehr aus den Packschnüren. Er war schon dabei, es anzulegen, kam aber nicht mehr dazu, denn im gleichen Moment verschwand die Wölfin mit einem Satz seitlich in der Fichtengruppe.

Die beiden Männer blickten sich an. Henry stieß einen langen, verständnisinnigen Pfiff aus.

»Ich hätte es wissen müssen«, schimpfte Bill laut und verstaute das Gewehr. »Natürlich ist ein Wolf, der genug weiß, um sich bei der Fütterung unter die Hunde zu mischen, auch über Schießeisen im Bilde. Ich sag dir, Henry, diese Bestie ist schuld an all unseren Sorgen. Wir hätten jetzt noch sechs Hunde statt drei, wenn sie nicht wäre. Und ich sag dir auch, Henry, die erwische ich doch. Sie ist zu raffiniert, um sich einfach so abknallen zu lassen. Aber ich werde ihr auflauern. Ich locke sie in einen Hinterhalt, so wahr ich Bill heiße.«

»Du solltest dich dabei aber nicht zu weit entfernen«, ermahnte ihn sein Partner. »Wenn das Rudel erst mal auf dich losgeht, dann sind deine drei Patronen bloß Knallerbsen. Die Viecher sind verdammt hungrig, und wenn sie angreifen, dann kriegen sie dich auch, Bill.«

An diesem Abend schlugen sie ihr Lager früher auf. Drei Hunde konnten den Schlitten weder so schnell noch so lange ziehen wie sechs, und es war nicht zu übersehen, daß sie ausgepumpt waren. Auch die Männer legten sich frühzeitig schlafen, nachdem Bill zuerst dafür gesorgt hatte, daß die Hunde sich nicht gegenseitig von ihren Pflöcken losbeißen konnten.

Allerdings wurden die Wölfe allmählich zudringlicher und rissen die Männer mehrmals aus dem Schlaf. Sie kamen so nahe heran, daß die Hunde vor Angst durchdrehten und das Feuer von Zeit zu Zeit geschürt werden mußte, um die verwegenen Räuber auf Distanz zu halten.

»Ich hab Matrosen davon erzählen hören, daß Haie ein Schiff verfolgen«, bemerkte Bill, als er wieder einmal Holz nachgelegt hatte und unter die Decken zurückkroch. »Also, diese Wölfe sind Landhaie. Die wissen, was sie tun, und die folgen unserer Spur nicht bloß, um sich fit zu halten. Die kriegen uns noch. Die kriegen uns ganz bestimmt noch, Henry.«

»Dich haben sie schon zur Hälfte, wenn du so faselst«, gab Henry scharf zurück. »Ein Mann ist halb verloren, wenn er es selbst sagt. Und von dir haben sie inzwischen ein ordentliches Stück hinuntergewürgt, so wie du daherredest.«

»Die haben schon bessere Leute als dich und mich erledigt«, antwortete Bill.

»Ach, hör endlich auf mit dem Geunke. Du machst mich ganz krank.«

Henry rollte sich wütend auf die Seite, war aber doch überrascht, daß Bill ihm nicht mit gleicher Münze heimzahlte. Das

142

sah ihm gar nicht ähnlich, denn gewöhnlich reagierte er heftig auf harte Worte. Henry sann lange darüber nach, bevor er einschlief, und während ihm die Augen zufielen und er einschlummerte, dachte er noch, »Kein Zweifel – Bill ist total daneben. Ich werd ihn morgen ein bißchen aufmuntern müssen.«

III. DAS HUNGERGEHEUL

Der Tag begann vielversprechend. Sie hatten über Nacht keine Hunde verloren, und beim Aufbruch zur Fahrt hinaus in die Stille, die Dunkelheit und die Kälte waren sie recht guter Dinge. Bill schien seine bösen Ahnungen vom Vorabend vergessen zu haben und alberte sogar mit den Hunden herum, bevor sie um die Mittagszeit auf einem schlechten Wegstück den Schlitten umwarfen.

Es war ein heilloses Durcheinander. Der Schlitten hatte sich umgekehrt zwischen einem Baumstumpf und einem großen Felsblock verkeilt, und sie mußten die Hunde ausspannen, um die verknäulten Riemen wieder zu sortieren. Die beiden Männer hatten sich über den Schlitten gebeugt und versuchten, ihn frei zu bekommen; da bemerkte Henry, wie sich Einohr davonschlich.

»He, Einohr!« schrie er, richtete sich auf und wollte den Hund zurückholen.

Der aber begann, über den Schnee davonzulaufen, wobei er das Geschirr nachschleifte. Weiter hinten in ihrer Spur erwartete ihn die Wölfin. Beim Näherkommen wurde er plötzlich vorsichtig. Er verlangsamte seine Schritte, bis sie zu einem wachsamen Trippeln wurden, und blieb dann endgültig stehen. Er beobachtete sie sorgfältig, mit einer Mischung aus Mißtrauen und Verlangen. Sie schien ihm zuzulächeln, zeigte die Zähne eher lockend als drohend. Sie machte ein paar spielerische Schritte auf ihn zu und hielt dann inne. Einohr näherte sich ihr, immer noch auf der Hut und vorsichtig, Schwanz und Ohren aufgestellt, den Kopf hocherhoben.

Er versuchte, ihre Schnauze zu beschnüffeln, doch sie wich verschüchtert und verspielt zurück. Jede Annäherung seinerseits beantwortete sie mit einem entsprechenden Rückzug. Schritt für Schritt lockte sie ihn aus der sicheren Obhut seiner menschlichen Begleiter fort. Als sei ihm eine flüchtige Warnung durch den Kopf geschossen, wendete er sich einmal um und warf einen Blick auf den umgestürzten Schlitten, die Teamgefährten und die beiden Männer, die nach ihm riefen.

Welche Einsicht ihm dabei auch immer dämmerte, die Wölfin ließ ihn alles sofort wieder vergessen, indem sie näher kam, sekundenlang seine Nase berührte und seine erneuten Avancen wie zuvor mit scheuen Rückzügen beantwortete.

Inzwischen hatte sich Bill auf sein Gewehr besonnen. Es war jedoch unter dem umgeworfenen Schlitten eingeklemmt, und bis er mit Henrys Hilfe die Ladung aufgerichtet hatte, waren Einohr und die Wölfin zu weit entfernt und standen außerdem zu dicht beieinander, als daß man einen Schuß hätte riskieren können.

Einohr begriff seinen Fehler zu spät. Bevor sie den Grund dafür erkennen konnten, beobachteten die Männer, wie er kehrtmachte und anfing, zu ihnen zurückzulaufen. Dann erst sahen sie im rechten Winkel zum Trail ein Dutzend grauer, magerer Wölfe über den Schnee heranjagen, die ihm den Rückweg abschnitten. Im gleichen Augenblick legte die Wölfin ihr neckisches Gehabe ab. Mit einem wilden Knurren sprang sie Einohr an. Er wehrte sie mit der Schulter ab. Da ihm der Rückweg abgeschnitten war, er aber trotzdem zum Schlitten zurückwollte, änderte er die Richtung, um im Bogen zu ihnen zu gelangen. Mit jeder Sekunde tauchten neue

Wölfe auf und beteiligten sich an der Hetzjagd. Die Wölfin war ihm dicht auf den Fersen; es gelang ihm nicht, sie abzuschütteln.

»Wo willst du hin?« fragte Henry plötzlich und legte seinem Partner die Hand auf den Arm.

Bill schüttelte sie ab. »Ich laß mir das nicht bieten«, sagte er. »Die werden nicht noch einen von meinen Hunden kriegen, wenn ich was daran ändern kann.«

Mit dem Gewehr in der Hand stürmte er in das Unterholz, das den Trail auf beiden Seiten säumte. Seine Absicht war unverkennbar. Der Schlitten stellte den Mittelpunkt des Kreises dar, den Einohr beschrieb, und Bill wollte ihn an einer Stelle queren, wo er die Meute voraussichtlich abfangen konnte. Mit dem Gewehr bewaffnet und im hellen Tageslicht würde es ihm vielleicht gelingen, die Wölfe abzuschrecken und den Hund zu retten.

»He, Bill!« rief Henry ihm nach. »Paß gut auf dich auf. Riskier nichts!«

Er setzte sich auf den Schlitten und sah zu. Etwas anderes konnte er nicht tun. Bill war seinen Blicken bereits entschwunden; von Zeit zu Zeit aber tauchte Einohr zwischen dem Unterholz und verstreuten Baumgruppen auf, um gleich wieder zu verschwinden. Henry hielt seine Lage für hoffnungslos. Der Hund war sich der Gefahr zwar voll bewußt, doch er beschrieb den äußeren Kreis, während das Wolfsrudel auf dem inneren, kürzeren Bogen lief. Es war abwegig zu glauben, Einohr könne einen solchen Vorsprung gegenüber den Verfolgern herausholen, daß er sie auf ihrer Innenbahn überholt und so den Schlitten erreicht hätte.

Die verschiedenen Linien näherten sich rasch ihrem Schnittpunkt. Irgendwo da draußen im Schnee, seinen Blicken durch Bäume und Dickicht entzogen, trafen das Wolfsrudel, Einohr und Bill aufeinander, das war Henry klar. Allzu schnell, viel schneller als er erwartet hatte, geschah es.

Ein Schuß fiel, dann rasch nacheinander zwei weitere, und er wußte, daß Bills Munition verbraucht war. Dann hörte er ein mörderisches Knurren und Kläffen. Er erkannte Einohr, der vor Schmerz und Schrecken aufschrie, und das Geheul eines sterbenden Wolfs. Das war alles. Das wütende Knurren hatte aufgehört. Das Jaulen verstummte. Über das einsame Land senkte sich wieder das Schweigen.

Eine lange Zeit blieb er auf dem Schlitten sitzen. Er brauchte nicht hinzugehen, um nachzusehen, was geschehen war. Er wußte es so genau, als hätte es sich vor seinen Augen zugetragen. Einmal schreckte er hoch und zog hastig die Axt unter den Packschnüren hervor, doch blieb er danach noch länger sitzen und grübelte vor sich hin, während die zwei Hunde sich zitternd um seine Füße drängten.

Schließlich richtete er sich müde auf, als sei alle Widerstandskraft aus seinem Körper gewichen, und begann, die Hunde vor den Schlitten zu spannen. Auch sich selbst legte er einen Riemen um die Schulter, ein Menschengeschirr, und dann zog er den Schlitten gemeinsam mit den Hunden. Weit fuhren sie nicht. Bei den ersten Anzeichen der Dunkelheit beeilte er sich, ein Lager aufzuschlagen, und achtete darauf, daß reichlich Brennholz zur Verfügung stand. Er fütterte die Hunde, kochte seine eigene Mahlzeit, verzehrte sie und richtete sich seine Schlafstatt dicht am Feuer.

Ruhe war ihm dort allerdings nicht vergönnt. Bevor er die Augen geschlossen hatte, waren die Wölfe gefährlich nahegerückt. Man mußte sich nicht mehr anstrengen, um sie zu sehen. Den engen Kreis der Leiber konnte er im Flammenschein ohne Schwierigkeiten erkennen; sie lagen oder saßen da, krochen bäuchlings ein Stück voran, pirschten vor, wichen zurück, und alles in voller Beleuchtung. Sie schliefen sogar. Hier und da erblickte er einen Wolf, der sich im Schnee zusammengerollt hatte wie ein Hund, um sich den Schlaf zu holen, der ihm selbst verwehrt blieb.

Er unterhielt ein loderndes Feuer, weil er sich bewußt war, daß zwischen seinem lebendigen Fleisch und ihren Fängen nur die Flammen standen. Seine beiden Hunde drängten sich schutzsuchend an ihn, jeder auf einer Seite; sie jaulten und winselten, und manchmal, wenn ein Wolf noch etwas näherrückte, fauchten sie in verzweifelter Angst. In solchen Momenten ging eine Welle der Erregung durch den ganzen Kreis, die Wölfe richteten sich auf, näherten sich zögernd, und alles um ihn herum knurrte und jaulte in fiebriger Gier. Dann kehrte wieder Ruhe ein, und hier und da setzte ein Wolf sein unterbrochenes Nickerchen fort.

Dennoch hatte der Ring die Tendenz, sich zusehends enger um ihn zu schließen. Stück für Stück, zentimeterweise, robbte einmal hier, dann dort ein Wolf nach vorn, und der Kreis kam ihm dabei so nah, daß die Tiere ihn fast mit einem Satz erreichen konnten. Dann griff er nach brennenden Scheiten und schleuderte sie in die Meute. Das führte regelmäßig zu einem hastigen Rückzug, den immer dann wütendes Jaulen und erschrecktes Knurren begleitete, wenn ein wohlgezieltes Wurfgeschoß ein allzu vorwitziges Tier getroffen und versengt hatte.

Am Morgen war der Mann übernächtigt und abgespannt, und der Schlafmangel hatte ihm tiefe Schatten unter die Augen gegraben. Er machte sich sein Frühstück im Dunkeln. Um neun Uhr, als es hell wurde, zog sich das Rudel weiter zurück, und er nahm die Aufgabe in Angriff, die er sich in den langen Nachtstunden ausgedacht hatte. Er fällte ein paar junge Bäumchen und fertigte daraus ein Gerüst, das er mit Riemen oben an ausgewachsenen Bäumen befestigte. Die Packriemen benutzte er als Zugseil, um anschließend mit Hilfe der Hunde den Sarg auf das Gerüst hinaufzuziehen.

»Bill haben sie erwischt, und mich kriegen sie vielleicht auch noch, aber an dich werden sie bestimmt nicht drankommen, junger Mann«, sagte er, an die Leiche in ihrem Baumgrab gerichtet.

Dann machte er sich auf den Weg; der von seiner Last befreite Schlitten rumpelte hinter den Hunden her, die ihn nur allzu willig zogen, weil sie wußten, daß sie sich nur in Sicherheit bringen konnten, wenn sie Fort McGurry erreichten. Die Wölfe machten inzwischen kein Geheimnis mehr aus ihrer Verfolgung; sie trabten ihnen gelassen hinterher, nach beiden Seiten ausgefächert und mit heraushängenden roten Zungen, und bei jedem Schritt sah er die wellenförmige Bewegung ihrer Rippen unter den mageren Flanken. Sie waren völlig ausgemergelt, bloße Hautsäcke, die sich über ein Knochengerüst spannten, mit Sehnen statt der Muskelstränge – so mager, daß Henry sich ernstlich fragte, wieso sie sich überhaupt noch auf den Beinen halten konnten und nicht auf der Stelle im Schnee zusammenbrachen.

Er wagte es nicht, bis zum Einbruch der Dunkelheit weiterzufahren. Mittags warf die Sonne nicht bloß einen warmen Glanz über den südlichen Himmel, sondern schob sogar ihren oberen Rand blaß und golden über den Horizont. Er nahm es als Zeichen. Die Tage wurden länger. Die Sonne kehrte zurück. Doch kaum war das heitere Licht verschwunden, da suchte er sich schon den Lagerplatz. Einige Stunden lang standen das graue Licht des Tages und das düstere Zwielicht der Dämmerung ihm noch zur Verfügung, und er nutzte die Zeit, um einen enormen Vorrat an Brennholz zu schlagen.

Mit der Nacht kam die Angst. Die ausgehungerten Wölfe wurden nicht nur zudringlicher, sondern allmählich machte sich Henrys Mangel an Schlaf bemerkbar. Er hockte am Feuer, die Decke um die Schultern, die Axt zwischen den Beinen, auf jeder Seite einen Hund, der sich an ihn drängte, und schlummerte ein, ohne es zu wollen. Einmal wachte er auf und sah vor sich, kaum dreieinhalb Meter entfernt, einen großen grauen Wolf, einen der größten im Rudel. Und noch während er hinsah, streckte sich das Tier ganz bewußt wie ein fauler Hund, gähnte ihm geradewegs ins Gesicht und betrachtete ihn mit einem besitzergreifenden Blick, als ob er eigentlich nur eine aufgeschobene Mahlzeit darstelle, für die nun bald der richtige Moment gekommen sei.

Das ganze Rudel legte die gleiche Selbstgewißheit an den Tag. Zwanzig Stück zählte er, die ihn hungrig anstarrten oder ruhig im Schnee schliefen. Sie erinnerten ihn an Kinder, die am gedeckten Tisch auf die Erlaubnis zum Anfangen warten. Und er war die Mahlzeit, die ihnen serviert werden sollte! Er fragte sich, wie und wann das Mahl beginnen würde.

Während er Holz nachlegte, wurde ihm eine nie gekannte Hochachtung bewußt, die er auf einmal für seinen Körper hegte. Er beobachtete die Bewegung seiner Muskeln und registrierte mit Interesse den raffinierten Mechanismus seiner Finger. Im Licht der Flammen krümmte er sie langsam und immer wieder, wobei er einmal nur einen, dann alle gleichzeitig bog, die Finger weit auseinanderspreizte oder rasche Greifbewegungen vollführte. Er untersuchte das Aussehen der Fingernägel, drückte sie erst fest, dann ganz sacht in die Fingerkuppen und überprüfte die dabei entstehenden Nervenreize. Es faszinierte ihn, und er spürte plötzlich große Zuneigung zu seinem hochempfindlichen Körper aus Fleisch und Blut, in dem alles so wunderbar glatt und fein zusammenwirkte. Dann warf er einen furchtsamen Blick auf den erwartungsvollen Kreis von Wölfen um sich herum, und wie ein Blitz durchfuhr ihn die Erkenntnis, daß dieser herrliche Körper, dieses lebendige Fleisch bloß eine Beute war, der heißhungrige Raubtiere nachstellten, Fleisch, das sie mit ihren Fangzähnen aufschlitzen und zerreißen würden und das ihrer Ernährung in derselben Weise diente wie sonst die Elche oder Hasen.

Er erwachte aus einem alptraumartigen Schlummer und sah

vor sich den rotschimmernden Pelz der Wölfin. Sie saß keine zwei Meter von ihm entfernt im Schnee und starrte ihn mit sehnsüchtigem Verlangen an. Die beiden Hunde zu seinen Füßen winselten und knurrten, aber sie nahm keine Notiz von ihnen. Sie schaute den Mann an, und eine Zeitlang erwiderte er ihren Blick. Sie wirkte keineswegs bedrohlich. Sie betrachtete ihn einfach mit großer Begehrlichkeit, doch er wußte, daß sie einem ebenso großen Hunger entsprang. Er war Nahrung, und sein Anblick erregte ihre Geschmacksnerven. Ihre Schnauze öffnete sich, der Speichel tröpfelte heraus, und sie leckte sich die Lefzen in genießerischer Vorfreude.

Jäh überkam ihn die Angst. Hastig griff er nach einem glühenden Scheit, um es nach ihr zu schleudern. Aber noch während er die Hand ausstreckte und bevor seine Finger sich um das Wurfgeschoß gekrümmt hatten, brachte sie sich mit einem Sprung in Sicherheit. Damit wußte er, daß sie an Wurfgeschosse gewöhnt war. Im Zurückspringen hatte sie geknurrt und dabei ihre weißen Fänge bis zur Wurzel freigelegt, so daß alles sehnsüchtige Verlangen verschwunden und an seine Stelle eine raubgierige Bösartigkeit getreten war, die ihn schaudern machte. Sein Auge fiel auf das Scheit in seiner Hand, und er nahm das komplizierte Zusammenspiel der Finger wahr, die es umklammert hielten – wie sie sich der unebenen Oberfläche anpaßten, über, unter und auf dem rauhen Holz Halt fanden und wie der eine kleine Finger, weil er dem glühenden Teil des Scheits zu nahe kam, feinfühlig und ganz automatisch vor der schmerzenden Hitze zurückschreckte und sich einen kühleren Angriffspunkt suchte. Mit seinem inneren Auge aber sah er gleichzeitig, wie eben diese hochempfindlichen, feinbeweglichen Glieder zwischen den weißen Zähnen der Wölfin auseinandergerissen und zermalmt wurden. Nie hatte er seinen eigenen Körper so gemocht wie jetzt, da er möglicherweise von ihm Abschied nehmen mußte.

150

Die ganze Nacht über hielt er das hungrige Rudel mit glühenden Holzstücken fern. Wenn er wider Willen einnickte, weckte ihn das Winseln und Knurren der Hunde. Der Morgen kam, doch zum ersten Mal vertrieb das Tageslicht die Wölfe nicht. Vergeblich wartete der Mann auf ihren Rückzug. Sie hielten den Ring um ihn und das Feuer geschlossen und demonstrierten soviel besitzergreifende Arroganz, daß sie seinen mit dem Morgen wiedererwachten Mut erschütterten.

Er unternahm einen verzweifelten Versuch, hinaus auf den Trail zu gelangen. Sobald er jedoch den Schutz des Feuers verlassen hatte, machte der kühnste Wolf einen Satz auf ihn zu, zielte aber zu kurz. Er brachte sich durch einen Sprung zurück in Sicherheit, so daß die Zähne gerade zehn Zentimeter vor seinem Oberschenkel zusammenschlugen. Die übrigen Tiere des Rudels sprangen nun hoch und stürzten sich auf ihn, und er mußte brennende Scheite nach links und rechts schleudern, um sie in respektvolle Entfernung zurückzutreiben.

Selbst im Tageslicht wagte er nicht, das Feuer zu verlassen, um frisches Brennholz zu schlagen. In sieben Meter Entfernung stand eine mächtige abgestorbene Tanne. Er verbrachte den halben Tag damit, das Feuer zu diesem Baum hin zu verlagern, wobei er immer ein halbes Dutzend Scheite bereithielt, die er auf seine Feinde schleudern konnte. Als er endlich dort angelangt war, überprüfte er gründlich den umgebenden Wald, um die Tanne in die Richtung zu fällen, in der das meiste Brennholz zu finden war.

Die Nacht war eine Wiederholung der vorausgehenden, nur daß inzwischen sein Schlafbedürfnis übermächtig wurde. Das Knurren der Hunde verlor seine Wirksamkeit. Außerdem knurrten sie ununterbrochen, und seine abgestumpften und schlaftrunkenen Sinne registrierten den Wechsel von Tonhöhe und Intensität nicht mehr. Er schreckte aus dem

Schlaf. Die Wölfin war auf weniger als einen Meter herangerückt. Auf die kurze Distanz drückte er ihr reflexhaft ein glühendes Scheit mitten in den offenen, fauchenden Rachen, ohne das Holz loszulassen. Sie sprang vor Schmerz aufjaulend zurück; er genoß den Geruch nach verbranntem Fleisch und versengtem Pelz, während er zusah, wie sie in fast zehn Metern Entfernung den Kopf hin- und herwarf und wutentbrannt knurrte.

Diesmal allerdings band er einen brennenden Tannenzapfen an die rechte Hand, bevor ihm erneut die Lider zufielen. Seine Augen schlossen sich immer nur wenige Minuten lang, bis sich die Flamme zu seiner Hand vorgefressen hatte und ihn weckte. An dieses Verfahren hielt er sich über mehrere Stunden. Jedesmal, wenn er so geweckt wurde, vertrieb er die Wölfe mit brennenden Scheiten, legte frisches Holz auf das Feuer und befestigte einen neuen Zapfen an seiner Hand. Alles funktionierte wunderbar, bis er sich das Holzstück einmal zu lose angebunden hatte. Als er einnickte, fiel es herunter.

Er träumte. Ihm war, als sei er in Fort McGurry. Behagliche Wärme umgab ihn. Er spielte Cribbage mit dem Verwalter. Er hatte auch den Eindruck, das Fort werde von Wölfen belagert. Sie heulten direkt vor den Toren, und manchmal unterbrachen die Männer ihr Spiel, um zu horchen. Sie lachten über die vergeblichen Versuche der Wölfe, sich Einlaß zu verschaffen. Und dann – der Traum war in der Tat merkwürdig – gab es einen Krach. Eine Tür sprang auf. Er sah, wie die Wölfe in den geräumigen Wohnraum des Forts strömten. Sie sprangen geradewegs auf ihn und den Verwalter los. Seit sie die Tür aufgebrochen hatten, war ihr Heulen unglaublich laut geworden. Es beunruhigte ihn jetzt. Sein Traum verwandelte sich irgendwie – er wußte nicht, in was; doch durch alles hindurch drang dieses Heulen.

Und dann erwachte er und stellte fest, daß das Heulen

Wirklichkeit war. Ein entsetzliches Knurren und Jaulen umgab ihn. Die Wölfe griffen ihn an. Von überall gingen sie auf ihn los. Einer hatte sich in seinen Arm verbissen. Instinktiv sprang er ins Feuer, und noch im Sprung spürte er scharfe Zähne, die sich in sein Bein bohrten. Jetzt begann eine Feuerschlacht. Die dicken Fäustlinge schützten einstweilen seine Hände, und er schaufelte die Glut in alle Richtungen, bis das Feuer einem wahren Vulkan glich.

Lange allerdings konnte es nicht so weitergehen. Brandblasen bildeten sich in seinem Gesicht, Augenbrauen und Lider waren versengt, und die Hitze an den Füßen wurde unerträglich. Mit einem Feuerbrand in jeder Hand sprang er aus dem Feuer heraus. Er hatte die Wölfe vertrieben. Überall zischte Glut im Schnee, und immer wieder sprang ein Wolf auf dem Rückzug plötzlich hoch, und sein Fauchen und Jaulen dabei verrieten, daß er auf ein solches Stück Glut getreten war.

Der Mann schleuderte die beiden Scheite auf die Tiere, die ihm am nächsten waren, warf dann seine schwelenden Fäustlinge in den Schnee und stampfte mit den Füßen auf, um sie zu kühlen. Seine beiden Hunde waren nicht mehr da, und er wußte wohl, daß sie einen weiteren Gang in der ausgedehnten Mahlzeit abgegeben hatten, die mehrere Tage zuvor mit Mops angefangen hatte und deren letzten Gang an einem der nächsten Tage voraussichtlich er selbst darstellen würde.

»Noch habt ihr mich nicht!« schrie er und drohte den hungrigen Wölfen in wildem Zorn mit der Faust. Beim Klang seiner Stimme geriet der ganze Kreis in Unruhe, ein allgemeines Knurren erhob sich, und die Wölfin pirschte sich durch den Schnee an ihn heran, um ihn mit hungriger Sehnsucht zu beäugen.

Er machte sich daran, eine Idee in die Tat umzusetzen, die ihm inzwischen gekommen war. Er erweiterte das Feuer zu einem großen Kreis, in dessen Mitte er sich niederhockte.

Sein Schlafzeug schützte ihn dabei gegen die Nässe des schmelzenden Schnees. Als er so hinter den lodernden Flammen verschwand, rückte das ganze Rudel bis an den Rand des Feuers vor, um herauszufinden, was aus ihm geworden war. Bisher hatten sie keinen Zugang zum Feuer gehabt; nun schlossen sie sich wie Hunde zu einem engen Kreis zusammen, blinzelten, gähnten und streckten ihre mageren Leiber in der ungewohnten Wärme. Dann setzte sich die Wölfin auf, hob die Schnauze zum Himmel und begann zu heulen. Die übrigen Wölfe schlossen sich einer nach dem anderen an, bis das ganze Rudel auf den Hinterläufen saß und mit emporgereckter Schnauze sein Hungergeheul zum Himmel hinaufschickte.

Die Dämmerung kam, dann das Tageslicht. Das Feuer brannte herunter. Das Brennmaterial ging zur Neige, und der Mann mußte Nachschub besorgen. Er versuchte, aus dem Feuerring zu treten, doch die Wölfe drangen auf ihn ein. Brennende Scheite ließen sie nurmehr zur Seite springen, aber sie wichen nicht länger zurück. Alle Anstrengungen, sie fortzujagen, scheiterten. In dem Augenblick, als er resigniert in seinen Flammenring zurücktaumelte, setzte ein Wolf zum Sprung auf ihn an, verfehlte ihn und landete mit allen vieren in der Glut. Das Tier schrie vor Schreck auf, fletschte gleichzeitig wütend die Zähne und trat überstürzt den Rückzug an, um seine Pfoten im Schnee zu kühlen.

Der Mann kauerte sich auf seine Decken. Sein Oberkörper fiel nach vorn. Die schlaff herabhängenden Schultern und der auf den Knien liegende Kopf signalisierten, daß er den Kampf aufgegeben hatte. Hin und wieder hob er das Haupt, um zur Kenntnis zu nehmen, wie weit das Feuer schon heruntergebrannt war. Der Kreis aus Flammen und Glut löste sich in einzelne Segmente auf, zwischen denen Breschen entstanden. Die Breschen wurden größer, die brennenden Teilstücke kleiner.

»Von mir aus könnt ihr mich jetzt jederzeit holen«, murmelte er. »Ich werd' jedenfalls schlafen.«

Einmal wachte er auf und sah in einer Bresche direkt vor sich die Wölfin stehen, die ihre Augen auf ihn geheftet hatte.

Nur wenig später, wenn es ihm auch wie Stunden schien, erwachte er erneut. Eine geheimnisvolle Veränderung hatte sich vollzogen – so geheimnisvoll, daß er abrupt noch wacher wurde. Irgend etwas war geschehen. Zuerst begriff er es nicht. Dann fand er heraus, was es war. Die Wölfe waren verschwunden. Nur der zertrampelte Schnee zeigte noch, wie nah sie an ihn herangekommen waren. Das Schlafbedürfnis meldete sich wieder übermächtig, und der Kopf sank ihm auf die Knie, als ihn plötzlich etwas hochriß.

Man hörte Menschen rufen, Schlitten knirschen, Zuggeschirre quietschen und vorwärtsdrängende Hunde winseln. Vier Schlitten hielten vom Flußbett her auf das Lager unter den Bäumen zu. Ein halbes Dutzend Männer umringte die im Innern der verlöschenden Glut kauernde Gestalt.

Sie stießen und rüttelten ihn wach. Er sah sie an wie ein Betrunkener und lallte mit schläfriger Stimme vor sich hin:

»Rote Wölfin ... kam mit Hunden zum Füttern ... ers' Hundefutter gefressen ... dann Hunde ... un' dann Bill ...«

»Wo ist Lord Alfred?« brüllte ihm ein Mann ins Ohr und schüttelte ihn grob.

Er bewegte langsam den Kopf hin und her. »Nein, hat sie nich' gefressen ... oben im Baum, letztes Lager.«

»Tot?« rief der Mann.

»Und in der Kiste«, antwortete Henry. Er schüttelte die Hand des Fragestellers unwillig ab: »He, laß mich in Ruhe ... bin fix und fertig ... Gute Nach' allerseits.«

Seine Augenlider flatterten und schlossen sich. Das Kinn fiel auf die Brust. Und während sie ihn auf die Decken legten, stieg schon sein Schnarchen in die frostige Luft.

Aber noch ein anderer Laut war zu hören. Er kam schwach

und von fern, aus großer Ferne: das Heulen des hungrigen Wolfsrudels, das einer neuen Beute auf der Spur war und nicht mehr dem Mann, den es um Haaresbreite verfehlt hatte.

ZWEITER TEIL: WILD GEBOREN

I. KRACHENDE FÄNGE

Die Wölfin hatte als erste die Stimmen von Menschen und das Jaulen der Schlittenhunde vernommen, und sie war es auch, die die Belagerung des Mannes in seinem Ring aus verlöschenden Flammen vor den anderen abbrach. Die übrigen Wölfe im Rudel gaben die schon sicher geglaubte Beute nur mit großem Widerwillen auf; sie zögerten noch minutenlang, bis es an der Natur der Laute keinen Zweifel mehr gab, und setzten dann der Wölfin in ihrer Spur nach.

An der Spitze des Rudels lief ein großer grauer Wolf – eines von mehreren Leittieren. Er führte das Rudel auf die Fährte der Wölfin. Er warnte die jüngeren Wölfe mit einem Knurren oder biß sie in die Flanken, wenn sie den ehrgeizigen Versuch machten, sich an ihm vorbeizuschieben. Und er beschleunigte das Tempo, als er die Wölfin sichtete, die inzwischen langsam über den Schnee trabte.

Sie glich ihr Tempo dem des Rudels an und scherte neben dem Grauen ein, als sei dort ihr angestammter Platz. Wenn sie ihn zufällig einmal überholte, knurrte er sie nicht an oder zeigte ihr etwa die Zähne. Im Gegenteil, er war ihr offenkundig zugetan – mehr als ihr lieb war, denn er suchte ihre Nähe, so daß sie ihn anknurrte und die Zähne fletschte, wenn er ihr zu sehr auf den Pelz rückte. Sie schreckte auch nicht davor zurück, ihn bei Gelegenheit fest in die Schulter zu beißen. Er reagierte dann keineswegs zornig. Er sprang bloß zur Seite und lief ein paar Schritte verlegen und steifbeinig weiter,

157

wobei er in Auftreten und Verhalten einem tolpatschigen Bauernburschen ähnelte.

Es war das einzige Problem, das er im Rudel hatte; ihre Probleme dagegen waren zahlreicher. Neben ihr, auf der anderen Seite, lief ein hagerer alter Wolf, den viele Kämpfe gezeichnet hatten. Er lief immer rechts von ihr. Das war möglicherweise darauf zurückzuführen, daß er nur noch ein Auge besaß, und zwar das linke. Auch er suchte ihre Nähe und drängte solange zu ihr hinüber, bis seine vernarbte Schnauze ihren Rumpf oder die Schulter oder den Hals berührte. Wie bei dem Begleiter zu ihrer Linken wies sie seine Aufmerksamkeiten mit den Zähnen zurück. Wenn jedoch beide gleichzeitig ihrer Zuneigung Ausdruck verliehen, dann kam sie heftig ins Gedränge, weil sie gezwungen war, hastig nach beiden Seiten zu schnappen, um ihre Liebhaber zu vertreiben, aber gleichzeitig gegenüber dem Rudel nicht an Tempo verlieren durfte und auch noch darauf zu achten hatte, wohin sie trat. Über ihren Kopf hinweg bedrohten sich die Konkurrenten dann mit Knurren und Zähnefletschen. Sie hätten vielleicht gegeneinander gekämpft, aber selbst das Liebeswerben mit seinen Rivalitäten trat hinter dem dringenderen Nahrungsbedürfnis des Rudels zurück.

Jedesmal, wenn der alte Wolf abgewiesen wurde und mit einer abrupten Bewegung den scharfen Zähnen seiner Angebeteten auswich, stieß er mit der Schulter gegen einen dreijährigen Jungwolf, der auf seiner blinden Seite lief. Es war ein ausgewachsenes Tier, und wenn man den Zustand des geschwächten, halbverhungerten Rudels mit in Betracht zog, dann verfügte er über mehr als das gewöhnliche Maß an Kraft und Kampfgeist. Trotzdem blieb er mit dem Kopf immer auf der Höhe der Schulter des einäugigen älteren Wolfs. Sobald er es wagte, zu ihm aufzuschließen (was selten geschah), trieb ihn ein Knurren und Schnappen an seinen Platz neben der Schulter zurück. Zuweilen allerdings ließ er sich vorsichtig und unauffällig zurückfallen und mogelte sich zwischen den alten Leitwolf und die Wölfin. Das wurde ihm doppelt, ja dreifach verübelt. Wenn sie grollend ihrem Mißfallen Luft machte, wirbelte der alte Leitwolf herum und attackierte den Dreijährigen. Manchmal wirbelte sie mit ihm herum. Und manchmal schloß sich der junge Leitwolf zur Linken auch noch an.

Wenn sich der Jungwolf dann drei wütend aufgerissenen Rachen gegenübersah, bremste er ruckartig ab, warf sich mit steifen Vorderläufen rückwärts in eine sitzende Stellung und stellte drohend die Nackenhaare auf, während er gleichzeitig die Zähne fletschte. Das Durcheinander an der Spitze des Rudels provozierte unweigerlich zusätzliche Verwirrung unter den nachfolgenden Tieren. Sie prallten auf den jungen Wolf und ließen ihn ihr Mißfallen spüren, indem sie ihn heftig in Flanken und Hinterläufe zwickten. Er machte sich auf diese Weise Feinde, denn natürlich führte der Hunger zu gereizten Reaktionen; doch mit der grenzenlosen Zuversicht der Jugend wiederholte er sein Manöver in schöner Regelmäßigkeit, obwohl es ihn immer wieder in Schwierigkeiten brachte.

Hätten sie Nahrung gefunden, dann wäre es rasch zur Werbung und zum Kampf gekommen; der Gruppenverband hätte sich aufgelöst. Aber das Rudel befand sich in verzweifelter Lage. Die Tiere waren durch langen Hunger ausgezehrt. Sie liefen langsamer als sonst. Am Ende des Rudels lahmten die schwachen Tiere – die ganz jungen und die sehr alten Wölfe. In der Vorhut liefen die stärksten, aber alle sahen Skeletten ähnlicher als Wölfen aus Fleisch und Blut. Mit Ausnahme der lahmenden Tiere bewegten sie sich dennoch unermüdlich und wie von selbst fort. Ihre sehnigen Muskeln waren offenbar unerschöpfliche Energiequellen. Hinter jeder Anspannung dieser Stahlfedern wartete schon die nächste und übernächste und noch eine, ohne daß ein Ende abzusehen war.

An diesem Tag legten sie viele Meilen zurück. Sie liefen die ganze Nacht hindurch. Und auch am folgenden Tag blieben sie auf den Beinen. Sie liefen über das Antlitz einer totenstarren Welt. Es gab kein Anzeichen von Leben. Sie allein bewegten sich durch die gewaltige Weite einer Landschaft, in der alles stillstand. Einzig sie waren lebendig und auf der Suche nach anderem Leben, das sie verschlingen konnten, um weiter zu existieren.

Sie überquerten flache Hügelketten und erkundeten ein Dutzend kleiner Flußläufe in tiefer gelegenen Landstrichen, ehe ihre Suche belohnt wurde. Sie stießen auf Elche. Das erste, was sie entdeckten, war ein großer Bulle. Er bedeutete für sie Fleisch und Leben, und weder rätselhafte Feuer noch flammende Wurfgeschosse schützten ihn. Paarhufe und Schaufelgeweihe kannten sie, so daß sie die gewohnte Vorsicht und Geduld vergaßen. Der Kampf war kurz und heftig. Der mächtige Bulle wurde von allen Seiten attackiert. Er riß ihnen die Leiber auf oder zertrümmerte ihnen mit wohlgezielten Hieben seiner großen Hufe die Schädel. Er zerschmetterte sie mit seinen breiten Schaufeln. Im Kampfgewühl begrub er sie unter sich im Schnee und trampelte sie zu Tode. Doch sein Schicksal war von Anfang an besiegelt; er ging in die Knie, während die Wölfin mit wütenden Bissen an seiner Kehle zerrte und weitere Wölfe an zahllosen Stellen ihre Zähne in sein Fleisch gruben. Sie verschlangen ihn bei lebendigem Leib, noch ehe er ihnen die letzten Wunden geschlagen hatte und seine Gegenwehr völlig erlahmt war.

Jetzt hatten sie Nahrung in Hülle und Fülle. Der Bulle wog über 700 Pfund – fast zwanzig Pfund Fleisch für jedes der ungefähr vierzig Tiere im Rudel. Allerdings konnten sie nicht nur unglaublich lange fasten, sondern ebenso unglaublich schwelgen, und bald zeugten nur noch ein paar verstreute

Knochen von dem lebensstrotzenden Tier, das sich dem Rudel wenige Stunden zuvor entgegengestellt hatte.

Jetzt war die Zeit zur Erholung und zum Schlafen gekommen. Die jüngeren Wolfsrüden begannen nun, da sie sich sattgefressen hatten, Händel zu suchen und zu kämpfen, und das ging einige Tage so weiter, bis sich das Rudel auflöste. Das Hungern war vorbei. Die Wölfe hatten eine Gegend mit viel Wild gefunden, und obwohl sie weiterhin im Rudel jagten, gingen sie vorsichtiger zu Werke und suchten sich aus den kleinen Elchherden, die ihnen begegneten, schwerfällige Kühe oder lahmende alte Bullen heraus.

So kam der Tag, an dem sich das Rudel in diesem Land des Überflusses in zwei Gruppen teilte, die getrennte Wege gingen. Die Wölfin, den jungen Leitwolf zu ihrer Linken, den einäugigen Alten zu ihrer Rechten, führte ihren Teil den Mackenziestrom abwärts bis in die Seenlandschaft im Osten. Jeden Tag schmolz dieser Rest des Rudels weiter zusammen. Jeweils paarweise sonderten sich Wolf und Wölfin ab. Hin und wieder wurde ein männlicher Einzelgänger von den scharfen Zähnen seiner Rivalen vertrieben. Am Ende blieben nur noch vier zurück – die Wölfin, der junge Leitwolf, der Einäugige und der unternehmungslustige Dreijährige.

Die Wölfin war inzwischen überaus gereizt. Ihre drei Freier wiesen samt und sonders Spuren ihrer Zähne auf, ohne jemals Gleiches mit Gleichem zu vergelten. Sie verzichteten auf jede Gegenwehr. Besonders heftige Attacken fingen sie mit der Schulter ab und versuchten, ihren Zorn mit wedelndem Schwanz und Trippelschritten zu besänftigen. Doch wenn sie ihr gegenüber auch voller Sanftmut waren, so kehrten sie ihre ganze Wildheit gegeneinander. Der Dreijährige ging dabei einmal zu weit. Er packte den Älteren auf seiner blinden Seite am Ohr und riß es in Fetzen. Der grauhaarige alte Bursche konnte zwar nur noch auf einem Auge sehen, aber gegen die Jugend und Kraft des anderen brachte er jetzt die Weisheit langer Lebenserfahrung ins Spiel. Der Verlust eines Auges und die Narben an seiner Schnauze zeigten, welcher Art dieser Erfahrungsschatz war. Er hatte zu viele Kämpfe überlebt, um nur einen Moment im Zweifel über sein weiteres Vorgehen zu sein.

Der Beginn des Kampfes war fair, anders als sein Ende. Das Ergebnis wäre ungewiß gewesen, aber der dritte Wolf machte mit dem Älteren gemeinsame Sache, und zu zweit griffen der junge und der alte Leitwolf den ehrgeizigen Dreijährigen an, um ihn zu vernichten. Erbarmungslos schlugen die einstigen Gefährten auf beiden Seiten ihre Fänge in seinen Körper. Vergessen die Tage, die sie gemeinsam gejagt, das Wild, das sie gerissen, der Hunger, den sie erduldet hatten. Diese Dinge gehörten der Vergangenheit an. Jetzt ging es um Liebesdinge – von jeher ein noch erbarmungsloseres und grausameres Geschäft als die Nahrungssuche.

Währenddessen saß die Wölfin, die das alles ausgelöst hatte, zufrieden daneben und schaute zu. Ja, sie fand Gefallen daran. Das hier war ihr Tag – und oft kam er nicht; jetzt sträubten sich die Nackenhaare, Fänge schlugen krachend aufeinander oder rissen klaffende Wunden in weiches Fleisch, alles nur im Kampf um sie.

Und diese Liebeshändel, auf die sich der Dreijährige zum erstenmal eingelassen hatte, kosteten ihn sein Leben. Auf beiden Seiten seiner Leiche standen die Rivalen und blickten auf die Wölfin. Sie saß lächelnd im Schnee. Der ältere Wolf allerdings war erfahren, sehr erfahren, im Kampf ebenso wie in der Liebe. Der junge Leitwolf drehte sich zur Seite, um eine Schulterwunde zu lecken. Der ältere nahm mit dem einen Auge seine Chance wahr. Er schoß flach über den Boden und packte zu. Seine Fänge rissen eine lange, tiefe, klaffende Wunde. Dabei durchtrennten seine Zähne auch die große Halsschlagader. Danach brachte er sich mit einem Sprung außer Gefahr.

Der junge Leitwolf stieß ein schreckliches Knurren aus, das jedoch alsbald in ein gurgelndes Husten überging. Blutend und hustend, schon vom Tod gezeichnet, sprang er den Älteren an und kämpfte, während seine Lebenskraft versiegte, die Beine erschlafften und das Licht des Tages sich vor seinen Augen verdunkelte. Immer häufiger verfehlten seine Attacken ihr Ziel.

Die Wölfin saß weiterhin lächelnd dabei. Das Gemetzel machte sie irgendwie glücklich, denn so warben die Kreaturen der Wildnis um Liebe; es war die Tragödie des Liebeskampfes in der Natur, allerdings nur für den, der dabei zugrunde ging. Für den Überlebenden bedeutete das alles kein Trauerspiel, sondern Erfüllung und Vollendung.

Als der junge Leitwolf im Schnee lag und sich nicht mehr rührte, stolzierte Einauge auf die Wölfin zu. Er trat mit einer Mischung aus Triumph und Vorsicht an sie heran. Ganz offensichtlich erwartete er eine Abfuhr und war ebenso offensichtlich überrascht, daß sie nicht wütend die Zähne fletschte. Zum erstenmal empfing sie ihn freundlich. Sie berührte seine Schnauze und ließ sich sogar dazu herab, herumzuspringen und nach Welpenart mit ihm zu tollen und zu spielen. Trotz seiner hohen Jahre und reifen Erfahrung benahm er sich wie sie, wenn nicht sogar noch närrischer.

Die besiegten Rivalen und die blutrot in den Schnee geschriebene Liebesballade waren schon vergessen – oder fast vergessen. Nur einmal, als der alte Einauge kurz innehielt, um sich die verkrustenden Wunden zu lecken, legte er die Lippen zurück, als wollte er die Zähne fletschen, sein Nacken- und Schulterhaar stellte sich unwillkürlich auf, und indem er die Pfoten krampfhaft und Halt suchend in den Schnee krallte, duckte er sich halb zum Sprung. Doch schon im nächsten Augenblick war alles vorbei, und er setzte der Wölfin nach, die ihn zu koketter Jagd in den Wald entführte.

Von nun an liefen sie Seite an Seite, wie Freunde, die sich

gut verstehen. Die Tage verstrichen, und sie blieben beisammen, jagten, töteten und fraßen einträchtig ihre Beute. Nach einiger Zeit wurde die Wölfin unruhig. Sie schien etwas zu suchen, ohne es finden zu können. Die Hohlräume unter umgestürzten Bäumen zogen sie an, und sie verbrachte viel Zeit damit, in geräumigeren Felsspalten, vor denen sich der Schnee türmte, oder in Höhlen unter überhängenden Wänden herumzuschnüffeln. Der alte Einauge hatte keinerlei Interesse daran, folgte ihr aber gutmütig, und wenn sich die Untersuchung einzelner Stellen allzusehr in die Länge zog, dann legte er sich hin und wartete auf den Zeitpunkt, an dem sie wieder bereit war weiterzuziehen.

Sie blieben nie länger an einem Ort, sondern durchquerten das Land, bis sie an den Mackenzie zurückkamen, dem sie ohne Eile flußabwärts folgten. Nicht selten verließen sie ihn, um an kleinen Zuflüssen auf die Jagd zu gehen, aber sie kehrten immer wieder zu ihm zurück. Gelegentlich stießen sie auf andere Wölfe, meist in Paaren; doch keine Seite begegnete dabei der anderen freundschaftlich; es gab keine Spur von Überschwang, nicht die geringste Neigung, wieder ein Rudel zu bilden. Mehrfach trafen sie auf einzelgängerische Tiere. Es waren ausnahmslos Rüden, die hartnäckig darauf drängten, sich Einauge und seiner Gefährtin anzuschließen. Dieser reagierte unwillig darauf, und wenn sie sich Schulter an Schulter mit gesträubtem Fell und gefletschten Zähnen neben ihn stellte, dann pflegten die Einzelgänger ihre Absichten aufzugeben, kehrtzumachen und ihren Weg allein fortzusetzen.

In einer Mondnacht, als sie gerade einen stillen Wald durchquerten, blieb Einauge plötzlich stehen. Er hob die Schnauze in den Wind, stellte den Schwanz auf und weitete witternd die Nasenflügel. Auch einen Vorderlauf hob er an wie ein Hund. Mit dem Ergebnis war er nicht zufrieden, denn er fuhr fort, die Luft einzuziehen, um die Botschaft zu entschlüsseln, die sie ihm überbrachte. Seine Gefährtin hatte nur einmal flüchtig gewittert, ehe sie weitertrabte, um ihm seine Sorge zu nehmen. Er folgte ihr zwar, blieb aber mißtrauisch und verzichtete nicht darauf, hier und da haltzumachen und den warnenden Hauch sorgfältiger zu prüfen.

Vorsichtig schob sie sich an den Rand einer großen Lichtung. Eine Weile ließ Einauge sie dort allein. Dann gesellte er sich zu ihr. Jedes einzelne Haar in seinem Pelz hatte sich mißtrauisch aufgerichtet, als er sich mit größter Vorsicht und unter äußerster Anspannung aller Sinne heranschlich. Sie standen nebeneinander, beobachteten, horchten und witterten.

Sie hörten das Geräusch streitender und raufender Hunde, die heiseren Rufe von Männern, die grelleren Stimmen schimpfender Frauen und einmal auch das schrille Plärren eines Kinds. Mit Ausnahme der mächtigen Wigwams war wenig zu sehen: das lodernde Feuer, immer wieder von hin- und herlaufenden Gestalten verdeckt, und Rauch, der langsam in die unbewegte Luft aufstieg. In ihre Nasen aber drangen die unzähligen Gerüche eines Indianerlagers; sie erzählten eine ganze Geschichte, die Einauge nur zum geringsten Teil verstand, die Wölfin aber bis in die letzten Einzelheiten kannte.

Sie war merkwürdig erregt und witterte immer wieder mit wachsendem Entzücken. Der alte Einauge blieb argwöhnisch. Er gab seine Furcht zu erkennen und machte einen Versuch, sich zurückzuziehen. Sie drehte sich um und stupste ihn beruhigend gegen den Hals, um sich anschließend erneut dem Lager zuzuwenden. In ihrem Gesicht las man ein neues Verlangen, aber jetzt war es nicht mehr hungriges Begehren. Sie bebte vor Sehnsucht, loszulaufen, dichter bei diesem Feuer zu sein, mit den Hunden zu balgen, den ungeschickten Füßen der Menschen flink und behende auszuweichen.

Neben ihr machte Einauge eine ungeduldige Bewegung;

ihre eigene Unruhe meldete sich wieder, und das dringende Bedürfnis, zu finden, was sie suchte, wurde ihr von neuem bewußt. So machte sie kehrt und trabte zurück in den Wald, sehr zur Erleichterung von Einauge, der ihr vorauslief, bis sie völlig in das schützende Dickicht eingetaucht waren.

Sie glitten lautlos und schattengleich durch das Mondlicht, als sie auf einen Wildwechsel stießen. Beide senkten die Nase zu den Fußspuren im Schnee. Es waren ganz frische Spuren. Einauge lief vorsichtig vor seiner Gefährtin, die ihm auf den Fersen folgte. Die breiten Ballen ihrer Pfoten waren weit gespreizt und setzten samtweich auf dem Schnee auf. Einauge entdeckte ein verschwommenes weißes Etwas, das sich in der weißen Umgebung bewegte. Schon sein dahingleitender Lauf hatte die wahre Geschwindigkeit kaum ahnen lassen, doch das jetzige Tempo übertraf sie bei weitem. Vor ihm hüpfte das eben entdeckte verschwommene weiße Etwas davon.

Die Jagd führte sie durch eine schmale Gasse junger Fichten. Durch die Bäume sah man, wie sich der Pfad zu einer mondbeschienenen Lichtung hin öffnete. Der alte Einauge rückte der fliehenden weißen Gestalt rasch näher. Mit jedem Satz verkürzte sich der Abstand. Jetzt hatte er sie eingeholt. Beim nächsten Sprung würde er zuschnappen. Aber dazu kam es nicht mehr. Die weiße Gestalt schoß steil nach oben und verwandelte sich in einen zappelnden Schneehasen, der auf und nieder hüpfte und hoch in der Luft über ihm einen grotesken Tanz vollführte, ohne nur einmal zur Erde zurückzukehren.

Einauge sprang vor Schreck schnaubend zurück und duckte sich in den Schnee, von wo er dieses unbegreifliche und beängstigende Ding drohend anknurrte. Die Wölfin jedoch schob sich kaltblütig an ihm vorbei. Einen Augenblick lang nahm sie Maß, dann schnellte sie nach oben, um den tanzenden Hasen zu packen. Sie stieg hoch in die Luft, aber nicht hoch genug für ihre Beute, und ihre Zähne schnappten mit einem metallischen Klicken ins Leere. Sie machte einen zweiten Versuch, dann noch einen.

Ihr Gefährte, der sich inzwischen wieder aufgerichtet hatte, sah ihr zu. Er hatte die wiederholten Fehlschläge mit wachsendem Unwillen beobachtet und schoß nun selbst mit einem mächtigen Satz empor. Seine Zähne schlossen sich um den Hasen, und er zog ihn mit sich nach unten. Gleichzeitig aber nahm er seitlich eine knirschende Bewegung wahr und entdeckte verblüfft eine junge Fichte, die sich, wie um Schläge auszuteilen, drohend zu ihm hinunterbeugte. Er ließ seine Beute fahren. Zähnefletschend, mit einem kehligen Knurren, jedes Haar vor Wut und Angst gesträubt, tat er einen Satz nach hinten, um dieser fremdartigen Gefahr zu entgehen. Im gleichen Moment schnellte das schlanke Stämmchen in seine ursprüngliche Lage zurück, und der Hase stieg wieder tanzend in die Höhe.

Die Wölfin war wütend. Strafend biß sie ihren Gefährten in die Schulter. Da dieser in seinem Schreck nicht begriff, woher diese neue Attacke kam, setzte er sich empört und doppelt verstört zur Wehr und brachte ihr eine Rißwunde an der Schnauze bei. Die Wölfin ihrerseits, ebenso überrascht, daß ihr Tadel nicht friedlich akzeptiert wurde, zahlte zornig knurrend in gleicher Münze zurück. Erst jetzt erkannte er sein Versehen und wollte sie besänftigen; das hielt sie jedoch keineswegs davon ab, ihn schmerzhaft zur Ordnung zu rufen, bis er alle Beschwichtigungsversuche aufgab und sich nur noch mit abgewandtem Kopf im Kreise drehte, so daß er ihren Zähnen die Schulter darbot.

Über ihnen, in der Luft, tanzte immer noch der Hase. Die Wölfin ließ sich im Schnee nieder, und der alte Einauge, der vor seiner Gefährtin jetzt größere Angst hatte als vor der geheimnisvollen Fichte, sprang noch einmal hoch. Während er mit der Beute zwischen den Zähnen wieder zu Boden ging, behielt er die Fichte im Auge. Wie vorher verfolgte sie ihn auf

167

seinem Weg nach unten. Er duckte sich unter dem erwarteten Schlag, ohne allerdings den Hasen loszulassen. Der Schlag blieb jedoch aus. Das Fichtenstämmchen beugte sich immer noch über ihn. Wenn er sich bewegte, bewegte es sich ebenfalls, und er knurrte es mit zusammengebissenen Zähnen an; wenn er stillhielt, hielt es sich ebenfalls still. Stillhalten, folgerte er, war also sicherer. Andererseits war der Geschmack von warmem Blut in seinem Maul einfach köstlich.

Erst seine Gefährtin erlöste ihn aus diesem Dilemma. Sie nahm ihm den Hasen aus dem Maul, und während die Fichte drohend über ihr schwankte und schaukelte, biß sie der Beute unbeeindruckt den Kopf ab. Die dünne Fichte schnellte sogleich nach oben und gab danach keinen Anlaß mehr zur Beunruhigung, da sie nun jene angemessen aufrechte Haltung beibehielt, welche die Natur für ihre Art vorsieht.

Anschließend verschlangen die Wölfin und Einauge gemeinsam das Wild, das der geheimnisvolle Baum für sie gefangen hatte.

Es gab noch mehr Wildwechsel und schmale Pfade, wo Hasen in der Luft baumelten. Das Wolfspaar untersuchte sie alle, die Wölfin voran, und der alte Einauge folgte ihr aufmerksam. So lernte er, wie Fallen zu plündern waren – eine Fertigkeit, die ihm später noch zustatten kommen sollte.

II. DIE HÖHLE

Zwei Tage lang trieben sich die Wölfin und Einauge beim Indianerdorf herum. Er war unruhig und besorgt, doch das Lager lockte seine Gefährtin, die sich dagegen sträubte fortzuziehen. Als aber eines Morgens in nächster Nähe ein Gewehrschuß die Stille zerriß und eine Kugel wenige Zentimeter neben Einauges Kopf in einen Baumstumpf einschlug, zögerten sie nicht länger, sondern flüchteten mit langen, federnden Sätzen aus der Gefahrenzone, die sie im Nu mehrere Meilen weit hinter sich ließen.

Sie zogen nicht sehr lange weiter – nur ein paar Tage noch. Das Bedürfnis der Wölfin, zu finden, was sie suchte, duldete keinen Aufschub mehr. Sie war schwerfällig geworden und konnte nicht mehr schnell laufen. Einmal gab sie die Verfolgung eines Hasen auf, den sie sonst leicht erbeutet hätte; statt dessen legte sie sich hin, um auszuruhen. Einauge näherte sich ihr. Als er jedoch ihren Nacken liebevoll mit der Schnauze berührte, schnappte sie so rasch und heftig nach ihm, daß er sich rückwärts überschlug und in seinem Bemühen, ihren Zähnen zu entkommen, eine komische Figur machte. Sie war jetzt gereizter denn je. Er dagegen war um so geduldiger und fürsorglicher.

Dann fand sie schließlich, wonach sie Ausschau gehalten hatte, und zwar wenige Meilen oberhalb der Stelle, wo ein kleiner Bach im Sommer dem Mackenzie sein Wasser zuführte. Er war jetzt bis zum felsigen Grund gefroren – ein von der Quelle bis zur Mündung durchgehend weißer und erstarrter Wasserlauf. Die Wölfin trottete weit hinter ihrem Gefährten müde dahin, als sie die hohe, überhängende Lehmwand entdeckte. Sie verließ die Spur und lief hinüber. Unwetter und Schneeschmelze im Frühling hatten das Steilufer allmählich unterspült und an einer Stelle eine enge Spalte zu einer kleinen Höhle erweitert.

An ihrem Eingang blieb sie stehen und musterte den Lehmabhang sorgfältig. Anschließend lief sie am Fuß der Wand beiderseits des Höhleneingangs jeweils bis dorthin, wo sie in die weniger schroffe Umgebung überging. Sie kehrte zum Ausgangspunkt zurück und betrat den engen Stollen. Nicht ganz einen Meter weit mußte sie kriechen, dann erweiterte sich der Gang zur Seite und nach oben zu einer runden

Kammer von fast zwei Metern Durchmesser. Mit dem Kopf berührte sie beinahe die Decke. Der Raum war trocken und behaglich. Sie inspizierte ihn mit äußerster Sorgfalt, während Einauge, der umgekehrt war, am Eingang stand und ihr geduldig zusah. Sie senkte den Kopf, richtete die Nase auf einen Punkt am Boden direkt vor ihren eng beieinanderstehenden Pfoten und drehte sich mehrmals im Kreis; dann stieß sie einen Seufzer der Ermattung aus, fast ein Grunzen, ließ sich fallen, zog ihre Beine an und rollte sich mit dem Kopf zum Eingang am Boden ein. Einauge hatte die Ohren interessiert aufgestellt; er lachte die Wölfin an, und sie sah gegen den hellen Hintergrund, wie er gutmütig mit dem buschigen Schwanz wedelte. Für kurze Zeit legte sie selbst die Ohren zurück, so daß sich die schmalen Spitzen an den Kopf schmiegten; sie ließ die Zunge zum Zeichen ihrer Friedfertigkeit aus dem offenen Maul hängen und gab so zu verstehen, daß sie sich rundherum wohlfühlte.

Einauge hatte Hunger. Er legte sich zwar am Eingang schlafen, doch sein Schlaf war unruhig. Immer wieder erwachte er und stellte die Ohren auf, um in die strahlende Welt hinauszuhorchen, wo die Aprilsonne auf den Schnee brannte. Wenn er einnickte, dann stahl sich das leise Wispern unsichtbarer Rinnsale an sein Ohr, so daß er aufschreckte und gespannt lauschte. Die Sonne war zurückgekehrt, und ringsum rief ihn das erwachende Nordland. Das Leben regte sich. Ein Hauch von Frühling lag in der Luft, die Ahnung von wachsendem Leben unter dem Schnee, von Saft, der in die Bäume stieg, von Knospen, die eisige Fesseln sprengten.

Er warf seiner Gefährtin unruhige Blicke zu, doch sie schien wenig geneigt, sich zu erheben. Draußen kreuzte ein halbes Dutzend Schneeammern flatternd sein Blickfeld. Er fuhr hoch, sah sich erneut um und sank wieder zurück, um zu dösen. Ein feiner, singender Ton drang an sein Ohr. Ein- oder zweimal wischte er sich schläfrig mit der Pfote über die

Nase. Dann erwachte er. Um seine Nasenspitze schwirrte eine einsame Mücke. Es war ein ausgewachsenes Exemplar, das den ganzen Winter erstarrt in morschem Holz verbracht hatte und nun von der Sonne aufgetaut worden war. Er konnte dem Ruf der Welt nicht länger widerstehen. Im übrigen hatte er Hunger.

Er kroch zu seiner Gefährtin hinein und versuchte, sie zum Aufstehen zu bewegen. Sie antwortete bloß mit einem Knurren. Also ging er allein hinaus in den strahlenden Sonnenschein, wo die Pfoten tief im weichen Schnee versanken, was das Vorwärtskommen erschwerte. Er folgte dem gefrorenen Flußlauf, wo der Schnee im Schatten der Bäume noch verharscht war. Acht Stunden lang blieb er aus und kam im Dunkeln hungriger zurück, als er ausgezogen war. Er hatte Wild aufgespürt, aber nicht erlegt. Der Harsch hatte ihn nicht getragen, und während er einbrach und sich durch den weichen Matsch wühlte, waren die Schneehasen leichtfüßig wie immer über die verkrustete Oberfläche entkommen.

Am Eingang der Höhle blieb er in plötzlichem Argwohn stehen. Von drinnen hörte er merkwürdige schwache Laute. Sie kamen nicht von seiner Gefährtin und waren doch irgendwie vertraut. Er schob sich vorsichtig ins Innere, worauf die Wölfin mit einem warnenden Knurren reagierte. Er ließ sich dadurch nicht abschrecken, auch wenn er gehorsam Abstand hielt; dennoch erregten die fremden Geräusche weiterhin sein Interesse – ein gedämpftes, gerade wahrnehmbares Schnaufen und Schlecken.

Die Wölfin verscheuchte ihn ärgerlich, so daß er sich am Eingang einrollte und schlief. Als mit dem Morgen ein schwaches Licht in die Höhle drang, erkundete er noch einmal den Ursprung der entfernt vertrauten Laute. Im Knurren der Wölfin schwang ein neuer Unterton mit, eine Art Eifersucht, und er achtete sorgfältig darauf, in respektvoller Entfernung zu bleiben. Trotzdem entdeckte er fünf merkwürdige, winzige Bündel Leben, die an ihrem Bauch, zwischen Vorder- und Hinterläufen, Schutz suchten; es waren schwache, völlig hilflose Wesen, die leise wimmerten, wobei ihre Augen selbst im Licht geschlossen blieben. Er war überrascht. So etwas geschah nicht zum erstenmal in seinem langen und erfolgreichen Leben. Es war schon oft vorgekommen und erfüllte ihn doch jedesmal mit neuer Verwunderung.

Seine Gefährtin beäugte ihn unruhig. In kurzen Abständen brummte sie tief, und zuweilen, wenn er nach ihrem Empfinden zu nahe kam, verwandelte sich das Grollen in ihrer Kehle in böses Knurren. Aus eigener Erfahrung hatte sie dazu keinen Grund; doch als Instinkt, als Erfahrungsschatz aller Wolfsmütter überhaupt, schlummerte die Erinnerung an Väter in ihr, die ihre neugeborenen, hilflosen Nachkommen gefressen hatten. Dieses Erbe der Gattung äußerte sich als große Furcht, die ihr verbot, Einauge eine eingehendere Untersuchung der von ihm selbst gezeugten Jungen zu erlauben.

Es bestand jedoch keine Gefahr. Der alte Einauge reagierte seinerseits auf einen Impuls, der ihm von allen früheren Wolfsvätern vererbt worden war. Er stellte dieses instinktive Bedürfnis nicht in Frage, rätselte nicht herum. Es war einfach da, und er spürte es mit jeder Faser. Es war das Natürlichste von der Welt, daß er gehorchte, indem er seiner neugeborenen Familie den Rücken kehrte und davontrabte, um sich auf die Beutejagd zu begeben, durch die er sich am Leben hielt.

Fünf oder sechs Meilen oberhalb der Höhle teilte sich der Fluß in zwei Arme, die im rechten Winkel zueinander in die Berge führten. Er folgte dem linken Arm, wo er auf eine frische Fährte stieß. Kaum hatte er sie beschnüffelt und festgestellt, daß sie ganz neu war, duckte er sich und sah in die Richtung, in die sie führte. Dann machte er bedächtig kehrt und nahm seinen Weg am rechten Arm entlang. Die

Abdrücke waren viel größer als die seiner eigenen Pfoten, und er wußte, daß auf einer solchen Spur für ihn kaum Beute zu machen war.

Eine halbe Meile weiter erfaßte sein scharfes Ohr das Geräusch nagender Zähne. Er beschlich die Beute und entdeckte, daß es sich um ein Stachelschwein handelte, das aufrecht an einen Baum gelehnt die Rinde mit seinen Zähnen bearbeitete. Einauge näherte sich vorsichtig, doch ohne Hoffnung. Er kannte die Art, wenngleich er sie noch nie so weit nördlich angetroffen hatte; und noch nie in seinem langen Leben hatte ein Stachelschwein ihm eine Mahlzeit geliefert. Allerdings wußte er auch aus Erfahrung, daß es so etwas wie Zufall oder seltene Gelegenheiten gab, weshalb er trotzdem näherschlich. Man konnte nie wissen, was passierte, denn die lebendige Natur hielt immer wieder Überraschungen bereit.

Das Stachelschwein rollte sich zu einer Kugel zusammen und streckte dabei nach allen Seiten spitze Nadeln von sich, die einen Angriff unmöglich machten. In seiner Jugend hatte Einauge einmal an einer solchen reglosen, stachligen Kugel geschnüffelt, bis sie plötzlich mit dem Schwanz zuschlug. Ein Stachel war in seiner Schnauze steckengeblieben und hatte dort eine wochenlang schwärende Wunde verursacht, ehe er schließlich herausgeeitert war. Er machte es sich daher neben dem Tier bequem, aber so, daß seine Schnauze in gut dreißig Zentimeter Entfernung für den Schwanz unerreichbar blieb. Von nun an rührte er sich nicht mehr und wartete ab. Man konnte nie wissen. Irgend etwas tat sich vielleicht. Vielleicht rollte sich das Stachelschwein wieder aus. Vielleicht bot sich eine Gelegenheit, mit einem geschickten Pfotenhieb den verletzlichen, ungeschützten Bauch aufzureißen.

Doch eine halbe Stunde später stand er auf, grollte die regungslose Kugel zornig an und trottete davon. Er hatte schon früher zu oft und vergeblich darauf gewartet, daß sich ein Stachelschwein wieder rührte, um seine Zeit noch weiter zu verschwenden. Er setzte seinen Weg entlang des rechten Nebenarms fort. Der Tag zog sich dahin, ohne daß seine Jagd belohnt wurde.

Der inzwischen erwachte Trieb des Ernährers ließ ihm keine Ruhe. Er mußte Fleisch finden. Nachmittags geriet er zufällig an ein Schneehuhn. Er kam aus dem Unterholz und stand urplötzlich direkt vor dem begriffsstutzigen Tier. Es saß auf einem Baumstamm, vor seiner Nase, kaum dreißig Zentimeter entfernt. Jeder sah den anderen. Der Vogel wollte erschreckt auffliegen, doch Einauge erwischte ihn mit der Pfote und schmetterte ihn zu Boden. Dann stürzte er sich auf die Beute und schnappte das Huhn mit den Fängen, als es über den Schnee rannte, um sich in die Luft zu schwingen. Seine Zähne gruben sich knirschend durch zartes Fleisch und dünne Knochen, und er begann automatisch zu fressen. Dann besann er sich und machte mit dem Schneehuhn im Maul kehrt.

Wie immer bewegte er sich auf Samtpfoten schattengleich voran, und als er eine Meile oberhalb der Flußgabelung auf frische Spuren und jene großen Abdrücke stieß, die er schon am frühen Morgen entdeckt hatte, sicherte er mißtrauisch nach jeder Wegbiegung. Da die Fährte in seiner Richtung verlief, folgte er ihr, jederzeit darauf gefaßt, hinter der nächsten Flußwindung ihren Urheber zu erblicken.

Er schob seinen Kopf um einen markanten Felsblock am Beginn einer ungewöhnlich weiten Flußschleife und preßte sich blitzschnell an den Boden, als seine scharfen Augen sahen, wer die Spur hinterlassen hatte. Es war ein großer weiblicher Luchs. Das Tier saß – wie er selbst Stunden zuvor – vor der kompakten, stacheligen Kugel. Hatte Einauge sich bisher lautlos wie ein Schatten fortbewegt, so war er jetzt der Schatten eines Schattens, der einen Bogen um das stumme, regungslose Paar schlug, bis er sich auf der windabgewandten Seite befand.

Er kauerte sich in den Schnee und legte das Schneehuhn neben sich ab. Er spähte durch die Nadeln einer kleinwüchsigen Fichte und betrachtete das Drama des Lebens vor seinen Augen – den Luchs und das Stachelschwein, die beide abwarteten, beide auf Leben erpicht waren; und so paradox gestaltete sich dieses Drama, daß der eine sein Leben erhielt, wenn er den anderen fraß, der andere, wenn er sich nicht fressen ließ. Indessen lauerte der alte Einauge in seinem Versteck und spielte seine Rolle in diesem Spiel, als Zuschauer, der auf eine Laune des Schicksals wartete, die ihm auf seiner lebensnotwendigen Beutejagd vielleicht zu Hilfe kam.

Eine halbe Stunde verstrich, eine ganze. Nichts geschah. So regungslos, wie die Stachelkugel dalag, hätte sie aus Stein sein können, der Luchs eine Marmorstatue, und der alte Einauge tot. Und dennoch standen alle drei Tiere unter einer Anspannung des Lebens, die beinahe schmerzte, und sie waren wohl niemals lebendiger als in diesem Zustand scheinbarer Versteinerung.

Jetzt rührte sich Einauge ein wenig und starrte noch aufmerksamer nach vorn. Etwas geschah dort. Das Stachelschwein war endlich zu dem Schluß gekommen, der Feind sei verschwunden. Langsam und vorsichtig tat sich der kugelförmige, undurchdringliche Panzer auf. Kein Schauer der Vorahnung durchlief das Tier. Millimeterweise streckte sich der stachelstarrende Ball, nahm längliche Gestalt an. Einauge spürte beim Zusehen, wie ihm plötzlich und unwillkürlich das Wasser im Mund zusammenlief und von den Lefzen tropfte. Das lebendige Fleisch, das sich dort wie auf einer gedeckten Tafel darbot, war daran schuld.

Das Stachelschwein hatte seine Kugelform noch nicht vollständig aufgegeben, als es den Feind entdeckte. In diesem Moment schlug der Luchs zu. Der Hieb kam blitzartig. Die

Pranke fuhr mit ausgefahrenen Krallen unter den verletzlichen Bauch und riß im Zurückziehen eine klaffende Wunde. Wenn das Stachelschwein schon vollständig ausgerollt gewesen wäre und seinen Feind nicht Sekundenbruchteile vor dem Hieb entdeckt hätte, dann wäre der Luchs mit unversehrter Pranke davongekommen. Doch der Schwanz schlug seitlich aus, ehe sie außer Reichweite war, und spitze Stacheln drangen tief in sie ein.

Es war alles gleichzeitig geschehen – der Schlag, der Gegenschlag, das schrille Quieken des getroffenen Stachelschweins, der Aufschrei der vom Schmerz überraschten Wildkatze. Selbst Einauge fuhr halb hoch und legte die Ohren nach vorn, während der ausgestreckte Schwanz vor Erregung zitterte. Der Luchs ließ sich von seinem Zorn hinreißen und attackierte ungestüm das Tier, das ihm den Schmerz zugefügt hatte. Das quiekende und grunzende Stachelschwein aber, das einen schwachen Versuch unternahm, seinen lädierten Körper schützend zusammenzukugeln, schlug noch einmal mit dem Schwanz aus, und erneut erscholl der Schmerzensschrei der überraschten Wildkatze. Anschließend trat sie niesend den Rückzug an; ihre Schnauze war mit Stacheln gespickt wie ein monströses Nadelkissen. Sie strich sich mit den Tatzen darüber, um die brennenden Spieße abzustreifen, drückte sie in den Schnee und rieb sich an Zweigen und Ästen. In rasendem Schmerz und Schrecken vollführte sie dabei unaufhörlich die wildesten Bocksprünge.

Sie nieste ohne Unterbrechung und schlug peitschend mit dem Schwanz um sich, soweit seine Stummelform das überhaupt zuließ. Eine volle Minute lang kam der groteske Tanz völlig zum Stillstand; sie wurde ruhiger. Einauge beobachtete weiter. Selbst er konnte nicht umhin, zusammenzufahren und unwillkürlich das Nackenfell zu sträuben, als sie plötzlich und ohne Vorwarnung senkrecht in die Luft sprang und gleichzeitig einen anhaltenden, grauenvollen Schrei ausstieß.

Darauf jagte sie in langen Sätzen die Spur hinauf, nicht ohne bei jedem Sprung erneut aufzujaulen.

Erst als dieser Lärm in der Ferne matter wurde und dann ganz verstummte, wagte sich Einauge aus seinem Versteck. Er setzte die Pfoten so vorsichtig in den Schnee, als wäre er mit lauter senkrecht aufragenden Stacheln durchsetzt, die nur darauf warteten, sich in seine weichen Ballen zu bohren. Das Stachelschwein quittierte seine Annäherung mit wütendem Quieken und ließ seine langen Zähne aufeinanderkrachen. Inzwischen war es ihm gelungen, sich wieder aufzurollen, wenn auch die Kugel weniger kompakt als vorher wirkte; dafür waren die Muskeln zu sehr in Mitleidenschaft gezogen worden. Der Luchs hatte das Tier nahezu auseinandergerissen, und das Blut floß immer noch in Strömen.

Mit dem Unterkiefer schaufelte Einauge den blutgetränkten Schnee in sich hinein, ließ ihn prüfend im Mund zergehen und schluckte ihn hinunter. Das war wie ein Appetitanreger, und sein Hunger nahm mächtig zu; er war allerdings zu erfahren, um alle Vorsicht zu vergessen. Er wartete. Er legte sich hin und übte sich in Geduld, während das Stachelschwein mit den Zähnen knirschte, Grunz- und Winsellaute ausstieß und hin und wieder spitze Schreie hören ließ. Nach kurzer Zeit bemerkte Einauge, daß die Stacheln erschlafften und der ganze Körper ins Zittern geriet. Es hörte abrupt auf. Ein letztes Mal schlugen die Zähne trotzig aufeinander. Dann fielen alle Stacheln schlaff herab, der Körper entspannte sich und blieb regungslos liegen.

Nervös und übervorsichtig drückte Einauge das Stachelschwein mit einer Pfote auseinander und drehte es auf den Rücken. Nichts. Es war zweifellos tot. Er betrachtete es gründlich und prüfend, packte dann behutsam mit den Zähnen zu und machte sich auf den Weg zum Fluß. Teilweise trug er das das Tier, teilweise schleifte er es seitlich neben sich her, um nicht auf die stachlige Masse zu treten. Dann fiel ihm etwas ein; er ließ seine Last fallen und trabte an die Stelle zurück, wo er das Schneehuhn abgelegt hatte. Er zögerte nicht eine Sekunde. Er wußte ganz genau, was zu tun war, und das erledigte er auch prompt, indem er das Schneehuhn auffraß. Dann ging er zurück und nahm seine Last wieder auf.

Als er das Ergebnis seiner eintägigen Jagd in die Höhle schleppte, wurde die Beute von der Wölfin inspiziert, die ihn anschließend mit der Schnauze berührte und ihre Zunge sanft über seinen Nacken gleiten ließ. Schon im nächsten Moment allerdings scheuchte sie ihn mit einem Knurren, das weniger heftig als sonst war und eher entschuldigend als drohend wirkte, von den Jungen fort. Ihre instinktive Angst vor dem Vater ihrer Nachkommenschaft ließ allmählich nach. Er verhielt sich so, wie es sich für einen Wolfsvater gehörte, und hegte offenbar nicht das ruchlose Verlangen, die jungen Lebewesen zu verschlingen, die sie in die Welt gesetzt hatte.

III. DAS GRAUE WOLFSJUNGE

Er unterschied sich von seinen Geschwistern. Ihr Fell hatte schon jenen rötlichen Schimmer, der von ihrer Mutter, der Wölfin, stammte; er allein schlug in dieser besonderen Eigenschaft nach seinem Vater. Er war das einzige graue Junge im Wurf. Er war ganz nach der echten Wolfsrasse geraten – äußerlich in der Tat ganz nach Einauge selbst, mit einer Ausnahme: er hatte zwei Augen, nicht eins wie sein Vater.

Kaum daß sich die Augen des grauen Wolfsjungen geöffnet hatten, konnte er auch schon klar und deutlich sehen. Während sie noch geschlossen waren, hatte er gefühlt, geschmeckt, gerochen. Er kannte seine beiden Brüder und die beiden Schwestern sehr gut. Noch schwach und ungeschickt hatte er begonnen, mit ihnen zu raufen und zu zanken, wobei in seiner kleinen Kehle ein Schnarrlaut (der Vorläufer des Knurrens) vibrierte, wenn er in Rage geriet. Lange auch, bevor sich seine Augen auftaten, hatte er gelernt, seine Mutter durch Tasten, Schmecken und Riechen zu erkennen – diese Quelle von Wärme, flüssiger Nahrung und Zärtlichkeit. Sie verfügte über eine angenehme, liebkosende Zunge, die ihn beruhigte, wenn sie über seinen weichen, kleinen Körper fuhr, und die ihn dazu brachte, sich wohlig an sie zu schmiegen und einzuschlummern.

Den größten Teil seines ersten Lebensmonats hatte er so schlafend verbracht. Inzwischen jedoch sah er recht gut, blieb länger wach und lernte allmählich auch seine Umwelt besser kennen. Sie war düster, aber das wußte er nicht, denn er kannte nichts anderes. Es gab kaum Licht darin; aber seine Augen hatten sich bisher noch nicht auf anderes Licht einstellen müssen. Seine Welt war winzig. Sie endete an den Wänden der Höhle; da er jedoch keine Kenntnis von der Außenwelt hatte, bedrückte ihn die Enge seiner Existenz auch nicht.

Er hatte allerdings frühzeitig herausgefunden, daß die eine Wand seiner Welt anders war als die übrigen. Das war der Eingang zur Höhle und die Quelle des Lichts. Er hatte ihre Andersartigkeit entdeckt, lange bevor er überhaupt eigene Gedanken oder Willensregungen verspürte. Sie hatte ihn unwiderstehlich angezogen, ehe er noch die Augen geöffnet und sie erblickt hatte. Das Licht von dort war auf seine geschlossenen Lider gefallen, und Augen und Sehnerven pulsierten, lösten kleine Lichtblitze in warmen Farben aus, die von merkwürdig angenehmer Wirkung waren. Das Leben in seinem Körper, in jeder Lebensfaser, das Leben als Substanz seines Körpers, die in seiner eigenen, persönlichen Existenz nicht aufging, sehnte sich nach diesem Licht und drängte seinen Körper zu ihm hin, so wie die raffinierte Chemie der Pflanzen diese zur Sonne wendet.

Von Anfang an, bevor sein bewußtes Leben heraufdämmerte, war er immer wieder zum Höhleneingang gekrabbelt. Darin glichen sich alle Geschwister. Niemals waren sie in die düsteren Winkel an der Rückwand gekrochen. Das Licht zog sie an, als seien sie Pflanzen; die Chemie des Lebens in ihnen verlangte nach dem Licht als Voraussetzung der Existenz, und auch ihre winzigen Körper krochen zu ihm hin, chemischen Gesetzen blind gehorchend, marionettengleich geführt wie Wein an seinen Ranken. Als später jedes Junge sein Eigenleben entwickelte und sich persönlich seiner Triebe und Wünsche bewußt wurde, nahm die Anziehungskraft des Lichts noch zu. Immer krabbelten und rollten sie in seine Richtung und mußten von der Mutter zurückgescheucht werden.

Auf diese Weise lernte das graue Junge Merkmale der Mutter kennen, die sich von der weichen, beruhigenden Zunge unterschieden. Da er darauf bestand, zum Licht zu kriechen, entdeckte er eine Nase an ihr, die ihn heftig stupsen und zurechtweisen konnte, und noch später eine Pfote, die ihn zu Boden drückte und mit raschen, wohlgezielten Stößen zurückrollte. So erfuhr er den Schmerz. Außerdem lernte er, Schmerz zu vermeiden – erstens, indem er kein Risiko einging, und zweitens, indem er auswich und sich zurückzog, falls er das Risiko eingegangen war. Es handelte sich um bewußte Reaktionen, um die Ergebnisse erster Verallgemeinerungen. Vorher war er dem Schmerz automatisch ausgewichen, so wie er automatisch zum Licht kroch. Nachher wich er dem Schmerz aus, weil er *wußte*, daß er weh tat.

Er war ein wildes kleines Wolfsjunges – wie seine Geschwister. Das stand zu erwarten. Er war ein Fleischfresser. Er gehörte einer Rasse an, die Fleisch jagte und sich von Fleisch ernährte. Sein Vater und seine Mutter lebten ausschließlich von Fleisch. Die Milch, die er eingesogen hatte, seit sich das Leben in ihm regte, war Milch, die aus der direkten Umwandlung von Fleisch entstanden war. Und jetzt, da er den ersten Lebensmonat hinter sich und seit ungefähr einer Woche die Augen geöffnet hatte, fing er an, selbst Fleisch zu fressen – von der Wölfin halb vorverdaut und für fünf Junge wieder ausgewürgt, die täglich größer wurden und jetzt schon zuviel Milch von ihrer Mutter wollten.

Er war darüber hinaus das wildeste Junge im Wurf. Sein schnarrendes Grollen war lauter als das aller anderen; seine winzigen Wutanfälle schrecklicher als ihre. Er lernte als erster, wie man seine Geschwister mit einem geschickten Pfotenhieb auf den Rücken rollen konnte. Als erster packte er ein anderes Junges am Ohr, zog und zerrte daran und knurrte zwischen fest verschlossenen Kinnladen. Und zweifellos machte er der Mutter bei ihren Bemühungen, die Jungen vom Eingang fernzuhalten, die meisten Schwierigkeiten.

Die Faszination des Lichts wirkte mit jedem Tag mächtiger auf den grauen Welpen. Unablässig begab er sich auf große Fahrt zum kaum einen Meter weit entfernten Höhleneingang und wurde unweigerlich zurückgescheucht. Freilich wußte er nicht, daß dort ein Eingang war. Er kannte Eingänge nicht – Durchgänge von einem Ort zum nächsten. Er kannte keinen anderen Ort und erst recht nicht einen Weg dorthin. Ihm galt der Höhleneingang als eine Wand – eine Wand aus Licht. Wie das Tagesgestirn für den Bewohner der Außenwelt, so war diese Wand die Sonne seiner Welt. Sie lockte ihn wie das Kerzenlicht die Motte. Immer versuchte er, sie zu erreichen. Das Leben, das sich so rasch in ihm entfaltete, drängte ihn unaufhörlich zu dieser lichten Barriere. Das Leben in seinem Innern wußte, daß sie den einzigen Weg nach draußen darstellte, den Weg, der ihm bestimmt war. Er selbst aber war unwissend, er ahnte nicht einmal, daß es ein Draußen gab.

Die Wand hatte eine merkwürdige Eigenschaft. Sein Vater (er hatte schon begriffen, daß sein Vater der andere Bewohner der Welt war, ein Wesen wie seine Mutter, das nahe am Licht schlief und ihnen Fleisch brachte), sein Vater hatte eine Art, einfach in die ferne lichte Wand hineinzutreten und darin zu verschwinden. Das verstand das graue Junge nicht. Zwar hatte seine Mutter nie zugelassen, daß er dieser Wand nahekam, doch hatte er sich den anderen Wänden genähert und an seiner zarten Nasenspitze harten Widerstand gespürt. Das tat weh. Und nach mehreren solchen Abenteuern ließ er die Wände in Ruhe. Ohne länger darüber nachzudenken, nahm er das Verschwinden seines Vaters in der Wand als eine seiner Besonderheiten hin, so wie Milch und vorverdautes Fleisch Besonderheiten seiner Mutter waren.

Das graue Junge neigte eigentlich überhaupt nicht dazu nachzudenken – jedenfalls nicht in der Weise, die Menschen vertraut ist. Sein Verstand arbeitete weniger klar. Dennoch zog es Schlüsse, die ebenso gescheit und eindeutig waren wie die der Menschen. Es akzeptierte die Dinge einfach, ohne nach dem Warum und Wozu zu fragen. Eben darin bestand seine Art der Einordnung. Der Welpe fragte sich nie, warum etwas geschah. Ihm genügte, wie es passierte. Nachdem er sich also einige Male die Nase an der Rückwand gestoßen hatte, akzeptierte er, daß er nicht in der Wand verschwinden konnte. In gleicher Weise akzeptierte er, daß sein Vater eben das fertigbrachte. Aber der Wunsch, den Grund für diesen Unterschied zwischen sich und seinem Vater herauszufinden, meldete sich erst gar nicht bei ihm. Logik und Physik waren nicht Teil seines geistigen Rüstzeugs.

Wie die meisten Wildtiere lernte er früh den Hunger kennen. Es kam eine Zeit, in der nicht nur die Versorgung mit Fleisch aufhörte, sondern auch die Milch in den Zitzen seiner Mutter versiegte. Zuerst jammerten und schrien die Jungen, aber meist schliefen sie. Es dauerte nicht lange, bis sie in ein Hungerkoma fielen. Es gab keine Kabbeleien mehr, kein Gezänk, keine kleinen Wutanfälle oder Knurrversuche. Die Ausflüge zur fernen weißen Wand hörten völlig auf. Die

Jungen schliefen, während das Lebenslicht in ihnen flackerte und erstarb.

Einauge war verzweifelt. Er streifte weit umher und schlief kaum noch in der Höhle, in der nun Jammer und Elend herrschten. Auch die Wölfin verließ ihren Wurf und machte sich auf die Suche nach Fleisch. In den ersten Tagen nach der Geburt der Jungen war Einauge mehrmals zum Indianerlager unterwegs gewesen, um die Hasenfallen zu plündern. Mit der Schneeschmelze und dem Auftauen der Flüsse aber hatten die Indianer ihr Lager abgebrochen, so daß auch diese Nahrungsquelle versiegte.

Als der kleine graue Wolf wieder zum Leben erwachte und sich erneut für die ferne weiße Wand interessierte, stellte er fest, daß seine Welt nun ärmer an Bewohnern war. Nur eine Schwester war ihm noch geblieben. Die übrigen waren verschwunden. Als er wieder kräftiger wurde, mußte er trotzdem allein spielen, denn seine Schwester kam nicht mehr auf die Beine oder hob auch nur den Kopf. Sein kleiner Körper rundete sich wieder; für sie aber war das Fleisch, das er jetzt fraß, zu spät gekommen. Sie schlief ohne Unterbrechung, ein winziges, mit Fell überzogenes Gerippe, in dem das Lebenslicht immer niedriger brannte und schließlich verlosch.

Dann kam eine Zeit, in der das graue Wolfsjunge seinen Vater nicht länger durch die lichte Wand auftauchen oder verschwinden sah; auch schlief er nicht mehr im Eingang. Diese Veränderung trat am Ende einer zweiten, weniger strengen Hungerperiode ein. Die Wölfin wußte, warum Einauge nicht mehr zurückkam, aber sie hatte keine Möglichkeit, dem grauen Jungen mitzuteilen, was sie gesehen hatte. Sie befand sich selbst auf Beutejagd und war Einauges einen Tag alter Fährte den linken Flußarm hinauf gefolgt, dorthin, wo der weibliche Luchs hauste. Am Ende der Spur hatte sie Einauge gefunden, oder was von ihm übrig war. Es gab viele Anzeichen für den Kampf, der stattgefunden hatte, und die

Luchsspuren wiesen auf den Bau, in den sich das Tier nach seinem Sieg zurückgezogen hatte. Bevor die Wölfin sich wieder davonmachte, hatte sie den Bau aufgespürt; doch die Zeichen verrieten ihr, daß der Luchs sich darin befand, und sie hatte nicht gewagt, weiter vorzudringen.

Danach vermied die Wölfin den linken Flußarm beim Jagen. Denn sie wußte, daß der Luchsbau einen Wurf von Jungen beherbergte, und sie kannte den Luchs als wildes, bösartiges Tier und furchterregenden Kämpfer. Ein halbes Dutzend Wölfe war durchaus in der Lage, einen fauchenden und schnaubenden Luchs auf einen Baum zu jagen. Wenn aber ein einzelner Wolf einem solchen Tier begegnete, dann verhielt sich die Sache ganz anders – insbesondere dann, wenn man von diesem Luchs wußte, daß er einen ganzen Wurf hungriger Jungtiere zu versorgen hatte.

Doch die Wildnis ist die Wildnis, und Mutterliebe ist Mutterliebe, und jede Mutter, in der Wildnis oder außerhalb, ist in der Beschützerrolle zum Äußersten fähig. Der Augenblick sollte noch kommen, in dem sich die Wölfin ihrem grauen Wolfskind zuliebe den linken Flußarm hinaufwagen, in den Bau zwischen den Felsen eindringen und dabei auch den Zorn der Luchsmutter in Kauf nehmen würde.

IV. JENSEITS DER WEISSEN WAND

Als seine Mutter begann, die Höhle zu Jagdausflügen zu verlassen, war dem Wolfsjungen das strenge Verbot, sich dem Eingang zu nähern, schon in Fleisch und Blut übergegangen. Es war ihm nicht nur durch die Nasenstüber und Pfotenhiebe seiner Mutter oft und schmerzhaft eingeprägt worden, sondern inzwischen entwickelte sich auch sein Angstinstinkt. In seinem kurzen Höhlenleben hatte der Welpe nie etwas erlebt, vor dem er Angst haben mußte. Dennoch war sie in ihm. Sie hatte sich von fernen Ahnen durch Millionen Leben bis zu ihm vererbt. Sie war die unmittelbare Mitgift Einauges und der Wölfin; doch ihnen wiederum war sie durch alle vorausgehenden Wolfsgenerationen eingepflanzt worden. Angst! – das Vermächtnis der Wildnis, das kein Tier ausschlagen oder für ein Linsengericht veräußern kann.

Der kleine Wolf kannte also Angst, ohne zu wissen, worin sie bestand. Er nahm sie wohl als eine der Einschränkungen des Lebens hin, denn daß es so etwas gab, hatte er schon erfahren. Er hatte den Hunger erlebt; und als er ihn nicht stillen konnte, fühlte er sich eingeschränkt. Der harte Widerstand der Höhlenwand, der heftige Nasenstüber von der Mutter, die umwerfende Kraft ihres Pfotenhiebs, der ungestillte Hunger in Zeiten der Not, alles hatte ihn eindringlich gelehrt, daß in der Welt nicht nur Freiheit herrschte – daß dem Leben Grenzen gesetzt und Zwänge auferlegt wurden. Diese Grenzen und Zwänge waren Gebote. Wer ihnen gehorchte, konnte Schmerz vermeiden und Glück finden.

Zu diesem Schluß kam er nicht mit menschlicher Logik. Er ordnete die Dinge einfach danach ein, ob sie schmerzten oder nicht schmerzten. Nachdem er sie eingeordnet hatte, ging er den schmerzhaften Dingen – den Einschränkungen und Zwängen – aus dem Weg, um sich vom Leben befriedigen und entlohnen zu lassen.

So kam es, daß er gleichzeitig dem von der Mutter aufgestellten Gesetz und einem weiteren Gesetz, der Angst, gehorchte, die für ihn weder Gesicht noch Namen hatte. Er hielt sich daher vom Höhlenausgang fern. Für ihn blieb er eine weiße Wand aus Licht. Wenn seine Mutter fort war, verschlief er die meiste Zeit, und wenn er zwischendurch wach wurde, verhielt er sich mäuschenstill und unterdrückte das in seiner Kehle aufsteigende, klägliche Wimmern.

Einmal, als er wach lag, hörte er in der weißen Wand ein merkwürdiges Geräusch. Er wußte nicht, daß es ein Vielfraß war, der draußen stand und angesichts der eigenen Kühnheit am ganzen Leib zitterte, während er vorsichtig ins Innere der Höhle zu wittern suchte. Der kleine Wolf wußte nur, daß das Schnüffeln fremdartig, nicht einzuordnen, also unbekannt und furcherregend war – denn unter den Dingen, die Angst auslösten, spielte das Unbekannte eine wesentliche Rolle.

Er sträubte lautlos sein graues Rückenfell. Woher konnte er wissen, daß er diesem schnüffelnden Etwas mit gesträubtem Fell begegnen mußte? Keine eigene Erkenntnis verriet ihm das. Es war zwar sichtbarer Ausdruck der Angst in seinem Innern, aus seinem eigenen Leben aber nicht zu erklären. Mit der Angst ging ein weiterer Instinkt einher – der Impuls, sich zu verbergen. Der kleine Wolf hatte panische Angst und blieb dennoch still und stumm liegen, erstarrt, ja versteinert in seiner Bewegungslosigkeit, allem Anschein nach tot. Seine zurückkehrende Mutter knurrte, als sie die Spur des Vielfraßes witterte, stürzte sich in die Höhle und leckte und schleckte ihn in einer heftigen Gefühlsaufwallung ab. Das Wolfsjunge aber ahnte, daß es einer großen Gefahr entronnen war.

Auch andere Kräfte wirkten auf den kleinen Wolf ein, an erster Stelle Wachstum. Instinkt und Gesetz verlangten Gehorsam von ihm. Sein Wachsen forderte den Ungehorsam. Seine Mutter und die Angst zwangen ihn, der weißen Wand fernzubleiben. Wachstum ist Leben, und das Leben drängt seiner Bestimmung nach zum Licht. Die in ihm aufsteigende Flut des Lebens war nicht einzudämmen – sie stieg mit jedem Happen Fleisch, den er verschlang, mit jedem Atemzug, den er tat. Eines Tages schließlich wurden Angst und Gehorsam von der Welle des Lebens weggespült, und der kleine Wolf krabbelte tapsig zum Eingang hin.

Anders als jede andere Wand in seiner Erfahrung schien

diese vor seiner Annäherung zurückzuweichen. Keine harte Fläche stieß gegen seine empfindliche kleine Nase, die er tastend vorstreckte. Das Material, aus dem die Wand gemacht war, wirkte so durchlässig und nachgiebig wie das Licht. Und da ihre Beschaffenheit in seinen Augen den Anschein des Geformten hatte, trat er in das ein, was für ihn Wand gewesen war, und badete in dem Stoff, aus dem sie bestand.

Es war verblüffend. Er krabbelte durch feste Masse. Das Licht wurde dabei immer heller. Die Angst drängte ihn umzukehren, das wachsende Leben trieb ihn voran. Plötzlich stand er am Ausgang. Und ebenso schlagartig rückte die Wand, in deren Innerem er vermeintlich gewesen war, vor seinen Augen in unermeßliche Ferne. Das Licht war nun so strahlend, daß es ihm weh tat. Es blendete ihn. Außerdem überfiel ihn ein Schwindel, weil der Raum sich so abrupt und ungeheuerlich ausgedehnt hatte. Seine Augen paßten sich automatisch an die Helligkeit an und stellten sich auf die größere Entfernung zu allen Objekten ein. Anfangs hatte sein Gesichtsfeld die zurückspringende Wand nicht mehr erfaßt. Jetzt sah er sie wieder; allerdings war sie erstaunlich weit weg. Auch hatte sich ihr Anblick verändert. Sie war nun eine gegliederte Wand aus Bäumen am Rande des Bachlaufs, dem Berg gegenüber, der die Bäume überragte, und dem Himmel, der sich noch einmal darüberwölbte.

Er fühlte, wie schreckliche Angst in ihm aufstieg. Das furchterregende Unbekannte hatte sich noch vermehrt. Er kauerte sich an den Rand der Höhle und sah in die Welt hinaus. Er fürchtete sich sehr. Sie war unbekannt, also feindlich gesonnen. Deswegen sträubte sich sein Nackenfell, und er machte einen halbherzigen Versuch, die Zähne zu blecken, um wild und abschreckend zu knurren. Weil er so klein und verängstigt war, forderte er drohend die ganze weite Welt heraus.

Nichts geschah. Er starrte weiter hinaus und vergaß vor lauter Interesse ganz zu knurren. Er vergaß auch, daß er Angst hatte. Vorerst war seine Angst durch das wachsende Leben verdrängt worden, das sich als Neugier verkleidet hatte. Er begann, nahe Gegenstände wahrzunehmen – den teilweise sichtbaren, in der Sonne aufschimmernden Fluß, die verdorrte Fichte am Fuß des Abhangs, den Abhang selbst, der gut einen halben Meter vor der Höhle begann, an deren Ende er kauerte.

Nun hatte der kleine Wolf sein Lebtag nur ebenen Boden gekannt. Noch nie hatte er einen schmerzhaften Fall erlebt. Er trat also kühn nach vorn in die Luft. Da seine Hinterläufe sich noch auf dem Höhlenrand befanden, stürzte er kopfüber hinab. Beim Aufschlag auf den Boden erhielt er einen heftigen Nasenstüber, so daß er aufjaulte. Anschließend begann er hangabwärts zu rollen, wobei er sich wieder und wieder überschlug. Panische Angst überwältigte ihn. Das Unbekannte hatte ihn also doch erwischt. Es packte ihn mit unbändiger Macht und war im Begriff, ihm Schreckliches anzutun. Das wachsende Leben wurde seinerseits von der Angst verdrängt, und er winselte wie jedes verängstigte Junge.

Das Unbekannte riß ihn weiter zu namenlosen Schrecken fort, und er jaulte und winselte ohne Unterlaß. Das jetzt war etwas anderes, als sich in starrer Angst an den Boden zu pressen, während das Unbekannte in unmittelbarer Nähe lauerte. Jetzt hielt es ihn bereits unwiderruflich gepackt. Schweigen nützte nichts. Übrigens verkrampfte er sich nicht einfach aus Angst, sondern in tödlichem Schrecken.

Aber zum Ende hin war der Hang nicht mehr so steil und am Fuß grasbewachsen. Der kleine Wolf verlor an Schwung. Als er schließlich nicht mehr weiterrollte, gab er ein letztes, gequältes Jaulen von sich, das dann in anhaltendes, klägliches Wimmern überging. Im übrigen machte er sich mit größter

Selbstverständlichkeit daran, den Dreck, der an ihm klebte, abzulecken, als hätte er sich in seinem Leben schon tausendmal gesäubert.

Dann richtete er sich auf und schaute im Sitzen um sich, wie es vielleicht der erste Mensch auf dem Mars tun würde. Der kleine Wolf hatte die Wand zur Welt durchbrochen, das Unbekannte hatte ihn freigegeben, und siehe da! er war unversehrt. Der erste Mensch auf dem Mars hätte sich allerdings weniger verloren gefühlt als er. Ohne jedes Vorwissen, ohne irgendeine Warnung, daß dieses ganz andere überhaupt existierte, fand er sich in der Rolle eines Forschers in völlig fremder Umgebung wieder.

Nachdem das schreckliche Unbekannte ihn losgelassen hatte, vergaß er, daß es überhaupt Schrecken barg. Er verspürte lediglich Neugier für alles um sich herum. Er untersuchte das Gras unter sich, den Schneeballstrauch ein Stück weiter vorn und den abgestorbenen Stamm der verdorrten Fichte, die am Rand einer Lichtung stand. Ein Eichhörnchen tauchte am Boden hinter dem Stamm auf und lief geradewegs auf ihn zu, so daß er erschreckt zusammenfuhr. Er duckte sich knurrend. Das Eichhörnchen war jedoch ebenso verängstigt. Es jagte den Baum hinauf und zeterte aus sicherer Entfernung zu ihm hinunter.

Das machte ihm Mut, und wenn ihn auch der Specht, der ihm als nächstes begegnete, zusammenzucken ließ, so setzte er seinen Weg doch unverdrossen fort. Sein Selbstvertrauen hatte so zugenommen, daß er spielerisch mit der Pfote nach einem Häher tappte, der respektlos auf ihn zuhüpfte. Er handelte sich einen spitzen Schnabelhieb auf die Nase ein, so daß er jaulend zu Boden ging. Der Häher, dem der Lärm zuviel wurde, suchte sein Heil in der Flucht.

Doch der kleine Wolf lernte. Sein kleiner, undeutlich arbeitender Verstand hatte bereits unbewußt Ordnung hergestellt. Es gab lebendige und nicht lebendige Dinge. Auf die lebendigen mußte er achtgeben. Die nichtlebendigen blieben an ihrem Ort, doch die lebendigen Dinge bewegten sich, und man konnte nie wissen, was sie als nächstes taten. Von ihnen war nur Unerwartetes zu erwarten, und darauf mußte man vorbereitet sein.

Er kam recht unbeholfen auf seinem Weg voran. Er stieß sich an herumliegenden Ästen und allen möglichen Gegenständen. Vermutete er einen Zweig in großer Entfernung, so schlug ihm dieser im nächsten Augenblick auf die Schnauze oder kratzte ihm die Flanke auf. Der Boden war uneben. Manchmal fiel ein Schritt zu lang aus; dann holte er sich eine blutige Nase. Ebenso oft trat er zu kurz und stolperte über die eigenen Füße. Außerdem gab es Kiesel und Steine, die sich unter seinen Pfoten drehten. So lernte er allmählich, daß nicht alle unlebendigen Dinge sich im gleichen Zustand stabilen Gleichgewichts befanden wie seine Höhle, und auch, daß die kleinen Dinge eher als die großen die Neigung hatten, herabzufallen oder umzukippen. Doch jedes Mißgeschick war eine Lehre. Je länger er marschierte, desto besser beherrschte er die Bewegungsabläufe. Er stellte sich auf die Umstände ein. Allmählich lernte er, seine Muskulatur richtig einzusetzen, seine physischen Grenzen zu erkennen und Distanzen zwischen sich und den Dingen bzw. der Dinge untereinander abzuschätzen.

Das Anfängerglück war ihm hold. Er, der zum Raubtier geboren war (auch wenn er es nicht wußte), stolperte auf seinem ersten Ausflug in die Welt über seine Beute, und zwar direkt vor der Haustür. Mit anderen Worten war der Zufall nicht zu beschreiben, der ihn auf das raffiniert getarnte Nest eines Schneehuhns stoßen ließ. Er fiel nämlich hinein. Er hatte versucht, auf dem Stamm einer umgestürzten Kiefer zu balancieren. Die modrige Rinde gab unter seinen Füßen nach, und mit einem Verzweiflungsschrei rutschte er an dem runden Stamm ab, purzelte durch das Blätterwerk und Gezweig eines niedrigen Strauchs und landete am Boden, mitten im Busch und mitten zwischen sieben Schneehuhnküken.

Sie gaben Töne von sich, die ihm zuerst Angst einjagten. Dann stellte er fest, wie klein sie waren, und wurde mutiger. Sie bewegten sich. Er hielt eins mit der Pfote fest, worauf die Bewegungen hektischer wurden. Das bereitete ihm Vergnügen. Er beschnüffelte es, nahm es mit dem Maul hoch. Es zappelte, kitzelte ihn auf der Zunge. Gleichzeitig spürte er seinen Hunger. Seine Kinnladen schlossen sich. Zarte Knochen knirschten, und warmes Blut rann ihm ins Maul. Es schmeckte gut. Das war Fleisch, wie seine Mutter es ihm brachte, nur lebendig zwischen den Zähnen und daher besser. Also fraß er das Küken. Und er hörte nicht eher auf, bis er die ganze Brut verschlungen hatte. Wie seine Mutter leckte er sich anschließend die Lefzen und begann, aus dem Busch herauszukriechen.

Er geriet in einen Wirbelwind von Federn. Der plötzliche Ansturm und das wütende Flügelschlagen verwirrten und blendeten ihn. Er versteckte den Kopf zwischen den Pfoten und jaulte. Die Schläge wurden heftiger. Die Schneehuhnmutter tobte. Jetzt wurde er wütend. Er kam knurrend auf die Beine und schlug mit den Pfoten nach ihr. Er grub seine winzigen Zähne in einen Flügel, und voller Entschlossenheit zog und zerrte er daran. Das Schneehuhn wehrte sich, indem es mit dem freien Flügel Schläge auf ihn niederprasseln ließ. Es war sein erster Kampf. Er war begeistert. Er hatte vor nichts mehr Angst. Er kämpfte, zerrte an einem lebendigen Ding, das ihm Schläge versetzte. Dieses lebendige Etwas war Fleisch. Die Lust am Töten hatte ihn gepackt. Gerade eben hatte er kleine Lebewesen vernichtet. Jetzt würde er ein großes Lebewesen vernichten. Er war zu beschäftigt und glücklich, um zu wissen, daß er glücklich war. Er spürte einen neuartigen Schauer des Entzückens, der ihm mehr bedeutete als alles, was er bisher kennengelernt hatte.

Er ließ den Flügel nicht los und knurrte zwischen fest zusammengepreßten Zähnen. Das Schneehuhn schleppte ihn aus dem Gebüsch. Als es sich umdrehte und ihn wieder in das schützende Gesträuch zurückziehen wollte, zerrte er es seinerseits ins Freie hinaus. Und die ganze Zeit veranstaltete das Huhn ein großes Geschrei, während es ihn mit dem freien Flügel bearbeitete und die Federn wie Schneeflocken herumstoben. Er geriet in höchste Erregung. Der Kampfinstinkt seiner Gattung war nun in ihm erwacht und brach sich Bahn. Das war das Leben, auch wenn es ihm nicht bewußt war. Er fing an, seine eigene Bestimmung in der Welt zu erfassen; er tat das, wozu er geschaffen wurde – Beute töten und kämpfen, um sie zu töten. Er rechtfertigte seine Existenz, wie es großartiger im Leben nicht möglich ist, denn das Dasein erreicht seinen Gipfelpunkt, wenn es das bis zum äußersten auslebt, wofür es geschaffen wurde.

Nach einer Weile hörte das Schneehuhn auf zu toben. Er hielt es immer noch am Flügel fest, und sie lagen am Boden und blickten sich an. Er versuchte drohend und wild zu knurren. Das Huhn versetzte ihm einen Schnabelhieb auf die Nase, die nach allen überstandenen Abenteuern schon ganz wund war. Er zuckte zusammen, ließ aber nicht los. Immer wieder hackte das Huhn auf ihn ein. Er wollte zurückweichen, hatte aber vergessen, daß er es hinter sich herzog, solange er es festhielt. Unzählige Schnabelhiebe prasselten auf seine mißhandelte Nase nieder. Sein Kampfgeist erlahmte; er gab seine Beute frei, machte kehrt und beeilte sich, quer über die Lichtung einen schmählichen Rückzug anzutreten.

Auf der anderen Seite, am Rand des Unterholzes, legte er sich hin, um auszuruhen. Er ließ die Zunge heraushängen, seine Brust hob und senkte sich, während er keuchend Luft holte und immer noch winselte, weil ihn die Nase so schmerzte. Plötzlich jedoch überkam ihn, noch im Liegen, ein Gefühl nahender Gefahr. Das Unbekannte mit all seinen Schrecken stürmte auf ihn ein, und instinktiv wich er in den Schutz der Sträucher zurück. Ein kühler Lufthauch streifte ihn, und weit ausgebreitete Schwingen glitten still und unheilvoll an ihm vorbei. Ein vom Himmel niederfahrender Habicht hatte ihn um Haaresbreite verfehlt.

Während er sich in den Büschen von seinem Schrecken erholte und ängstlich nach draußen spähte, flatterte auf der gegenüberliegenden Seite das Schneehuhn aus dem verwüsteten Nest. Es lag an dem Verlust der Jungen, daß die Mutter nicht wahrnahm, wie das geflügelte Unheil auf sie herabstieß. Der kleine Wolf aber sah es, und es war ihm Warnung und Lehre zugleich – der steile Sturzflug, der sekundenlang flach über den Boden gleitende Körper, die schlagartig zupackenden Klauen, der Schmerz- und Schreckensschrei und der Vogel, der mit dem Schneehuhn rasch wieder an Höhe gewann.

Es verging eine lange Zeit, ehe der kleine Wolf sein Versteck verließ. Er hatte viel gelernt. Lebendige Dinge waren Beute. Sie schmeckten gut. Lebendige Dinge konnten auch Schmerz zufügen, wenn sie groß genug waren. Besser, man fraß kleine Lebewesen, zum Beispiel Schneehuhnküken, und ließ die großen, zum Beispiel Hennen, in Frieden. Nichtsdestoweniger blieb ein kleiner Stachel in ihm zurück, der ehrgeizige und heimliche Wunsch, noch einmal mit dieser Schneehuhnmutter zu kämpfen – nur leider hatte sie der Raubvogel entführt. Vielleicht gab es noch andere wie sie. Er würde sich umschauen.

Ein sanfter Abhang führte ihn zu einem Bach. Er hatte bisher noch kein Wasser gesehen. Die Beschaffenheit der Oberfläche wirkte vielversprechend. Er sah keine Unebenheiten. Er machte einen beherzten Schritt vorwärts und versank mit einem angstvollen Schrei tief im Unbekannten. Es war kalt, und er schnappte nach Luft. Seine Lungen füllten sich mit Wasser statt mit Sauerstoff, wie er ihn sonst beim Atmen einsog. Das Erstickungsgefühl erlebte er wie einen tödlichen Schmerz. Für ihn bedeutete es das Ende. Er kannte den Tod nicht, besaß aber wie alle wilden Tiere einen Instinkt dafür. Er war in seinen Augen der größte mögliche Schmerz. Er verkörperte den Inbegriff des Unbekannten, die Summe seiner Schrecken – die endgültige und unausdenkliche Katastrophe, die über ihn hereinbrechen konnte, von der er nichts wußte, aber alles fürchtete.

Er kam an die Oberfläche, und herrliche Luft strömte in seinen aufgerissenen Rachen. Jetzt ging er nicht mehr unter. Als ob er nie etwas anderes gekannt hätte, bewegte er alle vier Beine und begann zu schwimmen. Das näherliegende Ufer war keinen Meter entfernt; beim Auftauchen lag es allerdings in seinem Rücken, und das erste, was er sah, war das Ufer gegenüber, das er sogleich ansteuerte. Es war ein kleiner Bach, der sich an seiner breitesten Stelle aber auf etwa sechs Meter erweiterte.

Auf halbem Weg erfaßte die Strömung den Wolf und führte ihn mit sich fort. Er geriet in einen kleinen Strudel am Ende der tiefen Stelle. Hier wurde das Schwimmen unmöglich. Das ruhige Wasser war überraschend bösartig geworden. Er tauchte immer wieder auf und unter. Unaufhörlich befand er sich in heftiger Bewegung, überschlug sich oder drehte sich um sich selbst, dann wieder schleuderte es ihn gegen einen Stein. Jedesmal, wenn das passierte, schrie er auf. Eine Serie von Schreien markierte seinen Weg flußabwärts, und aus ihrer Zahl hätte man auf die Zahl der Steine, gegen die er prallte, schließen können.

Unterhalb der Stromschnelle vertiefte sich das Bachbett erneut. Hier erfaßte ihn eine Gegenströmung und trug ihn sanft ans Ufer, wo sie ihn ebenso sanft auf einer Kiesbank absetzte. Er krabbelte überstürzt aus dem Wasser und legte sich hin. Er hatte etwas Neues über die Welt gelernt. Wasser

194

war nicht lebendig, obwohl es sich bewegte. Es sah auch so aus wie fester Boden und hatte dennoch überhaupt nichts Festes an sich. Er schloß daraus, daß nicht alle Dinge das waren, was sie zu sein schienen. Seine Angst vor dem Unbekannten war ererbtes Mißtrauen, das nun durch Erfahrung verstärkt worden war. Es folgte ganz natürlich daraus, daß er in Zukunft dem Anschein der Dinge grundsätzlich mißtrauen würde. Er mußte ein Ding erst wirklich kennenlernen, bevor er sich darauf verlassen konnte.

Noch ein weiteres Abenteuer stand ihm an diesem Tag bevor. Er erinnerte sich, daß es in dieser Welt noch so etwas gab wie seine Mutter. Und mit einem Mal spürte er, daß er nach ihr größeres Verlangen hatte als nach allen anderen Dingen. Er war nicht nur körperlich von den durchgestandenen Abenteuern ermattet; auch sein kleines Hirn war müde. Sämtliche Tage seines bisherigen Lebens zusammengerechnet hatte es nicht so hart gearbeitet wie an diesem einen. Außerdem war er schläfrig. So machte er sich auf die Suche nach der Höhle und seiner Mutter, während ihn gleichzeitig ein überwältigendes Gefühl von Verlassenheit und Hilflosigkeit ankam.

Er tapste gerade mitten durch das Unterholz, als er einen schrillen, einschüchternden Schrei hörte. Etwas Gelbes blitzte vor seinen Augen auf. Ein Wiesel sprang rasch vor ihm zurück. Es war ein kleines Lebewesen, so daß er keine Angst hatte. Dann entdeckte er vor sich, zu seinen Füßen, ein überaus winziges lebendiges Etwas, mehrere Zentimeter lang – ein Wieseljunges, das sich wie er über Verbote hinweggesetzt hatte und zu Abenteuern aufgebrochen war. Es versuchte, vor ihm zurückzuweichen. Er drehte es mit einer Pfote um. Es gab einen merkwürdigen Quietschlaut von sich. Im nächsten Augenblick blitzte es zum zweiten Mal gelb vor seinen Augen auf. Wieder hörte er den einschüchternden Schrei und spürte gleichzeitig einen heftigen Schlag gegen seinen Hals. Die scharfen Zähne der Wieselmutter gruben sich in sein Fleisch.

Während er jaulend und winselnd zurückwich, sah er, wie das Wiesel sich auf sein Junges stürzte und im nahen Dickicht mit ihm verschwand. Die Bißstelle an seinem Hals tat immer noch weh, aber seine Gefühle waren viel tiefer verletzt. Er setzte sich hin und wimmerte leise. Diese Wieselmutter war so klein und so wild! Er mußte noch lernen, daß ein Wiesel im Vergleich zu seiner Größe und seinem Gewicht das mörderischste, rachsüchtigste und grimmigste aller Raubtiere der Wildnis war. Ein Teil dieser Erkenntnis wurde ihm nicht lange vorenthalten.

Er wimmerte immer noch, als die Wieselmutter wieder auftauchte. Jetzt, da sie ihr Junges in Sicherheit wußte, stürmte sie nicht auf ihn zu. Sie kam vorsichtig näher, so daß der kleine Wolf ihren schmalen, schlangenähnlichen Körper in aller Ruhe betrachten konnte; auch den Kopf hielt sie wie eine Schlange wachsam vorgereckt. Ihr schriller Drohruf ließ ihm die Nackenhaare zu Berge stehen, und er knurrte sie warnend an. Sie kam immer näher. Dann erfolgte ein Sprung, schneller als seine ungeübten Augen ihn wahrnehmen konnten, und der schmale, gelbe Körper verschwand für einen Moment aus seinem Blickfeld. Im nächsten Moment saß ihm das Wiesel an der Kehle. Seine Zähne schnitten durch das Fell tief ins Fleisch.

Zuerst knurrte er und versuchte zu kämpfen; doch er war noch jung und dieser Tag sein erster draußen in der Welt; sein Knurren ging in Winseln über, sein Kampf in den Versuch zu entkommen. Das Wiesel ließ nicht einen Moment locker. Es hing fest an seinem Hals und bemühte sich, mit den Zähnen bis zur Schlagader vorzudringen, durch die das lebenserhaltende Blut sprudelte. Als Blutsauger hatte es eine Vorliebe dafür, an der Quelle des Lebens selbst zu trinken.

Das graue Wolfsjunge wäre verloren gewesen, und es gäbe

keine Geschichte von ihm zu erzählen, wenn die Wölfin nicht durch das Unterholz herangestürmt wäre. Das Wiesel ließ den kleinen Wolf los und schoß auf die Kehle der Wolfsmutter zu. Es verfehlte sie und verbiß sich statt dessen im Unterkiefer. Der Kopf der Wölfin peitschte nach oben; das Wiesel wurde abgeschüttelt und hoch emporgeschleudert. Noch in der Luft fing die Wölfin es wieder auf, die Kiefer schlossen sich um den schmalen gelben Körper, und zwischen knirschenden Zähnen fand das Wiesel den Tod.

Der kleine Wolf erlebte ein neues Überborden mütterlicher Zärtlichkeit. Die Freude der Wölfin, ihn zu finden, übertraf sogar seine eigene Freude darüber, daß sie ihn gefunden hatte. Ihre Schnauze fuhr liebkosend über seinen Körper, und sie leckte ihm die Bißwunden, die das Wiesel ihm beigebracht hatte. Dann machten sich Mutter und Sohn einträchtig über den Blutsauger her und zogen sich anschließend zum Schlafen in ihre Höhle zurück.

V. DAS GESETZ DER BEUTEJAGD

Der kleine Wolf machte rasche Fortschritte. Er ruhte sich zwei Tage aus und unternahm dann eine neue Entdeckungsreise. Dabei machte er das Wieseljunge ausfindig, dessen Mutter er mit verspeist hatte, und er sorgte dafür, daß das junge Wiesel denselben Weg wie seine Mutter nahm. Auf diesem Ausflug verirrte er sich nicht mehr. Als er müde wurde, fand er den Rückweg zur Höhle und legte sich schlafen. An jedem Tag, der nun folgte, sah man ihn draußen, wo er ein zunehmend größeres Gebiet durchstreifte.

Er lernte, seine eigenen Stärken und Schwächen präzise abzuschätzen, und wußte, wann er draufgängerisch und wann er vorsichtig sein mußte. Er stellte fest, daß es ratsam war, grundsätzlich vorsichtig zu sein, abgesehen von den seltenen Momenten, in denen seine Kühnheit ihn so sicher machte, daß er sich hemmungslosen kleinen Ausbrüchen der Wut oder Lust hingab.

Er verwandelte sich immer in einen kleinen Dämon, wenn ihm ein vereinzeltes Schneehuhn über den Weg lief. Das Keifen des Eichhörnchens, das er damals bei der abgestorbenen Fichte getroffen hatte, beantwortete er regelmäßig mit wütendem Knurren. Und wenn er einen Häher erblickte, geriet er fast ausnahmslos in höchste Wut, denn er vergaß nie, daß ihm der erste dieser Gattung, mit dem er Bekanntschaft machte, einen Schnabelhieb auf die Nase versetzt hatte.

Gelegentlich jedoch regte ihn nicht einmal ein Häher auf, und das war in Augenblicken, in denen er sich selbst durch andere Beutejäger bedroht fühlte. Nie vergaß er den Habicht. Wenn sein Schatten über den Boden huschte, suchte er immer Schutz unter dem nächsten Busch. Er tappte nicht mehr tolpatschig daher, sondern entwickelte schon den verstohlen schleichenden Gang seiner Mutter, ein scheinbar müheloses und kaum wahrnehmbares Gleiten, das den Betrachter über die wahre Geschwindigkeit täuschte.

Was die Beute betraf, so hatte er sein ganzes Glück am Anfang verbraucht. Mehr als die sieben Schneehuhnküken und das Wieseljunge erlegte er nicht. Seine Jagdlust nahm täglich zu, und das Eichhörnchen, das mit seinem unaufhörlichen Gekecker allen Wildtieren sein Herannahen verkündete, wurde Gegenstand seines hungrigen Ehrgeizes. Doch wie die Vögel aufflogen, so kletterten Eichhörnchen auf Bäume, und der kleine Wolf konnte bloß versuchen, sich unbemerkt anzuschleichen, solange das Eichhörnchen am Boden blieb.

Für die Mutter hegte der Sohn großen Respekt. Sie wußte Fleisch zu beschaffen und versäumte es nie, ihm seinen Anteil zu bringen. Außerdem kannte sie keine Angst. Es kam ihm nicht in den Sinn, diese Furchtlosigkeit auf ihr Wissen und ihre Erfahrung zurückzuführen. Sie machte auf ihn einfach den Eindruck von Macht. Seine Mutter repräsentierte Macht; und mit zunehmendem Alter bekam er sie bei jeder Zurechtweisung durch heftigere Pfotenhiebe zu spüren. Statt ihn zum Tadel mit der Schnauze anzustoßen, schnappte sie nun mit den Fängen zu. Auch dafür respektierte er seine Mutter. Sie zwang ihn zum Gehorsam, und je älter er wurde, desto schneller brauste sie auf.

Der Hunger suchte sie noch einmal heim, und der kleine Wolf erlebte das nagende Gefühl der Leere bei klarerem Bewußtsein. Die Wölfin wurde auf der Nahrungssuche immer magerer. Sie kam kaum noch zum Schlafen zur Höhle zurück, sondern verbrachte die meiste Zeit auf der Jagd – meist vergeblich. Diese Hungersnot dauerte nicht lang, aber solange sie anhielt, erging es ihnen schlecht. Das Junge fand keine Milch mehr in den Zitzen der Mutter und bekam nicht ein Maulvoll Fleisch.

Vorher hatte er spielerisch gejagt, aus schierem Vergnügen. Jetzt war es ihm bitterernst, und er fand nichts. Doch gerade diese Fehlschläge beschleunigten seine Entwicklung. Er studierte die Gewohnheiten des Eichhörnchens nun sorgfältiger, war bestrebt, sich raffinierter anzuschleichen, um es zu überraschen. Er beobachtete die Waldmäuse und versuchte, sie aus ihrem Bau auszugraben. Und er lernte viel über die Lebensweise von Hähern und Spechten. Es kam auch der Tag, an dem der Schatten des Habichts ihn nicht mehr unter die Büsche scheuchte. Er war stärker geworden, klüger und selbstbewußter. Außerdem war er zum Äußersten entschlossen. Er setzte sich also unübersehbar auf eine Lichtung und forderte den Raubvogel dazu heraus, auf ihn herabzustoßen. Er wußte nämlich, daß dort oben am Himmel über ihm Beute schwebte – Fleisch, nach dem sein Magen so dringend verlangte. Der Habicht indessen kam nicht herunter, um sich

199

auf einen Kampf einzulassen, so daß der kleine Wolf sich ins Unterholz verkroch, um dort vor Enttäuschung und Hunger zu wimmern.

Die Hungersnot ging vorüber. Die Wölfin brachte Fleisch. Es war unbekanntes Fleisch, wie sie es noch nie erbeutet hatte. Es handelte sich um ein schon herangewachsenes Luchsjunges, im Alter wie der kleine Wolf, aber nicht so groß. Und es war nur für ihn bestimmt. Die Mutter hatte ihren Hunger anderweitig gestillt. Er wußte allerdings nicht, daß es der Rest des Wurfs gewesen war. Ebensowenig ahnte er, welche Verzweiflung sie zu dieser Tat getrieben hatte. Er wußte nur, daß dieses Junge mit dem samtweichen Fell Fleisch war. Also fraß er, und mit jedem Happen stieg sein Glücksgefühl.

Ein voller Magen verführt zum Nichtstun, und der kleine Wolf lag in der Höhle, an der Seite seiner Mutter, und schlief. Er erwachte von ihrem Knurren. Noch nie hatte er sie so schrecklich knurren hören. Es war vielleicht das schrecklichste Knurren ihres Lebens. Das hatte seinen guten Grund, und niemand kannte ihn besser als sie selbst. Einen Luchsbau beraubt man nicht ungestraft. Im vollen Licht der Nachmittagssonne erblickte der kleine Wolf die Luchsmutter; sie saß geduckt im Eingang der Höhle. Bei diesem Anblick stellten sich seine Nackenhaare auf. Er hatte Angst und brauchte nicht einmal seinen Instinkt dazu. Und falls der Anblick nicht ausgereicht hätte, so war der Wutschrei des Eindringlings, der mit einem Fauchen begann und abrupt in ein heiseres Kreischen überging, allein schon überzeugend genug.

Der kleine Wolf spürte den Stachel des Lebens in sich, stellte sich tapfer neben die Mutter und knurrte. Sie stieß ihn jedoch beiseite und verbannte ihn an einen schimpflichen Platz hinter ihrem Rücken. Der Luchs konnte wegen der niedrigen Decke nicht mit einem Satz in die Höhle springen, und als er kriechend zum Angriff überging, stürzte sich die

Wölfin auf ihn und drückte ihn zu Boden. Der kleine Wolf vermochte dem Kampf kaum zu folgen. Es entstand ein entsetzliches Knurren, Fauchen und Kreischen. Die beiden Tiere schlugen um sich, wobei der Luchs mit den Krallen kratzte und tiefe Wunden riß und außerdem die Zähne zu Hilfe nahm, während die Wölfin nur mit den Zähnen kämpfte.

Einmal mischte sich der kleine Wolf in den Kampf und grub seine Zähne in den Hinterlauf der Luchsmutter. Unter wütendem Knurren hielt er daran fest. Es war ihm zwar nicht bewußt, doch mit seinem Körpergewicht beeinträchtigte er die Bewegungsfreiheit des Beins und ersparte seiner Mutter so manche Wunde. Als der Kampf eine Wende nahm, wurde er unter beiden Körpern begraben und mußte loslassen. Im nächsten Moment trennten sich die beiden Gegner, und der Luchs versetzte dem kleinen Wolf einen mächtigen Prankenhieb, der ihm das Fleisch bis zum Schulterknochen aufriß und ihn gegen die Seitenwand taumeln ließ. Nun verstärkte sich das Getöse noch durch sein schrilles Schmerz- und Schreckensgeheul. Allerdings dauerte der Kampf so lange, daß er sich ausheulen konnte, ehe er einen zweiten Anfall von Mut bekam; am Ende der Schlacht hatte er sich erneut in den Hinterlauf verbissen und knurrte wütend zwischen zusammengepreßten Zähnen.

Der Luchs war tot. Doch auch die Wölfin war außerordentlich geschwächt und matt. Zuerst liebkoste sie ihr Junges und leckte ihm die Schulterwunde; aber der Blutverlust hatte sie ihre Kraft gekostet, und eine ganze Nacht und einen ganzen Tag lang blieb sie regungslos neben ihrem Gegner liegen und atmete kaum. Eine Woche lang verließ sie die Höhle nur zum Trinken, und dann waren ihre Bewegungen schleppend und mühevoll. Als diese Zeit verstrichen war, hatten sie den Luchs verzehrt, und die Wunden der Wölfin waren so weit verheilt, daß sie wieder auf Beutejagd gehen konnte.

Die Schulter des kleinen Wolfs war steif und wund, und eine Weile ließ ihn die klaffende Wunde hinken. Die Welt erschien ihm jedoch wie verwandelt. Er bewegte sich nun in ihr mit größerem Selbstvertrauen und einem heldenhaften Gefühl, das er in den Tagen vor dem Kampf mit dem Luchs nicht empfunden hatte. Er hatte das Leben in einem grimmigeren Licht gesehen; er hatte gekämpft; er hatte die Zähne ins Fleisch des Gegners gegraben und überlebt. Aus all diesen Gründen trat er der Welt unerschrockener und mit einer Art trotziger Herausforderung entgegen, die ihm vorher fremd gewesen war. Er fürchtete sich nicht mehr vor Kleinigkeiten und hatte seine Ängstlichkeit weitgehend abgelegt, auch wenn die ungewissen und doch stets gegenwärtigen Geheimnisse und Schrecken des Unbekannten ihn weiterhin bedrängten.

Er fing an, seine Mutter auf ihren Beutezügen zu begleiten, sah häufig zu, wie die Beute geschlagen wurde, und übernahm nach und nach eine eigene Rolle dabei. Auf seine vorbegriffliche Weise lernte er das Gesetz der Beutejagd. Es gab Leben von zweierlei Art – seine Art und die andere. Zu seiner Art gehörte das Leben seiner Mutter und sein eigenes. Zur anderen Art gehörte alles Lebendige, was sich bewegte. Doch diese Art bestand aus unterschiedlichen Gruppen. Zur einen gehörte das, was seine eigene Art tötete und fraß. Dazu zählten kleinere Lebewesen, die selbst töteten, und solche, die nicht töteten. Zur zweiten Gruppe gehörten Lebewesen, die seine Art töteten und fraßen oder von ihr getötet und gefressen wurden. Aus dieser Einteilung ergab sich das Gesetz. Das Ziel des Lebens war lebendiges Fleisch. Das Leben selbst war solches Fleisch. Das Leben nährte sich vom Leben. Es gab solche, die fraßen, und solche, die gefressen wurden. Das Gesetz lautete: FRISS ODER WERDE GEFRESSEN. Er formulierte das Gesetz nicht in klaren, endgültigen Begriffen, um das moralische Für und Wider zu erörtern. Es war nicht einmal Gegenstand seines Denkens; er lebte einfach nach dem Gesetz, ohne überhaupt darüber nachzusinnen.

Überall in seiner Umgebung war dieses Gesetz in Kraft. Er hatte die Schneehuhnküken gefressen. Der Habicht hatte die Mutter gefressen; er hätte auch ihn gefressen. Als er später selbst wehrhafter wurde, wollte er den Raubvogel fressen. Er hatte die Luchsjungen gefressen. Die Luchsmutter hätte ihn gefressen, wäre sie nicht selbst getötet und gefressen worden. Und so ging es fort. Alles Lebendige um ihn herum lebte nach diesem Gesetz; er selbst war unlösbar mit ihm verbunden. Er war ein Raubtier. Seine einzige Nahrung war Fleisch, lebendiges Fleisch, das ihm auf schnellen Füßen zu entkommen suchte, sich in die Luft schwang, auf Bäume kletterte, ein Versteck in der Erde suchte, sich ihm zum Kampf entgegenstellte oder die Rollen tauschte und ihm nachjagte.

Hätte das Wolfsjunge wie Menschen gedacht, dann hätte es das Leben vielleicht kurz und bündig als unersättlichen Appetit und die Welt als jenen Ort bezeichnet, wo sich ein derartiges Verlangen in zahllosen Formen manifestiert: das Leben verfolgt und wird verfolgt, jagt und wird gejagt, frißt und wird gefressen, und alles geschieht in blinder Verwirrung, gewalttätiger Unordnung, – ein chaotisches Gemetzel der Gefräßigkeit, vom Zufall gesteuert, gnadenlos, planlos, endlos.

Doch der kleine Wolf dachte nicht wie Menschen. Er sah die Dinge nicht aus einem umfassenden Blickwinkel. Er verfolgte nur einen Zweck und hatte jeweils nur einen einzigen Gedanken oder Wunsch. Neben dem Gesetz der Beutejagd existierten noch eine Unzahl anderer, weniger wichtiger Gesetze, die er zu lernen und zu befolgen hatte. Die Welt war voller Überraschungen. Die Regung des Lebens in ihm, das Spiel seiner Muskeln bedeutete ihm unendliches Glück. Die Hetzjagd nach der Beute erregte und begeisterte ihn. Er wütete und kämpfte mit Genuß. Ja, gerade die Schrecken des Unbekannten und seine Geheimnisse ließen ihn aufleben.

Es gab auch Momente der Entspannung und Zufriedenheit. Satt zu sein, träge in der Sonne zu dösen – so etwas war reicher Lohn für all die Mühsal, all den Eifer, ja beides war in sich wertvoll. Mühsal und Eifer waren Äußerungen des Lebens, und Leben ist immer glücklich, wenn es sich äußert. Der kleine Wolf hatte an seiner feindlichen Umwelt also nichts auszusetzen. Er war überaus lebendig, sehr glücklich und außerordentlich stolz auf sich selbst.

DRITTER TEIL: DIE GÖTTER DER WILDNIS

I. DIE FEUER MACHEN

Das Zusammentreffen kam überraschend für den kleinen Wolf. Das hatte er sich selbst zuzuschreiben. Er war nachlässig gewesen. Er hatte die Höhle verlassen und war zum Trinken an den Bach hinuntergelaufen. Vielleicht bemerkte er nichts, weil er noch schlaftrunken war. (Er war die ganze Nacht über auf Beutejagd gewesen und gerade erst aufgewacht.) Möglicherweise ließ sich seine Sorglosigkeit auch darauf zurückführen, daß ihm der Weg zum Wasser so vertraut war. Er hatte ihn oft eingeschlagen, ohne daß jemals etwas passiert war.

Er lief an der verdorrten Fichte vorbei, überquerte die Lichtung und trabte zwischen den Bäumen weiter. Dann reagierten Gesichts- und Geruchssinn gleichzeitig. Vor ihm, in sitzender Stellung, befanden sich fünf Geschöpfe, wie er sie noch nie gesehen hatte. Es war seine erste Bekanntschaft mit menschlichen Wesen. Die fünf Männer sprangen bei seinem Anblick jedoch keineswegs auf, noch zeigten sie die Zähne oder knurrten. Sie blieben einfach sitzen, stumm und unheilvoll.

Auch der kleine Wolf rührte sich nicht. Jeder Instinkt seiner Natur hätte ihn zu wilder Flucht getrieben, hätte sich nicht im gleichen Augenblick ein anderer, entgegengesetzter Instinkt in ihm geregt. Er empfand ungeheure Ehrfurcht. Ein überwältigendes Gefühl der eigenen Schwäche und Winzigkeit ließ ihn erstarren. Was er da vor sich hatte, war Herrschaft und Macht – weit jenseits seiner Möglichkeiten.

Der kleine Wolf hatte noch keinen Menschen gesehen, aber die instinktive Reaktion war angeboren. Undeutlich erkannte er in ihm das Lebewesen, das sich durch Kampf über die anderen Tiere der Wildnis emporgeschwungen hatte. Nicht nur mit den eigenen Augen betrachtete er ihn jetzt, sondern mit den Augen all seiner Vorfahren – mit Augen, die in der Dunkelheit zahllose winterliche Lagerfeuer umkreist, die aus sicherer Entfernung und unter schützendem Dickicht hervorgelugt hatten, um das fremdartige zweibeinige Wesen zu betrachten, das Herr über alle lebende Kreatur war. Der Bann seines Erbes lag auf dem Wolfsjungen, die Furcht und der Respekt, die in jahrhundertelangem Kampf und aus der angesammelten Erfahrung von Generationen entstanden waren. Ein solches Erbe wog für einen Wolf, der noch im Welpenalter stand, zu schwer. Als ausgewachsenes Tier wäre er geflüchtet. So aber preßte er sich gelähmt vor Angst an den Boden und war schon auf halbem Weg zu der Unterwerfung, die seine Gattung dem Menschen angeboten hat, seit der erste Wolf sich wärmesuchend an das Feuer drängte.

Einer der Indianer stand auf, kam heran und beugte sich über ihn. Der kleine Wolf duckte sich noch tiefer. Es war das Unbekannte, endlich greifbar geworden, aus wirklichem Fleisch und Blut, das sich zu ihm herabneigte und eine Hand ausstreckte, die ihn greifen wollte. Sein Fell sträubte sich unwillkürlich, er schob die Lefzen zurück und legte die kleinen Fänge bloß. Die Hand hielt inne, schwebte über ihm wie ein Verhängnis, und der Mann sagte lachend, »*Wabam wabisca ip pit tah.*« *(Schaut! Die weißen Fänge!)*

Die anderen Indianer brachen in lautes Gelächter aus und forderten den Mann auf, das Junge hochzunehmen. Während sich die Hand immer tiefer herabsenkte, tobte im Innern des Wolfs ein Kampf der Instinkte. Er spürte zwei starke Triebe – sich zu unterwerfen und sich zu wehren. Das Ergebnis war ein Kompromiß. Er tat beides. Er unterwarf sich, bis ihn die

Hand fast berührte. Dann wehrte er sich und schnappte blitzartig zu. Seine Zähne bohrten sich in die Hand. Im nächsten Moment erhielt er einen Schlag gegen den Kopf, der ihn auf die Seite warf. Sein Kampfgeist verließ ihn endgültig. Die Tatsache, daß er Welpe war und einen Instinkt zur Unterwerfung in sich hatte, bestimmte nun sein Handeln. Er setzte sich hin und jaulte. Der Mann, den er in die Hand gebissen hatte, war aber noch wütend. Er erhielt einen weiteren Schlag gegen den Kopf, der ihn zur anderen Seite hin umwarf. Daraufhin setzte er sich wieder hin und jaulte noch lauter als vorher.

Auch die vier Indianer lachten jetzt lauter als vorher, und selbst der Mann, der gebissen worden war, stimmte in das Gelächter ein. Sie umringten den kleinen Wolf und lachten ihn aus, während er aufheulend seinem Schrecken und Schmerz Ausdruck verlieh. Mitten in diesem Lärm hörte er etwas. Auch die Indianer hörten es. Der kleine Wolf allerdings wußte, was es war, und er beendete sein Geschrei mit einem letzten langen Jammerton, in dem mehr Triumph als Kummer mitschwang. Dann erwartete er seine Mutter – seine wilde, unbezähmbare Mutter, die mit allen den Kampf aufnahm, jeden besiegte und niemals Angst hatte. Sie stürmte knurrend heran, denn sie hatte den Hilferuf ihres Jungen gehört und beeilte sich, ihn zu retten.

Mit einem Satz stand sie unter ihnen. Der Anblick der besorgten, kampfbereiten Wölfin war alles andere als beruhigend. Nur dem kleinen Wolf gefiel der mütterliche Zorn. Er stieß einen kleinen Freudenschrei aus und nahm mit einem Sprung seinen Platz an ihrer Seite ein; die Menschenwesen dagegen wichen hastig mehrere Schritte zurück. Die Wölfin stellte sich schützend vor ihr Junges und blickte mit gesträubtem Fell auf die Männer, während aus ihrer Kehle ein tiefes Knurren drang. Das drohend verzerrte Gesicht verhieß Schreckliches, und die Lefzen schoben sich so weit zurück, daß der Nasenrücken von der Spitze bis zu den Augen in Falten lag.

In diesem Augenblick stieß einer der Männer einen Ruf aus. »Kiche!« rief er überrascht. Das Junge spürte, wie seine Mutter bei dem Ruf zusammenzuckte.

»Kiche!« rief der Mann noch einmal und dieses Mal mit herrischer Schärfe.

Und dann sah der kleine Wolf, wie seine Mutter, die furchtlose Wölfin, sich duckte, bis der Bauch den Boden berührte. Winselnd und schwanzwedelnd machte sie Friedensangebote. Dem kleinen Wolf war das unbegreiflich. Er war entsetzt. Erneut übermannte ihn die Ehrfurcht vor den Menschen. Sein Instinkt hatte ihn nicht getäuscht. Seine Mutter bestätigte ihn. Auch sie unterwarf sich den Menschenwesen.

Der Mann, der sie gerufen hatte, trat an sie heran. Er legte ihr die Hand auf den Kopf, und sie duckte sich nur noch tiefer. Sie schnappte nicht nach ihm und drohte es auch in keiner Weise an. Die übrigen Männer kamen näher, umringten, berührten, tätschelten sie, und alles nahm sie geduldig hin. Die Männer waren sehr aufgeregt und machten viele Geräusche mit dem Mund. Der kleine Wolf kam zu dem Schluß, daß von diesen Geräuschen keine Gefahr drohte, legte sich neben seine Mutter und unterwarf sich gleichfalls, so gut er konnte, auch wenn sich sein Fell hin und wieder noch sträubte.

»Es ist nicht verwunderlich«, sagte einer der Indianer. »Ihr Vater war ein Wolf. Gewiß, die Mutter war eine Hündin; aber hat sie mein Bruder nicht drei Nächte draußen im Wald angebunden, als sie läufig war? So hat Kiche einen Wolf zum Vater bekommen.«

»Es ist nun ein Jahr her, Grauer Biber, daß sie fortlief«, sagte ein zweiter Indianer.

»Es ist nicht verwunderlich, Lachszunge«, antwortete

Grauer Biber. »Das war in der Hungersnot, und wir hatten kein Fleisch für die Hunde.«

»Sie hat unter Wölfen gelebt«, sagte ein dritter.

»So sieht es aus, Dreiadler«, erwiderte Grauer Biber und legte seine Hand auf das Wolfsjunge. »Das hier beweist es.«

Der kleine Wolf knurrte bei der Berührung; als die Hand zum Schlag ausholte, ließ er die Lefzen wieder über die entblößten Fangzähne gleiten und senkte unterwürfig den Kopf. Daraufhin kam die Hand zurück und kraulte ihn hinter den Ohren und auf dem Rücken.

»Das hier beweist es«, fuhr Grauer Biber fort. »Kiche ist offensichtlich seine Mutter. Doch sein Vater war ein Wolf. Deswegen hat er wenig vom Hund und viel vom Wolf, und Wolfsblut soll sein Name sein. Ich habe gesprochen. Er ist mein Hund. War nicht Kiche der Hund meines Bruders? Und ist nicht mein Bruder tot?«

Das Junge, das so in der Welt einen Namen erhalten hatte, blieb liegen und beobachtete die Menschenwesen. Sie machten noch eine Weile Geräusche mit ihrem Mund. Dann zog Grauer Biber ein Messer aus der Scheide, die er umhängen hatte, und schnitt sich im Unterholz einen Stock. Wolfsblut sah ihm zu. Der Mann ritzte Kerben in beide Enden, an denen er Riemen aus ungegerbtem Leder befestigte. Einen davon legte er Kiche um den Hals. Dann führte er sie zu einer kleinen Fichte, an der er den zweiten Riemen festmachte.

Wolfsblut folgte ihr und legte sich neben sie. Lachszunge streckte die Hand nach ihm aus und drehte ihn auf den Rücken. Kiche beobachtete ihn besorgt. Wolfsblut spürte erneut Angst in sich aufsteigen. Das Knurren konnte er nicht völlig unterdrücken, doch machte er keine Anstalten zuzuschnappen. Gekrümmte und gespreizte Finger kraulten ihm spielerisch den Bauch, und er wurde hin- und hergerollt. Er fühlte sich lächerlich und unbeholfen, wie er so auf dem Rücken lag und alle viere von sich streckte. Außerdem befand er sich damit in einer so hilflosen Lage, daß seine ganze Natur sich dagegen auflehnte. Es war unmöglich, sich zu verteidigen. Wenn das Menschenwesen Böses im Schilde führte, dann konnte er ihm nicht entkommen, das war Wolfsblut klar. Wie sollte er davonlaufen, wenn er alle vier Beine in der Luft hatte?

Nichtsdestoweniger bemeisterte er seine Angst und grollte nur verhalten. Dieses Grollen konnte er einfach nicht unterdrücken. Das Menschenwesen verübelte es ihm auch nicht, und der Schlag gegen den Kopf blieb aus. Das Merkwürdigste an der ganzen Sache aber war, daß Wolfsblut ein unerklärliches Vergnügen empfand, während die Hand ihn kraulte. Als er auf die Seite gerollt wurde, hörte er auf zu grollen; als die Finger hinter den Ohren kneteten, nahm sein Wonnegefühl noch zu; und als sich der Mann dann, nachdem er ihn ein letztes Mal gekrault und gekratzt hatte, abwendete und fortging, empfand Wolfsblut nicht mehr die geringste Furcht. Bei seinen Kontakten mit Menschen sollte ihn noch häufig Furcht ankommen; dennoch war dies ein symbolisches Erlebnis für den angstfreien Umgang, den er am Ende mit ihnen pflegen würde.

Einige Zeit später hörte Wolfsblut fremdartige Geräusche, die immer lauter wurden. Es fiel ihm nicht schwer, sie sogleich den Menschenwesen zuzuordnen. Wenige Minuten darauf trafen in Abständen die übrigen Stammesangehörigen ein. Der Zug hatte sich auf dem Marsch in die Länge gezogen. Es kamen weitere Männer und viele Frauen und Kinder – insgesamt vierzig –, und alle waren schwer mit Zeltzubehör und Ausrüstungsgegenständen beladen. Auch viele Hunde gehörten dazu. Mit Ausnahme der noch nicht ausgewachsenen jungen Hunde trugen auch sie Lagerausrüstung. Man hatte ihnen Lasten auf den Rücken geschnallt, die zwischen zwanzig und dreißig Pfund wogen.

Wolfsblut hatte bisher noch keine Hunde zu Gesicht be-

210

kommen, spürte aber, daß sie von seiner Art waren, wenn auch nicht ganz. Allerdings verhielten sie sich durchaus wie Wölfe, als sie das Junge mit seiner Mutter entdeckten. Sie stürzten sich auf die beiden Tiere. Wolfsblut stellte das Nackenfell auf, knurrte und schnappte den anbrandenden, weit aufgerissenen Rachen entgegen. Dann ging er zu Boden und verschwand unter der wogenden Masse. Er spürte scharfe Zähne in seinem Körper und biß und zerrte seinerseits an den Beinen und Bäuchen über sich. Es war ein wüstes Kampfgetümmel. Er hörte Kiche, die ihn verteidigte, neben sich knurren und die Menschenwesen brüllen. Auch entging ihm das schmerzerfüllte Aufjaulen der Hunde nicht, auf die jetzt Knüppel niederfuhren.

Augenblicke später stand er wieder auf den Beinen. Er konnte sehen, wie die Menschenwesen die Hunde mit Knüppeln und Steinen vertrieben; sie verteidigten ihn gegen die wütenden Bisse von Tieren, die seinesgleichen und doch wieder anders als er waren. Und wenn es auch keinen Grund gab, warum er in seinem Hirn eine klare Vorstellung von etwas so Abstraktem wie Gerechtigkeit ausbilden sollte, so empfand er auf seine Art doch die Gerechtigkeit der Menschenwesen, und er erkannte sie als das, was sie waren – Wesen, die Gesetze machten und durchsetzten. Er wußte auch die Macht zu schätzen, über die sie dabei verfügten. Anders als jedes Tier, das er bisher kennengelernt hatte, bissen oder kratzten sie nicht. Sie brachten ihre lebendige Kraft mit Hilfe toter Dinge zur Geltung. Die toten Dinge gehorchten ihrem Willen. Von der Hand dieser Wesen gelenkt, sausten Stöcke und Steine durch die Luft und fügten den Hunden schlimme Schmerzen zu.

Seinem Verstand erschien diese Macht außergewöhnlich, unvorstellbar und übernatürlich; sie war gottähnlich. Wolfsblut konnte seinem Wesen nach überhaupt nichts von Göttern wissen – er konnte höchstens Dinge erahnen, die jenseits seiner Erkenntnismöglichkeiten lagen. Doch die staunende Ehrfurcht, die diese Menschenwesen ihm einflößten, entsprach in vielerlei Hinsicht der staunenden Ehrfurcht, die Menschen ankäme, wenn sie ein himmlisches Wesen erblicken würden, das von einem Berggipfel mit beiden Händen Donnerkeile in eine verblüffte Welt schleuderte.

Der letzte Hund war vertrieben worden. Das Kampfgetöse hatte sich gelegt. Wolfsblut leckte seine Wunden und verarbeitete seine allererste Erfahrung mit der Grausamkeit der Meute, in die er nun eingeweiht worden war. Er hatte nicht im entferntesten vermutet, daß zu seiner Gattung mehr als Einauge, seine Mutter und er selbst gehören könnten. Sie waren eine eigene Art gewesen; und nun entdeckte er schlagartig eine große Zahl anderer Tiere, die allem Anschein nach seinesgleichen waren. Unterbewußt verübelte er es ihnen, offenbar doch Artgenossen, daß sie beim ersten Anblick über ihn hergefallen waren, um ihn zu vernichten. In ähnlicher Weise nahm er es übel, daß man seine Mutter an einen Stock gebunden hatte, auch wenn es das Werk überlegener Menschenwesen war. Es roch nach Falle, nach Gefangenschaft. Dabei kannte er weder das eine noch das andere. Die Freiheit, umherzustreifen, zu laufen und zu ruhen, wie es ihm beliebte, war sein Erbteil gewesen, und hier vergriff man sich daran. Die Bewegungsfreiheit seiner Mutter hatte man auf die Länge eines Stocks reduziert und ihn damit gleichermaßen eingeschränkt, weil er die Nähe seiner Mutter immer noch brauchte.

Das mißfiel ihm. Als die Menschenwesen aufstanden und ihre Wanderung fortsetzten, gefiel es ihm auch nicht, daß ein winziges Menschenwesen das andere Ende des Steckens in die Hand nahm und Kiche als Gefangene mit sich führte, während er ihr folgte. Dieses neue Abenteuer stürzte ihn in große Verwirrung und Sorge.

Sie zogen das Flußtal hinab, viel weiter als Wolfsblut bei

212

seinen Streifzügen je gelangt war, bis sie an das Talende kamen, wo der Fluß in den Mackenzie mündete. Hier, wo Kanus hoch in der Luft an Pfählen hingen und wo man Gestelle zum Trocknen der Fische aufgestellt hatte, errichteten sie ein Lager. Wolfsblut sah mit großen Augen zu. Die Überlegenheit der Menschenwesen wuchs mit jedem Augenblick. Zunächst einmal gab es da ihre Herrschaft über all diese bissigen Hunde. Schon das verriet ihre Macht. Dem kleinen Wolf aber imponierte ihre Herrschaft über die toten Dinge noch viel mehr: Sie konnten unbewegten Dingen Bewegung verleihen, ja, das Gesicht der Erde selbst verändern.

Das war es, was ihn besonders tief beeindruckte. Das Aufstellen der Zeltgerüste fesselte ihn, obwohl es an sich so bemerkenswert nicht war, denn bewerkstelligt wurde es von denselben Wesen, die auch Knüppel und Steine über große Entfernungen schleuderten. Als aber die Gerüste mit Decken und Häuten bespannt und in Wigwams verwandelt wurden, war Wolfsblut völlig verblüfft. Vor allem ihr kolossaler Umfang erstaunte ihn. Auf allen Seiten schossen sie aus dem Boden wie monströse Ausgeburten einer besonders vermehrungsfreudigen Gattung von Leben. Fast das gesamte Blickfeld wurde ihm verstellt. Er hatte Angst. Sie ragten drohend über ihm auf, und wenn ein Windstoß die Zeltwände blähte, duckte er sich voller Angst und ließ sie nicht aus den Augen, um jederzeit fortlaufen zu können, falls sie sich etwa auf ihn stürzen wollten.

Seine Angst vor den Zelten legte sich jedoch nach kurzer Zeit. Er sah, daß Frauen und Kinder unbehelligt aus- und eingingen, daß die Hunde häufig versuchten, in das Innere zu gelangen, und mit scharfen Worten oder Steinwürfen verscheucht wurden. Nach einer Weile verließ er seinen Platz an Kiches Seite und kroch vorsichtig zur nächsten Zeltwand. Die treibende Kraft dabei war das wachsende Leben – jene Notwendigkeit zu lernen, zu erleben und zu handeln, aus der alle Erfahrung kommt. Die letzten Zentimeter bis zum Wigwam legte er quälend langsam und vorsichtig zurück. Durch die Ereignisse des Tages war er darauf gefaßt, daß das Unbekannte sich auf höchst bestürzende und ungeahnte Weise offenbaren konnte. Endlich berührte seine Nase die Zeltwand. Er wartete; nichts geschah. Dann schnüffelte er an dem merkwürdigen Zeug, das vom Geruch der Menschen gänzlich durchdrungen war. Er nahm das Tuch zwischen die Zähne und zerrte etwas daran. Es tat sich nichts, obgleich die angrenzende Fläche des Wigwams in Bewegung geriet. Er zog etwas kräftiger daran. Die Bewegung verstärkte sich. Ein herrliches Gefühl! Er zerrte noch heftiger und mehrmals hintereinander, bis das ganze Zelt ins Schwingen geriet. Von drinnen kam die schrille Stimme einer schimpfenden Squaw, und Wolfsblut lief hastig zurück an Kiches Seite. Von nun an hatte er jedoch keine Angst mehr vor den mächtigen Wigwams.

Nur wenig später verließ er Kiche erneut. Ihr Stock war im Boden verankert, so daß sie ihm nicht folgen konnte. Ein halberwachsener Welpe, um einiges größer und älter als er, kam langsam und mit auffallend kriegerischem Gehabe auf ihn zu. Später hörte Wolfsblut, wie er Lip-lip gerufen wurde. Er hatte schon Erfahrung im Kampf mit Gleichaltrigen und tyrannisierte sie gern.

Lip-lip gehörte zu Wolfsbluts Art, der ihn auch deshalb als ungefährlich einstufte, weil er ein Welpe war. Er wollte ihm freundschaftlich entgegentreten. Als der fremde Hund aber steifbeinig heranstolzierte und die Zähne zeigte, tat Wolfsblut das gleiche. Jeder begann, den anderen zu umkreisen; knurrend und mit gesträubtem Fell tasteten sie sich ab. Das dauerte mehrere Minuten lang, und Wolfsblut war schon im Begriff, es wie ein Spiel zu genießen, als Lip-lip plötzlich mit einem bemerkenswert schnellen Sprung an seiner Seite war, einmal zuschnappte, eine klaffende Wunde riß und sich mit dem nächsten Satz wieder in Sicherheit brachte. Er hatte Wolfsbluts Schulter an der Stelle erwischt, die seit dem Kampf mit dem Luchs noch bis auf den Knochen wund war. Vor Schmerz und Überraschung jaulte er auf; im nächsten Moment jedoch stürzte er sich voller Wut auf Lip-lip und biß heftig zu.

Lip-lip freilich hatte sein Leben im Dorf verbracht und schon zahlreiche Welpenkämpfe überstanden. Drei-, vier-mal, ein halbes dutzendmal fanden seine Zähne bei dem Neuling ihr Ziel, bis Wolfsblut schamlos jaulend die Flucht ergriff und bei seiner Mutter Schutz suchte. Es war der erste von vielen Kämpfen, die er mit Lip-lip noch ausfechten sollte, denn sie waren von Beginn an Feinde, als Rivalen geboren, von Natur aus zum dauernden Kampf gegeneinander bestimmt.

Kiche tröstete Wolfsblut, indem sie ihm die Wunden leckte, und versuchte, ihn bei sich festzuhalten. Seine Neugier war aber nicht zu bändigen, und ein paar Minuten darauf ging er erneut auf Entdeckungsreise. Er stieß auf eines der Menschenwesen, Grauer Biber, der auf der Erde hockte und irgend etwas mit Stöckchen und am Boden ausgebreitetem, trockenem Moos anstellte. Wolfsblut näherte sich ihm und sah zu. Grauer Biber machte Geräusche mit dem Mund, die Wolfsblut als nicht feindselig einstufte, so daß er noch näher trat.

Frauen und Kinder brachten immer mehr Stöcke und Reisig heran. Es handelte sich offenbar um eine bedeutende Angelegenheit. Wolfsblut drängte sich dichter an Grauer Biber, bis er dessen Knie berührte; er war nämlich überaus neugierig und hatte bereits vergessen, daß Grauer Biber ein furchterregendes Menschenwesen war. Plötzlich entdeckte er, daß etwas wie Nebel von den Stöcken und dem Moos unter den Händen des Grauen Bibers aufzusteigen begann. Dann erschien mitten im Reisig etwas Lebendiges, das sich drehte und wendete und dessen Farbe wie die Farbe der Sonne am Himmel war. Wolfsblut kannte kein Feuer. Es zog ihn an, wie ihn das Licht am Höhleneingang angezogen hatte, als er noch ein winziger Welpe war. Er schob sich die letzten paar Schritte bis zu den Flammen vor. Über sich hörte er den Grauen Biber glucksen und wußte, daß der Laut nichts Böses bedeutete. Dann berührte seine Nase die Flamme, und gleichzeitig streckte er die Zunge danach aus.

Einen Augenblick war er wie gelähmt. Das Unbekannte hatte ihm mitten unter dem Reisig und Moos aufgelauert und packte ihn jetzt gnadenlos an der Schnauze. Er schreckte zurück und stieß ein verblüfftes Wehgeheul aus. Auf den Lärm hin machte Kiche knurrend einen Satz, bis sie der Stock zurückriß, und geriet dann in rasende Wut, weil sie ihm nicht zu Hilfe kommen konnte. Grauer Biber aber schlug sich lachend auf die Schenkel und verkündete dem gesamten übrigen Lager, was geschehen war, bis alle in schallendes Gelächter ausbrachen. Wolfsblut setzte sich hin und jaulte ohne Unterbrechung. Die erbarmungswürdige kleine Gestalt wirkte inmitten der Menschenwesen ganz verloren.

Einen schlimmeren Schmerz hatte er nie verspürt. Das lebendige, wie die Sonne gefärbte Ding, das unter den Händen des Grauen Bibers gewachsen war, hatte ihm Nase und Zunge versengt. Er winselte immer wieder, und jede neue Klage löste weitere Lachsalven der Menschenwesen aus. Er wollte die Nase mit der Zunge kühlen, aber sie war genauso verbrannt, und wenn die schmerzenden Stellen einander berührten, verdoppelte sich sein Leid, und er winselte noch bejammernswerter und hilfloser als zuvor.

Schließlich überkam ihn die Scham. Er kannte Gelächter und seine Bedeutung. Vergebens fragen wir uns, woher manche Tiere dieses Wissen haben und wie sie merken, daß man sie auslacht; Wolfsblut jedenfalls merkte es. Und er schämte sich, daß ihn die Menschenwesen auslachten. Er drehte sich um und suchte das Weite, nicht vor dem brennenden Schmerz, sondern vor dem Gelächter, das noch tiefer drang und ihn in seinem Innersten verwundete. Er floh zu Kiche, die am Ende ihres Stocks wie tollwütig tobte – zu Kiche, der einzigen Kreatur auf der Welt, die ihn nicht auslachte.

Die Dämmerung senkte sich herab, und die Nacht brach herein, ohne daß Wolfsblut von der Seite seiner Mutter wich. Nase und Zunge taten ihm noch weh, doch er spürte einen größeren Kummer. Er hatte Heimweh. Er fühlte eine Leere in sich, ein Bedürfnis nach der Ruhe und Stille des Bachs und der Höhle am Abhang. Es gab zu viele Lebewesen um ihn herum, so viele Menschen – Männer, Frauen und Kinder –, die alle Lärm machten und Unruhe verbreiteten. Außerdem noch diese Hunde, die ewig zankten und rauften, plötzliche Tumulte veranstalteten und Verwirrung stifteten. Die erholsame Einsamkeit des einzigen Lebens, das er gekannt hatte, war dahin. Hier war das pulsierende Leben allgegenwärtig. Es summte und brummte ohne Unterbrechung. Mit stets wechselnder Intensität und abrupten Schwankungen der Tonhöhe drang es auf Nerven und Sinne ein, machte ihn angespannt und ruhelos und hielt ihn in Atem, weil unaufhörlich neue Ereignisse drohten.

Er beobachtete das Kommen und Gehen der im Lager herumlaufenden Menschenwesen. Wolfsblut betrachtete diese Kreaturen vor seinen Augen auf eine Art, die entfernt daran erinnerte, wie Menschen die Götter anschauen, die sie sich schaffen. Es waren überlegene Wesen, in der Tat Götter. Seinem undeutlich arbeitenden Verstand erschienen sie ebenso wunderbar, wie Götter den Menschen erscheinen. Es waren machtbegabte Wesen, die über verschiedenartigste unbekannte und unvorstellbare Kräfte verfügten; Herrscher über alles Lebendige und Tote, die zum Gehorsam zwangen, was sich bewegte, dem Unbewegten Bewegung verliehen und

die sonnenfarbenes, sengendes Leben aus abgestorbenem
Moos und Holz entstehen ließen. Sie machten Feuer! Sie
waren Götter!

II. KNECHTSCHAFT

Jeder Tag war für Wolfsblut mit Erfahrungen vollgestopft.
Solange Kiche an ihrem Stock angebunden blieb, lief er im
ganzen Lager herum, erforschte, untersuchte, lernte. Er erfuhr in kurzer Zeit viel über die Lebensart der Menschenwesen, doch aus Vertrautheit wurde keine Verachtung. Je näher
er sie kennenlernte, desto mehr bestätigte sich ihre Überlegenheit, desto deutlicher traten ihre geheimnisvollen Kräfte
an den Tag, desto übermächtiger erschienen sie in ihrer
Gottähnlichkeit.
Der Mensch hat zu seinem Unglück schon oft mitansehen
müssen, wie seine Götter vom Sockel gestürzt wurden und
ihre Altäre verfielen; dieses Unglück ist dem Wolf und dem
Wildhund, die sich dem Menschen zu Füßen gelegt haben,
niemals widerfahren. Anders als der Mensch, dessen Götter
unsichtbarer und höchst spekulativer Natur sind, Nebel und
Dunstschleier der Fantasie, die sich dem festen Zugriff der
Wirklichkeit entziehen, geisterhafte Manifestationen ersehn-
ter Vollkommenheit und Macht, körperlose Auswüchse des
Ich ins Reich des Übersinnlichen – anders als der Mensch,
erkennen Wolf und Wildhund, die an das wärmende Feuer
kommen, ihre Götter in lebendigem Fleisch; diese Götter
halten der Berührung stand, nehmen Platz auf der Erde ein
und brauchen Zeit für ihr Dasein und zum Erreichen ihrer
Ziele. Es bedarf keiner Glaubensanstrengung, um auf einen
solchen Gott zu vertrauen. Keine Willensanstrengung wird

dazu führen, ihn zu verleugnen. Es ist unmöglich, sich dieser Gottheit zu entziehen. Dort steht er, auf seinen beiden Hinterbeinen, mit dem Knüppel in der Hand, gewaltig, leidenschaftlich, aufbrausend, liebevoll, Gott, Mysterium und Macht, rundherum in Fleisch gebettet, das blutet, wenn es verletzt wird, und so gut schmeckt wie jedes andere.

Das waren auch Wolfsbluts Gefühle. Die Menschenwesen waren Götter – eine unübersehbare und unumstößliche Tatsache. Wie seine Mutter, Kiche, sich ihnen gleich unterworfen hatte, als man sie beim Namen rief, begann auch er, sich zu unterwerfen. Er ließ ihnen den Vortritt, als sei es ihr unbestreitbares Privileg. Wo sie gingen, trat er zur Seite. Wenn sie ihn riefen, kam er heran. Wenn sie drohten, duckte er sich. Wenn sie ihn fortschickten, machte er sich hastig davon. Hinter jedem ihrer Wünsche stand ja ihre Macht, sie durchzusetzen, eine Macht, die Schmerz zufügte, die in Schlägen und Knüppeln, Steinwürfen und schneidenden Peitschenhieben Gestalt annahm.

Er war ihr Besitz, wie alle Hunde ihnen gehörten. Sie bestimmten sein Handeln. Die Entscheidung, seinen Körper zu mißhandeln, auf ihm herumzutreten, ihn bei sich zu dulden, stand ihnen zu. Die Lektion prägte sich ihm schnell ein. Aber sie zu beherzigen fiel ihm schwer, weil das so vielen Instinkten widersprach, die in seiner Natur stark und dominant angelegt waren. Solange er sich noch in dem Prozeß der Anpassung an diese Umstände befand, waren sie ihm zuwider; doch unterbewußt lernte er dabei, sie zu schätzen. Er legte nämlich sein Schicksal in die Hand eines anderen, schob die Verantwortung für sein Dasein ab. Das war ein Ausgleich, denn es ist immer leichter, sich auf jemanden zu stützen als aus eigener Kraft zu stehen.

Allerdings lieferte er sich den Menschenwesen nicht auf der Stelle mit Leib und Seele aus. Er konnte das Erbe der Wildnis und seine Erinnerung an sie nicht so plötzlich abschütteln. Es gab Tage, an denen er sich zum Waldrand schlich und auf etwas horchte, das ihn von weither rief. Dann kehrte er immer voll ruheloser Ungewißheit zu Kiche zurück, um an ihrer Seite leise und sehnsüchtig zu winseln und ihr drängend und fragend das Gesicht zu lecken.

Wolfsblut wurde rasch mit dem Lagerleben vertraut. Er lernte die Ungerechtigkeit und Gier der älteren Hunde kennen, wenn Fleisch oder Fisch verteilt wurde. Er erfuhr, daß Männer unparteiischer, Kinder grausamer und Frauen, die ihm durchaus einmal eine Extraportion Fleisch oder Knochen gönnten, freundlicher waren. Und nach zwei oder drei schmerzhaften Zusammenstößen mit den Müttern halberwachsener Welpen hatte er auch die Erfahrung gemacht, daß man diese Mütter besser in Frieden ließ und einen großen Bogen um sie machte, wenn man sie kommen sah.

Der Fluch seines Lebens aber war Lip-lip. Er, der größer, älter und kräftiger war, hatte sich vor allem Wolfsblut als Opfer seiner Verfolgungen auserkoren. Wolfsblut stellte sich dem Kampf durchaus, doch er wurde deklassiert. Sein Gegner war zu groß. Lip-lip wurde zum Alptraum. Wann immer Wolfsblut sich aus der Nähe seiner Mutter wagte, trat unweigerlich dieser Tyrann auf den Plan, heftete sich an seine Fersen, knurrte ihn an, drangsalierte ihn und wartete bloß auf den Augenblick, wo kein Menschenwesen in der Nähe war, um über ihn herzufallen und einen Kampf zu provozieren. Da Lip-lip ausnahmslos Sieger blieb, empfand er dabei höchsten Genuß. Für ihn wurde es zum Hauptvergnügen seines Lebens, für Wolfsblut zur Höllenqual.

Dennoch ließ Wolfsblut sich nicht einschüchtern. Er hatte zwar den größeren Schaden dabei und nahm regelmäßig Niederlagen hin, aber sein Kampfgeist blieb ungebrochen. Eine üble Folge allerdings hatte die Sache: Er wurde abweisend und bösartig. Das wilde Temperament war ihm angeboren, doch die ewigen Schikanen machten ihn noch wilder. Was er an freundlichen, verspielten, welpenhaften Eigenschaften besaß, fand kaum noch Ausdruck. Nie spielte oder tollte er mit den anderen Welpen im Lager herum. Lip-lip ließ das nicht zu. In dem Moment, wo Wolfsblut in ihrer Nähe aufkreuzte, war er zur Stelle, um ihn zu belästigen, zu schikanieren oder mit ihm zu kämpfen, bis er ihn vertrieben hatte.

Letztlich führte es dazu, daß Wolfsblut kaum in den Genuß seiner Welpenzeit kam und sich frühzeitig wie ein älterer Hund verhielt. Da ihm die Möglichkeit, seine Energie im Spiel zu verbrauchen, versperrt war, zog er sich in sich selbst zurück und entwickelte seinen Verstand. Er wurde verschlagen; er hatte Muße genug, um hinterlistige Schachzüge zu ersinnen. Da ihm bei der allgemeinen Fütterung der Hunde im Lager sein Anteil an Fleisch oder Fisch verwehrt wurde, entwickelte er sich zu einem gerissenen Dieb. Er mußte sich selbst versorgen, und das gelang ihm sehr gut, auch wenn er den Squaws dadurch zur Plage wurde. Er lernte, mit List und Tücke durch das Lager zu schleichen, um über alles auf dem laufenden zu bleiben, alles zu sehen und zu hören, seine Schlüsse daraus zu ziehen und außerdem Mittel zu finden, seinem unversöhnlichen Feind aus dem Weg zu gehen.

Schon zu Beginn der Nachstellungen gelang ihm ein besonders kluger Schachzug, der ihm einen Vorgeschmack von Rache verschaffte. So wie Kiche im Wolfsrudel Hunde aus dem Lager der Menschen ins Verderben gelockt hatte, so lockte Wolfsblut auch Lip-lip in die rächenden Fänge von Kiche. Auf der Flucht vor ihm wählte er verschlungene Wege, die durch und um viele Zelte des Lagers herum führten. Er war ein schneller Läufer, schneller als alle anderen Welpen seiner Größe und auch schneller als Lip-lip. Doch

221

bei dieser Jagd zügelte er sich absichtlich. Er hielt einen hauchdünnen Vorsprung, war seinem Verfolger immer gerade einen Satz voraus.

In der Aufregung der Jagd und weil sein Opfer ständig zum Greifen nah schien, vergaß Lip-lip seine Vorsicht und nahm nicht mehr wahr, wo er sich befand. Als er sich besann, war es zu spät. Er schoß in vollem Lauf hinter einem Zelt hervor und prallte mit aller Wucht gegen Kiche am Ende ihres Stocks. Bestürzt jaulte er auf, ehe ihre mörderischen Fänge zuschnappten. Sie war angebunden, aber so leicht entkam er ihr nicht. Sie stieß ihn zu Boden, so daß er nicht fliehen konnte, und ließ ihn wiederholt ihre scharfen Zähne spüren.

Als es ihm schließlich gelang, sich außer Reichweite zu rollen, kam er nur mühsam auf die Beine; er war übel zerzaust und äußerlich wie innerlich mitgenommen. Sein Fell stand überall dort büschelförmig ab, wo ihre Zähne zugepackt hatten. Er verharrte, wo er war, öffnete das Maul und stieß ein langes, herzzerreißendes Welpengeheul aus. Nicht einmal das ließ man ihn in Frieden vollenden. Wolfsblut stürzte sich mitten im schönsten Geheul auf ihn und biß ihn in den Hinterlauf. Lip-lips Kampfgeist war dahin, und er ergriff schamlos die Flucht vor seinem ehemaligen Opfer, das auf der gesamten Strecke bis zu Lip-lips Zelt nicht von ihm abließ. Dort eilten die Squaws ihm zu Hilfe und schlugen Wolfsblut, der sich in einen tobenden Dämon verwandelt hatte, mit einem Steinhagel schließlich in die Flucht.

Dann kam der Tag, als Grauer Biber beschloß, Kiche loszubinden, weil keine Gefahr mehr bestand, daß sie weglaufen würde. Wolfsblut war über die Freiheit seiner Mutter entzückt. Glücklich begleitete er sie durch das Lager; solange er dabei an ihrer Seite blieb, hielt Lip-lip sich in respektvoller Entfernung. Wolfsblut forderte ihn sogar heraus und stolzierte steifbeinig vor ihm herum, doch Lip-lip ignorierte die Kampfansage. Er war kein Narr, und trotz aller Rachegelüste, die er verspüren mochte, konnte er warten, bis ihm Wolfsblut allein über den Weg lief.

Kiches und Wolfsbluts Streifzüge führten sie im Verlauf des Tages bis zum Waldrand in der Nähe des Lagers. Der Sohn hatte die Schritte seiner Mutter unmerklich dorthin gelenkt, und jetzt, als sie zögerte, versuchte er, sie noch weiter fortzulocken. Er hörte, wie der Bach, die Höhle und die stillen Wälder ihn riefen, und wollte, daß sie ihn begleitete. Er lief ein paar Schritte voraus, hielt inne, schaute zurück. Sie hatte sich nicht gerührt. Er winselte flehentlich und rannte spielerisch immer wieder zwischen dem Unterholz und seiner Mutter hin und her. Er leckte ihr das Gesicht und lief erneut voraus. Immer noch rührte sie sich nicht. Er blieb stehen und sah sie an; sein ganzer Körper drückte sehnsuchtsvolle Spannung aus, die dann langsam aus ihm wich, als sie den Kopf wandte und zum Lager zurückblickte.

Von draußen kam der Ruf. Auch seine Mutter hörte ihn. Aber gleichzeitig vernahm sie jenen anderen und lauteren Ruf, den Ruf des Feuers und der Menschen, und von allen Tieren ist es nur dem Wolf gegeben, darauf zu antworten – dem Wolf und seinem Bruder, dem Wildhund.

Kiche machte kehrt und trollte sich zurück ins Lager. Die Anziehungskraft des Dorfs war noch unwiderstehlicher als die Fesselung durch den Stock. Die Götter hielten sie mit ihrem unsichtbaren Zauber weiterhin gefangen und erlaubten nicht, daß sie ihren Machtbereich verließ. Wolfsblut setzte sich in den Schatten einer Birke und winselte leise. Kräftiger Tannengeruch stieg ihm in die Nase, und die Luft war voll vom Aroma des Waldes. Es erinnerte ihn an sein altes, freies Leben vor diesen Tagen der Knechtschaft. Doch war er immer noch ein erst halberwachsenes Wolfsjunges, und für ihn klang der Ruf seiner Mutter lauter als der des Menschen oder der Wildnis. Jede Stunde seines kurzen Lebens war er von ihr abhängig gewesen. Noch war die Zeit der Unabhängigkeit nicht gekommen. Er stand auf und trottete unglücklich zurück ins Lager, nicht ohne sich ein- oder zweimal hinzusetzen, um zu winseln und dem Ruf zu lauschen, der aus dem Herzen des Waldes zu ihm drang.

In der Wildnis hütet eine Mutter ihr Junges nur kurze Zeit, doch unter der Herrschaft des Menschen wird diese Zeit manchmal noch kürzer. So erging es auch Wolfsblut. Grauer Biber hatte Schulden bei Drei Adler. Drei Adler brach zu einer Reise auf, die ihn auf dem Mackenzie stromaufwärts zum Großen Sklavensee führen sollte. Ein Stück scharlachrotes Tuch, ein Bärenfell, zwanzig Patronen und Kiche bezahlten die Schuld. Wolfsblut sah, wie man seine Mutter auf das Boot von Drei Adler verfrachtete, und versuchte, ihr zu folgen. Mit einem Hieb beförderte Drei Adler ihn wieder an Land. Das Kanu legte ab. Er sprang ins Wasser und schwamm ihm nach, ohne auf Grauer Biber zu hören, der ihn unwirsch an Land zurückrief. Wolfsblut blieb selbst einem Menschenwesen, einem Gott gegenüber taub – so groß war seine Angst, die Mutter zu verlieren.

Doch Götter sind es gewohnt, daß man ihren Befehlen Folge leistet. Grauer Biber schwang sich voller Zorn in sein Kanu und nahm die Verfolgung auf. Als er Wolfsblut eingeholt hatte, packte er ihn am Genick und zog ihn aus dem Wasser. Er setzte ihn nicht gleich wieder auf dem Boden seines Boots ab, sondern hielt ihn am ausgestreckten Arm hoch und verabreichte ihm mit der anderen Hand eine Tracht Prügel. Und Prügel waren es in der Tat. Seine Hand konnte gewaltig zuschlagen. Mit jedem Hieb traf er eine empfindliche Stelle, und er geizte nicht mit Hieben.

Sie prasselten von allen Seiten auf Wolfsblut nieder und ließen ihn wie ein Pendel, das außer Rand und Band geraten ist, hin- und herschwingen. Dabei hatte er die widersprüchlichsten Gefühle. Zuerst war er überrascht. Dann überkam ihn einen Augenblick lang die Angst, so daß er mehrmals unter den Schlägen aufjaulte. Gleich darauf verspürte er Wut. Seine ungebändigte Natur gewann die Oberhand: Er bleckte die Zähne und knurrte der erzürnten Gottheit furchtlos ins Gesicht. Das steigerte nur ihren Zorn. Die Schläge fielen rascher, heftiger und bösartiger.

Grauer Biber hörte nicht auf zu prügeln, Wolfsblut hörte nicht auf zu knurren. Das konnte nicht ewig so weitergehen. Einer von beiden mußte nachgeben, und dieser eine war Wolfsblut. Die Angst fuhr ihm erneut in alle Glieder. Zum erstenmal wurde er richtig mißhandelt. Die gelegentlichen Schläge oder Steinwürfe, die er bisher zu spüren bekommen hatte, waren Liebkosungen im Vergleich zu dem, was ihm jetzt widerfuhr. Überwältigt begann er zu wimmern und zu jaulen. Eine Zeitlang jaulte er bei jedem Hieb, doch dann ging die Furcht in Panik über, und die einzelnen Wehlaute verwandelten sich in ein ununterbrochenes Geheul, das mit der Abfolge der Schläge in keinem Zusammenhang mehr stand.

Endlich ließ Grauer Biber von ihm ab. Wolfsblut hing schlaff an seiner ausgestreckten Hand und setzte sein Geheul fort. Das stellte seinen Herrn offenbar zufrieden, und er warf ihn auf den Boden des Kanus, das unterdessen flußabwärts getrieben war. Er griff zum Paddel. Wolfsblut war ihm im Weg. Er versetzte ihm einen rücksichtslosen Fußtritt. In diesem Moment blitzte Wolfsbluts wilde Natur noch einmal auf, und er grub seine Zähne in den mokkasinbekleideten Fuß.

Die vorausgegangenen Prügel waren nichts verglichen mit dem, was nun folgte. Grauer Bibers Zorn war furchtbar, und ebenso groß war Wolfsbluts Schrecken. Nicht nur die Hand, sondern auch das hölzerne Paddel bekam er nun zu spüren. Als er zum zweitenmal ins Boot geschleudert wurde, war er grün und blau geschlagen und am ganzen Körper wund. Noch einmal, und dieses Mal mit voller Absicht, versetzte ihm Grauer Biber einen Fußtritt. Wolfsblut wiederholte die

Attacke auf den Fuß nicht mehr. Er hatte eine weitere Lehre aus seiner Knechtschaft gezogen. Niemals, unter gar keinen Umständen, durfte er es wagen, den Gott zu beißen, der sein Herr und Meister war; der Körper seines Herrn und Meisters war unantastbar, und ein Wesen wie er durfte ihn mit seinen Zähnen nicht entweihen. Das war offenbar das höchste der Verbrechen, der eine Verstoß gegen die Regeln, der unter keinen Umständen geduldet oder übersehen werden konnte.

Als das Kanu am Ufer anlegte, blieb Wolfsblut winselnd und regungslos liegen und wartete eine Willensbekundung von Grauer Biber ab. Offenbar war es sein Wille, ihn an Land zu sehen, denn er warf Wolfsblut ans Ufer, wo er so heftig auf die Seite schlug, daß alle Wunden von neuem schmerzten. Am ganzen Körper zitternd und immer noch wimmernd rappelte er sich mühsam auf. In diesem Augenblick rannte ihn Lip-lip, der vom Ufer aus alles mitverfolgt hatte, über den Haufen und schlug ihm die Zähne ins Fleisch. Wolfsblut war zur Verteidigung nicht fähig, und es wäre ihm übel ergangen, hätte Grauer Bibers Fußtritt Lip-lip nicht hoch in die Luft geschleudert, so daß er in über drei Metern Entfernung am Boden landete. Das war die Gerechtigkeit von Menschenwesen, und selbst in seiner jetzigen erbärmlichen Lage überlief Wolfsblut ein kleiner Schauer der Genugtuung. Gehorsam heftete er sich an die Fersen seines Herrn und humpelte durch das Lager bis zu seinem Zelt. So also erfuhr Wolfsblut, daß die Götter sich das Recht zu strafen selbst vorbehielten und es den ihnen untergebenen Kreaturen verwehrten.

In dieser Nacht, als überall Ruhe eingekehrt war, dachte Wolfsblut an seine Mutter, und er trauerte um sie. Er wurde zu laut dabei und weckte Grauer Biber, der ihn prügelte. Danach trauerte er in Gegenwart der Götter nur noch im stillen. Zuweilen aber wanderte er allein bis an den Waldrand hinaus, wo er seinem Jammer ungehemmt jaulend oder mit lautem Geheul Luft machte.

In dieser Zeit hätte er seinen Erinnerungen an die Höhle und den Bach folgen und in die Wildnis zurückkehren können. Der Gedanke an seine Mutter hielt ihn jedoch zurück. Wie die Menschenwesen zur Jagd auszogen und wieder zurückkehrten, so würde auch sie irgendwann in das Lager zurückkommen. Deshalb nahm er seine Knechtschaft hin, um auf sie zu warten.

Die Knechtschaft hatte auch durchaus ihre guten Seiten. Viele Dinge fesselten ihn. Irgend etwas passierte immer. Unaufhörlich taten die Götter etwas Merkwürdiges, das seine Neugier erregte. Außerdem kam er täglich besser mit Grauer Biber zurecht. Was von ihm erwartet wurde, das war Gehorsam, äußerster, unbeirrbarer Gehorsam; dafür verzichtete sein Herr dann auf Prügel und duldete seine Gegenwart.

Ja, Grauer Biber warf ihm gelegentlich selbst ein Stück Fleisch vor und nahm ihn vor anderen Hunden in Schutz, während er es fraß. Ein solches Stück Fleisch hatte unschätzbaren Wert. Merkwürdigerweise galt es ihm mehr als ein Dutzend Stücke, die er aus den Händen einer Squaw erhielt. Grauer Biber tätschelte oder streichelte ihn nie. Vielleicht war es seine Autorität, die so schwer auf ihm lag, vielleicht seine Gerechtigkeit, vielleicht seine schiere Macht, vielleicht waren es auch all diese Gründe zusammen, die Wolfsblut beeinflußten; jedenfalls entstand zwischen ihm und seinem bärbeißigen Herrn eine gewisse Bindung.

Unmerklich und auf Umwegen, und nicht nur durch Knüppel, Steine und Hiebe, wurden Wolfsblut die Fesseln seiner Knechtschaft angelegt. Die Eigenschaften seiner Gattung, die es ihr ursprünglich ermöglicht hatten, sich den Feuern der Menschen zu nähern, trugen den Keim zur Weiterentwicklung in sich. Auch in ihm entwickelten sie sich fort, und eigentlich begann Wolfsblut das Lagerleben, so übel es ihm auch erging, ans Herz zu wachsen. Das war ihm allerdings nicht bewußt. Er spürte nichts als die Trauer über den Verlust von Kiche, die Hoffnung auf ihre Rückkehr und eine unbändige Sehnsucht nach seinem früheren Leben in Freiheit.

III. AUSGESTOSSEN

Lip-lip verdüsterte weiterhin seine Tage, so daß Wolfsblut bösartiger und grimmiger wurde, als seine Natur es ihm sonst erlaubt hätte. Wildheit gehörte zu seinem Wesen, doch die Wildheit, die er jetzt entwickelte, ging darüber hinaus. Er geriet selbst unter den Menschenwesen in den Ruf besonderer Verruchtheit. Wo auch immer es im Lager zu Unruhe und Aufruhr kam, zu Streit oder Kampf, zum empörten Aufschrei einer Squaw, der man Fleisch gestohlen hatte, immer hatte Wolfsblut damit zu tun, und gewöhnlich ging die Sache sogar von ihm aus. Sie machten sich nicht die Mühe, nach den Gründen für sein Verhalten zu forschen. Sie sahen nur die Folgen, und die Folgen waren übel. Er war ein hinterlistiger Dieb, ein Störenfried und Unruhestifter. Wutentbrannte Weiber sagten ihm ins Gesicht, er sei eben ein Wolf, ein Nichtsnutz, und er werde ein schlimmes Ende nehmen, während er sie aufmerksam beobachtete, jederzeit bereit, einem schnellen Wurfgeschoß auszuweichen.

In diesem so bevölkerten Lager geriet er in die Rolle des Außenseiters. Die jungen Hunde akzeptierten Lip-lip als ihren Führer. Zwischen ihnen und Wolfsblut bestand ein Unterschied. Möglicherweise spürten sie, daß seine Art aus den Urwäldern stammte, und sie empfanden ihm gegenüber instinktiv jene Feindseligkeit, die der Haushund dem Wolf entgegenbringt. Jedenfalls schlossen sie sich Lip-lips Nach-stellungen an. Nachdem sie sich einmal gegen ihn gestellt hatten, fanden sich überzeugende Gründe, daran festzuhal-ten. Jeder einzelne von ihnen bekam in unregelmäßigen Abständen Wolfsbluts Zähne zu spüren; und – das mußte man ihm lassen – er teilte mehr aus, als er einzustecken hatte. Viele von ihnen hätte er im Einzelkampf besiegen können, doch der Einzelkampf blieb ihm verwehrt. Jedes Geplänkel war das Signal für alle jungen Hunde im Lager, heranzustür-men und sich auf ihn zu stürzen.

Durch die Attacken der Meute lernte er zweierlei: erstens, sich im Kampf gegen die Masse zu behaupten, und zweitens, einem einzelnen Hund innerhalb kürzester Frist größtmögli-chen Schaden zuzufügen. Die Fähigkeit, sich inmitten einer feindlichen Meute auf den Beinen zu halten, war lebensrettend; diese Lehre prägte sich ihm tief ein. Er entwickelte eine katzengleiche Fähigkeit, auf den Beinen zu bleiben. Selbst wenn ausgewachsene Hunde ihn mit ihrem Gewicht rückwärts oder seitwärts schleuderten, flog er zwar durch die Luft oder rutschte über den Boden, aber stets krallte er sich an Mutter Erde fest oder streckte ihr wenigstens die Pfoten entgegen.

Wenn Hunde kämpfen, dann geht der eigentlichen Ausein-andersetzung gewöhnlich eine Art Auftakt voraus – Zähne-blecken, gesträubtes Fell und steifbeiniges Herumstolzieren. Wolfsblut lernte jedoch, auf solche Präliminarien zu verzich-ten. Jede Verzögerung hieß, daß alle jungen Hunde sich in den Kampf stürzen würden. Er mußte sein Werk rasch vollbringen und sich aus dem Staub machen. Er achtete also darauf, seine Absichten nicht zu verraten. Er schoß auf den Gegner los und schnappte zu, ohne jede Ankündigung und bevor dieser seine Verteidigung vorbereiten konnte. Er wußte nach einiger Zeit, wie er schnell großen Schaden anrichten konnte. Er lernte auch, den Wert des Überraschungsmoments zu schätzen. Ein überrumpelter Hund, dem man eine Schulterwunde beigebracht oder ein Ohr zerfetzt hatte, bevor er wußte, wie ihm geschah, war schon zur Hälfte besiegt.

Außerdem war es bemerkenswert einfach, einen überrumpelten Hund umzustoßen; und dabei wiederum entblößte dieser unweigerlich für einen Augenblick seine verletzliche Halsunterseite – jene verwundbare Stelle, wo man ihn tödlich treffen konnte. Wolfsblut kannte die Stelle. Dieses Wissen stammte unmittelbar von seinen jagenden Wolfsvorfahren. Wenn er also die Offensive ergriff, dann ging er folgendermaßen vor: Erstens suchte er sich einen einzelnen jungen Hund aus; zweitens überrumpelte er ihn und warf ihn zu Boden; und drittens grub er seine Zähne in die weiche Halsunterseite.

Da er noch nicht ausgewachsen war, fehlte seinem Unterkiefer die Kraft zum tödlichen Biß; doch liefen im Lager eine ganze Reihe von Hunden herum, deren böse zugerichtete Kehlen von Wolfsbluts Absichten zeugten. Eines Tages stellte er einen seiner Gegner allein am Waldrand. Da er ihn mehrmals nacheinander zu Boden werfen und zubeißen konnte, gelang es ihm schließlich, die Halsschlagader zu treffen, so daß der Hund verblutete. An diesem Abend gab es einen großen Streit im Lager. Man hatte Wolfsblut beobachtet und den Besitzer des getöteten Tieres informiert; die Squaws erinnerten sich an Wolfsbluts zahllose Diebereien, und von allen Seiten schimpfte man auf Grauer Biber ein. Er ließ dennoch niemand in sein Zelt, wo er den Übeltäter untergebracht hatte, und weigerte sich, die Rache zuzulassen, nach der seine Stammesgenossen so lautstark verlangten.

Wolfsblut wurde zum Haßobjekt für Mensch und Hund. In diesem Stadium seiner Entwicklung kannte er nicht einen Augenblick der Sicherheit. Von den Fängen aller Hunde, von der Hand jedes Menschen drohte ihm Gefahr. Von seinesgleichen wurde er mit Zähnefletschen begrüßt, von seinen Göttern mit Flüchen und Steinwürfen. Er stand stets unter Hochspannung, auf Angriffe gefaßt, hatte ein Auge auf plötzliche, unerwartete Geschosse, war jederzeit bereit, sekundenschnell und kaltblütig zu handeln, mit einem Satz zuzuschnappen oder unter drohendem Knurren zur Seite zu springen.

Knurren konnte er schrecklicher als jeder andere Hund im Lager, ob jung oder alt. Das Knurren soll warnen oder Angst einjagen, und es muß überlegt eingesetzt werden. Wolfsblut wußte, wie und wann er zu knurren hatte. Sein Knurren beinhaltete alles, was tückisch, bösartig und schreckenerregend war. Der zuckende Nasenrücken war in Falten gelegt, das Fell sträubte sich in wiederkehrenden Wellen, wie eine rote Schlange fuhr die Zunge aus dem Rachen und verschwand wieder, die Ohren legten sich flach an den Kopf, in den Augen stand glühender Haß, von den bloßliegenden Fängen troff der Speichel: So zwang er fast jeden Angreifer, einen Moment lang innezuhalten. Diese vorläufige Pause verschaffte ihm, falls er selbst überrascht worden war, die entscheidenden Sekunden Bedenkzeit. Nicht selten jedoch wurde die Pause so lang, daß am Ende gar kein Angriff mehr erfolgte. Und mehr als einmal verhalf sein zähnefletschendes Knurren Wolfsblut zu einem ehrenvollen Rückzug vor ausgewachsenen Hunden.

Die Meute der jungen Hunde hatte ihn ausgestoßen, aber mit seinen mörderischen und überaus schlagkräftigen Methoden ließ er sie teuer für ihre Nachstellungen bezahlen. Er konnte zwar nicht mit der Meute laufen, doch umgekehrt hatte das auch zur Folge, daß kein Tier außerhalb der Meute anzutreffen war. Wolfsblut erlaubte es nicht. Seine Taktik, den jungen Hunden im Hinterhalt aufzulauern, führte dazu, daß sie Angst hatten, allein herumzustreifen. Mit Ausnahme von Lip-lip mußten sie eng beieinander bleiben, um sich gegenseitig vor dem schrecklichen Feind, den sie sich gemacht hatten, zu schützen. Ein Welpe allein am Flußufer war so gut wie tot oder versetzte das ganze Lager mit schrillen

Schmerzens- und Schreckensschreien in Aufruhr, wenn er aus dem Hinterhalt des Wolfsjungen zurück ins Lager floh.

Wolfsbluts Vergeltungsschläge hörten aber selbst dann nicht auf, als die jungen Hunde endgültig begriffen hatten, daß sie beisammenbleiben mußten. Er attackierte sie, wenn er sie allein überraschte; sie griffen ihn an, wenn sie als Meute auftraten. Bei seinem bloßen Anblick stürmten sie auf ihn los, und gewöhnlich rettete ihn dann nur seine Schnelligkeit. Wehe aber dem Hund, der bei dieser Verfolgungsjagd seine Genossen hinter sich ließ! Wolfsblut hatte gelernt, sich plötzlich gegen den vorauseilenden Verfolger zu kehren und ihm tiefe Wunden zu reißen, bevor die Meute zur Stelle war. Das geschah sehr häufig, denn wenn die Hunde einmal Beute witterten, vergaßen sie sich leicht im Eifer der Verfolgung. Wolfsblut vergaß sich nie. Auf seiner Flucht warf er rasche Blicke nach hinten und war jederzeit darauf vorbereitet, herumzuwirbeln und den übereifrigen Verfolger, der seinen Gefährten voraus war, zu Boden zu werfen.

Junge Hunde müssen spielen, und unter diesen besonderen Bedingungen lebten sie ihren Spieltrieb im Kriegsspiel aus. Die Jagd auf Wolfsblut wurde ihnen zum wichtigsten Vergnügen – ein tödliches Spiel, bei dem immer Ernst gemacht wurde. Wolfsblut seinerseits hatte keine Bedenken, sich überallhin zu wagen, weil er der Schnellste war. In der Zeit, in der er vergeblich auf die Rückkehr seiner Mutter wartete, lockte er die Meute auf ihrer Jagd oft in die angrenzenden Wälder. Dort verloren sie regelmäßig seine Spur. Ihr lärmendes Kläffen verriet ihm dabei jederzeit, wo sie sich befanden. Er hingegen lief allein, auf Samtpfoten, ein still zwischen den Bäumen dahinhuschender Schatten, ganz wie sein Vater und seine Mutter. Außerdem war er der Wildnis enger verbunden als die Hunde; er kannte ihre Tücken und Geheimnisse besser. Sein Lieblingstrick war es, seine Spur in fließendem Wasser zu verwischen, um sich anschließend im nahegelenen Dickicht zu verbergen und lautlos zuzuhören, wie sie um ihn herum verwirrt jaulten.

Wolfsblut, bei seinesgleichen und den Menschen verhaßt, unbezähmbar, unaufhörlich das Ziel von Angriffen und selbst ständig auf der Lauer, entwickelte sich rasch und einseitig. Auf diesem Nährboden gedieh weder Freundschaft noch Zuneigung. Von solchen Dingen hatte er nicht die leiseste Ahnung. Die Gesetze, die er lernte, hießen: Gehorche den Starken, unterdrücke die Schwachen. Grauer Biber war ein Gott und stark. Deshalb gehorchte ihm Wolfsblut. Aber ein Hund, jünger oder kleiner als er selbst, war schwach – er mußte vernichtet werden. Gewalt bestimmte seine Entwicklung. Zur Abwehr der dauernden Gefahr, verletzt oder gar getötet zu werden, entwickelte er seine Raubtier- und Verteidigungsinstinkte im Übermaß. Er wurde in seinen Bewegungen rascher als andere Hunde, lief schneller, war listenreicher, vernichtender, geschmeidiger, magerer, aber mit eisenharten Muskeln und Sehnen, ausdauernder, grausamer, wilder und intelligenter. Diese Eigenschaften mußte er ausbilden, sonst hätte er sich in der feindlichen Umwelt, der er sich ausgesetzt sah, nicht behaupten, in ihr nicht überleben können.

IV. DIE SPUR SEINER GÖTTER

Im Herbst des Jahres, als die Tage kürzer wurden und beißender Frost in der Luft lag, öffnete sich für Wolfsblut ein Weg in die Freiheit. Seit Tagen war das Dorf ein einziges Durcheinander. Das Sommerlager wurde abgebaut, und die Indianer richteten sich darauf ein, mit Kind und Kegel zum herbstlichen Jagdzug aufzubrechen. Wolfsblut sah mit hellwachen Augen zu, und als die Zelte zusammensanken und die Boote am Ufer beladen wurden, hatte er begriffen. Schon legten einzelne Boote ab, und manche waren bereits flußabwärts den Blicken entschwunden.

Er faßte ganz bewußt den Entschluß zurückzubleiben. Er paßte eine Gelegenheit ab, sich aus dem Lager in den Wald zu schleichen. Hier, im fließenden Wasser, in dem schon vereinzelte Eisschollen trieben, verwischte er seine Spur. Dann zog er sich in dichtes Gestrüpp zurück und wartete ab. Die Zeit verstrich, und er verschlief mit Unterbrechungen mehrere Stunden. Die Stimme von Grauer Biber, der nach ihm rief, weckte ihn. Noch andere Stimmen drangen zu ihm herüber. Wolfsblut konnte hören, daß Grauer Bibers Weib sich an der Suche ebenso beteiligte wie Mit-sah, sein Sohn.

Wolfsblut zitterte vor Angst. Obwohl ihn der Wunsch ankam, aus seinem Versteck zu kriechen, folgte er ihm nicht. Nach einer Weile verloren sich die Stimmen in der Ferne, und noch etwas später wagte er sich hinaus, um seinen Erfolg zu genießen. In der hereinbrechenden Dunkelheit tollte er ein wenig zwischen den Bäumen herum und freute sich der gewonnenen Freiheit. Und dann, urplötzlich, kam ihm seine Einsamkeit zu Bewußtsein. Er setzte sich hin, um nachzudenken, und lauschte auf die beunruhigende Stille des Waldes. Es wirkte bedrohlich, daß keine Bewegung zu sehen, kein Laut zu hören war. Er spürte eine lauernde Gefahr, unsichtbar und nicht zu erahnen. Die riesigen, schemenhaft über ihm aufragenden Bäume und die düsteren Schatten flößten ihm Argwohn ein, konnten sie doch alle möglichen Gefahren verbergen.

Dann wurde es kalt. Es gab nun keine warme Zeltwand mehr, an die man sich schmiegen konnte. Die Kälte kroch ihm in die Füße, und er hob abwechselnd den linken und den rechten Vorderlauf. Er ringelte seinen buschigen Schweif um die Pfoten und begann zu träumen. Er träumte von ganz vertrauten Dingen. An seinem inneren Auge zogen Bilder aus der Erinnerung vorbei. Er sah das Lager wieder, die Zelte und die lodernden Feuer. Er hörte die schrillen Stimmen der Frauen, den rauhen Baß der Männer, das Knurren der Hunde. Er hatte Hunger und erinnerte sich an Fleischbatzen und Fisch, die man ihm vorgeworfen hatte. Hier gab es kein Fleisch – nichts als bedrohliche, ungenießbare Stille.

Seine Knechtschaft hatte ihn verweichlicht. Durch die fehlende Entscheidungsfreiheit war er schwach geworden. Er hatte verlernt, allein zurechtzukommen. Von allen Seiten bedrängte ihn die Finsternis. Seine Sinne, die sich dem geschäftigen Treiben im Lager angepaßt hatten und denen die unablässig auf Ohr und Auge einstürmenden Eindrücke zur Gewohnheit geworden waren, lagen brach. Es gab nichts zu tun, nichts zu sehen oder zu hören. Angespannt suchten sie nach irgendeiner Unterbrechung der Stille und Reglosigkeit der Natur. Die eigene Untätigkeit und das Gefühl bevorstehenden Unheils waren entsetzlich.

Er schreckte auf. Ein mächtiges, gestaltloses Etwas schoß auf ihn zu. Der Mond war hinter den Wolken hervorgetreten und ließ einen Baum plötzlich Schatten werfen. Er stieß ein erleichtertes Winseln aus, um es sogleich wieder zu unterdrücken, aus Angst, er könnte sich den lauernden Gefahren dadurch ausliefern.

In der einsetzenden Nachtkälte zog sich das Holz eines Baumes zusammen und knackte laut. Er saß unmittelbar darunter, jaulte entsetzt auf und stürmte in panischem Schrekken auf das Lager zu. Das Verlangen nach dem Schutz und der Gesellschaft von Menschen überwältigte ihn. Der Rauch der Lagerfeuer stieg ihm in die Nase. Lärm und Geschrei des Lagers hallten in seinen Ohren. Er hatte den Wald hinter sich gelassen und stand auf der mondhellen Lichtung, wo keine düsteren Schatten drohten. Doch kein Dorf hieß ihn willkommen. Er hatte vergessen, daß es nicht mehr existierte.

Seine wilde Flucht nahm ein abruptes Ende. Er konnte nirgendwohin fliehen. Mutterseelenallein schlich er über den verlassenen Lagerplatz und schnüffelte an Abfallhaufen und Gerümpel, Hinterlassenschaften seiner Götter. Wenn ihm jetzt die von einer wütenden Squaw geschleuderten Steine um die Ohren geflogen wären, hätte er sich darüber gefreut; die strafende Hand von Grauer Biber hätte ihn glücklich gemacht; mit Entzücken hätte er Lip-lip und die ganze feige Meute knurrender Hunde begrüßt.

Er erreichte die Stelle, wo Grauer Bibers Zelt gestanden hatte. Mitten auf diesem Platz ließ er sich nieder. Er reckte die Schnauze zum Mond. Seine Kehle zuckte krampfhaft, das Maul öffnete sich, und herzzerreißende Einsamkeit, Angst, Trauer um Kiche, vergangener Kummer, sein Elend, aber auch die Angst vor dem Leid und den Gefahren der Zukunft, das alles brach nun aus ihm heraus. Es war das langgezogene Wolfsgeheul, kehlig und voller Melancholie – sein erstes überhaupt.

Der Anbruch des Tages verscheuchte seine Angst, verstärkte aber seine Einsamkeit. Die nackte Erde, noch vor kurzem so belebt, machte ihm sein Alleinsein erst recht bewußt. Sein Entschluß war rasch gefaßt. Er jagte durch den Wald und lief stromabwärts am Ufer entlang. Er lief den ganzen Tag weiter. Er rastete nicht. Es schien, als wolle er nie mehr aufhören. Sein eisenharter Körper nahm keine Müdigkeit wahr. Auch als sie dann einsetzte, befähigte ihn das ererbte Durchhaltevermögen zu endloser Anstrengung und versetzte ihn in die Lage, seinen unwilligen Körper weiter voranzutreiben.

Dort, wo der Strom einen Bogen um schroffe Felswände machte, überwand er die im Hinterland aufragenden, steilen Höhen. Flüsse und Bäche, die in den Strom mündeten, durchwatete oder durchschwamm er. Häufig nahm er seinen Weg auch über das gerade entstehende Randeis, wobei er mehr als einmal einbrach und in der eisigen Strömung um sein Leben kämpfte. Jederzeit aber achtete er darauf, ob die Spur seiner Götter etwa vom Fluß landeinwärts führte.

Wolfsblut war für seine Art überdurchschnittlich intelligent; dennoch reichte seine Vorstellungskraft nicht bis ans andere Ufer des Mackenzie. Wenn die Spur der Götter nun auf der gegenüberliegenden Seite aus dem Strom herausgeführt hätte? So etwas kam ihm überhaupt nicht in den Sinn. Später, als er weiter herumgekommen und älter und weiser geworden war, als er größere Erfahrungen mit Spuren und Flüssen gesammelt hatte, hätte er eine solche Möglichkeit vielleicht ins Auge fassen und befürchten können. Doch diese Vorstellungskraft mußte sich erst noch entwickeln. Vorläufig lief er einfach blind voran, und nur die eigene Uferseite spielte bei seinen Überlegungen eine Rolle.

Er lief die ganze Nacht weiter. Zwar stolperte er in der Dunkelheit über manches Hindernis, doch das hielt ihn nur auf, ohne ihn zu entmutigen. Am zweiten Tag um die Mittagszeit war er dreißig Stunden lang ununterbrochen gelaufen, und seine zähen Muskeln begannen ihren Dienst zu versagen. Nur sein Durchhaltevermögen hielt ihn noch aufrecht. Er hatte seit vierzig Stunden nichts mehr gefressen und war durch den Hunger geschwächt. Auch das wiederholte Versinken im eisigen Wasser war nicht spurlos an ihm vorübergegangen. Sein schönes Fell war verklumpt. Die breiten Ballen unter seinen Pfoten waren aufgerissen und blutig. Er hinkte seit einiger Zeit, und mit jeder Stunde mehr. Nun verdunkelte sich auch noch der Himmel, und es begann zu schneien. Es war ein naßkalter, wäßriger Schnee, der am Körper hängenblieb, den Boden schlüpfrig machte, die Umgebung vor seinen Blicken verbarg und Unebenheiten im Gelände zudeckte, so daß die Pfoten nur unter Schwierigkeiten und Schmerzen Halt fanden.

Grauer Biber hatte an diesem Abend am jenseitigen Ufer des Mackenzie lagern wollen, denn dort befanden sich die Jagdgründe. Doch hatte sein Weib, Kloo-kooch, kurz vor Einbruch der Dunkelheit am diesseitigen Ufer einen Elch beim Trinken entdeckt. Wäre der Elch nicht zum Trinken an dieses Ufer getreten und Mit-sah nicht durch den Schneefall vom Kurs abgekommen, dann hätte Kloo-kooch den Elch nicht entdeckt; und hätte Grauer Biber ihn nicht mit einem Glückstreffer erlegt, dann hätte sich alles Folgende anders zugetragen. Grauer Biber hätte das Lager nicht am diesseitigen Ufer aufgeschlagen, und Wolfsbluts Weg hätte ihn von den Menschen fort entweder in den Tod geführt oder zu seinen ungezähmten Brüdern, wo er einer der ihren geworden wäre – ein Wolf bis ans Ende seiner Tage.

Es war Nacht geworden. Der Schnee fiel in dichteren Flocken, und Wolfsblut stolperte und hinkte unter leisem Winseln voran, als er plötzlich auf eine Spur im Schnee stieß. Sie war so frisch, daß er sie gleich erkannte. Er jaulte begierig auf und folgte ihr. Sie führte vom Fluß fort in den Wald. Lagergeräusche drangen an sein Ohr. Er sah die Flammen lodern, Kloo-kooch beim Kochen und Grauer Biber, der am Boden hockte und rohen Talg kaute. Im Lager gab es frisches Fleisch!

Wolfsblut machte sich auf Prügel gefaßt. Er krümmte sich ein wenig und sträubte das Fell, als er daran dachte. Dann ging er weiter. Die zu erwartenden Schläge verabscheute und fürchtete er. Aber er wußte auch, daß ihm wieder das wärmende Feuer, der Schutz seiner Götter und die Gesellschaft der Hunde zuteil würden – im letzteren Fall zwar eine Gesellschaft von Feinden, aber eben Gesellschaft, die er als geselliges Tier brauchte.

In unterwürfiger Haltung kroch er in den Schein der

Flammen. Grauer Biber sah ihn und hörte auf, den Talg zu kauen. Wolfsblut schlich ganz langsam näher, wand und krümmte sich in äußerster Selbsterniedrigung und Unterwerfung. Er hielt direkt auf Grauer Biber zu, wobei seine Annäherung mit jedem Zentimeter langsamer und quälender wurde. Endlich lag er zu Füßen seines Herrn; er hatte sich freiwillig und mit Leib und Seele seinem Besitzer ausgeliefert. Aus eigenem Antrieb begab er sich an das Feuer der Menschen und unter ihre Herrschaft. Wolfsblut zitterte in Erwartung der bevorstehenden Strafe. Die Hand über ihm bewegte sich. Er duckte sich unwillkürlich unter dem Schlag. Er blieb aus. Er warf einen verstohlenen Blick nach oben. Grauer Biber brach den Talgklumpen in zwei Hälften. Grauer Biber bot ihm ein Stück Talg an! Ganz vorsichtig und etwas argwöhnisch schnüffelte er daran und begann dann zu fressen. Grauer Biber ließ sich Fleisch bringen, und während Wolfsblut es fraß, hielt er die übrigen Hunde fern. Anschließend blieb Wolfsblut zu Füßen von Grauer Biber liegen, starrte dankbar und zufrieden in das wärmende Feuer und träumte blinzelnd vor sich hin, weil er nun gewiß war, daß er am nächsten Morgen nicht verlassen durch trostlose Wälder streifen würde, sondern durch das Lager der Menschenwesen, in Gesellschaft der Götter, denen er sich ausgeliefert hatte und in deren Abhängigkeit er sich nun befand.

V. DER BUND MIT DEM MENSCHEN

Es war schon mitten im Dezember, als Grauer Biber aufbrach, um den Mackenzie stromaufwärts zu fahren. Mit-sah und Kloo-kooch begleiteten ihn. Einen Schlitten lenkte er selbst; er wurde von Hunden gezogen, die er im Tausch erworben oder ausgeliehen hatte. Mit-sah führte einen zweiten, kleineren Schlitten, mit einem Gespann junger Hunde. Es handelte sich dabei mehr um ein Spielzeug, und doch bedeutete es Mit-sahs ganzes Glück, denn er hatte das Gefühl, schon echte Männerarbeit zu leisten. Außerdem erfuhr er so, wie man Hunde antrieb und anlernte, während die jungen Hunde ans Geschirr gewöhnt wurden. Übrigens leistete der Schlitten durchaus seine Dienste, war er doch mit fast zweihundert Pfund an Ausrüstung und Nahrungsmitteln beladen.

Wolfsblut hatte bereits gesehen, wie sich die Hunde aus dem Dorf im Geschirr geplagt hatten, so daß er nicht besonders empört war, als man es ihm überstreifte. Um den Hals bekam er einen moosgepolsterten Kragen, der durch zwei Zugriemen mit einem Gurt verbunden war, der sich um Brust und Schultern legte. An diesem wiederum wurde das lange Seil festgemacht, mit dem er den Schlitten zog.

Das Gespann zählte sieben junge Hunde. Die anderen waren früher im Jahr zur Welt gekommen und jetzt neun oder zehn Monate alt; Wolfsblut war erst acht. Jeder Hund zog den Schlitten an einem eigenen Seil unterschiedlicher Länge, wobei die Differenz mindestens einer Körperlänge entsprach. Jedes Seil war mit einem Ring vorn am Schlitten verbunden. Der Schlitten hatte keine Kufen, sondern eine Lauffläche aus Birkenrinde, die man an der Spitze hochgebogen hatte, damit das Gefährt sich nicht in den Schnee bohrte. Durch diese Konstruktion verteilte sich das Gewicht des Schlittens und seiner Ladung auf die größtmögliche Schneeoberfläche; der Schnee war nämlich feinstes Pulver und ganz weich. Nach dem gleichen Prinzip größtmöglicher Gewichtsverteilung fächerten die Hunde am Ende ihres Seils so vor dem Schlitten aus, daß kein Hund in die Spur eines anderen trat.

Die fächerförmige Anordnung der Hunde hatte noch einen weiteren Vorteil. Die unterschiedlich langen Seile verhinderten, daß ein Hund von hinten den vor ihm laufenden angreifen konnte. Angriffe waren nur gegen Hunde an kürzeren Seilen möglich, also ausschließlich von vorn, so daß das Opfer gewarnt war; außerdem mußte sich der Angreifer dann auf die Peitsche des Schlittenführers gefaßt machen. Der ganz besondere Vorteil dieses Systems bestand allerdings darin, daß ein Hund, der einen vorauslaufenden attakkieren wollte, zu diesem Zweck den Schlitten schneller ziehen mußte, und je schneller er dabei wurde, desto schneller konnte auch der angegriffene Hund davonlaufen. Auf diese Weise war es für den hinten ziehenden Hund unmöglich, den vorderen einzuholen. Je schneller er lief, desto schneller lief der Verfolgte, und damit wurden alle Hunde schneller. Außerdem wurde auch der Schlitten schneller. Auf raffiniertem Umweg beherrschte so der Mensch die Tiere noch besser.

Mit-sah war seinem Vater ähnlich und hatte viel von dessen Lebensweisheit. Er hatte in der Vergangenheit beobachtet, wie Lip-lip Wolfsblut nachstellte. Zu dieser Zeit gehörte er jedoch einem anderen Herrn, und Mit-sah hatte nie mehr als einen gelegentlichen, verstohlenen Steinwurf riskiert. Jetzt aber war Lip-lip sein Hund, und er rächte sich an ihm, indem er ihn an das Ende des längsten Zugseils band. Damit machte er Lip-lip zum Leithund, was nur scheinbar eine Ehre war. In Wirklichkeit beraubte er ihn dadurch aller Ehren, denn nun konnte er die Meute nicht mehr tyrannisieren und beherrschen, sondern fand sich selbst in der Rolle des allseits verhaßten und verfolgten Hundes wieder.

Da er am längsten Seil angeschirrt war, bot er den Nachfolgenden ständig den Anblick eines Hundes auf der Flucht. Alles, was sie von ihm sahen, war sein buschiger Schwanz und die davonjagenden Hinterläufe – ein Anblick, der weit weniger grimmig und schreckenerregend war als ein gesträubtes Nackenfell und schimmernde Fänge. Außerdem sind Hunde so veranlagt, daß der Anblick eines davonlaufenden Tieres bei ihnen den Instinkt auslöst, es zu verfolgen, weil sie das Gefühl haben, es laufe vor ihnen davon.

Sobald sich der Schlitten in Bewegung setzte, begann eine Jagd auf Lip-lip, die den ganzen Tag über anhielt. Anfangs hatte er sich immer wieder zu seinen Verfolgern umgewandt, voller Zorn und um seine Würde zu wahren; dann zog Mitsah ihm jedoch die neun Meter lange Peitschenschnur aus Karibudarm durchs Gesicht und zwang ihn, sich wieder nach vorn zu drehen und weiterzulaufen. Lip-lip konnte sich vielleicht der Meute entgegenstellen, nicht aber dieser Peitsche, so daß ihm nichts anderes übrigblieb, als das Seil stets straff gespannt zu halten und mit seinen Flanken nicht in die Reichweite der Zähne seiner Gefährten zu geraten.

Doch die Verschlagenheit, die in den hintersten Winkeln des indianischen Verstandes nistete, war noch größer. Um zur unaufhörlichen Verfolgung des Leithunds anzustacheln, zog Mit-sah ihn allen anderen Hunden vor. Diese Gunstbeweise förderten Eifersucht und Haß. Mit-sah gab Lip-lip vor ihren Augen Fleisch, und zwar ausschließlich ihm. Das machte sie rasend. Sie tobten dann gerade außerhalb der Reichweite seiner Peitsche, während Lip-lip unter dem Schutz seines Herrn das Fleisch verschlang. Wenn kein Fleisch vorhanden war, hielt Mit-sah das Gespann auf Distanz und fütterte ihn nur scheinbar.

Wolfsblut tat willig seine Pflicht. Bevor er sich der Herrschaft der Götter ausgeliefert hatte, hatte er einen weiteren Weg hinter sich gebracht als die anderen Hunde und gründlicher als sie gelernt, wie nutzlos es war, sich dem menschlichen Willen zu widersetzen. Ein zusätzlicher Faktor war die erbarmungslose Verfolgung durch die Meute; dadurch hatte sie bei ihm einen geringeren Stellenwert als der Mensch. Er war von der Gesellschaft seiner eigenen Art nicht abhängig geworden. Kiche hatte er fast völlig vergessen. So blieb ihm als einzige Ausdrucksmöglichkeit jene Ergebenheit, die er den Göttern entgegenbrachte, denen er sich unterworfen hatte. Aus diesem Grund arbeitete er hart, fügte sich der Disziplin und war gehorsam. Treue und Bereitwilligkeit kennzeichneten seine Arbeit. Es handelt sich dabei um charakteristische Merkmale des domestizierten Wolfs und Wildhunds, und Wolfsblut besaß sie in ungewöhnlichem Maß.

Zwischen ihm und den anderen Hunden gab es eine Form von Gemeinsamkeit, aber was sie zusammenführte, das war Krieg und Feindseligkeit. Er hatte nie gelernt, mit ihnen zu spielen. Er konnte nur kämpfen, und das tat er auch und vergalt ihnen hundertfach die Bisse und Wunden, die er in den Tagen hinnehmen mußte, als Lip-lip der Anführer der Meute war. Nun war er es nicht mehr – außer, wenn er am Ende seines Seils vor den Gefährten im Gespann davonlief, so daß der Schlitten polternd hinter ihnen herjagte. Im Lager hielt er sich in engster Umgebung von Mit-sah, Grauer Biber oder Kloo-kooch auf. Er wagte sich nicht aus der Nähe der Götter, denn jetzt zeigten ihm alle Hunde die Zähne, und er kostete bis zur Neige jene Verfolgung aus, deren Opfer einst Wolfsblut gewesen war.

Nach Lip-lips Sturz hätte Wolfsblut Anführer der Meute werden können. Doch dafür war er zu übellaunig und einzelgängerisch. Er verprügelte sie bloß, und im übrigen ignorierte er sie. Wenn er vorbeikam, gingen sie ihm aus dem Weg; auch der Mutigste unter ihnen wagte niemals, ihm seine Fleischration zu stehlen. Im Gegenteil, aus Angst, er könne ihnen ihren Anteil wegnehmen, schlangen sie ihn hastig hinunter. Wolfsblut kannte das Gesetz gut – *Unterdrücke die Schwachen, gehorche den Starken*. Er fraß seine Ration so schnell er konnte. Und dann wehe dem Hund, der noch nicht fertig war! Man hörte ein Knurren, Fänge schlugen zu, und das betreffende Tier heulte seine Empörung zu den tauben Sternen empor, während Wolfsblut die Mahlzeit an seiner Stelle beendete.

In unregelmäßigen Abständen probte der eine oder andere Hund den Aufstand und wurde prompt in seine Schranken verwiesen. So blieb Wolfsblut immer in der Übung. Er wahrte sorgfältig seine Stellung als Einzelgänger inmitten der Meute und kämpfte häufig, um sie zu erhalten. Doch die Kämpfe nahmen stets ein rasches Ende. Er war für die übrigen Hunde zu schnell. Sie bluteten aus tiefen Wunden, ehe sie überhaupt begriffen, wie ihnen geschah, und waren besiegt, fast noch ehe sie angefangen hatten, sich zu wehren.

So streng wie die von den Göttern auferlegte Disziplin im Gespann, so streng war auch die Disziplin, die Wolfsblut unter seinen Gefährten aufrechterhielt. Nicht die geringste Freiheit durften sie sich herausnehmen. Er erzwang sich unablässig Respekt. Untereinander konnten sie tun und lassen, was sie wollten. Das kümmerte ihn nicht. Daß sie ihn in seiner Isolation allein ließen, ihm den Weg freimachten, wenn es ihm einfiel, zwischen ihnen herumzuspazieren, daß sie seine Herrschaft zu jeder Zeit anerkannten – das allerdings ging ihn etwas an. Wenn einer von ihnen einen herausfordernden Gang auch nur andeutete, die Lefzen hochzog oder das Fell sträubte, dann stürzte er sich auch schon auf ihn, erbarmungslos und grausam, und überzeugte ihn rasch von seinem Irrtum.

Er war ein schrecklicher Tyrann. Seine Herrschaft hielt sie in eisernen Fesseln. Die Schwachen unterdrückte er mit besonderer Härte. Nicht umsonst hatte er sich als junger Welpe einem gnadenlosen Überlebenskampf stellen müssen, als sich seine Mutter und er in der grausamen Welt der Wildnis allein behauptet und überlebt hatten. Und nicht umsonst hatte er gelernt, in der Gegenwart überlegener Gewalt leise aufzutreten. Er unterdrückte die Schwachen, doch er respektierte die Starken. Im Verlauf der langen Reise mit Grauer Biber hielt er sich in der Tat zurück, sobald er sich unter den ausgewachsenen Hunden bewegte, die sie in den Lagern der fremden Menschenwesen antrafen.

Monate vergingen. Die Reise von Grauer Biber war noch immer nicht zu Ende. Wolfsbluts Kräfte entwickelten sich durch die vielen Stunden harter Arbeit als Zugtier auf dem Trail. Man hätte sagen können, daß auch seine geistige Entwicklung so gut wie abgeschlossen war. Inzwischen kannte er die Umgebung, in der er lebte, von Grund auf. Sein Weltbild war trostlos und materialistisch. Er erlebte sein vertrautes Milieu als roh und brutal, als eine Welt ohne Wärme, in der kein Platz war für Liebkosung und Zuneigung und die strahlende Liebenswürdigkeit der Seele.

Er empfand keine Zuneigung für Grauer Biber. Gewiß, er war ein Gott, aber ein schrecklicher Gott. Wolfsblut erkannte seine Herrschaft gern an, doch sie beruhte auf überlegener Intelligenz und roher Gewalt. Es gab etwas in Wolfsbluts Natur, das diese Herrschaft wünschenswert erscheinen ließ, sonst wäre er nicht aus der Wildnis zurückgekehrt, wie er es getan hatte, um ihm seine Gefolgschaft anzubieten. In seinem Wesen gab es jedoch nie ausgelotete Tiefen. Ein freundliches Wort von Grauer Biber, eine streichelnde Hand hätten Zugänge eröffnet; doch Grauer Biber streichelte nicht und sprach auch kein freundliches Wort. Das war nicht seine Art. Seine Vorrangstellung war auf Gewalt gegründet, und so herrschte er auch, übte Gerechtigkeit mit dem Knüppel, strafte Vergehen mit einem schmerzhaften Hieb und belohnte Verdienste nicht mit Freundlichkeit, sondern indem er auf Hiebe verzichtete.

Daher ahnte Wolfsblut nichts von den Wonnen, die eine Menschenhand bereithalten konnte. Außerdem mochte er die Hände von Menschenwesen nicht. Sie flößten ihm Mißtrauen ein. Zwar teilten sie manchmal Fleisch aus, häufiger aber war ihre Wirkung schmerzhaft. Von Händen hielt man sich besser fern. Sie schleuderten Steine, schwangen Stöcke, Knüppel

245

und Peitschen, teilten Schläge und Hiebe aus und hatten eine raffinierte Art, durch Zwicken, Verdrehen und Verrenken Schmerz zuzufügen. In fremden Dörfern hatte er Kinderhände kennengelernt und die Erfahrung gemacht, daß auch sie grausam zupackten. Ein winziges Indianerkind hatte ihm sogar fast ein Auge ausgekratzt. Er hatte sich deshalb zur Regel gemacht, alle Kinder mit Argwohn zu betrachten. Er ertrug sie nicht. Wenn sie sich mit ihren bedrohlichen Händen näherten, stand er auf und trollte sich.

In einem Dorf am Großen Sklavensee hatte einmal drohendes Übel von Menschenhand eine gereizte Reaktion seinerseits herausgefordert; anschließend hatte er das Gesetz modifiziert, das ihn Grauer Biber gelehrt hatte – daß es nämlich ein unverzeihliches Verbrechen sei, einen der Götter zu beißen. In diesem Dorf ging Wolfsblut wie alle Hunde in allen Dörfern auf Futtersuche. Ein Junge zerhackte mit einer Axt gefrorenes Elchfleisch; einzelne Splitter flogen in den Schnee. Wolfsblut blieb auf seiner Suche nach Fleisch stehen und begann, sie zu fressen. Er bemerkte, wie der Junge die Axt niederlegte und einen schweren Knüppel ergriff. Wolfsblut sprang gerade noch rechtzeitig zur Seite, um der niedersausenden Waffe zu entgehen. Der Junge verfolgte ihn, und weil er fremd im Dorf war, geriet Wolfsblut auf seiner Flucht in eine Sackgasse zwischen zwei Zelten, wo ein Erdwall den Weg nach hinten versperrte.

Es gab kein Entkommen. Der einzige Ausweg lag vor ihm, zwischen den beiden Zelten, und diesen bewachte der Junge. Den Knüppel zum Schlag erhoben, kam er auf sein in die Enge getriebenes Opfer zu. Wolfsblut war wütend. Er stellte sich dem Jungen knurrend und mit gesträubtem Fell entgegen; sein Gerechtigkeitssinn empörte sich. Er kannte die Regeln der Futtersuche. Aller Fleischabfall, wie diese gefrorenen Fleischsplitter, gehörten dem Hund, der sie entdeckte. Er hatte nichts Unrechtes getan, kein Gesetz gebrochen, und dennoch stand dort dieser Junge und war im Begriff, ihn zu verprügeln. Wolfsblut wurde kaum bewußt, was geschah. Er handelte in aufwallendem Zorn, und er handelte so schnell, daß auch der Junge nicht folgen konnte. Er bekam bloß mit, daß er auf unerklärliche Weise rückwärts in den Schnee geworfen wurde, während Wolfsbluts Zähne die Hand mit dem Knüppel aufgerissen hatten.

Allerdings wußte Wolfsblut, daß er gegen das Gesetz der Götter gehandelt hatte. Er hatte seine Zähne tief in das Fleisch eines der Ihren gebohrt und mußte sich nun auf eine fürchterliche Strafe gefaßt machen. Er floh zu Grauer Biber und verkroch sich hinter seine schützenden Beine, als der gebissene Junge und seine Familie herankamen, um Vergeltung zu fordern. Doch sie kehrten unverrichteter Dinge um. Grauer Biber verteidigte Wolfsblut. Mit-sah und Kloo-kooch ebenfalls. Wolfsblut, der das Wortgefecht mit anhörte und dem zornigen Gestikulieren zusah, wußte, daß seine Tat gerechtfertigt war. Er lernte daraus, daß es Götter und Götter gab; seine Götter und andere, und zwischen ihnen bestanden Unterschiede. Er mußte alles aus den Händen seiner eigenen Götter empfangen, gleich ob es gerecht oder ungerecht war. Er war jedoch nicht verpflichtet, Unrecht von fremden Göttern hinzunehmen. Er hatte das Recht, sich mit den Zähnen dagegen zu verwahren. Auch das war ein Gesetz der Götter.

Bevor der Tag zu Ende ging, sollte Wolfsblut noch mehr über dieses Gesetz erfahren. Mit-sah, der allein im Wald Brennholz sammelte, traf auf den Jungen, den Wolfsblut gebissen hatte. Er befand sich in Gesellschaft anderer Jungen. Es kam zu einem Wortwechsel. Dann fielen sie alle über Mit-sah her. Es erging ihm übel. Von allen Seiten prasselten die Hiebe auf ihn ein. Zuerst sah Wolfsblut bloß zu. Das war eine Angelegenheit der Götter, die ihn nicht betraf. Dann wurde ihm bewußt, daß es Mit-sah war, einer seiner ganz besonderen, eigenen Götter, der dort mißhandelt wurde. Seine nun folgende Reaktion war keineswegs wohlüberlegt. In einem Anfall von rasender Wut sprang er mitten zwischen die Kampfhähne. Fünf Minuten später sah man die Jungen in alle Richtungen auseinanderstieben; viele von ihnen ließen Blutspuren im Schnee zurück, die davon zeugten, daß Wolfsbluts Zähne nicht müßig geblieben waren. Als Mit-sah die Geschichte im Lager erzählte, befahl Grauer Biber, man solle Wolfsblut Fleisch vorwerfen. Er bestand auf einer großen Portion; und Wolfsblut, der vollgestopft und schläfrig am Feuer lag, wußte, daß das Gesetz seine Bestätigung erfahren hatte.

Zu diesen Erfahrungen gehörte auch, daß er das Gesetz des Eigentums und die Pflicht, das Eigentum zu verteidigen, kennenlernte. Zwischen dem Schutz von Leib und Leben seiner Götter und dem Schutz ihres Eigentums lag ein Schritt, und diesen Schritt machte er. Was seinem Gott gehörte, mußte gegen die ganze Welt verteidigt werden – selbst wenn man dabei andere Götter biß. Ein solcher Akt war nicht nur seinem Wesen nach ein Sakrileg, sondern auch voller Gefahren. Die Götter waren allmächtig, und ein Hund war ihnen nicht gewachsen; nichtsdestotrotz lernte Wolfsblut, ihnen entgegenzutreten, grimmig und kämpferisch und ohne Furcht. Die Pflicht war stärker als die Angst, und diebische Götter lernten rasch, das Eigentum von Grauer Biber nicht anzutasten.

Bald machte Wolfsblut eine weitere Erfahrung in diesem Zusammenhang: Ein diebischer Gott war meist ein feiger Gott, der gewöhnlich die Flucht ergriff, wenn Alarm geschlagen wurde. Er lernte auch, daß zwischen dem Alarm und dem Erscheinen von Grauer Biber, der ihm zu Hilfe eilte, nur kurze Zeit verstrich. Es wurde ihm klar, daß der Dieb nicht aus Angst vor ihm, sondern vor Grauer Biber das Weite suchte. Wolfsblut warnte nicht, indem er bellte. Er bellte nie. Seine Methode bestand darin, den Eindringling auf der Stelle anzugreifen und, wenn möglich, sofort zuzubeißen. Als übellauniger Einzelgänger, der mit den anderen Hunden nichts im Sinn hatte, war er außergewöhnlich gut dazu geeignet, das Eigentum seines Herrn zu bewachen. Grauer Biber förderte und schulte ihn darin. Das führte unter anderem dazu, daß Wolfsblut noch grimmiger, unbezähmbarer und einsamer wurde.

Die Monate verstrichen und knüpften die Bande zwischen Hund und Mensch noch enger. Es handelte sich um den uralten Bund zwischen den Menschen und dem ersten Wolf, der der Wildnis den Rücken kehrte. Wie alle Wölfe und Wildhunde vor ihm begriff auch Wolfsblut dieses Bündnis ganz von selbst. Die Bedingungen waren einfach. Um für sich einen Gott aus Fleisch und Blut zu finden, gab er seine Freiheit auf. Nahrung und Feuer, Schutz und Gesellschaft gehörten zu den Dingen, die er von diesem Gott erhielt. Im Gegenzug hütete er sein Eigentum, verteidigte Leib und Leben, arbeitete für ihn und gehorchte ihm.

Einen Gott zu haben heißt Dienste leisten. Wolfsbluts Dienste entsprangen der Pflicht und der Ehrfurcht, nicht der Liebe. Er wußte nicht, was Liebe bedeutete. Er hatte sie nie erfahren. Kiche war eine blasse Erinnerung. Außerdem hatte er nicht nur der Wildnis und seiner Gattung den Rücken gekehrt, als er sich dem Menschen auslieferte, sondern die Bedingungen des Bundes brachten es mit sich, daß er seinen Gott nicht verlassen würde, falls er Kiche je wieder begegnete. Seine Treue zum Menschen war offenbar ein Gesetz seiner Natur, das irgendwie stärker wirkte als die Liebe zur Freiheit, zur eigenen Art und zur Familie.

VI. HUNGER

Der Frühling stand vor der Tür, als Grauer Biber seine lange Reise beendete. Es war April, und Wolfsblut hatte sein erstes Lebensjahr hinter sich, als sie in ihr Heimatdorf zurückkehrten und Mit-sah ihm das Zuggeschirr abnahm. Wolfsblut war zwar noch lange nicht ausgewachsen, aber unter den Einjährigen nach Lip-lip der größte. Sowohl von seinem Vater, dem Wolf, wie von Kiche hatte er Statur und Kraft geerbt, und er reichte bereits an ausgewachsene Hunde heran. Was ihm noch fehlte, war Masse. Er war schmal und gestreckt, von eher sehniger als bulliger Kraft. Sein Fell hatte das echte Wolfsgrau, und auch sonst war er in allen äußeren Merkmalen ein echter Wolf. Der Augenschein ließ nicht erkennen, daß er zu einem Viertel vom Hund abstammte, obwohl es für seine geistigen Fähigkeiten von Bedeutung war.

Er streifte durch das Lager und erkannte gelassen und befriedigt die verschiedenen Götter wieder, die er vor der langen Reise gekannt hatte. Daneben gab es die Hunde, junge, heranwachsende Hunde wie ihn selbst, und ausgewachsene Hunde, die weniger mächtig und gefährlich wirkten, als er sie in Erinnerung hatte. Sie flößten ihm jetzt weniger Angst ein als früher, und er bewegte sich in ihrer Gegenwart mit einer gewissen entspannten Lässigkeit, die er als ebenso neu wie angenehm empfand.

Baseek, zum Beispiel, ein ergrauter Alter, hatte einstmals bloß die Zähne blecken müssen, damit Wolfsblut sich klein machte und unterwürfig den Rückzug antrat. Er hatte Wolfsblut gründlich gelehrt, wie unbedeutend er war; durch ihn sollte er jetzt eine Menge darüber erfahren, wie er sich gewandelt und entwickelt hatte. Baseek war mit dem Alter schwächer geworden, Wolfsblut durch seine Jugend stärker.

Als die Hunde sich einmal um einen frischerlegten Elch

rissen, wurden Wolfsblut die veränderten Verhältnisse innerhalb der Gruppe bewußt. Er hatte einen Huf mit einem Teil des Schienbeins für sich ergattert, an dem noch reichlich Fleisch hing. Abseits des unmittelbaren Getümmels – ein Gebüsch verbarg ihn vor den anderen Hunden – verschlang er gerade seine Beute, als Baseek ihn attackierte. Bevor ihm zu Bewußtsein kam, was er tat, hatte Wolfsblut dem Angreifer zwei Wunden gerissen und sich schon wieder mit einem Satz in Sicherheit gebracht. Baseek wurde durch den kühnen und plötzlichen Angriff überrascht. Er blieb stehen und starrte Wolfsblut stumpfsinnig über den rohen, blutroten Knochen hinweg an.

Baseek war alt und hatte bereits erlebt, wie Hunde, die er bisher selbst tyrannisiert hatte, immer mutiger wurden. Das waren bittere Pillen, die er notgedrungen schlucken mußte, und er brauchte seine ganze Weisheit, um damit fertigzuwerden. In alten Tagen wäre er in einem Anfall von berechtigtem Zorn über Wolfsblut hergefallen. Nun machte seine schwindende Kraft eine solche Reaktion unmöglich. Er sträubte grimmig das Fell und blickte Wolfsblut über den Knochen hinweg unheilvoll an. Der spürte viel von der alten Ehrfurcht in sich aufsteigen und schien in sich zusammenzusinken, wieder schwach und klein zu werden, während er nach einer Möglichkeit suchte, einen nicht allzu schmachvollen Rückzug anzutreten.

Genau in diesem Augenblick beging Baseek einen Fehler. Hätte er sich damit zufriedengegeben, grimmig und drohend auszusehen, dann wäre alles gut gewesen. Der rückzugsbereite Wolfsblut hätte tatsächlich das Feld geräumt und ihm das Fleisch überlassen. Doch Baseek wartete nicht ab. Er betrachtete den Sieg als bereits errungen, beugte sich über das Fleisch und beschnüffelte es sorglos; Wolfsbluts Nackenfell sträubte sich leicht. Selbst jetzt wäre es noch nicht zu spät für Baseek gewesen, die Situation zu retten. Wäre er einfach über dem Fleisch stehengeblieben, ohne den Kopf zu senken, und hätte Wolfsblut finster angestarrt, dann hätte sich dieser schließlich davongeschlichen. Aber der frische Fleischgeruch stieg Baseek in die Nase, und in seiner Gier wollte er einen Bissen verschlingen.

Das war zuviel. Nach den eben erst hinter ihm liegenden Monaten seiner Herrschaft über die übrigen Hunde im Schlittengespann ging es über Wolfsbluts Kräfte, tatenlos zuzusehen, wie ein anderer Fleisch fraß, das ihm gehörte. Er schlug wie gewohnt ohne Vorwarnung zu. Beim ersten Zupacken riß er Baseeks rechtes Ohr in Fetzen. Dieser war völlig verblüfft, so plötzlich geschah alles. Aber weitere, viel schlimmere Dinge ereigneten sich mit der gleichen Geschwindigkeit. Er wurde umgeworfen und in den Hals gebissen. Während er sich noch hochrappelte, biß ihn der junge Hund zweimal in die Schulter. Das Tempo der Ereignisse war atemberaubend. Er unternahm einen empörten, aber vergeblichen Gegenangriff, und seine Zähne schnappten krachend ins Leere. Im nächsten Moment wurde ihm die Schnauze aufgerissen, und er taumelte rückwärts vom Fleisch fort.

Jetzt war die Lage umgekehrt. Wolfsblut stand mit gesträubtem Fell und drohend über dem Fleisch, während Baseek in einiger Entfernung den Rückzug vorbereitete. Er wagte es nicht, sich auf einen riskanten Kampf mit diesem blitzschnellen Gegner einzulassen, und mußte erneut und mit größerer Bitterkeit zur Kenntnis nehmen, wie sehr das Alter ihn schwächte. Sein Versuch, die Würde zu wahren, war heldenhaft. Er kehrte dem jungen Hund und seinem Knochen ruhig den Rücken, als wären beide seiner Aufmerksamkeit und Achtung nicht wert, und marschierte großspurig von dannen. Erst als er völlig außer Sichtweite war, blieb er stehen, um seine Wunden zu lecken.

Das Erlebnis verschaffte Wolfsblut ein größeres Selbstvertrauen und erfüllte ihn mit Stolz. Unter den ausgewachsenen Hunden ging er nun auf weniger leisen Sohlen; seine Haltung ihnen gegenüber war nicht mehr so kompromißbereit. Nicht etwa, daß er unbedingt Streit gesucht hätte – gewiß nicht. Aber unterwegs erwartete er eine gewisse Achtung. Er bestand auf seinem Recht, nicht belästigt zu werden und vor niemandem Reißaus zu nehmen. Man hatte ihn einzukalkulieren, das war alles. Er durfte nicht länger übersehen und mißachtet werden, wie es bei jungen Hunden normal war und wie es jetzt noch den Hunden aus seinem Gespann erging. Der Nachwuchs hielt Distanz, lief vor den ausgewachsenen Tieren davon und überließ ihnen gezwungenermaßen sein Fleisch. Wolfsblut dagegen, ein ungeselliger, mürrischer Einzelgänger, der kaum einmal nach links oder rechts blickte, respekteinflößend, von furchterregendem Aussehen, ein unnahbarer Fremdling, wurde von den verblüfften Älteren als gleichberechtigt akzeptiert. Sie lernten rasch, ihn in Ruhe zu lassen, indem sie ihm weder feindselig entgegentraten noch Freundschaftsangebote machten. Wenn sie ihn in Frieden ließen, ließ er sie in Frieden – ein Arrangement, das ihnen nach ein paar Auseinandersetzungen überaus wünschenswert erschien.

Im Hochsommer hatte Wolfsblut ein besonderes Erlebnis. Er trottete auf seine unauffällige Weise durch das Lager, um ein neues Zelt zu untersuchen, das am Dorfrand errichtet worden war, während er sich mit den Jägern auf der Elchjagd befand, und plötzlich stand er vor Kiche. Er hielt inne und sah sie an. Er erinnerte sich vage an sie, aber immerhin *erinnerte* er sich, und das war mehr, als man von Kiche behaupten konnte. Sie zeigte ihm die Zähne und stieß das drohende Knurren aus, das er so gut kannte; jetzt nahm seine Erinnerung Formen an. Die versunkene Welpenzeit, alles, was sich mit dem vertrauten Knurren verknüpfte, stürmte wieder auf ihn ein. Bevor er die Götter gekannt hatte, war sie der Angelpunkt seiner Welt gewesen. Die früheren Gefühle meldeten sich wieder und überwältigten ihn. Glücklich sprang er auf sie zu; sie empfing ihn mit scharfen Fängen und riß ihm die Backe bis auf die Knochen auf. Er begriff das nicht; bestürzt und verwirrt wich er zurück.

Kiche war nichts vorzuwerfen. Eine Wolfsmutter ist nicht dazu geschaffen, ihre ehemaligen, etwa einjährigen Jungen im Gedächtnis zu behalten. Deswegen erinnerte sie sich auch nicht an Wolfsblut. Er war ein fremdes Tier, ein Eindringling; und der diesjährige Wurf gab ihr das Recht, seine Störung zu ahnden.

Einer der Welpen krabbelte zu Wolfsblut hin. Sie waren Halbgeschwister, ohne davon zu wissen. Wolfsblut beschnüffelte das Junge neugierig; daraufhin fiel Kiche erneut über ihn her und brachte ihm eine zweite klaffende Wunde bei. Er wich weiter zurück. Die alten Erinnerungen und Bilder verblaßten und versanken wieder in dem Grab, aus dem sie auferstanden waren. Er musterte Kiche, die ihr Junges leckte, nicht ohne ihn gelegentlich anzuknurren. Sie besaß keinen Wert mehr für ihn. Er hatte gelernt, ohne sie zurechtzukommen. Was sie bedeutet hatte, war vergessen. In seiner Welt war kein Platz für sie, so wie sie auch für ihn keinen mehr hatte.

Er stand immer noch verwirrt, seiner Erinnerung beraubt und wie betäubt herum und fragte sich, was hier überhaupt vorging, als ihn Kiche zum drittenmal attackierte, um ihn endgültig aus ihrer Umgebung zu vertreiben. Wolfsblut ließ es mit sich geschehen. Sie war ein weibliches Tier seiner Gattung, und das Gesetz der Art erlaubte ihm nicht, mit ihr zu kämpfen. Er wußte nichts von diesem Gesetz, denn es war keine verstandesmäßige Verallgemeinerung, nicht etwas, das man durch Erfahrung in der Welt erwarb. Er erlebte es als einen verborgenen Impuls, einen instinktiven Trieb – derselbe, der ihn den Mond und die Sterne in der Nacht anheulen ließ, ihm die Furcht vor dem Tod und dem Unbekannten eingab.

Die Monate zogen vorbei. Wolfsblut nahm an Kraft, Gewicht und Masse zu, während sich sein Wesen in den Bahnen entwickelte, die sein Erbe und seine Umwelt vorherbestimmten. Sein Erbe war ein Stoff des Lebens, den man dem Ton vergleichen könnte. Er barg viele Möglichkeiten, ließ sich in viele verschiedene Formen pressen. Die Umwelt diente dazu, den Ton zu modellieren, ihm eine bestimmte Gestalt zu verleihen. Wäre Wolfsblut zum Beispiel nie an das wärmende Feuer der Menschen gekommen, dann hätte ihn die Wildnis zu einem echten Wolf geformt. Die Götter hatten ihm jedoch eine andere Umwelt geboten, und sie prägte ihn zu einem Hund, der viel vom Wolf hatte, aber eben Hund und nicht Wolf war.

Auf diese Weise nahm sein Wesen nach der Vorgabe seiner Natur und unter dem Druck seiner Umgebung eine ganz bestimmte Form an. Kein Weg führte daran vorbei. Er wurde mürrischer, ungeselliger, einsamer, grimmiger. Gleichzeitig erfuhren die Hunde immer unmißverständlicher, daß man mit ihm besser in Frieden als auf Kriegsfuß lebte, und Grauer Biber lernte ihn mit jedem Tag mehr schätzen.

Wolfsblut, der in allen seinen Eigenschaften den Inbegriff von Stärke darzustellen schien, hatte nichtsdestoweniger eine unausrottbare Schwäche. Er ertrug es nicht, ausgelacht zu werden. Das Gelächter der Menschen war hassenswert. Sie mochten unter sich lachen, worüber sie wollten; solange es nicht über ihn war, ließ es ihn kalt. In dem Augenblick aber, in dem das Gelächter sich gegen ihn wandte, geriet er in rasende Wut. So ernst, gemessen und finster er sonst war, das machte ihn toll bis zur Lächerlichkeit. Es empörte und erregte ihn dermaßen, daß er sich noch stundenlang danach wie besessen aufführte. Wehe dem Hund, der ihm dann in die

Quere kam! Er kannte die Regeln zu gut, um seinen Zorn an Grauer Biber auszulassen; hinter Grauer Biber standen Knüppel und göttliches Wesen. Hinter den Hunden aber war nichts als freier Raum, und dorthin flüchteten sie, wenn Wolfsblut in seiner Raserei auf der Bildfläche erschien.

In seinem dritten Lebensjahr kam es bei den Mackenzieindianern zu einer schlimmen Hungersnot. Im Sommer blieb der Fisch aus. Im Winter folgten die Karibus nicht den gewohnten Pfaden. Elche waren rar, Hasen blieben fast unsichtbar, selbst die Fleischfresser verendeten. Weil die üblichen Nahrungsquellen versiegten und der Hunger sie schwächte, fielen die Räuber übereinander her und fraßen sich gegenseitig auf. Nur die Starken überlebten. Wolfsbluts Götter hatten immer von der Jagd gelebt. Jetzt verhungerten die Alten und Schwachen. Es gab Jammer und Wehklagen im Dorf, denn Frauen und Kinder erhielten nichts zu essen, damit das wenige, was sie hatten, den mageren, hohläugigen Jägern zugute kam, die auf vergeblicher Jagd nach Beute durch die Wälder streiften.

Die Not war so entsetzlich, daß die Götter sogar das weichgegerbte Leder ihrer Mokkasins und Handschuhe aßen, während die Hunde das Zuggeschirr und selbst noch Peitschenschnüre zerkauten. Auch gegenseitig fraßen sich die Huskies auf, und die Götter ernährten sich von ihren Hunden. Zuerst verzehrte man die schwächsten und weniger wertvollen Tiere. Die überlebenden sahen dabei zu und begriffen, was geschah. Einige der kühnsten und klügsten unter ihnen kehrten den Feuern ihrer Götter, die nur noch ein Schatten ihrer selbst waren, den Rücken und flohen in die Wälder, wo sie am Ende verhungerten oder von Wölfen verschlungen wurden.

In dieser Zeit des Elends schlich sich auch Wolfsblut fort in die Wildnis. Er war besser für dieses Leben vorbereitet als die übrigen Hunde, weil er in seiner Welpenzeit das notwendige

Rüstzeug mitbekommen hatte. Ganz besondere Geschicklichkeit entwickelte er dabei, kleineren Lebewesen aufzulauern. Stundenlang lag er dann in seinem Versteck, verfolgte jede Regung eines argwöhnischen Eichhörnchens und wartete mit einer Geduld, die so groß war wie der Hunger, unter dem er beim Warten litt, bis es sich endlich am Boden blicken ließ. Selbst in diesem Moment handelte er nicht übereilt. Er zögerte solange, bis er die Gewißheit hatte, zupacken zu können, ehe das Eichhörnchen sich auf einem Baum in Sicherheit gebracht hatte. Erst dann, keine Sekunde früher, jagte er aus seinem Versteck hervor, ein graues Geschoß von unglaublicher Geschwindigkeit, das sein Ziel – das Eichhörnchen auf seiner vergeblichen Flucht – niemals verfehlte.

So erfolgreich er Eichhörnchen nachstellte, ein Problem hinderte ihn dennoch daran, mit ihrer Hilfe zu überleben und Fett anzusetzen. Es gab zu wenige von ihnen. So war er gezwungen, noch kleinere Lebewesen zu jagen. Er spürte gelegentlich einen so nagenden Hunger, daß er sich nicht zu gut dazu war, Waldmäuse aus ihren Erdlöchern zu graben. Auch einem Duell mit einem Wiesel, ebenso hungrig wie er, aber weit grausamer im Kampf, ging er nicht aus dem Weg.

In der allerärgsten Not schlich er sich zu den Feuern der Götter zurück, doch hielt er sich von ihnen fern. Er lauerte im Wald, damit man ihn nicht entdeckte, und plünderte die Fallen, wenn sich ausnahmsweise ein Tier darin gefangen hatte. Selbst aus den Schlingen von Grauer Biber holte er einmal einen Hasen, und das zu einer Zeit, als dieser nur noch stolpernd durch den Wald torkelte und immer wieder Ruhepausen einlegen mußte, weil ihm vor Schwäche die Luft ausging.

Eines Tages begegnete er einem Jungwolf, hager und dürr, so ausgehungert, daß seine Gliedmaßen an ihm herumzubaumeln schienen. Wenn er selbst nicht so hungrig gewesen wäre, hätte Wolfsblut sich ihm vielleicht angeschlossen und den Weg zum Rudel seiner ungezähmten Brüder zurückgefunden. So aber hetzte und erlegte er ihn, um ihn zu fressen.

Das Schicksal war ihm offenbar gewogen. Immer wenn die Entbehrung am größten war, fand er geeignete Beute. Umgekehrt hatte er das Glück, daß er in Zeiten der eigenen Schwäche nicht selbst an ein Raubtier geriet. Einmal zum Beispiel war er gerade zu Kräften gekommen, nachdem er zwei Tage lang an einem Luchs gefressen hatte, als er dem hungrigen Wolfsrudel in die Arme lief. Es war eine lange, schonungslose Hetzjagd, doch war er besser genährt als sie und entkam schließlich. Er war nicht nur schneller als seine Verfolger gewesen, sondern hatte einen weiten Bogen geschlagen und ein zurückgebliebenes, erschöpftes Tier erlegt.

Anschließend verließ er diese Gegend und zog weiter in das Tal, wo er geboren worden war. Hier, in der alten Höhle, traf er Kiche. Auch sie hatte sich auf frühere Tage besonnen, den ungastlichen Feuern der Götter Lebewohl gesagt und ihre ehemalige Zufluchtsstätte aufgesucht, um ihre Jungen zur Welt zu bringen. Nur eines aus dem Wurf hatte überlebt, als Wolfsblut auftauchte, und auch seine Tage waren gezählt. Für den Nachwuchs standen die Chancen in einer solchen Hungersnot schlecht.

Kiches Begrüßung ihres herangewachsenen Sprößlings war alles andere als liebenswürdig. Wolfsblut nahm es ungerührt zur Kenntnis. Er war seiner Mutter entwachsen. Gleichmütig machte er kehrt und trabte stromaufwärts. An der Gabelung bog er nach links ab und fand die Höhle der Luchsmutter, gegen die seine Mutter und er vor langer Zeit gekämpft hatten. In dem verlassenen Bau ließ er sich nieder und ruhte sich einen Tag lang aus.

Im Frühsommer, gegen Ende der Hungerperiode, traf er mit Lip-lip zusammen, der sich auch in die Wälder zurückgezogen und dort ein armseliges Dasein gefristet hatte. Das Zusammentreffen kam unerwartet. Die beiden trotteten am

Fuß einer Steilwand entlang, bogen aus entgegengesetzter Richtung um eine Felsnase und standen sich abrupt gegenüber. Sie blieben erschreckt und wie angewurzelt stehen und musterten sich mißtrauisch.

Wolfsblut befand sich in blendender Verfassung. Seine Jagd war erfolgreich gewesen, und schon eine Woche lang hatte er genug zu fressen gehabt. An seiner letzten Beute hatte er sich richtig vollschlagen können. In dem Moment aber, als er Lip-lip erblickte, sträubte sich sein ganzes Rückenfell. Eine unwillkürliche Reaktion – es stellte sich einfach der körperliche Zustand ein, der in der Vergangenheit regelmäßig Ausdruck des Seelenzustands war, den Lip-lips Schikanen und Nachstellungen auslösten. So wie er früher beim Anblick von Lip-lip das Fell gesträubt und ihn angeknurrt hatte, so sträubte er es jetzt ganz automatisch und knurrte ihn an. Er verschwendete keine Zeit. Die Sache wurde prompt und gründlich erledigt. Lip-lip machte einen Versuch zurückzuweichen, aber Wolfsblut rammte ihn mit der Schulter. Lip-lip wurde umgestoßen und auf den Rücken geworfen. Wolfsbluts Zähne bohrten sich in die magere Kehle. Den folgenden Todeskampf beobachtete Wolfsblut, während er steifbeinig sein Opfer umkreiste. Dann setzte er seinen Weg fort und trabte am Fuß der Steilwand weiter.

Wenige Tage später kam er an einen Ort, wo sich der Wald lichtete und ein schmaler Streifen offenen Landes zum Mackenzie hin abfiel. Er war schon einmal hier gewesen, als alles noch leer war, aber jetzt befand sich dort ein Dorf. Aus seinem Versteck am Waldrand studierte er in aller Ruhe die Lage. Der Anblick, die Geräusche und Gerüche waren ihm vertraut. Es handelte sich um das alte Dorf an einem neuen Platz. Allerdings waren Anblick, Geräusche und Gerüche nicht so wie zu der Zeit, als er von dort geflohen war. Kein Jammern und Wehklagen mehr. Er nahm Laute von zufriedenen Menschen wahr, und aus der zornigen Stimme einer Frau hörte er den Ärger heraus, der aus vollem Magen kommt. In der Luft lag der Geruch von Fisch. Es gab Nahrung. Die Hungersnot war vorbei. Mutig trat er aus dem Wald und trabte geradewegs zum Zelt von Grauer Biber. Er war nicht da, doch Kloo-kooch hieß ihn mit glücklichem Geschrei und einem ganzen frischgefangenen Fisch willkommen. Er legte sich hin und erwartete die Rückkehr seines Herrn.

VIERTER TEIL: ÜBERLEGENE GÖTTER

I. DER FEIND SEINER ARTGENOSSEN

Wenn es auch nur im entferntesten in Wolfsbluts Natur gelegen hätte, sich jemals mit seinen Artgenossen zu verbrüdern, so ging diese Möglichkeit unwiederbringlich verloren, als er zum Leithund des Schlittengespanns gemacht wurde. Denn nun haßten die Hunde ihn – haßten ihn wegen der Sonderrationen Fleisch, die Mit-sah ihm zukommen ließ, wegen aller wirklichen und eingebildeten Vergünstigungen, die er erhielt; haßten ihn, weil er an der Spitze des Gespanns ewig vor ihnen dahinsauste und sie mit dem aufreizenden Anblick seines buschig wedelnden Schweifs und seiner beständig davonjagenden Hinterläufe rasend machte.

Wolfsblut erwiderte ihren erbitterten Haß. Seine Rolle als Leithund war alles andere als befriedigend. Daß man ihn zwang, vor der kläffenden Meute die Flucht zu ergreifen, obwohl er doch in den letzten drei Jahren jeden einzelnen von ihnen verprügelt und an seinen Platz verwiesen hatte, das war fast mehr, als er ertragen konnte. Aber er mußte es erdulden oder untergehen, und sein Lebenswille schloß die zweite Möglichkeit aus. In dem Augenblick, in dem Mit-sah das Kommando zum Aufbruch gab, begannen alle Hunde im Gespann mit gierigem Gekläffe ihre unbarmherzige Hetzjagd.

Er hatte keine Möglichkeit, sich zu verteidigen. Wenn er sich zu ihnen umdrehte, klatschte Mit-sahs Peitsche ihm ins Gesicht. Es blieb nur die Flucht nach vorn. Schließlich konnte er das johlende Pack nicht mit Schwanz und Hinterteil abwehren. Angesichts der vielen gnadenlos drohenden Fänge waren solche Waffen ungeeignet. Also rannte er davon, und obgleich er mit jedem einzelnen Satz seinem Stolz und seiner ureigenen Natur Gewalt antat, war er jeden Tag von früh bis spät auf der Flucht.

Man kann den Instinkten der eigenen Natur nicht Gewalt antun, ohne daß die Natur sich gegen sich selbst kehrt. Es ist, wie wenn ein Haar, das aus dem Körper herauswachsen soll, widernatürlich seine Richtung ändert und in den Körper hineinwächst – als schwärende, eiternde Wunde. So erging es Wolfsblut. Jeder natürliche Trieb drängte ihn, über die Meute herzufallen, die ihm kläffend auf den Fersen war, doch der Wille seiner Götter verbot es. Hinter diesem Willen, und um ihn durchzusetzen, drohte die schmerzhafte Peitsche mit ihrer neun Meter langen Schnur aus Karibudarm. Wolfsblut konnte seine Wut nur in sich hineinfressen und entwickelte dabei einen Haß und eine Bösartigkeit, für die seine wilde, unbezähmbare Natur das Maß lieferte.

Wenn je eine Kreatur der Feind ihrer eigenen Art war, dann Wolfsblut. Er erwartete kein Pardon und gab selbst keines. Er war ständig von Wunden und Narben übersät, die die Zähne der Meute auf seinem Körper hinterlassen hatten, und zahlte stets mit gleicher Münze heim. Im Unterschied zu den meisten Leithunden, die sich hilfesuchend an ihre Herren schmiegten, sobald man das Lager aufschlug und die Hunde aus dem Geschirr nahm, verschmähte Wolfsblut solchen Schutz. Er ging unerschrocken durch das Lager und teilte nachts die Strafen für die Leiden aus, die er tagsüber erduldet hatte. Vor seiner Zeit als Schlittenhund hatte die Meute gelernt, ihm aus dem Weg zu gehen. Jetzt war das anders. Erregt von der Verfolgungsjagd des verflossenen Tages, durch das immer neue Bild einer scheinbaren Flucht unmerklich beeinflußt und mitgerissen von dem tagsüber genossenen

Gefühl der Überlegenheit, brachten die Hunde es nicht fertig, sich ihm zu beugen. Wo er unter ihnen auftauchte, gab es immer ein Gerangel. Zähnefletschen, Schnappen und drohendes Knurren begleiteten ihn auf seinem Weg. Die Luft, die er atmete, war voller Bosheit und Haß, so daß seine eigene Bosheit und sein Haß erst recht zunahmen.

Wenn Mit-sah den Befehl zum Halten gab, gehorchte Wolfsblut. Das brachte die übrigen Hunde zunächst in Schwierigkeiten. Sie fielen samt und sonders über den verhaßten Leithund her und stellten zu ihrer Überraschung fest, daß sich das Blatt nun gewendet hatte. Jetzt nämlich pfiff Mit-sahs Peitsche auf sie herab, um Wolfsblut zu verteidigen. Allmählich lernten sie, Wolfsblut in Ruhe zu lassen, wenn das Gespann auf Kommando hielt. Wenn Wolfsblut allerdings ohne Kommando stehenblieb, dann durften sie sich auf ihn stürzen und ihn vernichten, falls sie dazu imstande waren. Nach mehreren entsprechenden Erfahrungen hielt Wolfsblut nie mehr unaufgefordert an. Er begriff rasch. Das lag in der Natur der Dinge, wollte er unter den ungewöhnlich harten Bedingungen, unter denen man ihm sein Leben garantierte, überleben.

Die Hunde lernten jedoch nie, ihn im Lager in Frieden zu lassen. Bei der täglichen Verfolgungsjagd wurde sein Führungsanspruch stets neu in Frage gestellt und die Lektion vom Vorabend dadurch ausgelöscht. Am folgenden Abend wurde sie ihnen wieder eingebleut, nur um sogleich wieder vergessen zu werden. Zudem saß ihre Abneigung gegen ihn tiefer. Sie empfanden ihn als artverschieden – ein Grund, der allein schon ausreichte, ihre feindseligen Gefühle zu rechtfertigen. Sie waren domestizierte Wölfe wie er. Doch das lag bereits Generationen zurück. Von ihrem Erbe der Wildnis war schon viel verlorengegangen, so daß sie ihnen als etwas Unbekanntes, Schreckliches, stets Bedrohliches und Feindseliges erschien. Ihm dagegen haftete die Wildnis noch an, gleich ob es um sein Aussehen, sein Handeln oder seine

Instinkte ging. Er personifizierte die Wildnis. Wenn sie ihm also die Zähne zeigten, dann verteidigten sie sich gegen zerstörerische Mächte, die im Schatten des Waldes und in der Dunkelheit jenseits der Lagerfeuer auf sie lauerten.

Eine Lektion beherzigten die Hunde allerdings: Sie blieben immer beieinander. Wolfsblut war ein so schrecklicher Gegner, daß keiner allein den Kampf gegen ihn wagte. Sie traten ihm nur in der Masse entgegen, sonst hätte er sie in einer Nacht alle nacheinander getötet. Unter diesen Umständen hatte er keine Chance, auch nur einen zu erledigen. Es gelang ihm wohl, einen Hund umzustoßen, aber die Meute griff ihn an, ehe er den tödlichen Biß in die Kehle folgen lassen konnte. Beim ersten Anzeichen einer Auseinandersetzung versammelte sich das ganze Gespann zum Kampf. Die Hunde hatten auch untereinander Streitigkeiten, die aber vergessen waren, sobald ein Waffengang mit Wolfsblut in der Luft lag.

Andererseits war es trotz aller Versuche auch ihnen unmöglich, Wolfsblut zu töten. Er war zu schnell, zu gefährlich, zu listig für sie. Er ließ sich nie in eine Ecke drängen und fand immer einen Ausweg, wenn sie ihn umzingeln wollten. Und kein einziger seiner Gegner war imstande, ihn umzuwerfen. Seine Pfoten krallten sich ebenso hartnäckig in den Boden, wie er selbst am Leben hing. Im übrigen waren Überleben und ein sicherer Stand im ewigen Kampf mit der Meute gleichbedeutend, und das wußte niemand besser als Wolfsblut.

So wurde er zum Feind seiner eigenen Artgenossen, dieser gezähmten Wölfe, die am Feuer des Menschen verweichlicht und im Schutze seiner Macht schwach geworden waren. Wolfsblut war aus anderem Holz geschnitzt. Er führte einen Feldzug gegen alle Hunde, und zwar mit solcher Unerbittlichkeit und Härte, daß Grauer Biber, selbst ein Wilder, über Wolfsbluts Grausamkeit nur noch staunen konnte. Er schwor, es habe seinesgleichen noch nie gegeben. Und die

Indianer in fremden Dörfern stimmten ihm zu, sobald sie sahen, wieviele ihrer Hunde Wolfsblut zum Opfer fielen.

Als Wolfsblut fast fünf Jahre alt war, nahm Grauer Biber ihn mit auf eine weitere große Reise. Noch lange danach erinnerte man sich in zahlreichen Dörfern am Mackenzie, in den Rocky Mountains und vom Porcupine bis hinunter zum Yukon, wie verheerend er dort unter den Hunden gewütet hatte. Mit wahrem Vergnügen befriedigte er seine Rachegelüste gegenüber den Artgenossen. Es handelte sich um ganz gewöhnliche, arglose Hunde. Sie waren auf seine Schnelligkeit und Direktheit, auf seinen Angriff ohne Vorwarnung nicht gefaßt. Sie erkannten ihn nicht als das, was er war – ein blitzartig zupackender Schlächter. Sie näherten sich ihm mit gesträubtem Fell, steifbeinig und herausfordernd, während er schon, ohne für umständliche Präliminarien Zeit zu verschwenden, wie von einer Stahlfeder getrieben auf ihre Kehle zuschoß und sie vernichtete, bevor sie sich noch von ihrer Überraschung erholt hatten oder überhaupt wußten, wie ihnen geschah.

Er wurde zum Meister im Kampf. Er ging sparsam mit seinen Kräften um, verschwendete sie nie oder ließ sich etwa in eine längere Rauferei verwickeln. Dafür schlug er zu schnell zu, und wenn er sein Ziel verfehlte, zog er sich ebenso rasch wieder zurück. Die Abneigung des Wolfs gegen übergroße Nähe war bei ihm ungewöhnlich stark ausgeprägt. Er hatte etwas gegen länger andauernden Körperkontakt. Das roch nach Gefahr. Er geriet dann außer sich. Er brauchte Abstand, Freiraum, mußte auf den eigenen vier Beinen stehen, ohne jemanden zu berühren. So machte sich die ihm noch anhaftende Wildnis bemerkbar. Das Leben als Ausgestoßener, das er seit seiner Welpenzeit führen mußte, hatte diese Eigenschaft noch verstärkt. Im Körperkontakt lauerte die Gefahr. Das war seit jeher die Falle, und die Angst davor war mit allen seinen Nervenfasern verwoben.

Als Folge davon hatten die fremden Hunde, auf die er traf, keine Chance gegen ihn. Er entging ihren Fängen. Entweder packte er sie selbst, oder er entkam ihnen; in beiden Fällen blieb er unverletzt. Es lag in der Natur der Sache, daß es auch Ausnahmen von der Regel gab. Gelegentlich fielen mehrere Hunde über ihn her und richteten ihn übel zu, ehe er das Weite suchen konnte. Und manchmal brachte ihm ein einzelner Hund böse Verletzungen bei. Doch dabei handelte es sich um Mißgeschicke. Im Normalfall trug er keine Blessuren davon, weil er inzwischen als Kämpfer zu erfahren war.

Er verfügte über einen weiteren Vorteil: er konnte Zeit und Distanz richtig abschätzen. Er tat es nicht bewußt. Er berechnete nichts. Es ging alles automatisch. Seine Augen registrierten jedes Bild fehlerlos, und seine Nerven übermittelten es korrekt an sein Hirn. Das Zusammenspiel der Teile funktionierte in seinem Körper besser als beim Durchschnittshund. Bei ihm griff alles reibungsloser und gleichmäßiger ineinander. In der Koordination von Nerven, Muskeln und Hirn war er weit überlegen. Wenn seine Augen dem Hirn das bewegte Bild eines Vorgangs vermittelten, dann folgerte er daraus ohne bewußte geistige Anstrengung, wieviel Raum und Zeit der Vorgang bis zu seinem Abschluß in Anspruch nehmen würde. Auf diese Weise konnte er dem Sprung eines anderen Hundes oder seinen zuschnappenden Zähnen ausweichen und gleichzeitig den Bruchteil eines Augenblicks dafür nutzen, seinen eigenen Angriff vorzutragen. Der Mechanismus von Geist und Körper arbeitete bei ihm einfach vollkommener. Er verdiente kein Lob dafür. Die Natur hatte ihn großzügiger bedacht als das durchschnittliche Tier, das war alles.

Im Sommer kam Wolfsblut nach Fort Yukon. Grauer Biber hatte die große Wasserscheide zwischen dem Mackenzie und dem Yukon gegen Winterende überquert und das Frühjahr damit verbracht, in den westlichen Ausläufern der Rockies zu jagen. Nachdem das Eis auf dem Porcupine abgegangen war, hatte er sich ein Kanu gebaut und war stromabwärts bis dorthin gepaddelt, wo dieser Fluß gerade unterhalb des Polarkreises in den Yukon mündet. Hier stand das alte Fort der Hudson Bay Company. Hier gab es auch viele Indianer, viel zu essen und ungewohnt reges Leben. Es war der Sommer des Jahres 1898, und Tausende von Goldsuchern fuhren den Yukon hinauf nach Dawson und zum Klondike. Obwohl ihr Ziel noch mehrere hundert Meilen voraus lag, waren viele schon ein Jahr unterwegs; fünftausend Meilen hatte jeder mindestens hinter sich, und manche waren vom anderen Ende der Welt gekommen.

Grauer Biber machte hier halt. Er hatte Gerüchte vom Goldrausch gehört und führte mehrere Ballen Pelze mit sich, darunter auch einen mit Fäustlingen und Mokkasins, die mit Darm zusammengenäht waren. Eine so weite Reise hätte er kaum unternommen, wenn nicht so große Gewinne gewinkt hätten. In der Praxis wurden seine Erwartungen noch weit übertroffen. In seinen kühnsten Träumen hatte er sich nicht auf mehr als hundert Prozent Profit eingestellt; in Wirklichkeit wurden es tausend. Als echter Indianer ließ er sich nieder, um seinen Geschäften mit Muße und Sorgfalt nachzugehen, selbst wenn es ihn den restlichen Sommer und den ganzen Winter kostete, seine Waren an den Mann zu bringen.

In Fort Yukon sah Wolfsblut die ersten Weißen. Im Vergleich zu den Indianern, die er kennengelernt hatte, wirkten sie auf ihn wie eine andere Rasse, wie eine Rasse überlegener Götter. Sie schienen weitaus machtvoller zu sein, und göttliches Wesen beruht auf Macht. Wolfsblut kam nicht auf rationalem Weg, durch verstandesmäßige Abstraktion zu dem Schluß, diese Götter seien mächtiger. Es war nichts als ein Gefühl, aber trotzdem überaus wirkungsvoll. So wie ihn in seiner Welpenzeit der Umfang der von Menschen errichteten Wigwams als Demonstration ihrer Macht beeindruckt hatte, so beeindruckten ihn jetzt die Häuser und das riesige

Fort, die alle aus massivem Rundholz erbaut waren. Das bedeutete Macht. Diese weißen Götter waren stark. Ihre Herrschaft über die Materie reichte weiter als die der Götter, die er kannte und von denen Grauer Biber der mächtigste war. Zwischen den weißhäutigen Göttern aber wirkte er geradezu kindlich.

Natürlich waren das nur Gefühle. Sie waren Wolfsblut nicht bewußt. Aber Tiere handeln eher gefühls- als verstandesmäßig. Was auch immer Wolfsblut von nun an tat, er tat es in dem Bewußtsein, die Weißen Götter seien von überlegener Art. Vor allem empfand er ihnen gegenüber Argwohn. Man konnte nicht wissen, welche unbekannten Schrecken ihnen zu Gebote standen, welche ungeahnten Schmerzen sie zufügen konnten. Er betrachtete sie neugierig, fürchtete aber, von ihnen bemerkt zu werden. In den ersten Stunden begnügte er sich damit, sie aus sicherer Distanz verstohlen zu beobachten. Als er feststellte, daß den Hunden in ihrer Umgebung nichts Böses zustieß, wagte auch er sich näher heran.

Umgekehrt war er Gegenstand ihrer besonderen Neugier. Durch seine wolfsähnliche Erscheinung zog er von Anfang an ihre Blicke auf sich, und sie zeigten mit den Fingern auf ihn. Dadurch weckten sie sein Mißtrauen, und wenn sie versuchten, an ihn heranzukommen, bleckte er die Zähne und wich zurück. Es gelang niemandem, ihn anzufassen, und das war auch gut so.

Wolfsblut bemerkte schnell, daß nur wenige derartige Götter – nicht mehr als ein Dutzend – an diesem Ort wohnten. An jedem zweiten oder dritten Tag legte ein Dampfschiff (eine weitere, kolossale Machtdemonstration) für einige Stunden am Ufer an. Die Weißen kamen von den Dampfern herunter an Land und fuhren auf ihnen wieder fort. Ihre Zahl schien unbegrenzt zu sein. An einem der ersten Tage sah er mehr von ihnen, als er Indianer in seinem ganzen Leben kennengelernt hatte; und im Laufe der Zeit kamen immer mehr den Fluß hinauf, machten Station und entschwanden seinen Blicken wieder flußaufwärts.

Die weißen Götter waren zwar allmächtig, ihre Hunde jedoch taugten nicht viel. Das stellte Wolfsblut rasch fest, als er sich unter die Neuankömmlinge mischte, die mit ihren Herren an Land kamen. Die Tiere waren nach Gestalt und Größe sehr verschieden. Manche hatten kurze Beine – zu kurz; manche lange Beine – zu lang. Sie hatten keinen Pelz, sondern Haare, und einige von ihnen kaum das. Und nicht einer konnte kämpfen.

Es waren Artgenossen, und als Feind seiner eigenen Art waltete Wolfsblut seines Amtes und lernte bald, sie gründlich zu verachten. Sie waren verweichlicht und hilflos, machten viel Lärm und strampelten sich bei dem ungeschickten Versuch ab, durch pure Kraft zu erreichen, was ihm durch Behendigkeit und List gelang. Sie sprangen bellend auf ihn zu. Er tat einen Satz zur Seite, und schon wußten sie nicht mehr, wo er geblieben war. Diesen Moment nutzte er, um sie an der Schulter zu rammen und umzuwerfen, so daß er seinen Biß an der Kehle anbringen konnte.

Manchmal war dieser Biß erfolgreich, und ein tödlich verwundetes Tier wälzte sich am Boden, worauf die wartende Meute von Indianerhunden über das Opfer herfiel und es in Stücke riß. Wolfsblut war klug. Er wußte schon seit langem, daß die Götter zornig wurden, wenn man ihre Hunde tötete. Die Weißen machten darin keine Ausnahme. Wenn er also einen ihrer Hunde zu Boden geworfen und ihm die Kehle aufgerissen hatte, gab er sich damit zufrieden, aus dem Hintergrund zuzusehen, wie die Meute sich über ihn hermachte und das grausame Werk vollendete. In diesem Moment stürzten die Weißen herbei und ließen ihre Wut an der Meute aus, während Wolfsblut unbehelligt davonkam. Er beobachtete aus der Entfernung, wie man seine Genossen mit Steinen,

Knüppeln, Äxten und Waffen aller Art malträtierte. Dumm war er nicht.

Auf ihre Weise lernten auch seine Artgenossen dazu und er mit ihnen. Sie hatten nämlich bald heraus, daß sie am ehesten zu ihrem Vergnügen kamen, wenn ein Dampfer gerade angelegt hatte. Nachdem die ersten zwei oder drei fremden Hunde zu Boden geworfen und getötet worden waren, holten die Weißen ihre eigenen Hunde hastig zurück an Bord und übten schreckliche Rache an den Übeltätern. Ein weißer Mann, dessen Hund, ein Setter, vor seinen Augen zerfleischt worden war, zog einen Revolver. Er drückte rasch hintereinander sechsmal ab, und sechs aus der Meute lagen tot oder im Sterben – eine zusätzliche Machtdemonstration, die sich Wolfsblut tief einprägte.

Ihm verschaffte das alles Genugtuung. Er hatte eine Abneigung gegen die eigene Art und war raffiniert genug, selbst unversehrt zu bleiben. Anfangs war das Töten fremder Hunde eine Abwechslung gewesen. Nach einiger Zeit machte er es sich zum Beruf. Es gab sonst nichts für ihn zu tun. Grauer Biber war vollauf damit beschäftigt, durch Handel reich zu werden. So lungerte Wolfsblut zusammen mit dem üblen Pack indianischer Hunde am Landesteg herum und wartete auf Dampfschiffe. Mit der Ankunft eines Schiffs begann der Spaß. Wenige Minuten später, wenn die Weißen sich von ihrer Überraschung erholt hatten, war die Meute schon wieder auseinandergestoben. Der Spaß war vorbei, bis das nächste Schiff anlegte.

Man konnte allerdings kaum behaupten, daß Wolfsblut wirklich dazugehörte. Er mischte sich nicht unter sie, sondern hielt sich abseits, blieb selbständig, ja, von der Meute gefürchtet. Nichtsdestoweniger machte er mit ihnen gemeinsame Sache. Er provozierte die Auseinandersetzung mit dem fremden Hund, während die anderen abwarteten. Hatte er den Neuankömmling zu Boden geworfen, fielen die übrigen

Hunde über ihn her und erledigten den Rest. Freilich zog er sich nicht zuletzt deswegen zurück, weil er sie der Bestrafung der empörten Götter überlassen wollte.

Es kostete wenig Mühe, einen Streit vom Zaun zu brechen. Sobald die fremden Hunde an Land kamen, brauchte er sich bloß zu zeigen. Kaum hatten sie ihn erblickt, stürzten sie sich auf ihn. Sie handelten instinktiv. Er war die Wildnis, das Unbekannte, das Schreckliche, das stets Drohende, jenes Etwas, das draußen in urzeitlicher Dunkelheit um das Feuer schlich, an dem sie kauerten und neue Instinkte ausbildeten, indem sie lernten, die Wildnis zu fürchten, der sie selbst entstammten und die sie verlassen und verraten hatten. Durch alle Generationen hindurch hatte sich diese Angst vor der Wildnis tief in ihr Wesen eingeprägt. Jahrhundertelang stand die Wildnis für Schrecken und Vernichtung. Und aus dieser Zeit datierte die uneingeschränkte Erlaubnis ihrer Herren, alles Wilde zu töten. Indem sie so handelten, hatten sie sich selbst ebensosehr geschützt wie die Götter, in deren Gesellschaft sie lebten.

Wenn diese Hunde also, frisch aus der verweichlichten Welt des Südens, die Gangway herabtrotteten und das Ufer des Yukon betraten, dann genügte der Anblick von Wolfsblut, um den unwiderstehlichen Impuls auszulösen, auf ihn loszustürmen und ihn zu vernichten. Sie mochten in Städten aufgewachsen sein; trotzdem empfanden sie die instinktive Angst vor der Wildnis. Im hellen Licht des Tages sahen sie die wölfische Kreatur nicht nur mit eigenen Augen vor sich stehen, sondern auch mit den Augen ihrer Ahnen. Die ererbte Erinnerung kennzeichnete ihn als Wolf und ließ eine uralte Fehde wieder aufleben. Alles das machte Wolfsbluts Tage kurzweilig. Wenn sein Anblick diese fremden Hunde zum Angriff trieb, um so besser für ihn, um so schlechter für sie. Sie betrachteten ihn als legitime Beute, und er sah in ihnen seine rechtmäßigen Opfer.

271

Er hatte nicht umsonst das Licht der Welt in einer einsamen Höhle erblickt und seine ersten Kämpfe mit dem Schneehuhn, dem Wiesel und dem Luchs ausgefochten. Nicht umsonst hatte er als Welpe die harte Schule der Verfolgung durch Lip-lip und die ganze Meute der jungen Hunde durchlitten. Es hätte anders kommen können; dann wäre auch er anders geworden. Hätte Lip-lip nicht existiert, dann hätte er die Welpenzeit mit den anderen jungen Hunden verbracht, wäre mehr wie ein Hund aufgewachsen und hätte keine solche Abneigung gegen die Artgenossen entwickelt. Wäre Grauer Biber fähig gewesen, mit Zuneigung und Liebe die Tiefen in Wolfsbluts Natur auszuloten, dann hätte er vielleicht alle möglichen liebenswürdigen Eigenschaften ans Licht geholt. Doch es war nicht so gewesen. Das Leben hatte ihn wie Ton geknetet, bis die jetzige Form entstanden war – ein verschlossener, einsamer, liebloser, wilder Feind aller seiner Artgenossen.

II. DER TOLLE GOTT

Nur wenige Weiße lebten in Fort Yukon. Sie waren schon seit langem im Land. Sie nannten sich *Sour-doughs*, Sauerteigbäcker, und waren mächtig stolz auf sich. Für die anderen Männer, die zum erstenmal dort waren, empfanden sie nichts als Verachtung. Die Männer, die von den Dampfschiffen herunterkamen, waren Grünschnäbel. Sie wurden als *Chechaquos* bezeichnet, auch wenn sie bei diesem Namen regelmäßig zusammenzuckten. Sie buken ihr Brot mit Backpulver. Und eben darauf beruhte der ärgerliche Unterschied zwischen ihnen und den Sour-doughs, denn diese benutzten Sauerteig, weil sie kein Backpulver hatten.

Doch im Grunde war das egal. Die Männer aus dem Fort verachteten nun einmal Grünschnäbel und hatten ihren Spaß daran, wenn ihnen ein Mißgeschick widerfuhr. Mit ganz besonderem Genuß sahen sie dabei zu, wie verheerend Wolfsblut und seine üble Bande unter ihren Hunden wütete. Wenn ein Dampfschiff anlegte, dann versäumten die Männer aus dem Fort es nicht, ans Ufer herunterzukommen, um den Spaß nicht zu verpassen. Sie freuten sich ebenso sehr darauf wie die Indianerhunde. Es entging ihnen auch keineswegs, mit welcher Rücksichtslosigkeit und List Wolfsblut seine Rolle spielte.

Einer von ihnen genoß das Schauspiel mit ganz besonderem Vergnügen. Er kam angerannt, sobald der erste Pfeifton des Dampfschiffs zu hören war; und wenn der letzte Kampf zu Ende gegangen und Wolfsblut mit seiner Meute verschwunden war, dann machte er sich widerstrebend und mit einer Miene des Bedauerns auf den Rückweg zum Fort. Manchmal, wenn ein wehrloser Hund aus dem Süden zu Boden ging und unter den Fängen der Meute den Todesschrei ausstieß, dann konnte dieser Mann nicht mehr an sich halten und sprang vor Entzücken jubelnd in die Luft. Auf Wolfsblut warf er immer wieder einen stechenden, habgierigen Blick.

Der Mann hieß bei den anderen im Fort »Beauty«. Keiner kannte seinen Vornamen, man nannte ihn überall nur »Beauty Smith«. In Wirklichkeit war er alles andere als schön. Er hieß so, weil das Gegenteil der Wahrheit entsprach. Er war auffällig unschön. Die Natur hatte bei ihm gegeizt. Er war ein kleiner Mann; und auf dem kleinen Körper saß ein bemerkenswert kleiner Kopf. Er lief nach oben spitz zu. In seiner Kindheit, noch bevor man ihm den Beinamen »Der Schöne« gegeben hatte, hatten ihn seine Kameraden »Stecknadel« gerufen.

Hinten schrägte sich die Schädellinie vom Scheitel zum Nacken ab, vorn ging sie rapide in eine niedrige und auffällig breite Stirn über. An dieser Stelle schien die Natur ihren Geiz bereut zu haben; jedenfalls hatte sie seine Gesichtszüge verschwenderisch ausgestaltet. Er hatte große Augen, und zwischen ihnen war Platz genug für weitere zwei. Sein Gesicht hatte im Vergleich zum sonstigen Körper gewaltige Dimensionen. Um sich den nötigen Platz zu verschaffen, hatte die Natur ihn mit einem enorm ausladenden Unterkiefer versehen. Der war breit und knochig und reckte sich so weit vor und in die Tiefe, daß er auf seiner Brust zu ruhen schien. Vielleicht aber entstand dieser Eindruck nur, weil der dünne Hals allem Anschein nach außerstande war, eine so schwere Last zu tragen.

Ein solcher Unterkiefer vermittelte zwar den Eindruck wilder Entschlossenheit, aber irgend etwas fehlte. Vielleicht lag es am Übermaß. Vielleicht war das Kinn zu groß. Jedenfalls täuschte es etwas vor. »Beauty Smith« war als der erbärmlichste Jammerlappen weit und breit bekannt. Sein Aussehen wurde vervollständigt durch mächtige gelbe Zähne, von denen die beiden Eckzähne die übrigen an Größe noch übertrafen und sich wie Hauer unter der dünnen Oberlippe herausschoben. Er hatte schmutzig-gelbe Augen, so, als seien der Natur die Pigmente ausgegangen und als hätte sie die letzten Farbreste aus ihren Tuben herausgequetscht und verrührt. Sein Kopfhaar, schmutzig- bis lehmig-gelb, erweckte einen ähnlichen Eindruck; es wuchs spärlich und unregelmäßig und stand an den seltsamsten Stellen nach oben oder zur Seite ab, wobei die unordentlichen Büschel an ein vom Platzregen verwüstetes Kornfeld erinnerten.

Mit anderen Worten, Beauty Smith war ein Monstrum. Man konnte es ihm nicht vorwerfen; er war nicht verantwortlich dafür. Das hatte die Natur aus seinen Anlagen gemacht. Er kochte für die übrigen Männer im Fort, spülte das Geschirr und erledigte die Drecksarbeiten. Niemand verachtete ihn. Die Männer tolerierten ihn mit jener menschlichen Weitherzigkeit, mit der man Kreaturen begegnet, die die Natur stiefmütterlich behandelt hat. Allerdings fürchteten sie ihn auch. Seine hinterhältige Wut ließ sie vor einem Schuß in den Rücken oder vergiftetem Kaffee zittern. Irgend jemand gehörte aber in die Küche; und Beauty Smith mochte viele Fehler haben – kochen konnte er vorzüglich.

Dieser Mann also begeisterte sich an Wolfsbluts Grausamkeiten und wollte ihn unbedingt in seinen Besitz bringen. Er machte ihm von Anfang an Freundschaftsangebote. Wolfsblut ignorierte ihn zunächst. Als die Angebote aufdringlicher wurden, sträubte er das Fell und wich zähnefletschend zurück. Er mochte den Mann nicht; denn er strahlte etwas Unangenehmes aus. Wolfsblut spürte das Böse in ihm und fürchtete sich vor seiner ausgestreckten Hand und den Einschmeichlungsversuchen. Aus all diesen Gründen haßte er den Mann.

Einfache Geschöpfe haben auch eine simple Vorstellung von Gut und Böse. Das Gute steht für alles, was Erleichterung, Befriedigung und Beseitigung von Schmerz bringt. Deswegen mögen sie es. Das Schlechte steht für alles, was sich mit Unbehagen, Drohung und Schmerz verbindet, und ist deswegen verhaßt. Beauty Smith rief bei Wolfsblut ein ungutes Gefühl hervor. Aus dem mißgestalteten Körper und dem verbogenen Hirn dieses Mannes stieg durch unsichtbare Kanäle etwas Krankhaftes empor, wie faulige Gase aus einem Malaria-Sumpf. Nicht mit dem Verstand, nicht mit den fünf Sinnen allein, sondern mit Hilfe anderer verborgener und unerforschter Fähigkeiten nahm Wolfsblut in diesem Mann die unheilvolle Gegenwart des Bösen wahr, den drohenden Schmerz – Dinge, die aus gutem Grund seinen Haß verdienten.

Wolfsblut war in Grauer Bibers Lager, als Beauty Smith ihn dort zum erstenmal besuchte. Noch bevor er zu sehen war, verrieten die schwachen Geräusche seiner noch entfernten Tritte Wolfsblut, wer sich da näherte, und er stellte das

Nackenhaar auf. Er hatte faul und müßig am Boden gelegen, erhob sich jetzt aber gleich und stahl sich bei der Ankunft des Kerls in typischer Wolfsmanier fort bis an den Rand des Lagers. Er wußte nicht, worüber sie sprachen, konnte aber sehen, wie der Mann mit Grauer Biber verhandelte. Einmal zeigte der Mann mit dem Finger auf ihn, und Wolfsblut knurrte zurück, als ob sich die Hand unmittelbar über ihn niedersenke, obgleich sie in Wirklichkeit zwanzig Meter entfernt war. Der Mann lachte darüber, und Wolfsblut glitt geräuschlos zurück in den schützenden Wald, nicht ohne sich mehrmals mißtrauisch umzusehen.

Grauer Biber weigerte sich, den Hund zu verkaufen. Er war bei seinem Tauschhandel reich geworden und brauchte nichts. Außerdem war Wolfsblut ein wertvolles Tier, der kräftigste Schlittenhund, den er je besessen hatte, und der beste Leithund. Zudem gab es am ganzen Mackenzie oder Yukon nicht eine vergleichbare Kreatur. Er konnte kämpfen. Er tötete andere Hunde so leicht, wie Menschen Mücken totschlagen. (Beauty Smith bekam bei diesen Worten glänzende Augen und leckte sich gierig die dünnen Lippen.) Nein, Wolfsblut war um keinen Preis zu haben.

Beauty Smith aber kannte die Indianer. Er suchte Grauer Biber häufig in seinem Lager auf, und, unter seinem Mantel versteckt, brachte er immer ein oder zwei dunkle Flaschen mit. Zu den Eigenschaften von Whisky gehört es, daß er Durst macht. Grauer Biber bekam ihn. Sein ausgelaugtes Gewebe und der brennende Magen verlangten unüberhörbar mehr von diesem Feuerwasser. Durch das ungewohnte Reizmittel völlig aus dem Lot geraten, erlaubte ihm sein Verstand nun, alles zu tun, um sich Nachschub zu verschaffen. Das Geld, das er für seine Pelze, Fäustlinge und Mokkasins bekommen hatte, begann zu schwinden. Es rann ihm immer schneller durch die Finger, und je mehr sein Geldbeutel schrumpfte, desto aufbrausender wurde er selbst.

Am Ende war ihm alles ausgegangen: das Geld, die Ware und die Geduld. Nur der Durst war ihm geblieben – durchaus ein gewaltiger Besitz, der mit jedem Atemzug, den er nüchtern tat, noch gewaltiger wurde. Das war der Zeitpunkt, an dem Beauty Smith erneut über den Kauf von Wolfsblut verhandelte; nur daß er diesmal Bezahlung nicht in Dollar, sondern in Flaschen bot, so daß ihm Grauer Biber williger zuhörte.

»Du den Hund fangen, du den Hund behalten«, war sein letztes Wort.

Die Flaschen wurden ausgehändigt, aber nach zwei Tagen war es Beauty Smith, der zu Grauer Biber sagte: »Du den Hund fangen«.

Eines Abends schlich sich Wolfsblut ins Lager zurück und machte es sich mit einem Seufzer der Erleichterung bequem. Der gefürchtete weiße Gott war fort. Seit Tagen hatte er ihm immer hartnäckiger nachgestellt und ihn zu packen gesucht, so daß Wolfsblut in dieser Zeit das Lager notgedrungen gemieden hatte. Er wußte nicht, was für ein Übel ihm von diesen aufdringlichen Händen drohte. Er wußte nur, daß es irgend etwas Böses war und daß er besser außer Reichweite blieb.

Kaum aber hatte er sich hingelegt, als Grauer Biber auf ihn zutorkelte und ihm einen Lederriemen um den Nacken schlang. Er hockte sich neben Wolfsblut und behielt das Ende des Riemens in der einen Hand, während die andere eine Flasche umklammerte, die er von Zeit zu Zeit ansetzte und hochreckte, wobei er diesen Vorgang mit gurgelnden Geräuschen begleitete.

Eine Stunde verging so, bis der Boden die Erschütterung von Schritten übertrug, die das Herannahen einer Person ankündigten. Wolfsblut nahm sie als erster wahr und sträubte das Fell, weil er spürte, um wen es sich handelte. Grauer Biber nickte stumpfsinnig. Wolfsblut versuchte, seinem

Herrn den Riemen sacht aus der Hand zu ziehen, aber die schlaffe Hand packte fester zu, und Grauer Biber riß sich zusammen.

Beauty Smith betrat das Lager und baute sich vor Wolfsblut auf. Dieser grollte den gefürchteten Mann an und ließ seine Hände nicht aus den Augen. Nun wurde eine Hand ausgestreckt und senkte sich zu ihm herab. Das leise Knurren wurde nervöser und schärfer. Die Hand senkte sich langsam tiefer; er duckte sich und beobachtete sie aus böse glitzernden Augen, während sein Knurren in kürzeren Stößen kam, weil sein Atem mit steigender Erregung immer schneller ging. Plötzlich fuhr die Schnauze nach oben, und er schnappte zu. Die Hand wich ruckartig zurück, und krachend schlugen die Zähne aufeinander. Beauty Smith war erschrocken und wütend. Grauer Biber versetzte Wolfsblut einen Schlag auf den Kopf, so daß er sich respektvoll und gehorsam an den Boden preßte.

Mit argwöhnischen Blicken verfolgte er jede Bewegung. Er sah Beauty Smith fortgehen und mit einem dicken Knüppel zurückkehren. Dann übergab ihm Grauer Biber den Riemen. Beauty Smith wollte aufbrechen. Der Riemen straffte sich. Wolfsblut blieb liegen. Grauer Biber zog ihm einmal links und rechts den Knüppel über, um ihn zum Aufstehen und Mitgehen zu bewegen. Er gehorchte auch, stürzte sich aber sofort auf den Fremden, der ihn wegzerrte. Beauty Smith sprang nicht zur Seite. Er hatte darauf gewartet. Mit einem wohlgezielten Knüppelschlag fing er Wolfsblut im Sprung ab und schmetterte ihn zu Boden. Grauer Biber lachte anerkennend. Beauty Smith zog den Riemen wieder straff, und Wolfsblut kam halbbetäubt und humpelnd auf die Füße.

Er griff kein zweites Mal mehr an. Ein Hieb mit dem Knüppel genügte, um ihn davon zu überzeugen, daß der weiße Gott damit umgehen konnte, und er war zu klug, um gegen etwas Unabänderliches anzurennen. Mit eingezogenem Schwanz und übellaunig heftete er sich an Beauty Smiths Fersen, ohne jedoch ein leises Grollen ganz unterdrücken zu können. Beauty Smith ließ ihn derweil nicht aus den Augen und hielt den Knüppel stets schlagbereit.

Im Fort leinte er ihn sorgfältig an und ging schlafen. Wolfsblut wartete eine Stunde. Dann bearbeitete er den Riemen mit seinen Zähnen und war innerhalb von zehn Sekunden frei. Er hatte keine Zeit verschwendet und etwa ziellos herumgeknabbert. Der Riemen war diagonal zerschnitten, und zwar fast so glatt wie mit einem Messer. Wolfsblut sah knurrend und mit gesträubtem Fell zum Fort hinauf. Dann drehte er sich um und trabte zurück zu Grauer Bibers Lager. Er schuldete diesem fremden, schrecklichen Gott keine Treue. Er hatte sich Grauer Biber unterworfen und empfand sich ihm allein zugehörig.

Doch das Geschehene wiederholte sich – mit einem Unterschied. Grauer Biber leinte ihn erneut an und übergab ihn am Morgen an Beauty Smith. Jetzt aber geschah etwas Neues. Beauty Smith verprügelte ihn. Da er fest angebunden war, mußte er die Strafe in ohnmächtiger Wut erdulden. Er bekam sowohl Knüppel wie Peitsche zu spüren und erhielt die schlimmsten Prügel seines Lebens. Selbst was Grauer Biber ihm damals in seiner Welpenzeit angetan hatte, war im Vergleich dazu eher harmlos.

Beauty Smith erledigte die Sache mit Vergnügen. Sie bereitete ihm höchsten Genuß. Er weidete sich am Leiden seines Opfers, und in seine Augen trat ein stumpfer Glanz, während er Peitsche oder Knüppel schwang und sich Wolfsbluts Schmerzensschreie und sein hilfloses Jaulen und Knurren anhörte. Denn Beauty Smith war grausam, wie es nur Feiglinge sind. Er, der sich winselnd unter den Hieben oder scharfen Worten anderer Männer wand, tobte sich dafür an schwächeren Kreaturen aus. Alles Leben will Macht, und Beauty Smith machte keine Ausnahme. Weil er innerhalb seiner eigenen

Gattung keine Macht ausüben konnte, rächte er sich an
Lebewesen, die ihm unterlegen waren, und genügte dadurch
den Ansprüchen seines Lebens. Aber Beauty Smith hatte sich
nicht selbst erschaffen, und deswegen durfte man ihm auch
keinen Vorwurf machen. Er war mit entstelltem Äußeren und
einem rohen Verstand auf die Welt gekommen, und die Welt
war mit diesem Material herzlos umgegangen.

Wolfsblut wußte, wofür er geschlagen wurde. Als Grauer
Biber ihm den Riemen umgelegt und das andere Ende Beauty
Smith ausgehändigt hatte, war ihm klar gewesen, daß sein
Gott ihn diesem Mann übergab. Und als Beauty Smith ihn
angebunden vor dem Fort stehenließ, hieß das natürlich, daß
er dort bleiben sollte. Er hatte also den Willen beider Götter
mißachtet und die darauf folgende Strafe verdient. In der
Vergangenheit hatte er mit angesehen, wie Hunde den Besitzer wechselten und Ausreißer so wie er verprügelt wurden.
Er war klug, doch gab es in seiner Natur stärkere Kräfte als
Klugheit. Dazu gehörte die Treue. Er liebte Grauer Biber
nicht. Dennoch war er ihm treu, seinen Willensbekundungen
und seinem Zorn zum Trotz. Er konnte nicht anders. Treue
gehörte als eine Eigenschaft zu dem Stoff, aus dem er gemacht
war. Es war eine Eigenschaft, die seine Gattung besonders
auszeichnete, die seine Art von allen anderen Arten unterschied und die den Wolf und den Wildhund befähigt hatte,
die Wildnis zu verlassen und Begleiter der Menschen zu
werden.

Nach den Prügeln wurde Wolfsblut ins Fort zurückge-
schleift. Dieses Mal hatte ihn Beauty Smith mit einem Stock
festgebunden. Doch gibt niemand seinen Gott leichten Her-
zens auf; das galt auch für Wolfsblut. Grauer Biber war sein
persönlicher Gott, und gegen den ausdrücklichen Willen
dieser Gottheit hing Wolfsblut unverändert an ihr. Grauer
Biber hatte ihn verraten und im Stich gelassen, doch blieb das
ohne Wirkung. Er hatte sich Grauer Biber nicht umsonst mit

Leib und Seele ausgeliefert. Es war von ihm aus ohne jeden Vorbehalt geschehen, und ein solcher Bund war nicht leicht zu lösen.

In dieser Nacht, als die Männer im Fort schliefen, machte sich Wolfsblut also mit den Zähnen über den Stock her, der ihn festhielt. Das Holz war abgelagert und trocken und so dicht an seinem Hals befestigt, daß er es kaum berühren konnte. Nur unter äußerster Anspannung seiner Muskeln und indem er den Hals verrenkte, gelang es ihm, überhaupt an den Stock heranzukommen, obwohl er ihn nicht einmal dann richtig zwischen die Zähne bekam. Er mußte ungeheure Geduld aufbringen und stundenlang arbeiten, bis er das Holz schließlich durchgekaut hatte. So etwas hielt man bei Hunden für ausgeschlossen. Es war noch nie vorgekommen. Aber Wolfsblut schaffte es, und als er am frühen Morgen aus dem Fort hinaustrabte, baumelte an seinem Hals noch das abgenagte Ende.

Er war klug. Hätte er nur diese Eigenschaft besessen, dann wäre er allerdings nicht zu Grauer Biber zurückgekehrt, der ihn schon zweimal verraten hatte. Doch auch Treue gehörte zu seinen Merkmalen, und so ging er zurück, nur um ein drittes Mal verraten zu werden. Wieder ließ er es sich gefallen, daß Grauer Biber ihn anleinte, und wieder kam Beauty Smith, um ihn abzuholen. Bei dieser Gelegenheit wurde er noch schlimmer verprügelt als zuvor.

Grauer Biber sah ungerührt zu, wie der weiße Mann die Peitsche schwang. Er nahm Wolfsblut nicht in Schutz. Der Hund gehörte ihm nicht mehr. Als die Prügel vorbei waren, befand sich Wolfsblut in erbarmungswürdigem Zustand. Ein verweichlichter Hund aus dem Süden wäre daran gestorben, aber nicht er. Er war durch eine strengere Schule des Lebens gegangen und auch selbst aus härterem Holz geschnitzt. Seine Lebenskraft war zu groß. So schnell ließ er das Leben nicht fahren. Allerdings ging es ihm schrecklich schlecht. Zuerst konnte er sich nicht vorwärts schleppen, und Beauty Smith mußte eine halbe Stunde warten. Dann folgte Wolfsblut ihm blind und taumelnd zurück ins Fort.

Jetzt wurde er an eine Kette gelegt, die seinen Zähnen trotzte, und vergeblich versuchte er, den in einen Holzbalken getriebenen Haken mit wilden Sprüngen herauszureißen. Wenige Tage später machte sich Grauer Biber, ernüchtert und bankrott, auf die lange Heimreise den Porcupine aufwärts zum Mackenzie. Wolfsblut blieb am Yukon zurück. Er gehörte nun einem Mann, der mehr als halb toll und ein Unmensch war. Doch was sagt einem Hund schon der Begriff »toll«? In Wolfsbluts Augen war Beauty Smith ein wirklicher, wenn auch schrecklicher Gott. Er war, wenn überhaupt, ein toller Gott, aber Wolfsblut kannte Tollheit nicht. Er wußte bloß, daß er sich dem Willen seines neuen Herrn zu unterwerfen, jeder seiner Launen und Marotten zu gehorchen hatte.

III. HASS

Unter der Obhut seines tollen Gottes verwandelte sich Wolfsblut in eine Bestie. Er hauste angekettet in einem Verschlag auf der Rückseite des Forts. Dort ärgerte und reizte ihn Beauty Smith mit kleinen Quälereien, bis er tobte. Der Mann bekam bald heraus, wie empfindlich Wolfsblut reagierte, wenn man ihn auslachte. Deswegen fügte er ihm auf hinterhältige Weise irgendeinen Schmerz zu, um ihn anschließend ganz bewußt auszulachen. Er brüllte dann vor Lachen und zeigte gleichzeitig höhnisch mit dem Finger auf ihn. In solchen Augenblicken verlor Wolfsblut den Verstand und war in seiner Raserei noch toller als Beauty Smith.

Früher war Wolfsblut nur der Feind seiner eigenen Art gewesen – und gewiß ein grimmiger Feind. Jetzt haßte er alles mit noch gesteigertem Ingrimm. Er wurde dermaßen gequält, daß er blind und ohne jeden Funken von Vernunft haßte. Sein Haß galt der Kette, die ihn fesselte, den Männern, die ihn durch die Stäbe seines Verschlags anstarrten, den Hunden, die diese Männer begleiteten und seine Ohnmacht mit bösartigem Knurren beantworteten. Er haßte sogar das Holz des Verschlags, in dem er eingekerkert war. Und zuerst und zuletzt und am allermeisten haßte er Beauty Smith.

Jedoch verfolgte der bei allem, was er Wolfsblut antat, einen Zweck. Eines Tages versammelten sich einige Männer vor dem Verschlag. Beauty Smith, der sich mit einem Knüppel bewaffnet hatte, kam dazu und nahm Wolfsblut die Kette ab. Als sein Herr wieder draußen stand, geriet das Tier außer sich und wütete in seinem Gefängnis wie ein Berserker, um an die Männer auf der anderen Seite heranzukommen. In seiner Wut bot er einen grandiosen Anblick. Mit einer Länge von gut anderthalb Metern und einer Schulterhöhe von fünfundsiebzig Zentimetern wog er weit mehr als ein Wolf vergleichbarer Größe. Er hatte von seiner Mutter den schwereren Knochenbau des Hundes geerbt, so daß er ohne ein einziges überflüssiges Gramm Fett oder Fleisch ein Gewicht von über achtzig Pfund hatte. Es bestand aus nichts als Muskeln, Knochen und Sehnen – ein Kampfhund in bester Verfassung.

Der Verschlag wurde wieder geöffnet. Wolfsblut hielt inne. Es lag etwas Ungewöhnliches in der Luft. Er wartete. Die Tür wurde weiter aufgedrückt. Dann stieß man einen mächtigen Hund zu ihm hinein und schlug die Tür wieder zu. Wolfsblut hatte einen solchen Hund noch nie gesehen (es handelte sich um eine Dogge); doch die Größe und der furchterregende Anblick des Eindringlings schreckten ihn nicht. Endlich gab es etwas, und zwar nicht aus Holz oder Eisen, an dem er seine Wut auslassen konnte. Er schoß auf ihn los, schnappte zu und riß der Dogge eine lange Wunde seitlich am Hals. Der Hund warf den Kopf hin und her, grollte tief und stürmte auf ihn zu. Doch Wolfsblut war überall und nirgendwo, sprang ihn immer wieder an und brachte ihm klaffende Verletzungen bei, wobei er sich jedesmal rechtzeitig mit einem Satz in Sicherheit brachte, ehe er selbst etwas einstecken mußte.

Die Männer vor dem Verschlag johlten und applaudierten, während Beauty Smith, vor Entzücken völlig aus dem Häuschen, lustvoll beobachtete, wie Wolfsblut sein Opfer aufschlitzte und zerfleischte. Die Dogge hatte von Anfang an keine Chance. Sie war zu schwerfällig und langsam. Ihr Besitzer zog sie schließlich heraus, während Wolfsblut von Beauty Smith mit dem Knüppel in Schach gehalten wurde. Dann zahlte man die Wetteinsätze aus, und das Geld klimperte in Beauty Smiths Händen.

Mit der Zeit begann Wolfsblut, sich auf die Ansammlung von Männern vor seinem Verschlag zu freuen. Das bedeutete einen Kampf, die einzige Möglichkeit, die ihm noch verblieben war, um der Lebenskraft, die er in sich hatte, Ausdruck zu geben. Gequält und zum Haß erzogen hielt man ihn gefangen, so daß er diesen Haß nur dann freisetzen konnte, wenn sein Herr es für richtig hielt, einen anderen Hund gegen ihn in den Kampf zu schicken. Beauty Smith hatte seine Fähigkeiten richtig eingeschätzt, denn er blieb ausnahmslos Sieger. Eines Tages ließ man drei Hunde nacheinander gegen ihn antreten. An einem anderen Tag schob man einen ausgewachsenen Wolf, den man kurz vorher gefangen hatte, durch die Öffnung seines Verschlags. Und dann wiederum hetzte man zwei Hunde gleichzeitig auf ihn. Das war der schlimmste Kampf, und obwohl er schließlich beide besiegte, war er selbst am Ende mehr tot als lebendig.

Im Herbst des Jahres, als die ersten Schneefälle kamen und auf den Flüssen schon Eisschollen trieben, buchte Beauty

Smith für sich und Wolfsblut eine Passage auf dem Dampfschiff nach Dawson, den Yukon hinauf. Wolfsblut hatte sich in der Welt draußen inzwischen einen Ruf erworben. Man kannte ihn weit und breit als den »kämpfenden Wolf«, und an Deck war sein Käfig gewöhnlich von Neugierigen umlagert. Er wütete und fletschte die Zähne oder lag unbewegt da und musterte sie mit kaltem Haß. Warum sollte er sie nicht hassen? Nicht, daß er sich diese Frage je stellte. Er kannte nur Haß und gab sich dieser Leidenschaft hemmungslos hin. Das Leben war ihm zur Hölle geworden. Für den engen Raum, in dem Menschen die Tiere der Wildnis gefangenhalten, war er nicht geschaffen. Und doch nahm man darauf nicht die geringste Rücksicht. Die Männer glotzten in seinen Käfig, stießen durch das Gitter mit Stöcken nach ihm, nur um ihn zum Knurren zu bringen und dann auszulachen.

Solche Menschen stellten seine Umwelt dar, und sie formten ihn zu einem blutrünstigeren Wesen, als die Natur vorgesehen hatte. Sie hatte ihn allerdings auch aus einem elastischen Stoff gemacht. Wo viele andere Tiere umgekommen oder innerlich zerbrochen wären, paßte er sich an und überlebte, ohne Schaden zu nehmen. Möglicherweise war der satanische Quälgeist Beauty Smith imstande, Wolfsblut zugrunde zu richten, noch aber gab es keine Anzeichen dafür.

Wenn Beauty Smith den Teufel im Leib hatte, dann stand Wolfsblut ihm darin keineswegs nach, und unaufhörlich wüteten sie gegeneinander. In der Vergangenheit war Wolfsblut so klug gewesen, sich vor einem knüppelschwingenden Mann unterwürfig zu ducken; diese Einsicht hatte ihn nun verlassen. Allein der Anblick von Beauty Smith brachte ihn zur Raserei. Wenn sie aneinandergerieten und der Knüppel ihn zurücktrieb, hörte er nicht auf zu knurren und die Zähne zu fletschen. Das allerletzte Grollen war ihm nicht auszutreiben. Ganz gleich, wie furchtbar er verprügelt worden war, dieses Knurren hatte er immer noch übrig; und wenn Beauty

Smith aufgab und fortging, verfolgte es ihn, oder aber Wolfsblut warf sich gegen die Gitterstäbe und schickte ihm lauthals
seinen Haß hinterher.

Nach der Ankunft in Dawson kam Wolfsblut an Land. Er
führte jedoch nach wie vor ein öffentliches Leben in einem
Käfig, der ständig von Neugierigen umlagert war. Er wurde
als »Der Kämpfende Wolf« zur Schau gestellt, und die Männer zahlten fünfzig Cents in Goldstaub, um ihn zu sehen.
Man ließ ihm keine Ruhe. Wollte er sich schlafen legen, dann
jagte man ihn mit einem spitzen Stock hoch, damit den
Leuten für ihr Geld auch etwas geboten wurde. Um die
Tierschau aufregend zu gestalten, zwang man ihn zu dauernder Raserei. Schlimmer als alles andere war aber die Atmo-
sphäre, in der er lebte. Man betrachtete ihn als Inbegriff
erschreckender Grausamkeit, und durch die Gitterstäbe hindurch übertrug sich das auf ihn. Jedes Wort, das er hörte, jede
Bewegung, die in seiner Gegenwart mit besonderer Vorsicht
ausgeführt wurde, führte ihm seine furchterregende Wildheit
vor Augen, die sich dadurch erst recht steigerte. So war es gar
nicht zu verhindern, daß diese Wildheit sich gewissermaßen
selbst ernährte und immer noch zunahm. Einmal mehr zeigte
sich, wie elastisch seine Natur den formenden Kräften der
Umwelt nachzugeben vermochte.

Er war aber nicht bloß Ausstellungsstück, sondern auch
aktiver Kampfhund. In unregelmäßigen Abständen – immer
wenn sich ein Kampf arrangieren ließ – holte man ihn aus
seinem Käfig und führte ihn in ein Waldstück ein paar Meilen
außerhalb der Stadt. Das geschah gewöhnlich nachts, um
Schwierigkeiten mit der Berittenen Polizei zu vermeiden.
Einige Stunden später trafen dann die Zuschauer zusammen
mit dem Hund ein, gegen den er antreten sollte. So kam es,
daß er gegen Tiere aller Größen und Rassen kämpfte. Es war
ein rohes Land, die Männer waren roh, und der Kampf ging
gewöhnlich auf Leben und Tod.

Es wurden immer neue Kämpfe mit Wolfsblut anberaumt, woraus folgt, daß der Tod immer seine Gegner ereilte. Er blieb ohne Niederlage. Die frühe Schulung durch den Kampf gegen Lip-lip und die ganze Welpenmeute zahlte sich jetzt aus. Daher rührte die Zähigkeit, mit der er sich am Boden festklammerte. Kein Hund konnte seinen Stand erschüttern. Das versuchten ganz besonders Hunde aus Wolfsrassen; sie stürmten plötzlich auf ihn los, entweder direkt oder mit einer unerwarteten Wendung, und hofften, ihn durch einen Stoß gegen die Schulter umzuwerfen. Mackenzie-, Eskimo- und Labradorhunde, Huskies und Malamutes – alle machten den Versuch, und jeder scheiterte. Nie kam es vor, daß er den Boden unter den Füßen verlor. Die Männer erzählten es überall weiter und warteten jedesmal von neuem darauf, doch Wolfsblut enttäuschte sie ausnahmslos.

Außerdem war er unglaublich schnell. Das verschaffte ihm enorme Vorteile gegenüber seinen Gegnern. Ganz gleich, wie viele Kämpfe sie schon erlebt hatten, nie hatte sich ein Hund so schnell bewegt wie er. Auch seine Angewohnheit, den ersten Angriff ohne jedes Vorgeplänkel zu führen, spielte eine Rolle. Der Durchschnittshund war es gewöhnt, daß man zunächst einmal die Zähne bleckte, das Fell sträubte und knurrte, und deswegen lag er bereits am Boden und war geschlagen, ehe er selbst den Kampf aufgenommen oder sich von seiner Überraschung erholt hatte. Weil das so oft geschah, wurde Wolfsblut schließlich immer so lange festgehalten, bis der andere Hund das Ritual hinter sich gebracht hatte, uneingeschränkt kampfbereit war und vielleicht sogar schon selbst den ersten Angriff vortrug.

Der größte Vorteil Wolfsbluts gegenüber seinen Gegnern bestand allerdings in seiner Erfahrung. Er wußte mehr über das Kämpfen als jeder Hund, der gegen ihn antrat. Er hatte mehr Duelle ausgefochten, beherrschte die verschiedenartigsten Möglichkeiten zur Abwehr feindlicher Tricks und

Kampfmethoden, während seine eigene Taktik kaum noch zu verbessern war.

Im Lauf der Zeit ging die Zahl der Kämpfe zurück. Die Leute gaben die Hoffnung auf, einen gleichwertigen Gegner zu finden, so daß Beauty Smith gezwungen war, Wölfe in den Kampf zu schicken. Sie wurden eigens zu diesem Zweck von Indianern in Fallen gefangen, und ein Treffen zwischen Wolfsblut und einem Wolf zog unweigerlich viele Schaulustige an. Als man einmal einen ausgewachsenen weiblichen Luchs gefangen hatte, ging es für Wolfsblut wirklich ums Ganze. Die Wildkatze kam ihm an Schnelligkeit und Bösartigkeit gleich, doch während er nur mit den Fängen kämpfte, standen ihr noch die Pranken als Waffe zur Verfügung.

Nach dem Luchs hatten alle Kämpfe für Wolfsblut ein Ende. Es gab keine Tiere mehr, gegen die er hätte antreten können – jedenfalls keines, das man für gut genug hielt. Also wurde er weiter ausgestellt, bis im Frühjahr ein Glücksspieler, Tim Keenan, in Dawson eintraf. Er brachte die erste Bulldogge mit, die je das Klondike-Gebiet betreten hatte. Ein Kräftemessen zwischen diesem Hund und Wolfsblut war unvermeidlich, und eine Woche lang stand der erwartete Kampf in gewissen Vierteln der Stadt im Mittelpunkt aller Gespräche.

IV. IM WÜRGEGRIFF DES TODES

Beauty Smith nahm ihm die Kette ab und trat zurück.

Zum erstenmal griff Wolfsblut nicht sofort an. Er blieb stehen, stellte wachsam und gespannt die Ohren auf und musterte das fremdartige Tier vor sich. Einen solchen Hund hatte er noch nie gesehen. Tim Keenan gab der Bulldogge mit einem geraunten »Faß« einen Stoß, und der Hund watschelte in die Mitte des Zuschauerkreises – ein kurzbeiniges, gedrungenes, plumpes Etwas. Er machte halt und blinzelte Wolfsblut an.

Aus der Menge kamen Anfeuerungsrufe. »Pack ihn, Cherokee! Faß, Cherokee! Mach ihn alle!«

Aber Cherokee wirkte nicht übertrieben streitlustig. Er drehte sich blinzelnd zu der johlenden Menge um und wedelte gutmütig mit seinem Stummelschwanz. Er hatte keine Angst, er war lediglich zu bequem. Außerdem konnte er sich nicht vorstellen, daß er mit dem Hund da vor seiner Nase kämpfen sollte. Solche Hunde als Gegner kannte er nicht, und so wartete er darauf, daß man ihm den richtigen Hund vorsetzte.

Tim Keenan ging zu Cherokee hin und beugte sich über ihn; er rieb ihn an beiden Schultern gegen den Strich und schob ihn dabei stückchenweise vorwärts. Jede Bewegung seiner Hände war eine Aufforderung zum Kampf. Ihre Wirkung war offenbar elektrisierend, denn Cherokee begann, ganz leise und tief aus der Kehle zu knurren. Zwischen dem Rhythmus der Handbewegungen und dem Knurren bestand ein Zusammenhang. Man hörte das Knurren anschwellen, während sich die Hände vorwärtsbewegten; danach ebbte es ab, um mit der Wiederaufnahme des Reibens erneut einzusetzen. Das jähe Ende der einzelnen Bewegung stellte sozusagen die betonte Note im Takt dar, wobei das Knurren dann sprunghaft lauter wurde.

Die Wirkung auf Wolfsblut blieb nicht aus. Sein Nacken- und Schulterhaar richtete sich auf. Tim Keenan schob seinen Hund ein letztes Mal an und trat wieder zurück. Als der Schwung, den Cherokee durch den Stoß erhalten hatte, nachließ, rannte er auf seine krummbeinige, aber rasche Weise freiwillig weiter. Nun schlug Wolfsblut zu. Ein erschreckter Aufschrei der Bewunderung ging durch die Reihen der Zuschauer. Mehr katzengleich als hundeähnlich hatte er die Distanz zum Gegner überwunden; und blitzschnell wie eine Katze hatte er zugeschnappt und sich sofort wieder in Sicherheit gebracht.

Die Bulldogge blutete hinter dem Ohr aus einer Wunde in ihrem wulstigen Nacken. Sie reagierte nicht darauf und bleckte nicht einmal die Zähne, sondern drehte sich um und verfolgte Wolfsblut. Das Bild, das die Kontrahenten boten, die Schnelligkeit des einen und die ungerührte Zielstrebigkeit des anderen, veranlaßte die Zuschauer zu noch entschiedenerer Parteinahme: Neue Wetten wurden abgeschlossen, ursprüngliche Einsätze erhöht. Wieder und wieder sprang Wolfsblut die Dogge an, riß ihr eine neue Wunde und brachte sich unverletzt in Sicherheit. Doch sein merkwürdiger Widersacher setzte ihm weiterhin nach, ohne übertriebene Hast, aber auch nicht langsam, sondern wohlüberlegt, zielstrebig und ganz geschäftsmäßig. Seine Methode war zweckgerichtet – er hatte sich etwas vorgenommen, von dem er durch nichts abzubringen war.

Sein ganzes Auftreten, alles, was er tat, war von dieser Absicht durchdrungen. Das verwirrte Wolfsblut. Noch nie hatte er einen solchen Hund erlebt. Er besaß kein schützendes Fell. Er hatte weiches Fleisch und blutete leicht. Es gab keinen dicken Pelz, in dem seine Zähne hängenblieben, wie es oft bei Hunden seiner eigenen Rasse der Fall war. Jedesmal, wenn er zuschlug, gruben sich die Zähne tief in nachgiebiges Fleisch, während das Tier offenbar unfähig war, sich zu wehren. Was ihn zusätzlich aus der Fassung brachte, war der Umstand, daß dieser Hund nicht aufjaulte, wie er es aus den Kämpfen mit anderen Hunden gewöhnt war. Abgesehen von einem Grollen oder Grunzen nahm er die Bisse schweigend hin. Und nicht einen Augenblick ließ er sich von seiner Verfolgung abbringen.

Cherokee war keineswegs langsam. Er konnte sich ziemlich schnell umwenden oder im Kreis drehen, aber Wolfsblut war immer schon fort. Auch Cherokee war verwirrt. Er war noch nie gegen einen Hund angetreten, der keinen Nahkampf erlaubte. Sonst hatten ihn immer beide Seiten gesucht. Statt dessen hatte er nun einen Gegner, der Abstand hielt, der überall herumtänzelte und doch nicht zu fassen war. Und wenn er Cherokee mit den Zähnen erwischte, hielt er ihn nicht fest, sondern gab ihn sofort wieder frei und schoß davon.

Trotz allem gelang es Wolfsblut nicht, an die verletzliche Halsunterseite heranzukommen. Die Bulldogge stand dafür auf zu kurzen Beinen, und ihre massigen Kinnladen boten zusätzlichen Schutz. Wolfsblut schlug zu und zog sich blitzschnell und unverletzt zurück, während Cherokee immer mehr Wunden davontrug. Kopf und Nacken waren auf beiden Seiten aufgeschlitzt und zerfleischt. Er blutete heftig, gab jedoch durch nichts zu erkennen, daß er dadurch außer Fassung geriet. Er setzte seine Verfolgung unbeirrt fort, auch wenn er einmal in vorübergehender Verwirrung stocksteif stehenblieb und die Zuschauer anblinzelte, wobei er gleichzeitig mit dem Stummelschwanz wedelte, um seinen Kampfeswillen zu bekunden.

Wolfsblut nutzte den Moment für einen Überfall und zerfetzte ihm den Überrest seines gestutzten Ohrs. Leicht unwirsch nahm Cherokee seine Verfolgung wieder auf, indem er auf der inneren Bahn des Kreises lief, den Wolfsblut beschrieb. Die Dogge unternahm einen Versuch, Wolfsblut den todbringenden Biß an der Kehle beizubringen. Sie verfehlte ihr Ziel um Haaresbreite, und Wolfsblut wurde für die überraschende Kehrtwendung, mit der er sich in Sicherheit brachte, begeistert gefeiert.

Die Zeit verstrich. Wolfsblut tänzelte weiter um seinen Gegner herum, entzog sich ihm durch abrupte Richtungswechsel und setzte die überfallartigen Angriffe fort, durch die er Cherokee immer mehr Wunden beibrachte. Die Bulldogge blieb ihm unbeirrt und mit grimmiger Entschlossenheit auf den Fersen. Früher oder später würde sie ihr Ziel erreichen und den entscheidenden Biß plazieren. Bis dahin steckte sie einfach alles ein, was Wolfsblut austeilte. Ihre Ohren waren inzwischen ausgefranste Hautbüschel, Nacken und Schultern an zahllosen Stellen aufgeschlitzt, und selbst ihre Lefzen bluteten aus Rißwunden – alles Folgen jener Blitzangriffe, die für sie nicht vorhersehbar und daher auch nicht abzuwehren waren.

Wolfsblut hatte schon zahlreiche Anläufe genommen, Cherokee umzustoßen, aber der Größenunterschied verhinderte das. Cherokee war zu gedrungen, sein Körper zu nah am Boden. Und dann wandte Wolfsblut seinen Trick einmal zuviel an. Bei einem seiner überraschenden Wendemanöver sah er seine Chance. Da Cherokee sich nicht so schnell im Kreis gedreht hatte, war sein Kopf noch abgewendet und die Schulter ungedeckt. Wolfsblut rammte sie; doch seine eigene Schulter überragte die der Dogge bei weitem, so daß ihn die Wucht, mit der er den Stoß ausführte, über den Hund hinwegtrug. Zum erstenmal im Lauf seiner Kämpfe konnte man erleben, daß Wolfsblut den Boden unter den Füßen verlor. Er vollführte einen halben Salto in der Luft und wäre mit dem Rücken am Boden aufgeprallt, hätte er sich nicht katzengleich noch in der Luft gedreht, um mit den Füßen voran zu landen. So schlug er nur heftig mit der Seite auf. Im nächsten Augenblick stand er wieder auf den Füßen, aber gleichzeitig gruben sich Cherokees Zähne in seine Kehle.

Cherokee hatte nicht an der besten Stelle zugepackt, weil der Biß zu tief unten angesetzt war; aber er ließ auch nicht locker. Wolfsblut sprang in die Höhe und schüttelte sich ungestüm, um die Bulldogge wegzuschleudern. Dieses Gewicht, das wie eine Klette an ihm hing und ihn nach unten zog, machte ihn rasend. Es hemmte seine Bewegungen, schränkte seine Freiheit ein. Er fühlte sich wie in der Falle, und alle seine Instinkte begehrten auf, setzten sich zur Wehr. Er gebärdete sich wie toll. Minutenlang war er praktisch von Sinnen. Jetzt steuerte ihn nur noch elementarer Lebenswille. Der physische Drang zu überleben deckte alles andere zu. Ein geradezu vegetatives Lebensbedürfnis überwältigte ihn. Alle Intelligenz war wie ausgelöscht. Er hatte augenscheinlich den Verstand verloren. Seine Vernunft war aus den Angeln gehoben, weil der Körper blindwütig sein Recht verlangte, zu leben und sich zu bewegen, unter allen Umständen sich zu bewegen, immerzu, denn Bewegung war Ausdruck des Lebens.

Unaufhörlich drehte er sich im Kreise, wendete, wirbelte, machte wieder kehrt, um die fünfzig Pfund abzuschütteln, die seine Kehle herabzogen. Die Bulldogge beschränkte sich fast ausschließlich darauf, nicht lockerzulassen. Gelegentlich, aber nur selten, brachte der Hund die Füße auf den Boden, so daß er sich Wolfsblut entgegenstemmen konnte. Gleich darauf mußte er den festen Stand wieder aufgeben, und sein tobender Widersacher schleifte ihn in wahnwitzigen Drehungen über den Boden. Cherokee identifizierte sich mit seinem Instinkt. Er wußte, daß er das Richtige tat, solange er festhielt, und er verspürte eine gewisse wonnevolle Genugtuung dabei. In solchen Momenten schloß er sogar die Augen und ließ seinen Körper willenlos hin- und herschleudern, jeden Schmerz mißachtend, der ihm dadurch möglicherweise zugefügt wurde. Das zählte nicht. Was zählte, war sein Würgegriff, und den gab er nicht auf.

Wolfsblut kam erst zur Ruhe, als er sich völlig verausgabt hatte. Er hatte nichts bewirkt und war wie vor den Kopf geschlagen. So etwas hatte er in seiner ganzen Laufbahn als Kampfhund noch nicht erlebt. Die Hunde, gegen die er angetreten war, hatten auf andere Weise gekämpft. Die packten zu, rissen eine Wunde und brachten sich wieder in Sicherheit. Halb auf der Seite liegend ruhte er sich aus und schnappte nach Luft. Cherokee robbte, ohne lockerzulassen, an ihn heran, um ihn ganz auf die Seite zu drücken. Als Wolfsblut sich wehrte, spürte er, wie die Kinnladen sich verschoben, indem sie ihren Griff in einer Art Kaubewegung leicht lockerten und wieder schlossen. Jede Verschiebung brachte sie näher an die Kehle heran. Die Methode der Bulldogge bestand darin, an dem, was sie hatte, festzuhalten und sich noch weiter vorzuarbeiten, wenn sich ihr eine Chance bot. Und die eröffnete ihr Wolfsblut immer dann, wenn er stillhielt. Wenn er kämpfte, begnügte sich Cherokee damit, einfach nicht lockerzulassen.

Der Nackenwulst war der einzige Teil von Cherokees Körper, den Wolfsblut mit seinen Zähnen erreichen konnte. Er bekam ihn am Ansatz, zwischen den Schultern, zu fassen, war aber nicht darin geübt, sich nun seinerseits mit Kaubewegungen weiter vorzuarbeiten; außerdem waren seine Kinnladen nicht dafür geschaffen. Eine Zeitlang riß und zerrte er an der Stelle in einem Anfall von Beißwut herum, bis ihn eine Veränderung ihrer Lage ablenkte. Es war der Dogge gelungen, ihn auf den Rücken zu rollen, ohne ihren Griff an seiner Kehle zu lockern, und nun befand er sich unter ihr. Wolfsblut zog wie eine Katze die Hinterläufe an und begann, den Unterleib seines Gegners mit den Pfoten zu bearbeiten. So wie er ihm dabei die Klauen längs über den Bauch zog, hätte er Cherokee möglicherweise die Eingeweide aus dem Leib gekratzt, wenn dieser nicht rasch eine Drehung vollzogen hätte, bis er nicht mehr auf Wolfsblut lag, sondern sich im rechten Winkel zu ihm befand.

Wolfsblut hatte keine Möglichkeit, dem Griff zu entkommen. Er war unerbittlich wie das Schicksal selbst. Langsam schoben sich die Kiefer die Drosselvene entlang aufwärts. Nur die faltige Haut am Hals und der dicke Pelz, der sie bedeckte, hielten das Ende noch auf. Sie verklumpten in Cherokees Maul zu einem dicken Wulst, an dem er sich fast die Zähne ausbiß. Sobald sich aber eine Gelegenheit dazu bot, zog er – Stück um Stück – mehr von der losen, pelzbedeckten Haut zwischen die Zähne, so daß sich ein würgender Ring immer enger um Wolfsbluts Kehle legte und es ihm zusehends schwerer fiel, Luft zu holen.

Der Kampf neigte sich offenbar dem Ende zu. Wer auf Cherokee gesetzt hatte, triumphierte inzwischen. Es wurden lächerliche Wetten geboten. Wolfsbluts Anhänger waren entsprechend deprimiert und schlugen Gebote von zehn oder zwanzig zu eins aus. Nur einer war unbesonnen genug, eine Wette mit fünfzig zu eins abzuschließen – Beauty Smith. Er trat in den Ring, zeigte mit dem Finger auf Wolfsblut und begann dann, ihn voll höhnischer Verachtung auszulachen. Damit erzielte er die gewünschte Wirkung. Wolfsblut geriet in rasende Wut. Er mobilisierte seine letzten Kraftreserven und kam wieder auf die Füße. Während er im Ring tobte und seinen fünfzig Pfund schweren Widersacher an seiner Kehle mit sich herumschleppen mußte, verwandelte sich die Wut in Panik. Erneut beherrschte ihn der elementare Lebenswille, und seine Intelligenz ging in dem physischen Verlangen nach Leben unter. Immer im Kreis, vor und zurück, taumelte er, stürzte, kam wieder hoch, stellte sich manchmal sogar auf die Hinterläufe, so daß sein Gegner den Boden nicht mehr berührte, und kämpfte dennoch vergeblich darum, den würgenden Tod abzuschütteln.

In völliger Erschöpfung fiel er schließlich rücklings zu Boden, und die Bulldogge schnürte seinen Hals prompt noch weiter zu, indem sie immer mehr pelzbedeckte Hautfalten in sich hineinkaute. Hochrufe auf den Sieger ertönten, und immer wieder hörte man ein »Cherokee!« »Cherokee!« Cherokee reagierte, indem er heftig mit dem Stummelschwanz wedelte, ohne sich allerdings durch den donnernden Applaus ablenken zu lassen. Sein Schwanz und seine mächtigen Kiefer reagierten unabhängig voneinander. Mochte der Schwanz noch so heftig wedeln, an Wolfsbluts Kehle packten die Kinnladen weiterhin erbarmungslos zu.

Bei diesem Stand der Dinge wurden die Zuschauer abgelenkt. Man hörte Schlittenglocken und die Rufe eines Hundeführers. Alle außer Beauty Smith blickten sich besorgt um, denn man fürchtete die Polizei. Doch dann sahen sie auf dem Trail zwei Männer mit Schlitten und Hunden, die nicht von Dawson, sondern aus der Gegenrichtung kamen, offenbar auf dem Rückweg von einer Schürfexpedition am Fluß. Beim Anblick der Menschenmenge hielten sie ihre Hunde an und mischten sich unter die Leute, um herauszufinden, was es hier zu sehen gab. Der Hundeführer hatte einen Schnurrbart, aber der andere, ein größerer und jüngerer Mann, war glattrasiert, und seine Haut war durch die gute Durchblutung und vom Laufen in der kalten Luft gerötet.

Wolfsblut hatte den Kampf praktisch aufgegeben. Hin und wieder kam es noch zu einem plötzlichen Aufbäumen, aber umsonst. Er bekam kaum Luft, und das wenige nahm unter dem erbarmungslosen Würgegriff weiter ab. Trotz seines schützenden Fells wäre die große Ader am Hals schon längst aufgerissen worden, wenn die Dogge beim ersten Zupacken nicht so tief, nämlich praktisch an der Brust, angesetzt hätte. Cherokee hatte viel Zeit gebraucht, um den Angriffspunkt nach oben zu verlagern, und die Arbeit seiner Zähne vergrößerte zugleich die Masse an Pelz und faltiger Haut, die es zu bewältigen galt.

In der Zwischenzeit hatte Beauty Smiths bestialische Roheit die Oberhand über seinen Verstand gewonnen und den kleinen Rest an Vernunft, soweit er so etwas überhaupt besaß, endgültig ausgeschaltet. Als er sah, wie Wolfsbluts Blick stumpf wurde, wußte er mit Sicherheit, daß der Kampf verloren war. Jetzt machte er seiner Enttäuschung Luft. Er fiel über Wolfsblut her und trat ihn brutal mit den Füßen. Die Menge pfiff ihn aus und protestierte lautstark, aber das war alles. Während die Männer johlten und Beauty Smith Wolfsblut weiter mit den Füßen traktierte, entstand eine Unruhe in der Menge. Der großgewachsene, junge Neuankömmling bahnte sich rücksichtslos einen Weg nach vorn und schob die Männer grob zur Seite. Als er am Ring anlangte, holte Beauty Smith gerade zu einem weiteren Tritt aus. Er hatte sein gesamtes Gewicht auf einen Fuß verlagert und befand sich in einem labilen Zustand. Das war der Augenblick, in dem die Faust des Neuankömmlings mitten in seinem Gesicht landete. Beauty Smith verlor den Boden unter seinem Standbein und schien durch die Luft zu fliegen, ehe er auf dem Rücken im Schnee landete. Der junge Mann wandte sich der Menge zu.

»Feiglinge!« schrie er. »Bestien!«

Er war wütend – aber es war kontrollierte Wut. Seine grauen Augen hatten einen stählernen Glanz, als er die Menge anblitzte. Beauty Smith war inzwischen wieder auf den Beinen und kam weinerlich und ängstlich zurück. Da der Mann nicht wußte, was für ein Jammerlappen sein Gegenüber war, mißverstand er seine Absicht und glaubte, Beauty Smith wolle sich mit ihm prügeln. Er brüllte ihn an: »Sie Unmensch!« und versetzte ihm einen zweiten Fausthieb ins Gesicht. Beauty Smith kam zu der Erkenntnis, daß die Horizontale im Schnee die sicherste Lage für ihn war, und versuchte erst gar nicht mehr aufzustehen.

»Los, Matt, helfen Sie mir«, rief der junge Mann dem Hundetreiber zu, der ihm gefolgt war.

Die beiden Männer beugten sich über die Hunde. Matt packte Wolfsblut, um ihn wegzuziehen, sobald Cherokees Kinnladen sich lockerten. Das wollte der junge Mann bewerkstelligen, indem er sie mit den Händen auseinanderzudrücken versuchte. Es blieb ein vergebliches Unterfangen.

Bei jedem Ziehen, Zerren und Rucken keuchte er heftig und rief: »Bestien!«

Die Zuschauer wurden aufsässig, und einzelne protestierten dagegen, daß man ihnen den Spaß verdarb; als der Mann sich einen Augenblick lang von seiner Arbeit aufrichtete und ihnen einen zornigen Blick zuwarf, wurden sie still.

»Gottverdammte Bestien!« stieß er abschließend hervor und machte sich wieder ans Werk.

»Es hat keinen Zweck, Mr. Scott; so bringen wir die beiden nie auseinander«, sagte Matt nach einiger Zeit.

Die beiden machten eine Pause und betrachteten die Hunde, die so schwer zu trennen waren.

»Blutet nicht besonders stark«, stellte Matt fest. »Der hat ihn noch nicht richtig erwischt.«

»Das kann aber jeden Moment passieren«, antwortete Scott. »Da! Haben Sie das gesehen? Er ist wieder ein bißchen höher gerutscht.«

Die Aufregung des jungen Mannes und seine Sorge um Wolfsblut nahmen zu. Er schlug Cherokee mehrmals heftig auf den Kopf, ohne daß sich deswegen der Griff gelockert hätte. Cherokee wedelte mit seinem Stummelschwanz, um zu zeigen, daß er die Absicht hinter den Schlägen begriff, sich aber im Recht fühlte und bloß seine Pflicht tat, wenn er den Griff nicht löste.

»Kann nicht mal jemand helfen?« schrie Scott verzweifelt in die Menge.

Doch niemand bot seine Hilfe an. Statt dessen begannen die Zuschauer, ihn ironisch anzufeuern und mit albernen Ratschlägen einzudecken.

»Sie müssen einen Hebel benutzen«, schlug Matt vor.

Der andere zog seinen Revolver aus dem Halfter und versuchte, den Lauf zwischen die Zähne der Bulldogge zu schieben. Er drückte so fest dagegen, daß man deutlich hörte, wie der Stahl sich knirschend über die zusammengebissenen Zähne schob. Beide Männer beugten sich auf Knien über die Hunde. Tim Keenan schlenderte auf den Kampfplatz. Er stellte sich neben Scott, tippte ihm auf die Schulter und sagte drohend:

»Brechen Sie dem nicht die Zähne raus, Fremder.«

»Dann breche ich ihm eben das Genick«, gab Scott zurück und versuchte weiter, mit dem Revolverlauf die Kinnladen auseinanderzustemmen.

»Ich sagte, lassen Sie seine Zähne heil«, wiederholte der Glücksspieler in drohenderem Ton.

Wenn er jedoch die Absicht gehabt hatte zu bluffen, dann ging sein Versuch ins Leere. Scott unterbrach seine Anstrengungen keineswegs, sondern warf ihm bloß einen kühlen Blick zu.

»Etwa Ihr Hund?« fragte er.

Der Glücksspieler brummte bestätigend.

»Dann sorgen Sie mal dafür, daß er losläßt.«

»Ob Sie's glauben oder nicht, Fremder«, antwortete ihm der andere aufreizend langsam, »wie das geht, habe ich leider selbst noch nicht spitzgekriegt. Den Trick hab ich einfach nicht raus.«

»Dann stehen Sie mir nicht im Weg«, antwortete Scott. »Ich hab hier zu tun.«

Tim Keenan rührte sich nicht, aber Scott nahm keine Notiz mehr von seiner Gegenwart. Es war ihm gelungen, den Lauf auf der einen Seite zwischen die Zähne zu schieben, und er versuchte jetzt, ihn zur anderen Seite durchzudrücken. Als er so weit war, hebelte er vorsichtig und sorgfältig weiter, so daß sich die Kinnladen ganz allmählich öffneten. Gleichzeitig befreite Matt Wolfsbluts mißhandelten Hals Stück für Stück aus der Umklammerung.

»Passen Sie auf und nehmen Sie Ihren Hund in Empfang«, herrschte Scott den Besitzer der Dogge an.

Der Glücksspieler bückte sich gehorsam und packte Cherokee fest am Kragen.

»Jetzt!« warnte Scott und setzte zur letzten Hebelbewegung an.

Die Hunde wurden auseinandergezogen, wobei sich Cherokee heftig zur Wehr setzte.

»Bringen Sie ihn weg«, befahl Scott, und Tim Keenan zerrte Cherokee zurück in die Menge.

Wolfsblut unternahm mehrere vergebliche Versuche hochzukommen. Einmal stand er bereits auf den Beinen, doch sie trugen ihn nicht. Er knickte ein und sank zurück in den Schnee. Seine Augen waren halb geschlossen und glanzlos. Die verschmierte Zunge hing schlaff aus der offenen Schnauze. Sein Anblick glich dem eines erdrosselten Hundes. Matt untersuchte ihn.

»Total erledigt«, verkündete er; »aber er atmet noch durch.«

Beauty Smith war aufgestanden, um sich Wolfsblut anzuschauen.

»Matt, was ist ein guter Schlittenhund wert?« fragte Scott.

Der Hundeführer, der sich immer noch auf Knien über Wolfsblut beugte, rechnete einen Augenblick leise.

»Dreihundert Dollar«, antwortete er.

»Und wenn er so zugerichtet ist wie der hier?« fragte Scott und tippte Wolfsblut mit dem Fuß an.

Der Hundetreiber überlegte kurz. »Die Hälfte«, sagte er.

Scott drehte sich zu Beauty Smith um.

»Haben Sie gehört, Mr. Unmensch? Ich nehme Ihnen Ihren Hund ab und gebe Ihnen hundertfünfzig Dollar dafür.«

Er öffnete seine Brieftasche und zählte die Scheine ab.

Beauty Smith verschränkte die Hände hinter dem Rücken und weigerte sich, das angebotene Geld entgegenzunehmen.

»Ich verkauf nicht«, sagte er.

»Oh doch, das tun Sie«, versicherte ihm sein Gegenüber. »Ich kaufe ihn nämlich. Hier ist Ihr Geld. Der Hund gehört mir.«

Die Hände immer noch hinter dem Rücken, wich Beauty Smith nach hinten zurück. Scott sprang ihm nach und holte mit der Faust aus. Beauty Smith duckte sich schon im voraus.

»Ich bin im Recht«, winselte er.

»Sie haben ihr Eigentumsrecht an diesem Hund verwirkt«, erhielt er zur Antwort. »Nehmen Sie jetzt das Geld, oder muß ich noch einmal zuschlagen?«

»Schon gut«, stieß Beauty Smith in ängstlicher Hast hervor. »Aber ich nehme es nur unter Protest«, fügte er dann hinzu. »Der Hund ist eine Goldmine. Ich laß mich nicht bestehlen. Ein Mensch hat doch schließlich seine Rechte.«

»Stimmt«, erwiderte Scott und drückte ihm das Geld in die Hand. »Ein Mensch hat seine Rechte. Aber Sie sind keiner. Sie sind ein Unmensch.«

»Warten Sie, bis ich wieder in Dawson bin«, drohte Beauty Smith. »Dann hetze ich Ihnen die Polizei auf den Hals.«

»Wenn Sie in Dawson nur Ihren Mund aufmachen, dann sorge ich dafür, daß man Sie aus der Stadt jagt, verstanden?«

Beauty Smith reagierte mit einem Grunzen.

»Verstanden?« donnerte der andere aufbrausend.

»Ja«, brummte Beauty Smith und verdrückte sich.

»Ja was?«

»Ja, Sir«, stieß Beauty Smith knurrend hervor.

»Vorsicht. Er ist bissig!« rief jemand unter allgemeinem Gelächter.

Scott kehrte ihm den Rücken zu, um dem Hundeführer zu helfen, der mit Wolfsblut beschäftigt war.

Einige Männer zogen bereits ab; andere blieben in Grüppchen stehen und unterhielten sich, während sie zuschauten. Tim Keenan trat dazu.

»Was ist denn das für'n Bonze?« fragte er.

»Weedon Scott«, sagte jemand.

»Und wer zum Teufel ist Weedon Scott?« fragte der Glücksspieler.

»Na ja, einer von diesen famosen Bergbauexperten. Der kennt alle hohen Tiere hier. Wenn Sie nich' in Schwierigkeiten kommen wollen, dann lassen Sie lieber die Finger von dem; rat ich Ihnen jedenfalls. Der steht sich bestens mit den Leuten von der Regierung. Der Beauftragte fürs Gold is'n Duzfreund von ihm.«

»Hab ich mir doch gedacht, daß der was Besonderes ist«, kommentierte der Glücksspieler diese Neuigkeiten. »Deswegen hab ich ihn auch nicht angerührt.«

V. UNBEZÄHMBAR

»Es ist hoffnungslos«, gestand Weedon Scott.

Er saß auf der Schwelle seiner Blockhütte und starrte den Hundeführer an, der mit einem ebenso resignierten Achselzucken antwortete.

Gemeinsam beobachteten sie Wolfsblut, der an seiner Kette zerrte; mit gesträubtem Fell und wild knurrend versuchte er, zu den Schlittenhunden zu gelangen. Denen war von Matt mehrfach und unter Zuhilfenahme eines Knüppels eingebleut worden, daß sie Wolfsblut in Ruhe zu lassen hatten, und sie hielten sich daran. Auch jetzt lagen sie in einiger Entfernung am Boden, offenbar nicht im mindesten an seiner Gegenwart interessiert.

»Er ist ein Wolf; man kann ihn nicht zähmen«, stellte Weedon Scott fest.

»Ach, ich weiß nicht«, widersprach ihm Matt. »Er hat vielleicht mehr vom Hund in sich, als man sehen kann. Aber eins weiß ich gewiß, und davon bringt mich keiner ab.«

Der Hundeführer machte eine Pause und nickte dem Moosehide Mountain verschwörerisch zu.

»Also, so geizig müssen Sie mit Ihren Weisheiten auch wieder nicht umgehen«, sagte Scott scharf, nachdem er gebührend lange gewartet hatte. »Spucken Sie es schon aus. Was denken Sie?«

Der Hundeführer zeigte mit dem Daumen nach hinten auf Wolfsblut.

»Wolf oder Hund, das ist egal; jedenfalls hat man ihn schon abgerichtet.«

»Unmöglich!«

»Wenn ich es doch sage. Der war sogar schon im Geschirr. Schauen Sie mal dahin. Sehen Sie die Striemen auf der Brust?«

»Sie haben recht, Matt. Bevor ihn Beauty Smith in die Finger bekam, war er Schlittenhund.«

»Spricht eigentlich nichts dagegen, ihn wieder dazu zu machen.«

»Meinen Sie wirklich?« fragte Scott gespannt zurück. Dann verflog seine Hoffnung wieder, und er fuhr kopfschüttelnd fort: »Wir haben ihn seit zwei Wochen, und inzwischen ist er eher noch wilder als am Anfang.«

»Geben Sie ihm 'ne Chance«, schlug Matt vor. »Lassen Sie ihn eine Zeitlang frei.«

Sein Gegenüber sah ihn ungläubig an.

»Ja«, setzte Matt hinzu; »ich weiß schon, daß Sie's probiert haben, aber ohne Knüppel.«

»Dann versuchen Sie es doch!«

Der Hundeführer besorgte sich einen Knüppel und ging zu dem angeketteten Tier hinüber. Wolfsblut fixierte den Knüppel wie ein Löwe im Käfig die Peitsche des Dompteurs fixiert.

»Sehen Sie, wie er den Knüppel nicht aus den Augen läßt?« sagte Matt. »Das ist ein gutes Zeichen. Dumm ist er nicht. Der wagt nicht, mich anzugreifen, solange ich den in der Hand habe. Völlig verrückt kann er nicht sein, das steht fest.«

Als die Hand des Mannes sich seinem Hals näherte, stellte Wolfsblut die Nackenhaare auf, bleckte die Zähne und duckte sich. Doch während er die näherkommende Hand im Auge behielt, entging ihm auch keine Bewegung der Hand mit dem Knüppel, der drohend über ihm schwebte. Matt löste den Schnappverschluß der Kette an seinem Hals und trat zurück.

Wolfsblut konnte es kaum fassen, frei zu sein. Seit ihn Beauty Smith gekauft hatte, waren viele Monate verstrichen, und in all dieser Zeit hatte er nicht einen Augenblick der Freiheit erlebt, außer wenn man ihn für einen Kampf gegen andere Hunde losgebunden hatte. Nach den Kämpfen hatte man ihn jedesmal gleich wieder eingesperrt.

Er wußte nicht, was er davon halten sollte. Vielleicht hatten diese Götter irgendeine neue Teufelei ausgeheckt. Er machte ein paar langsame, vorsichtige Schritte, jederzeit auf einen Angriff gefaßt. Weil alles so ungewohnt war, wußte er auch nicht, was er tun sollte. Zur Vorsicht machte er einen Bogen um die beiden Götter, die ihn beobachteten, und hielt auf die Ecke der Blockhütte zu. Nichts tat sich. Er war offensichtlich verblüfft, machte wieder kehrt und blieb in einigen Metern Entfernung stehen, um die beiden Männer eindringlich zu mustern.

»Wird er denn nicht weglaufen?« fragte sein neuer Besitzer.

Matt zuckte die Achseln. »Das Risiko müssen wir eingehen. Hinterher werden wir klüger sein.«

»Der arme Teufel«, murmelte Scott mitleidig. »Was er braucht, ist ein bißchen menschliche Zuwendung.« Mit diesen Worten wandte er sich um und trat in die Blockhütte.

Mit einem Stück Fleisch kam er wieder heraus. Er warf es vor Wolfsblut auf den Boden. Dieser sprang zur Seite und musterte es argwöhnisch aus der Entfernung.

»Hej, Major!« schrie Matt warnend, aber zu spät.

Major hatte einen Satz in Richtung Fleisch gemacht. In dem Moment, als sich seine Zähne um den Bissen schlossen, schlug Wolfsblut zu und stieß ihn um. Matt stürzte herbei, doch Wolfsblut war schneller. Major kam taumelnd auf die

Füße, aber das Blut, das ihm aus der Kehle schoß, hinterließ im Schnee eine rasch breiter werdende Spur.

»Sehr bedauerlich, aber er hat es sich selbst zuzuschreiben«, sagte Scott hastig.

Matt hatte jedoch schon zum Fußtritt gegen Wolfsblut ausgeholt. Es folgte ein Sprung, ein Zähneknirschen und ein lauter Schmerzensschrei. Böse knurrend wich Wolfsblut ein paar Meter zurück, während Matt sich bückte, um sein Bein zu untersuchen.

»Er hat mich erwischt«, verkündete er und zeigte auf die zerrissene Hose und Unterwäsche, die sich bereits rot verfärbten.

»Ich hab Ihnen ja gesagt, daß es hoffnungslos ist, Matt«, sagte Scott entmutigt. »Ich hab immer mal wieder daran denken müssen, obwohl ich es nicht wollte. Aber jetzt ist es soweit. Es ist die einzige Lösung.«

Beim Reden zog er widerwillig seinen Revolver, ließ ihn aufschnappen und überzeugte sich, daß die Trommel gefüllt war.

»Hören Sie, Mr. Scott«, wandte Matt ein. »Dieser Hund hat die Hölle hinter sich. Sie können jetzt keinen Unschuldsengel erwarten. Lassen Sie ihm etwas Zeit.«

»Schauen Sie sich Major an«, gab der andere zurück.

Der Hundetreiber warf einen prüfenden Blick auf das verwundete Tier. Es war in der eigenen Blutlache zusammengebrochen und lag offenbar in den letzten Zügen.

»Das hat er sich selbst zuzuschreiben. Das sind Ihre eigenen Worte, Mr. Scott. Er hat versucht, Wolfsblut das Fleisch wegzunehmen, und nun muß er ins Gras beißen. Das war zu erwarten. Ein Hund, der nicht um sein Fressen kämpft, ist in meinen Augen keinen Pfifferling wert.«

»Aber sehen Sie sich doch selbst an, Matt. Was die Hunde angeht, so haben Sie recht; irgendwo müssen wir aber eine Grenze ziehen.«

Matt blieb hartnäckig. »Mein eigener Fehler. Weswegen habe ich ihm denn den Fußtritt geben wollen? Sie haben selbst gesagt, daß er recht hatte. Dann war ich im Unrecht, als ich ihn treten wollte.«

»Für den Hund ist es doch eine Art Gnadentod«, hielt Scott ihm entgegen. »Er ist nicht zu zähmen.«

»Hören Sie, Mr. Scott. Sie müssen dem armen Teufel eine Chance geben. Wir haben sie ihm noch nicht geboten. Er kommt direkt aus der Hölle und ist zum erstenmal frei. Geben Sie ihm eine faire Chance, und wenn dann nichts dabei 'rausspringt, erledige ich ihn eigenhändig. Ehrenwort.«

»Ich hab weiß Gott keine Lust, ihn zu töten oder töten zu lassen«, sagte Scott und steckte seinen Revolver weg. »Wir lassen ihn weiter frei laufen und sehen mal, was mit Freundlichkeit auszurichten ist. Ich mache gleich den ersten Versuch.«

Er ging auf Wolfsblut zu und redete ruhig und besänftigend auf ihn ein.

»Halten Sie lieber einen Knüppel bereit«, warnte ihn Matt.

Scott schüttelte den Kopf und setzte den Versuch fort, Wolfsbluts Vertrauen zu gewinnen.

Dieser blieb mißtrauisch. Irgend etwas stand ihm bevor. Er hatte den Hund dieses Gottes getötet, seinen Begleiter gebissen; was sollte er anderes erwarten als schreckliche Strafe? Doch selbst bei dieser Aussicht kuschte er nicht. Er sträubte das Fell und fletschte die Zähne. Der wachsame Blick und der angespannte Körper zeigten, daß er auf alles gefaßt war. Der Gott hatte keinen Knüppel, so daß er ihn ganz nah herankommen ließ. Eine Hand wurde ausgestreckt und näherte sich seinem Kopf. Wolfsblut machte sich klein, duckte sich nervös. Es drohte Gefahr – irgendein Hinterhalt. Er kannte die Hände der Götter, ihre oft unter Beweis gestellte Überlegenheit sowie ihr Geschick im Zufügen von Schmerzen. Außerdem empfand er seine alte Abneigung gegen jede Berührung. Er knurrte jetzt drohender, duckte sich noch tiefer, aber die Hand senkte sich weiter herab. Er wollte die Hand nicht beißen und erduldete die von ihr ausgehende Gefahr, bis sich schließlich sein Instinkt meldete und der unüberwindliche Lebenswille das Kommando übernahm.

Weedon Scott war überzeugt gewesen, jedem Schnappen oder Beißen ausweichen zu können, denn noch ahnte er nichts von der außergewöhnlichen Schnelligkeit, mit der Wolfsblut wie eine aufgerollte Schlange unfehlbar und blitzartig zustieß.

Scott schrie überrascht auf und hielt sich die verletzte Hand. Matt stieß einen wüsten Fluch aus und war mit einem Satz bei ihm. Wolfsblut duckte sich und wich mit gesträubtem Fell zurück. Er hatte die Fänge entblößt, und seine Augen glitzerten böse. Jetzt standen ihm garantiert Prügel bevor, die mindestens so schlimm sein würden wie die von Beauty Smith.

»He! Was machen Sie denn da?« rief Scott plötzlich aus.

Matt war in die Hütte gestürmt und mit dem Gewehr in der Hand wieder herausgekommen.

»Nichts«, sagte er langsam und mit erzwungener Gleichgültigkeit. »Ich will bloß mein Versprechen einlösen. Wenn ich das richtig sehe, muß ich ihn jetzt wie versprochen töten.«

»Das werden Sie nicht tun!«

»Oh doch, das werde ich. Warten Sie's nur ab.«

Wie Matt für Wolfsblut ein gutes Wort eingelegt hatte, als der Hund ihn gebissen hatte, so machte sich jetzt Weedon Scott für ihn stark.

»Sie haben gesagt, er muß eine Chance haben. Na also, dann geben Sie sie ihm. Wir haben doch gerade erst angefangen und können unmöglich gleich wieder aufhören. Diesmal hatte ich es mir selbst zuzuschreiben. Und – sehen Sie mal!«

Wolfsblut, der bei der Ecke der Hütte stand, mindestens zehn Meter weit weg, knurrte so bösartig, daß es einem kalt den Rücken herunterlief, aber sein Knurren galt nicht Scott, sondern dem Hundeführer.

»Ja, ist denn das die Möglichkeit!« rief dieser verblüfft aus.

»Sehen Sie, wie intelligent er ist!« warf Scott hastig ein. »Er kennt Feuerwaffen ebenso gut wie wir. Er hat Verstand, und wir müssen seinem Verstand eine Chance lassen. Stellen Sie das Gewehr weg.«

»Also gut, einverstanden«, stimmte Matt zu und lehnte das Gewehr an einen Holzhaufen.

»Jetzt schauen Sie sich das an!« rief er im nächsten Moment aus.

Wolfsblut hatte sich beruhigt und aufgehört zu knurren.

»Es lohnt sich, dieser Sache auf den Grund zu gehen. Aufgepaßt!«

Matt streckte die Hand nach dem Gewehr aus, und sofort fing Wolfsblut an zu knurren. Matt entfernte sich vom Gewehr; Wolfsbluts Lefzen sanken herab und bedeckten wieder seine Fänge.

»So. Jetzt nur mal zum Spaß.«

Matt griff nach dem Gewehr und zog es langsam an die Schulter. Wolfsbluts Knurren setzte gleichzeitig mit Matts erster Bewegung ein und steigerte sich, während sich die Gewehrmündung hob. Doch noch ehe die Waffe direkt auf ihn angelegt war, verschwand er mit einem Sprung hinter der Hütte. Matt starrte über Kimme und Korn auf den leeren Fleck im Schnee, wo eben noch Wolfsblut gestanden hatte.

Feierlich legte der Hundeführer das Gewehr beiseite und blickte seinen Arbeitgeber an.

»Ich stimme Ihnen zu, Mr. Scott. Diesen Hund darf man nicht töten. Dafür ist er zu intelligent.«

VI. DER LEHRMEISTER DER LIEBE

Wolfsblut begleitete Weedon Scotts Annäherung knurrend und mit gesträubtem Fell, um deutlich zu machen, daß er sich keiner Bestrafung unterwerfen würde. Es waren vierundzwanzig Stunden verstrichen, seit er die Hand aufgerissen hatte, die nun, um die Blutung zu stillen, bandagiert in einer Schlinge ruhte. In der Vergangenheit hatte Wolfsblut nachträgliche Strafen erlebt, und eine solche fürchtete er jetzt. Was konnte er denn erwarten? Er hatte etwas getan, das für ihn ein Sakrileg war – die Zähne in das unantastbare Fleisch eines Gottes zu schlagen, und dann war es sogar einer der überlegenen weißen Götter gewesen. Es lag in der Natur der Sache und seines Umgangs mit diesen Göttern, daß ihm Furchtbares bevorstand.

Der Gott setzte sich in einiger Entfernung vor ihm auf den Boden. Das wirkte auf Wolfsblut keineswegs bedrohlich. Wenn die Götter Strafen austeilten, standen sie auf ihren zwei Beinen. Außerdem hatte dieser Gott weder Knüppel noch Peitsche noch Feuerwaffe zur Hand. Zudem war er selbst ja frei. Keine Kette, kein Pflock hielten ihn. Er konnte sich immer noch in Sicherheit bringen, wenn der Gott auf die Füße sprang. Vorerst wollte er abwarten.

Der Gott verhielt sich still, rührte sich nicht. Wolfsbluts Knurren verwandelte sich in ein kehliges Grollen, das schließlich ganz verstummte. Daraufhin sprach der Gott, und beim ersten Ton stellten sich Wolfsbluts Nackenhaare auf, und er grollte unwillkürlich. Der Gott jedoch machte keine feindselige Bewegung und fuhr ruhig fort zu sprechen. Eine Weile grollte Wolfsblut im Einklang mit seiner Stimme, so daß sich eine Art Gleichtakt zwischen den Worten und seinem Grollen einstellte. Aber der Gott redete ohne Unterbrechung weiter. Er sprach mit Wolfsblut, wie noch nie jemand mit ihm gesprochen hatte. Seine Stimme war sanft und beruhigend; sie vermittelte eine Freundlichkeit, die Wolfsblut irgendwie und irgendwo berührte. Gegen seinen eigenen Willen und allen bohrenden Warnungen seiner Instinkte zum Trotz begann er, Vertrauen zu diesem Gott zu fassen. Er hatte ein Gefühl von Sicherheit, das all seinen Erfahrungen mit Menschen widersprach.

Nach geraumer Zeit stand der Gott auf und ging in die Hütte. Wolfsblut musterte ihn besorgt, als er wieder herauskam. Er brachte weder Peitsche noch Knüppel noch sonst eine Waffe mit. Auch hielt er die unverletzte Hand nicht etwa hinter dem Rücken, um etwas zu verbergen. Er ließ sich am gleichen Platz wie vorher nieder, nicht allzu weit von ihm entfernt. In der ausgestreckten Hand bot er ihm ein Stück Fleisch an. Wolfsblut stellte die Ohren auf und beäugte es argwöhnisch; es gelang ihm, gleichzeitig das Fleisch und den Gott im Auge zu behalten, um auf jede verdächtige Bewegung zu achten. Alle Muskeln waren angespannt, um bei den ersten Anzeichen von Feindseligkeit wegspringen zu können.

Immer noch ließ die Strafe auf sich warten. Der Gott hielt ihm bloß das Fleisch unter die Nase. Es war offenbar völlig unverdächtig; dennoch blieb Wolfsblut weiterhin mißtrauisch. Obgleich ihn kurze Handbewegungen dazu aufforderten, sich das Fleisch zu holen, weigerte er sich, es anzurühren. Diese Götter waren überaus klug, und man konnte nicht wissen, welch raffinierte Tücke hinter dem scheinbar harmlosen Fleischbatzen lauerte. In der Vergangenheit waren Fleisch und Strafe oft genug auf fatale Weise miteinander verknüpft gewesen, vor allem im Umgang mit den Squaws.

Der Gott warf das Fleisch schließlich in den Schnee vor Wolfsbluts Pfoten. Er beschnupperte es sorgfältig, ohne es allerdings anzusehen, weil er den Gott dabei nicht aus den Augen ließ. Es geschah nichts. Er nahm das Fleisch ins Maul und verschlang es. Noch immer passierte nichts. Im Gegenteil, der Gott bot ihm ein weiteres Stück an. Wieder weigerte Wolfsblut sich, es aus der Hand zu holen, wieder fiel es ihm vor die Füße. Das wiederholte sich einige Male. Dann jedoch kam der Moment, wo der Gott keine Anstalten mehr machte, es ihm vorzuwerfen. Er offerierte ein Stück, ohne es aus der Hand zu geben.

Das Fleisch war gut, und Wolfsblut war hungrig. Ungeheuer vorsichtig, millimeterweise, näherte er sich der Hand. Dann endlich entschloß er sich, aus der Hand zu fressen. Er ließ den Gott nicht aus den Augen, und während sich sein Fell auf dem Nacken wie eine Bürste unwillkürlich sträubte, schob er mit angelegten Ohren den Kopf nach vorn. Tief aus seiner Kehle kam ein leises Grollen als Warnung, daß mit ihm nicht zu spaßen sei. Er fraß das Fleisch, ohne daß etwas geschah. Er fraß ein Stück nach dem anderen, und nichts passierte. Die Strafe blieb immer noch aus.

Er leckte sich die Lippen und wartete. Der Gott redete wieder. In seiner Stimme schwang eine Freundlichkeit mit, die Wolfsblut nicht kannte. Sie rief Empfindungen in ihm hervor, die er ebenfalls noch nie gehabt hatte. Er spürte eine Art merkwürdiger Befriedigung, als ob ein Verlangen gestillt, eine Leere in ihm ausgefüllt werde. Dann meldete sich sein Instinkt erneut, und die Erfahrungen der Vergangenheit warnten ihn. Die Götter waren tückisch und fanden ungeahnte Wege, um ihr Ziel zu erreichen.

Da! Er hatte es sich doch gedacht! Jetzt kam sie auf ihn zu, die Hand dieses Gotts, die so raffiniert Schmerzen zufügen konnte; sie wurde ausgestreckt und sank auf seinen Kopf herab. Doch dabei sprach der Gott weiter. Seine Stimme klang sanft und beruhigend. Trotz der drohenden Hand flößte die Stimme Vertrauen ein. Aber ungeachtet der beruhigenden Stimme machte die Hand mißtrauisch. Wolfsblut schwankte zwischen widersprüchlichen Gefühlen und Regungen. Es zerriß ihn fast, so sehr mußte er sich bezähmen,

um in ganz ungewohnter Entschlußlosigkeit die widerstre-
benden Kräfte zusammenzuhalten, die in seinem Innern um
die Vorherrschaft kämpften.

Er fand einen Kompromiß. Er knurrte, sträubte das Fell
und legte die Ohren an. Doch weder schnappte er zu, noch
sprang er fort. Die Hand senkte sich weiter. Immer näher
kam sie ihm. Sie berührte die Spitzen des aufgestellten Nak-
kenhaars. Er machte sich klein. Sie folgte seiner Bewegung,
berührte ihn fester. Es gelang ihm, sich zu beherrschen,
indem er sich fast zitternd noch mehr duckte. Er litt Qualen
durch diese Hand, die ihn berührte und seinen Instinkten
Gewalt antat. Er konnte nicht an einem Tag alles Böse
vergessen, das Menschenhände ihm angetan hatten. Doch der
Gott wollte es so, und er bemühte sich, ihm zu gehorchen.

Die Hand hob und senkte sich, um ihn liebevoll zu tät-
scheln. Sobald sie sich hob, stellte sich das Haar unter ihr auf,
sobald sie sich senkte, legten sich die Ohren flach zurück, und
tief aus der Kehle kam ein Grollen. Wolfsblut grollte immer
wieder warnend und gab damit zu verstehen, daß er bereit
war, für jeden Schmerz, den man ihm zufügte, Vergeltung zu
üben. Es war ungewiß, wann der Gott seine eigentliche
Absicht zu erkennen geben würde. Jeden Moment konnte die
sanfte, vertrauenerweckende Stimme in wütendes Gebrüll
umschlagen, die liebevoll streichelnde Hand sich in einen
Schraubstock verwandeln, um ihn hilflos der Bestrafung
auszuliefern.

Doch der Gott redete immer noch mit sanfter Stimme, die
Hand hörte nicht auf, ihn in freundlicher Absicht zu tät-
scheln. Wolfsbluts Gefühle waren gespalten. Seinem Instinkt
war die Hand zuwider. Sie engte ihn ein, stand im Gegensatz
zu seinem Freiheitsdrang. Doch fügte sie ihm keine körperlichen Schmerzen zu. Im Gegenteil, sein Körper empfand sie
als angenehm. Die tätschelnde Hand ging langsam und vorsichtig dazu über, ihn hinter den Ohren zu kraulen, so daß

das angenehme Gefühl sich sogar noch etwas steigerte. Trotzdem hatte er weiterhin Angst und war auf der Hut vor einem Übel, das ihn unvorbereitet treffen konnte. So litt und genoß er abwechselnd, je nachdem, welches Gefühl gerade die Oberhand gewann.

»Ja, ist denn das die Möglichkeit!«

Mit diesem Ausruf trat Matt aus der Hütte. Er wollte gerade mit aufgerollten Ärmeln eine Schüssel mit schmutzigem Abwaschwasser ausschütten, als ihn der Anblick von Weedon Scott, der Wolfsblut streichelte, mitten in der Bewegung erstarren ließ.

In dem Augenblick, als seine Stimme die Stille unterbrach, sprang Wolfsblut zurück und knurrte ihn wütend an.

Matt betrachtete seinen Arbeitgeber bekümmert und mißbilligend.

»Ich hoffe, Sie haben nichts dagegen, wenn ich sage, was ich denke, Mr. Scott, aber ich würde meinen, gegen Sie sind die ärgsten Narren absolute Waisenknaben.«

Weedon Scott lächelte überlegen, stand auf und ging zu Wolfsblut hinüber. Er sprach eine Weile, aber nicht besonders lange, beruhigend auf ihn ein, streckte dann langsam die Hand aus, legte sie Wolfsblut auf den Kopf und begann ihn wieder zu streicheln. Dieser nahm es hin, ohne daß er seinen argwöhnischen Blick von dem Mann abwendete, nicht etwa von dem, der ihn streichelte, sondern von dem, der auf der Schwelle der Blockhütte stand.

»Sie sind ja vielleicht ein erstklassiger Goldminen-Experte, durchaus möglich«, orakelte der Hundeführer, »aber die eigentliche Chance Ihres Lebens haben Sie verpaßt, weil Sie als Kind nicht mit einem Zirkus ausgerissen sind.«

Wolfsblut knurrte beim Klang der Stimme, sprang aber diesmal nicht fort von der Hand, die ihn am Kopf und im Nacken besänftigend kraulte.

Es war für Wolfsblut der Anfang vom Ende – dem Ende

seines alten Lebens, in dem Haß regiert hatte. Ein neues Leben, das unbegreiflich viel schöner war, kündigte sich an. Weedon Scott war gezwungen, viel nachzudenken und unendliche Geduld aufzubringen, damit es soweit kam. Und von Wolfsblut verlangte es nicht mehr und nicht weniger als eine Revolution. Er mußte sich über die drängenden Impulse von Instinkt und Vernunft hinwegsetzen, der eigenen Erfahrung trotzen, das Leben selbst Lügen strafen.

Das Leben, wie er es vorher kannte, hatte für viele Dinge, die er jetzt tat, nicht nur keinen Platz gehabt, sondern alles war den Strömungen, denen er sich nun überließ, zuwidergelaufen. Bei näherem Hinsehen reichte die jetzt notwendig gewordene Neuorientierung in ihrer Bedeutung bei weitem über jene hinaus, die ihm gelungen war, als er sich aus der Wildnis heraus dem Grauen Biber angeschlossen und ihn als Herrn akzeptiert hatte. Damals war er ein Welpe, weich und formbar, so daß die Umwelt ihm ihren prägenden Stempel noch aufdrücken konnte. Jetzt lagen die Dinge anders. Seine Umwelt hatte nur allzu gute Arbeit geleistet. Durch sie war er in der Form eines Kampfwolfs erstarrt, ein wildes, erbarmungsloses Tier, das Liebe weder geben noch wecken konnte. Dadurch, daß sich ein solcher Wandel vollzog, strömte Leben in ihn zurück, und zwar zu einem Zeitpunkt, als ihm die Biegsamkeit des Jugendalters bereits verlorengegangen, jede Lebensfaser zäh und verhärtet war, als das wechselvolle Leben der Vergangenheit sein ganzes Wesen spröde und unnachgiebig gemacht, ja versteinert hatte, als er der Welt nur noch eisern die Stirn bieten konnte und die Instinkte und Prinzipien, nach denen er handelte, sich längst zu starren Regeln, zu Mißtrauen, Abneigung und Verlangen verfestigt hatten.

Und doch war es, selbst in dieser Neuorientierung, wieder der Einfluß der Umwelt, der ihn umformte und durchknetete, Verhärtungen löste und neue, schönere Formen schuf. Eigentlich war es Weedon Scott, der ihm den Stempel aufdrückte. Er war bis zu den Wurzeln seiner Natur vorgedrungen und hatte dort durch seine Freundlichkeit schlummernde Kräfte geweckt, die erlahmt, beinahe endgültig versiegt waren. Dazu gehörte die *Liebe*. Sie trat nun an die Stelle der *Zuwendung*, die in seinem bisherigen Umgang mit den Göttern den Gipfel leidenschaftlicher Gefühle dargestellt hatte.

Allerdings entstand diese Liebe nicht an einem Tag. Sie begann als Zuwendung und entwickelte sich langsam über dieses Stadium hinaus. Wolfsblut lief nicht davon, obwohl man ihn weiter in Freiheit ließ, weil er diesen neuen Gott mochte. Das Leben, das er jetzt führte, war ohne Zweifel besser als sein Leben bei Beauty Smith, und irgendeinen Gott brauchte er. Seine Natur verlangte danach, einen Menschen zum Herrn zu haben. Diese Abhängigkeit war zu jenem frühen Zeitpunkt seines Lebens besiegelt worden, als er der Wildnis den Rücken kehrte und sich in Erwartung einer Strafe Grauer Biber zu Füßen gelegt hatte. Und als er zum zweiten Mal, nach der langen Hungersnot, in das Dorf zu Grauer Biber zurückgekehrt war und seinen Fisch gefressen hatte, wurde ihm dieses Siegel erneut und nun unauslöschlich aufgeprägt.

Da Wolfsblut also einen Gott haben mußte und er Weedon Scott Beauty Smith vorzog, blieb er bei ihm. Zum Zeichen für den Treuebund übernahm er die Aufgabe, das Eigentum seines Herrn zu bewachen. Während die Schlittenhunde schliefen, strich er um die Blockhütte, und der erste Besucher, der im Dunkeln kam, mußte sich mit einem Knüppel verteidigen, ehe ihm Scott zu Hilfe eilte. Wolfsblut lernte aber rasch, zwischen Dieben und ehrlichen Leuten zu unterscheiden, die Leute nach Gang und Haltung richtig einzuschätzen. Wer fest auftrat und geradewegs auf den Eingang der Hütte zuhielt, den behelligte er nicht, obwohl er ihn wachsam beobachtete, bis sich die Tür öffnete und sein Herr ihn auch wirklich willkommen hieß. Wenn sich aber jemand auf leisen Sohlen näherte, Umwege wählte, verstohlen um sich blickte, heimlich tat – dann zögerte Wolfsblut nicht, seine Schlüsse zu ziehen, und schon trat der Betreffende hastig und würdelos den Rückzug an.

Weedon Scott hatte es sich zur Aufgabe gemacht, Wolfsblut zu erlösen – oder vielmehr, das wiedergutzumachen, was die Menschheit Wolfsblut angetan hatte. Es war für ihn eine Frage von Grundsatz und Gewissen. Er sah in dem, was Wolfsblut zugefügt worden war, eine Schuld, die Menschen auf sich geladen hatten und die es abzutragen galt. Er gab sich deswegen Mühe, diesem Kampfwolf ganz besondere Freundlichkeit entgegenzubringen. Er machte es sich zum Prinzip, Wolfsblut täglich und in aller Ruhe zu streicheln.

Nachdem dieser zu Beginn mißtrauisch und feindselig gewesen war, fing er allmählich an, die Liebkosungen zu schätzen. Eine Sache allerdings konnte er sich nicht mehr abgewöhnen – sein Grollen. Denn er grollte immer, und zwar vom ersten Streicheln an bis zu seinem Ende. Doch schwang in seinem Grollen ein neuer Ton mit. Ein Fremder hätte ihn nicht wahrgenommen; er hätte Wolfsbluts Grollen als Ausdruck urtümlicher Wildheit aufgefaßt, nervenaufreibend und grauenerregend. In Wirklichkeit war Wolfsbluts Kehle bloß durch jahrelanges, wildes Knurren rauh geworden, schon seit er die ersten schnarrenden Laute in der Wolfshöhle ausgestoßen hatte, um die Wut eines Winzlings hörbar zu machen; jetzt fehlten ihm die weichen Töne zum Ausdruck der Zuneigung, die er verspürte. Weedon Scotts Ohr und sein Einfühlungsvermögen waren jedoch so empfindlich, daß er den neuen Ton noch wahrnahm, obwohl er im Grollen der Wildheit fast unterging. Was er hörte, war ein ganz leise angedeutetes wohliges Brummen, für niemanden außer ihm wahrzunehmen.

Mit jedem Tag ging die Verwandlung der Zuwendung in

Liebe rascher voran. Wolfsblut selbst bemerkte es allmählich, ohne sich etwa bewußt zu sein, was Liebe bedeutete. Sie äußerte sich als eine spürbare Leere in ihm – ein hungriges, brennendes, sehnsüchtiges Gefühl der Leere, die unbedingt gefüllt sein wollte. Es war eine schmerzhafte Unruhe, die erst dann verging, wenn er die Gegenwart seines neuen Gottes spürte. In solchen Augenblicken versetzte ihn seine Liebe in Entzücken, verschaffte ihm unbändige, erregende Befriedigung. Sobald beide aber wieder getrennt waren, kehrte die schmerzhafte Unruhe zurück; die Leere tat sich wieder auf und bedrängte ihn, und das Hungergefühl nagte unaufhörlich in seinem Innern.

Wolfsblut war dabei, sich selbst zu finden. Trotz seines Alters und der kompromißlosen Strenge, mit der ihn sein Leben geformt hatte, weitete sich etwas in ihm. Fremdartige Gefühle und ungewohnte Impulse brachen aus ihm hervor. Frühere Verhaltensmuster wandelten sich allmählich. In der Vergangenheit hatte er Behagen und Schmerzlosigkeit gesucht, Unbehagen und Schmerz gescheut und sein Handeln nach diesen Prinzipien ausgerichtet. Jetzt war das anders. Seine neuen Gefühle veranlaßten ihn häufig, seinem Gott zuliebe Unbehagen und Schmerz in Kauf zu nehmen. So wartete er gewöhnlich am frühen Morgen stundenlang unter dem unfreundlichen Vordach der Hütte, statt auf Futtersuche umherzustreifen oder an einem geschützten Plätzchen liegenzubleiben, nur um einen Blick von seinem Meister erhaschen zu können. Abends, wenn sein Herr zurückkehrte, kroch Wolfsblut aus dem warmen Loch hervor, das er sich zum Schlafen im Schnee gegraben hatte, um das übliche liebevolle Fingerschnalzen oder ein Wort der Begrüßung nicht zu versäumen. Ja, er ließ sogar Fleisch links liegen, um in der Nähe seines Herrn zu bleiben, sich von ihm streicheln zu lassen oder ihn in die Stadt zu begleiten.

Liebe war an die Stelle von *Zuwendung* getreten. Liebe war auch das Senkblei gewesen, das Tiefen seines Wesens ausgelotet hatte, in die bloße Zuwendung nie vorgedrungen war. Und aus den Tiefen war als Echo dieses Neue zurückgekommen – Liebe. Was ihm gegeben wurde, gab er zurück. Dieser Herr war wirklich ein Gott, ein Gott der Liebe, der Wärme ausstrahlte und in dessen Licht Wolfsbluts Wesen sich entfaltete wie eine Blüte in der Sonne.

Freilich stellte Wolfsblut seine Gefühle nicht zur Schau. Er war zu alt, zu festgefügt, um sich noch neue Ausdrucksformen anzueignen. Er war zu beherrscht, ruhte zu sehr in seiner Vereinzelung, hatte seine kühle Verschlossenheit und sein mürrisches Wesen schon zu lange kultiviert. In seinem ganzen Leben hatte er nie gebellt und konnte jetzt nicht mehr lernen, seinen Gott mit einem Bellen willkommen zu heißen, wenn er sich näherte. Nie war er im Wege, nie übertrieben oder närrisch in seinen Liebesbeweisen. Er stürzte niemals auf ihn zu, um ihn zu begrüßen. Er wartete in einiger Entfernung, doch er wartete immer, war immer da. Seine Liebe hatte etwas von Anbetung an sich – still und stumm, eine schweigende Verehrung. Nur der unverwandte Blick, dem nicht eine Bewegung seines Herrn entging, verlieh ihr Ausdruck. Manchmal, wenn sein Gott ihn ansah und mit ihm sprach, wirkte er auch tapsig und wie von einer Art Verlegenheit überwältigt, die dadurch entstand, daß seine Liebe nach einem Ausdruck suchte, zu dem ihm die körperlichen Mittel fehlten.

Er lernte, sich auf vielerlei Art an die neue Lebensweise anzupassen. Man ließ ihn nicht im Zweifel darüber, daß er die Hunde seines Herrn in Frieden zu lassen hatte. Allerdings setzte sich sein herrisches Wesen durch, so daß er sie zunächst einmal der Reihe nach verprügelte, bis sie seine Überlegenheit und Führungsrolle akzeptiert hatten. Nachdem das erledigt war, gab es keine Probleme mehr mit ihnen. Sie überließen ihm den Vortritt, wenn er sich unter sie mischte, und wenn er auf seinem Willen bestand, gehorchten sie.

In ähnlicher Weise gewöhnte er sich daran, Matt zu dulden – sozusagen als Eigentum seines Herrn. Dieser fütterte ihn selten selbst. Das erledigte Matt – es war seine Aufgabe. Wolfsblut erriet jedoch, daß das Futter von seinem Herrn stammte, der ihn durch einen Stellvertreter fütterte. Matt versuchte auch, ihn zusammen mit den übrigen Hunden vor den Schlitten zu spannen, aber ohne Erfolg. Erst als Weedon Scott Wolfsblut das Geschirr anlegte und mit ihm arbeitete, begriff er. Es war offenbar der Wille seines Herrn, daß Matt ihn führte und mit ihm arbeitete, so wie er die anderen Hunde führte.

Die Gleitschlitten der Mackenzie-Region unterschieden sich von den Schlitten am Klondike, die Kufen hatten. Auch die Hunde wurden anders eingesetzt. Das Gespann zog nicht in der Formation eines Fächers, sondern jeder Hund lief an doppelten Zugriemen hinter dem anderen. Hier am Klondike war der Leithund auch wirklich der Führer. Der klügste und stärkste Hund wurde zum Leithund gemacht, und das Gespann gehorchte ihm und fürchtete ihn. Es war unvermeidlich, daß Wolfsblut sich diese Position binnen kurzem eroberte. Mit weniger hätte er sich nicht zufrieden gegeben, auch wenn Matt das erst mühsam und nach vielen Schwierigkeiten einsah. Wolfsblut suchte sich diese Aufgabe selbst aus, und Matt bestätigte fluchend seine Wahl, nachdem man die Probe aufs Exempel gemacht hatte. Doch obwohl Wolfsblut tagsüber vor dem Schlitten arbeitete, vernachlässigte er die nächtliche Aufsicht über das Eigentum seines Herrn keineswegs. Er war also ohne Pause im Dienst, stets wachsam und treu, von allen Hunden der wertvollste.

»Wenn ich mir die Freiheit nehmen darf«, sagte Matt eines Tages, »dann möchte ich mir doch die Bemerkung erlauben, daß Sie ein kluges Köpfchen waren, als Sie damals diesen Preis für den Hund bezahlten. Sie haben Beauty Smith nicht nur die Visage poliert, sondern ihn auch noch ganz schön übers Ohr gehauen.«

In Weedon Scotts grauen Augen sah man alten Zorn wieder aufglimmen, und er murmelte voller Ingrimm: »Dieser Unmensch!«

Im späten Frühjahr brach ein großes Unglück über Wolfsblut herein. Der Lehrmeister der Liebe war ohne Vorwarnung verschwunden. Zwar hatte es Anzeichen gegeben, aber Wolfsblut kannte sie nicht, und er verstand auch nicht, was das Packen einer Reisetasche bedeutete. Hinterher erinnerte er sich, daß das Packen dem Verschwinden vorausgegangen war; bei der Gelegenheit selbst blieb er ahnungslos. Am Abend wartete er auf die Rückkehr seines Herrn. Um Mitternacht trieb ihn der kalte Wind in den Schutz eines Unterschlupfs hinter der Blockhütte. Dort lag er im Halbschlaf und horchte mit gespitzten Ohren auf das erste Geräusch der vertrauten Schritte. Um zwei Uhr morgens hielt er es nicht mehr aus und kroch unter das kalte Vordach, um dort weiter zu warten.

Doch kein Herr erschien. Am Morgen öffnete sich die Tür, und Matt trat ins Freie. Wolfsblut sah ihn sehnsüchtig an. Sie sprachen keine gemeinsame Sprache, durch die er hätte erfahren können, was er wissen wollte. Die Tage kamen und gingen, nur sein Herr blieb aus. Wolfsblut, der noch nie in seinem Leben krank gewesen war, erkrankte jetzt. Es ging ihm so schlecht, daß ihn Matt schließlich in die Hütte holen mußte. In einem Brief an seinen Arbeitgeber widmete er Wolfsblut sogar ein Postskriptum.

Als Weedon Scott den Brief in Circle City zu Ende gelesen hatte, langte er bei der folgenden Nachschrift an:

»Dieser verfluchte Wolf will nicht mehr arbeiten. Will nichts fressen. Hat keinen Mumm mehr. Läßt sich von jedem Hund verprügeln. Will wissen, was aus Ihnen geworden ist, und ich kann's ihm nicht erzählen. Der stirbt mir vielleicht.«

Es war, wie Matt es beschrieb. Wolfsblut hatte das Fressen eingestellt, den Mut verloren und erlaubte jedem Hund, ihn wegzubeißen. In der Hütte blieb er in der Nähe der Feuerstelle liegen, ohne das geringste Interesse am Fressen, an Matt oder am Leben. Ob Matt freundlich mit ihm redete oder ihn beschimpfte, war völlig gleich; seine ganze Reaktion bestand darin, daß er seinen trüben Blick auf den Mann richtete und dann den Kopf wieder an die gewohnte Stelle zwischen den Vorderpfoten fallen ließ.

Eines Abends las Matt gerade halblaut vor sich hin, als ihn ein unterdrücktes Winseln, das von Wolfsblut kam, aufschreckte. Der Hund war aufgestanden, hatte die Ohren nach vorn gelegt und horchte angestrengt zur Tür hin. Einen Augenblick später hörte Matt Schritte. Die Tür öffnete sich, und Weedon Scott trat ein. Die beiden Männer schüttelten sich die Hände. Dann sah sich Scott im Raum um.

»Wo ist der Wolf?« fragte er.

Dann entdeckte er ihn: Er stand dort, wo er vorher gelegen hatte, bei der Kochstelle. Er war nicht wie andere Hunde auf ihn zugestürmt. Er stand einfach da, sah ihn an und wartete.

»Heiliger Strohsack!« rief Matt aus. »Jetzt schauen Sie sich an, wie der mit dem Schwanz wedelt!«

Weedon Scott ging quer durch den Raum rasch auf Wolfsblut zu und rief ihn dabei beim Namen. Wolfsblut kam ihm entgegen, nicht mit einem Satz, aber doch schnell. Er machte aus Verlegenheit ungeschickte Bewegungen, doch als er näher kam, trat ein seltsamer Ausdruck in seine Augen. Sie füllten sich mit etwas, mit einem übergroßen Gefühl, das sich nicht mitteilen ließ, sondern wie ein Licht aus ihnen herausstrahlte.

»Während Ihrer ganzen Abwesenheit hat er mich nicht einmal so angesehen«, bemerkte Matt dazu.

Weedon Scott hörte es gar nicht. Er hockte sich geradewegs vor Wolfsblut hin und streichelte ihn – kraulte ihn dicht hinter den Ohren und fuhr ihm mit langen Bewegungen liebevoll über Nacken und Schultern, wobei er ihm sanft mit den Fingerkuppen die Rückenwirbel massierte. Wolfsblut grollte dazu, und das wohlige Brummen in seinem Grollen war ausgeprägter als je zuvor.

Das war jedoch nicht alles. Wohin mit seiner Freude, der übergroßen Liebe, die in ihm aufstieg und nach außen drängte? Jetzt gelang es ihr, sich auf eine neue Weise Ausdruck zu verschaffen. Plötzlich stieß er den Kopf nach vorn und drückte ihn unter den Arm an den Körper seines Herrn. Und hier, eingeschlossen, so daß nur noch seine Ohren sichtbar waren, hörte er auf zu grollen, stupste aber weiter mit der Schnauze und schmiegte sich eng an den Heimkehrer.

Die beiden Männer sahen sich an. Scotts Augen glänzten.

»Mann-oh-Mann!« sagte Matt ehrfürchtig.

Einen Augenblick danach, als er sich von seiner Überraschung erholt hatte, fügte er hinzu, »Ich hab' immer schon gesagt, dieser Wolf ist ein Hund. Schauen Sie ihn doch an!«

Nach der Rückkehr seines geliebten Herrn machte Wolfsbluts Genesung rasche Fortschritte. Zwei Nächte und einen Tag blieb er noch in der Hütte. Dann unternahm er seinen ersten Ausflug nach draußen. Die Schlittenhunde hatten vergessen, was für ein Kämpfer er war. Ihre Erinnerung reichte nur noch bis zu seiner Schwäche und Krankheit zurück. Als sie ihn aus der Hütte kommen sahen, stürzten sie sich auf ihn.

»Zeig ihnen, was 'ne Harke ist«, murmelte Matt genüßlich. Er stand im Eingang und sah zu. »Mach' ihnen die Hölle heiß, du Wolf! Mach' ihnen die Hölle heiß – und dann laß sie schmoren!«

Wolfsblut brauchte keine Ermunterung. Die Rückkehr des geliebten Herrn war völlig ausreichend. Strotzendes, unbändiges Leben durchströmte ihn wieder. Er kämpfte aus reinem Vergnügen, zum Ausdruck eines Gefühls, das sonst sprachlos blieb. Das Ende war vorauszusehen. Die Hunde zerstreuten sich nach schmählicher Niederlage in alle vier Winde, und es war schon dunkel, ehe einer nach dem anderen zurückgeschlichen kam, um Wolfsblut kleinlaut und unterwürfig seine Ergebenheit zu bekunden.

Nachdem er einmal gelernt hatte, sich an seinen Herrn zu schmiegen, gab Wolfsblut dieser Neigung häufig nach. Weiter reichte sein Ausdrucksvermögen nicht. Darüber hinauszugehen war ihm unmöglich. Seinen Kopf hatte er immer ganz besonders in acht genommen und es gehaßt, wenn man ihn dort berührte. Es war das Gesetz der Wildnis in ihm, die Angst vor Schmerz und der Falle. Panische Impulse wurden ausgelöst, sobald man ihn anfaßte. Sein Instinkt gebot ihm, den Kopf frei zu halten. Jetzt aber manövrierte er sich durch die Art, wie er sich an seinen geliebten Herrn schmiegte, ganz bewußt in eine Situation völliger Hilflosigkeit. Die Geste war Ausdruck vollkommenen Vertrauens, absoluter Selbstaufgabe, als ob er sagte: »Ich liefere mich dir aus. Verfahre mit mir nach deinem Gutdünken«.

Eines Abends, nicht lange nach Scotts Rückkehr, spielten die beiden Männer vor dem Schlafengehen noch eine Partie Cribbage. »Fünfzehnundzwei, fünfzehnundvier und ein Paar, das macht sechs«, rechnete Matt gerade zusammen, als sie draußen einen Aufschrei und ein Knurren hörten. Während sie sich anschickten aufzustehen, wechselten sie einen Blick.

»Der Wolf hat jemanden gestellt«, sagte Matt.

Ein wilder Angstschrei trieb sie eilig hinaus.

»Hol ein Licht!« rief Scott und stürzte nach draußen.

Matt folgte ihm mit einer Laterne, in deren Licht sie einen Mann rücklings im Schnee liegen sahen. Er hielt die Arme über Gesicht und Hals verschränkt und versuchte so, sich vor Wolfsbluts Zähnen zu schützen. Das war bitter nötig. Wolfsblut war völlig außer sich. Er gab kein Pardon, sondern versuchte, seinen Angriff auf die verwundbarste Stelle zu konzentrieren. Die Ärmel von Mantel, blauem Flanellhemd und Unterhemd waren zerfetzt und die Arme darunter schrecklich zugerichtet und blutüberströmt.

Das alles sahen die Männer auf den ersten Blick. Im Nu hatte Weedon Scott Wolfsblut am Hals gepackt und zog ihn beiseite. Wolfsblut widersetzte sich und knurrte, machte aber keinen Versuch zu beißen und beruhigte sich rasch, als ihn sein Herr scharf zurechtwies.

Matt half dem Mann auf die Beine. Als er aufstand und die Arme senkte, kam die gräßliche Fratze von Beauty Smith zum Vorschein. Die Hände des Hundeführers zuckten zurück wie bei einem Mann, der versehentlich ins Feuer langt. Beauty Smith blinzelte in das Licht und sah sich um. Sein Blick fiel auf Wolfsblut, und der Schrecken stand ihm im Gesicht geschrieben.

Im gleichen Augenblick bemerkte Matt zwei Gegenstände, die neben ihm im Schnee lagen. Er leuchtete mit seiner Laterne und machte seinen Arbeitgeber mit der Zehenspitze darauf aufmerksam. Es handelte sich um eine Hundekette aus Stahl und einen dicken Knüppel.

Weedon Scott sah es und nickte. Nicht ein Wort wurde gewechselt. Der Hundetreiber faßte Beauty Smith an der Schulter und drehte ihn um. Reden war überflüssig. Beauty Smith ging von allein.

Inzwischen klopfte Weedon Scott Wolfsblut liebevoll auf die Schulter, während er mit ihm redete.

»Der wollte dich stehlen, was? Und du hattest was dagegen! Tja, da hat er sich ganz schön geirrt, was?«

»Der hat bestimmt geglaubt, er kämpft mit dem Satan persönlich«, kicherte der Hundeführer.

Wolfsblut, dessen Nackenhaar sich immer noch vor Erregung sträubte, grollte ohne Unterbrechung. Doch langsam glättete sich sein Fell, während das wohlige Brummen zwar nur schwach und wie von fern zu hören war, aber doch immer deutlicher wurde.

324

FÜNFTER TEIL: ZÄHMUNG

I. DIE WEITE REISE

Es lag in der Luft. Wolfsblut spürte die kommende Katastrophe, noch bevor es greifbare Anhaltspunkte gab. Daß eine Veränderung bevorstand, teilte sich ihm irgendwie mit. Er wußte weder wie noch warum, aber es waren seine Götter, die ihn das näherrückende Ereignis spüren ließen. Auf subtilere Weise, als sie selbst ahnten, verrieten sie dem Wolfshund ihre Absichten. Er hielt sich immer am Eingang der Hütte auf, und obgleich er nie das Innere betrat, wußte er doch, was in ihren Köpfen vorging.

»Hören Sie sich das bloß einmal an!« rief der Hundeführer einmal beim Abendessen aus.

Weedon Scott horchte nach draußen. Durch die Tür drang ein leises, ängstliches Winseln, wie unterdrücktes Weinen, das eben vernehmbar wird. Darauf folgte ein gründliches Schnüffeln, durch das Wolfsblut sich vergewissern wollte, daß sein Herr immer noch drinnen war und sich nicht etwa heimlich und allein davongemacht hatte.

»Ich glaube, der Wolf will was von Ihnen«, sagte der Hundeführer.

Weedon Scott sah seinen Begleiter geradezu flehentlich an, auch wenn seine Worte diesen Blick Lügen straften.

»Was zum Teufel soll ich in Kalifornien mit einem Wolf anfangen?« fragte er.

»Genau«, antwortete Matt. »Was zum Teufel können Sie mit einem Wolf in Kalifornien anfangen?«

Doch Scott war mit dieser Antwort nicht zufrieden. Der andere schien ein Urteil über ihn zu fällen, ohne sich selbst festzulegen.

»Die Hunde von Weißen hätten gegen ihn keine Chance«, fuhr Scott fort. »Er würde sie auf der Stelle umbringen. Wenn er mich nicht schon vorher mit Schadensersatzklagen in den Bankrott treiben würde, dann würden die Behörden ihn mir wegnehmen und töten lassen.«

»Ich weiß schon, er ist ein Killer«, bemerkte der Hundeführer dazu.

Weedon Scott blickte ihn argwöhnisch an.

»Es würde nie gutgehen«, sagte er entschieden.

»Es würde nie gutgehen«, stimmte Matt ihm zu. »Sie müßten bestimmt jemand bloß für ihn einstellen.«

Scotts Argwohn legte sich. Er nickte erleichtert. In dem nachfolgenden Schweigen hörte man wieder das leise, halb unterdrückte Winseln von der Tür und anschließend das gründliche, prüfende Schnüffeln.

»Nicht zu leugnen, daß er große Stücke auf Sie hält«, sagte Matt.

Der andere funkelte ihn in plötzlicher Wut an. »Verdammt noch mal, Mann! Ich weiß selbst, was ich will und was das Beste ist.«

»Sie haben ja recht, nur . . .«

»Nur was?« fragte Scott scharf zurück.

»Nur . . .« begann der Hundeführer vorsichtig, überlegte es sich dann aber anders und machte zunehmend seinem eigenen Ärger Luft. »Sie brauchen doch deswegen nicht gleich zu explodieren. Wenn man Sie so beobachtet, hat man nicht den Eindruck, Sie wüßten, was Sie wollen.«

Weedon Scott kämpfte einen Augenblick mit sich, ehe er in freundlicherem Ton sagte: »Sie haben recht, Matt. Ich weiß nicht, was ich will, und genau da liegt das Problem.«

»Es wär' aber doch heller Wahnsinn, wenn ich den Hund

mitnähme«, platzte er nach einer weiteren Gesprächspause heraus.

»Da haben Sie sicher recht«, antwortete Matt; und wieder war sein Arbeitgeber mit dieser Antwort seltsam unzufrieden.

»Aber wie um alles in der Welt dieser Kerl spitzgekriegt hat, daß Sie wegfahren, ist mir völlig schleierhaft«, fuhr der Hundeführer scheinheilig fort.

»Da bin ich selbst überfragt, Matt«, antwortete Scott und schüttelte bedrückt den Kopf.

Dann kam der Tag, an dem Wolfsblut durch die offene Eingangstür die Schlimmes verheißende Reisetasche am Boden stehen sah; sein geliebter Herr war dabei, sie zu pakken. Außerdem herrschte nun ein ständiges Kommen und Gehen, und die einst friedliche Ruhe in der Blockhütte wurde immer wieder auf ungewohnte Weise gestört. Die Zeichen waren nicht mehr zu mißdeuten. Wolfsblut hatte es gespürt, nun hatte er konkrete Anhaltspunkte. Sein Herr traf Vorbereitungen für eine neue Flucht. Da er beim ersten Mal nicht mitgenommen worden war, konnte er sich auch dieses Mal darauf gefaßt machen, daß man ihn zurücklassen würde.

In der Nacht stimmte er das langgezogene Wolfsgeheul an. Als er sich in seiner Welpenzeit aus der Wildnis zurück ins Dorf geflüchtet hatte, nur um festzustellen, daß es verschwunden war und nichts als ein Müllhaufen den Standort von Grauer Bibers Zelt markierte, da hatte er genauso aufgeheult wie jetzt, als er wieder die Schnauze zu den kalten Sternen hob, um ihnen sein Leid zu klagen.

Die Männer in der Hütte waren gerade zu Bett gegangen.

»Er rührt sein Futter schon wieder nicht an«, bemerkte Matt aus seiner Schlafkoje.

Aus Scotts Ecke hörte man ein Brummen; Decken wurden zurechtgezogen.

»So wie er damals in Ihrer Abwesenheit schlapp gemacht hat, würde ich mich nicht wundern, wenn er diesmal stirbt.«

In seiner Koje zupfte Scott immer noch gereizt an den Decken herum.

»Ach, halten Sie den Mund!« rief er durch den dunklen Raum. »Sie setzen einem ja ärger zu als jede Frau.«

»Da haben Sie sicher recht«, erwiderte der Hundeführer, und Weedon Scott war unsicher, ob der andere nicht etwa gekichert hatte.

Am folgenden Tag waren Wolfsbluts Angst und Unruhe noch ausgeprägter. Er klebte seinem Herrn an den Fersen, wann immer er die Hütte verließ, und belagerte den Eingang, wenn er sich drinnen aufhielt. Durch die offene Tür bekam er gelegentlich das Reisegepäck am Boden zu sehen. Neben der Tasche standen inzwischen zwei große Leinensäcke und eine Kiste. Matt war eben dabei, Decken und Pelzmantel in Ölzeug einzurollen. Wolfsblut winselte, als er den Vorgang beobachtete.

Später kamen zwei Indianer. Er ließ sie nicht aus den Augen, als sie das Gepäck schulterten und hinter Matt, der selbst das Bettzeug und die Reisetasche trug, den Hügel hinabstiegen. Wolfsblut folgte ihnen jedoch nicht. Sein Herr war noch in der Hütte. Nach einiger Zeit kehrte Matt zurück. Sein Herr erschien im Eingang und rief Wolfsblut zu sich.

»Du armer Teufel«, sagte er liebevoll, während er Wolfsblut die Ohren kraulte und mit den Fingern seinen Rücken massierte. »Ich gehe auf eine weite Reise, alter Freund, auf der du mich nicht begleiten kannst. Jetzt laß mich noch einmal dein Grollen hören – das letzte, gutgemeinte Abschiedsgrollen.«

Wolfsblut aber grollte nicht. Statt dessen sah er seinen Herrn noch einmal fragend und sehnsüchtig an und schmiegte sich dann an ihn, wobei er den Kopf zwischen Scotts Arm und Körper verschwinden ließ.

»Da ist das Signal!« rief Matt aus. Vom Yukon her tönte das heisere Tuten eines Flußdampfers. »Sie müssen aufhören. Denken Sie daran, den Eingang abzuschließen. Ich geh' hinten 'raus. Beeilen Sie sich!«

Die beiden Türen wurden im gleichen Moment zugeworfen, und Weedon Scott wartete, bis Matt um die Hütte herumgekommen war. Von drinnen kam das leise, halbunterdrückte Winseln. Dann folgte ein langandauerndes, gründliches Schnüffeln.

»Sie müssen gut auf ihn achtgeben, Matt«, sagte Scott, während sie den Hügel hinabstiegen. »Lassen Sie mich wissen, wie es ihm geht.«

»Natürlich«, antwortete der Hundeführer. »Aber horchen Sie mal!«

Beide Männer blieben stehen. Wolfsblut heulte auf wie ein Hund neben seinem toten Herrn. In markerschütternden Wellen brach unendliche Trauer aus ihm heraus und erstarb in bebenden Tönen des Jammers, die immer wieder zu lautem Geheul anschwollen, wenn ihn sein Leid erneut übermannte.

Die *Aurora* war der erste Flußdampfer von draußen in diesem Jahr, und auf den Decks drängten sich reich gewordene Abenteurer und bankrotte Goldsucher. Die einen wie die anderen wollten das Land nun ebenso hastig wieder verlassen, wie sie es vorher dorthin gezogen hatte. Auf der Gangway war Scott gerade dabei, Matt, der wieder ans Ufer mußte, die Hand zu schütteln. Doch Matts Hand erschlaffte, als er plötzlich über Scotts Schulter hinweg etwas sah, das seinen Blick gefangennahm. Scott drehte sich um. Auf dem Schiffsdeck, ein paar Schritte von ihnen entfernt, saß Wolfsblut und schaute sie sehnsüchtig an.

Der Hundeführer fluchte leise und voll ungläubigen Staunens. Scott war fassungslos.

»Hatten Sie die Eingangstür abgeschlossen?« fragte Matt.

Der andere nickte und fragte zurück: »Und die Hintertür?«

»Worauf Sie sich verlassen können«, erwiderte Matt mit Nachdruck.

Wolfsblut legte einschmeichelnd die Ohren an, blieb aber stehen, ohne auch nur zu versuchen, sich ihnen zu nähern.

»Ich werde ihn mit mir von Bord nehmen müssen.«

Matt machte ein paar Schritte auf Wolfsblut zu, der ihm jedoch auswich. Der Hundeführer rannte ihm nach, aber Wolfsblut schlüpfte zwischen den Beinen einer Gruppe von Männern hindurch. Während er so über das Deck huschte, duckte er sich, wich aus, vollzog plötzliche Kehrtwendungen und machte alle Anstrengungen seines Verfolgers zunichte, ihn zu fangen.

Als ihn jedoch sein Herr und Meister rief, gehorchte er prompt.

»Von der Hand, die ihn all diese Monate gefüttert hat, läßt er sich nicht anrühren«, murrte der Hundeführer beleidigt. »Sie – Sie haben ihn nach den allerersten Tagen des Kennenlernens nie mehr gefüttert. Da soll ein Mensch verstehen, wie der herausbekommen hat, daß Sie der Boß sind.«

Scott hatte Wolfsblut währenddessen gestreichelt; plötzlich beugte er sich über ihn und zeigte auf frische Schnitte an seiner Schnauze und einen klaffenden Riß zwischen den Augen.

Matt bückte sich ebenfalls und fuhr mit der Hand unter Wolfsbluts Bauch entlang.

»Da haben wir doch glatt das Fenster vergessen. Unten hat er auch lauter Schnitte. Der ist doch weiß Gott schnurstracks durch die Fensterscheibe!«

Weedon Scott hörte ihm gar nicht zu. Seine Gedanken überschlugen sich. Die *Aurora* tutete ihr letztes Signal vor dem Ablegen. Männer liefen die Gangway hinunter ans Ufer.

Matt nahm sein großes Halstuch ab, um es Wolfsblut um den Nacken zu legen. Scott ergriff seine Hand.

»Auf Wiedersehen, Matt, alter Freund. Wegen dem Wolf – Sie brauchen mir nicht zu schreiben. Wissen Sie, ich ...«

»Wie bitte!« explodierte der Hundeführer. »Sie wollen doch nicht etwa sagen ...?«

»Genau das. Hier, nehmen Sie Ihr Halstuch. *Ich* werde *Sie* wissen lassen, wie es ihm geht.«

Auf halbem Weg zum Ufer blieb Matt stehen.

»Er wird das Klima nicht vertragen!« rief er. »Außer, Sie scheren ihm bei der größten Hitze das Fell.«

Die Gangway wurde eingeholt, und die *Aurora* legte vom Ufer ab. Weedon Scott winkte noch einmal zum Abschied. Dann drehte er sich um und beugte sich über den neben ihm stehenden Hund.

»Jetzt mußt du grollen, verdammt noch mal, los, groll«, sagte er und tätschelte dem sich an ihn drängenden Tier den Kopf, kraulte ihm die flach anliegenden Ohren.

II. IM SÜDEN

In San Francisco ging Wolfsblut an Land. Er war wie vor den Kopf gestoßen. Im tiefsten Innern, jenseits rationaler Überlegung oder bewußten Handelns, hatte er Macht und Göttlichkeit miteinander verbunden. Doch noch nie hatte er die Weißen mehr als Götter bestaunt als jetzt, da er auf dem schmutzigen Pflaster durch San Francisco trottete. Statt der Blockhütten, die er bisher gekannt hatte, sah er nun steil aufragende Gebäude. Die Straßen steckten voller Gefahren – Karren, Rollwagen, Automobile, mächtige Pferde, die mit aller Kraft riesige Wagen zogen, und furchterregende Stra-

331

ßenbahnen, die sich hupend und klingelnd durch alles hindurchschoben, wobei sie so drohend kreischten wie die Luchse, die er aus den Wäldern des Nordens kannte.

All das war eine Demonstration der Macht. Hinter allem, über allem wachte der lenkende Mensch, dessen Rang sich wie vorzeiten in seiner Herrschaft über die Dinge ausdrückte. Es war gigantisch, niederschmetternd. Wolfsblut fühlte sich überwältigt. Die Angst saß ihm im Nacken. So wie sich ihm als Welpe an jenem Tag, als er zuerst aus der Wildnis in Grauer Bibers Dorf gekommen war, seine Schwäche und Winzigkeit aufgedrängt hatten, so ließ man ihn nun als ausgewachsenes Tier spüren, wie klein und schwach er im Vollbesitz seiner Kräfte doch eigentlich war. Und es gab so viele von diesen Göttern! Ihm schwindelte von dem Getümmel. Das Getöse in den Straßen tat seinen Ohren weh. Er war verwirrt, weil eine ungeheure Zahl von Dingen sich in unendlicher, rascher Bewegung befand. Die Abhängigkeit von seinem Herrn und Meister wurde ihm stärker denn je bewußt, und er blieb ihm bei allen Gelegenheiten dicht auf den Fersen, ohne ihn je aus den Augen zu verlieren.

Doch sollte es mit diesem flüchtigen und alptraumhaften Eindruck der Stadt sein Bewenden haben, wobei ihn dieses Erlebnis, so unwirklich und schreckenerregend wie ein böser Traum, noch lange danach im Schlaf verfolgte. Er wurde von seinem Herrn in einen Güterwaggon verfrachtet und in einer Ecke zwischen einem Haufen Koffer und Kisten angekettet. Hier waltete ein vierschrötiger, muskulöser Gott seines Amtes, indem er geräuschvoll die Koffer und Kisten in alle möglichen Ecken wuchtete, sie zur Tür hereinzog, zu Haufen aufschichtete und dann wieder mit viel Krach und Getöse zur Tür hinauswarf, wo sie von anderen Göttern in Empfang genommen wurden.

Und hier, in diesem Inferno, zwischen dem Reisegepäck,

wurde Wolfsblut von seinem Herrn im Stich gelassen – das dachte er jedenfalls, bis er die Seesäcke mit seiner Kleidung neben sich witterte und sie von nun an bewachte.

»Höchste Zeit, daß Sie kommen«, schimpfte der Mensch auf der Ladefläche eine Stunde später, als Weedon Scott an der Tür erschien. »Ihr Hund da läßt mich ums Verrecken nicht an Ihr Gepäck.«

Wolfsblut kam wieder ins Freie. Er war verblüfft. Die Alptraumstadt war verschwunden. Der Waggon hatte für ihn nichts anderes als einen Raum in einem Haus dargestellt, und als er ihn betreten hatte, war ringsherum die Stadt gewesen. Inzwischen hatte sie sich ganz verflüchtigt. Ihr tosender Lärm dröhnte nicht mehr in seinen Ohren. Vor ihm erstreckte sich eine zauberhafte Landschaft, die in träger Ruhe im Sonnenschein lag. Er hielt sich allerdings nicht lange damit auf, die Verwandlung zu bestaunen. Er nahm sie hin, wie er alles Unerklärliche hinnahm, was von diesen Göttern kam. So waren sie eben.

Eine Kutsche erwartete sie. Ein Mann und eine Frau näherten sich seinem Herrn. Die Frau schlang ihre Arme um den Hals seines Herrn – ein feindseliger Akt! Im nächsten Moment hatte sich Scott aus der Umarmung befreit und Wolfsblut, der zu einer knurrenden Furie geworden war, gepackt.

»Schon gut, Mutter«, sagte Scott, der Wolfsblut weiterhin festhielt und ihn beruhigte. »Er hat gemeint, du wolltest mir etwas antun, und das hätte er nicht geduldet. Schon gut, schon gut. Er wird es bald gelernt haben.«

»Und bis dahin darf ich meine Liebe zu meinem Sohn nur zeigen, wenn sein Hund nicht dabei ist«, antwortete sie lachend, obwohl sie noch ganz blaß und schwach vor Schreck war.

Sie sah Wolfsblut an, der sie mit gesträubtem Fell und gebleckten Zähnen böse anstarrte.

»Er wird es lernen müssen, und am besten gleich«, erwiderte Scott.

Er redete besänftigend auf Wolfsblut ein, bis sich dieser beruhigt hatte; dann sagte er energisch:

»Sitz! Los, sitz!«

Das gehörte zu den Dingen, die ihm sein Lehrmeister beigebracht hatte, und Wolfsblut gehorchte, indem er sich, allerdings widerstrebend und mürrisch, niederlegte.

»So, jetzt, Mutter.«

Scott nahm sie in die Arme, ohne Wolfsblut dabei aus den Augen zu lassen.

»Sitz!« sagte er warnend. »Sitz!«

Wolfsblut, der sich halb geduckt aufgerichtet hatte, stellte nur still die Nackenhaare auf, sank in die ursprüngliche Lage zurück und sah zu, wie sich der feindselige Akt wiederholte. Es geschah nichts Böses, auch dann nicht, als sein Herr anschließend von dem fremden Mann in die Arme genommen wurde. Dann verlud man die Kleidersäcke in die Kutsche, die fremden Götter und sein eigener Herr stiegen ein, und Wolfsblut bildete entweder die wachsame Nachhut oder machte sich mit gesträubtem Fell vorn bei den Pferden bemerkbar, um dafür zu sorgen, daß seinem Gott, den sie so geschwind hinter sich herzogen, kein Leid geschah.

Nach einer Viertelstunde schwenkte die Kutsche in eine steinerne Toreinfahrt ein. Sie führte auf eine Allee, über der sich die Kronen einer doppelten Reihe von Nußbäumen wölbten. Zu beiden Seiten erstreckten sich Parkwiesen, auf denen hie und da mächtige Eichen standen. Im Vordergrund kontrastierte das Braungold sonnenverbrannter Heuwiesen mit dem frischen Grün des gepflegten Rasens; im Hintergrund schimmerten lohfarbene Hügel und die höher gelegenen Weiden. Am Ende des Parks erhob sich das von breiten Veranden umgebene, vielfenstrige Haus, das auf der ersten sanften Anhöhe über dem Talgrund erbaut war.

Wolfsblut hatte kaum Gelegenheit, alle Eindrücke aufzunehmen. Kaum war die Kutsche in das Gelände eingefahren, als ein langschnäuziger schottischer Schäferhund mit blitzenden Augen auf ihn zuschoß. Er war zu Recht höchst empört und verstellte ihm den Weg zu seinem Herrn. Wolfsblut fletschte nicht etwa warnend die Zähne, doch er sträubte das Fell und setzte zu seinem stummen, aber tödlichen Angriff an. Er führte ihn allerdings nicht zu Ende. Sein Sturmlauf kam ungeschickt und abrupt zum Stehen, als er sich mit steifen Vorderläufen dem eigenen Schwung entgegenstemmte, wobei er fast mit den Flanken den Boden berührte, weil er um jeden Preis den Kontakt mit dem gegnerischen Tier vermeiden wollte. Es handelte sich um eine Hündin, und das Gesetz ihrer Gattung richtete zwischen ihnen eine Barriere auf. Um sie anzugreifen, hätte er seinen Instinkten Gewalt antun müssen.

Für die Schäferhündin galt das jedoch nicht. Als weibliches Tier besaß sie keinen solchen Instinkt. Dafür war aufgrund ihrer Rasse die instinktive Angst vor dem Wildtier, und insbesondere dem Wolf, ungewöhnlich stark ausgeprägt. Wolfsblut war für sie der Erzräuber, der ihren Herden aufgelauert hatte, seit ein längst vergessener Vorfahr ihrer Rasse die ersten Schafe zusammengetrieben und gehütet hatte. Deswegen stürzte sie sich auf ihn, als er seinen Lauf abbremste, um nicht mit ihr aneinanderzugeraten. Unwillkürlich knurrte er, als sie ihre Zähne in seine Schulter grub, aber er machte keinerlei Anstalten, sie seinerseits anzugreifen. Er wich ihr steifbeinig und linkisch aus und versuchte, sie zu umgehen. An den verschiedensten Stellen suchte er einen Durchschlupf, schlug weite Bögen und machte wieder kehrt, jedoch alles ohne Erfolg. Immer blieb sie zwischen ihm und seinem angestrebten Ziel.

»He, Collie!« rief der fremde Mann in der Kutsche.

Weedon Scott lachte.

»Laß nur, Vater. So kommt er in Übung. Wolfsblut wird viele Dinge lernen müssen, und es schadet gar nichts, wenn er gleich damit anfängt. Er wird sich schon anpassen.«

Die Kutsche fuhr weiter, und Collie verstellte Wolfsblut immer noch den Weg. Er wollte sie überholen, indem er den Fahrweg verließ und einen Umweg über die Wiese machte; da sie aber auf dem inneren Kreisbogen lief, war sie stets vor ihm zur Stelle, und zwei Reihen schimmernder Zähne verhinderten jedes Vorwärtskommen. Er rannte im Halbkreis wieder zurück, querte hinüber zur anderen Seite, wo sie ihn ebenso verjagte.

Die Kutsche trug seinen Herrn davon. Wolfsblut sah sie zwischen den Bäumen verschwinden. Seine Lage war verzweifelt. Er versuchte es noch einmal. Sie jagte ihm nach. Da plötzlich drehte er sich um. Es war sein alter Kampftrick. Er rammte sie mit der ganzen Schulter. Sie wurde nicht einfach umgeworfen; da sie so schnell auf ihn zugestürmt war, überschlug sie sich jetzt rückwärts und seitwärts und krallte die Pfoten in den Kies, um zum Stillstand zu kommen. Dabei ließ sie schrille Schreie der Empörung und verletzter Eitelkeit hören.

Wolfsblut wartete nicht. Sein Weg war frei, und mehr wollte er nicht. Sie setzte ihm nach, ohne ihr Kläffen einzustellen. Jetzt hielt ihn nichts mehr ab, und wo es um pure Schnelligkeit ging, konnte sie von ihm lernen. Sie lief mit verzweifelter, ja hysterischer Anstrengung, die sich in jedem einzelnen Satz zeigte, während Wolfsblut geschmeidig vor ihr davonglitt, still und mühelos wie ein schwebender Geist.

Als er um das Haus zur Auffahrt herumlief, hatte er die Kutsche eingeholt. Sie hielt inzwischen, und sein Herr stieg gerade aus. In diesem Augenblick bemerkte Wolfsblut, noch immer in voller Fahrt, daß er von rechts her angegriffen wurde. Ein Windhund schoß auf ihn zu. Wolfsblut versuch-

336

te, sich ihm entgegenzustellen. Doch sein Tempo war noch zu hoch und der Hund schon zu nah. Er prallte seitlich gegen ihn. Durch den Schwung, den er noch hatte, und weil alles so plötzlich kam, wurde Wolfsblut zu Boden geschleudert und überschlug sich. Als er wieder auf den Füßen stand, war er der Inbegriff der Bösartigkeit – flach zurückgelegte Ohren, hochgeschobene Lefzen, und Zähne, die krachend aufeinanderschlugen, als er die verletzliche Kehle des Windhunds um Haaresbreite verfehlte.

Scott kam angelaufen, war aber noch zu weit entfernt; Collie allein rettete dem Windhund das Leben. Gerade als Wolfsblut zum Sprung ansetzte, um den tödlichen Biß anzubringen, erschien sie auf dem Kampfplatz. Man hatte sie ausgetrickst und beim Rennen deklassiert, ganz zu schweigen von ihren schmählichen Purzelbäumen im Kies, aber jetzt fegte sie heran wie ein Tornado – auf seine Bahn geschickt durch beleidigte Würde, rechtmäßigen Zorn und instinktiven Haß auf diesen Räuber aus der Wildnis. Mitten im Sprung rammte sie Wolfsblut, so daß er erneut vom Boden abhob und sich überschlug.

Im nächsten Augenblick war sein Herr bei ihm und hielt ihn fest, während der Vater die beiden anderen Hunde zur Ordnung rief.

»Na, das ist aber ein heißer Empfang für einen armen, einsamen Wolf aus der Arktis«, sagte Scott, während Wolfsblut unter seiner liebkosenden Hand allmählich ruhiger wurde. »In seinem ganzen bisherigen Leben soll er nur einmal den Boden unter den Füßen verloren haben, und hier wird er gleich zweimal innerhalb von dreißig Sekunden umgeworfen.«

Man hatte die Kutsche fortgefahren, und aus dem Innern des Hauses waren weitere fremde Götter erschienen. Einige hielten sich respektvoll im Hintergrund, aber zwei von ihnen, zwei Frauen, begingen wieder diesen feindseligen Akt und schlangen ihre Arme um den Hals seines Herrn. Wolfsblut begann jedoch, diesen Frevel zu dulden. Offenbar hatte er keine bösen Folgen, und die Geräusche, die die Götter dabei produzierten, waren alles andere als bedrohlich. Dieselben Götter machten auch Wolfsblut Freundschaftsangebote, aber er wies sie zurück, indem er die Zähne fletschte, und sein Herr unterstrich diese Warnung mit Worten. In solchen Augenblicken schmiegte sich Wolfsblut eng an seine Beine.

Der Windhund war auf den Befehl »Dick! Sitz!« die Treppenstufen hinaufgelaufen und hatte sich auf einer Seite der Veranda niedergelegt. Immer noch grollend behielt er von dort aus den Eindringling scharf im Auge. Eine der Frauen hatte Collie in ihre Obhut genommen, indem sie ihr die Arme um den Nacken legte und sie liebkoste und streichelte; dennoch blieb Collie verwirrt und besorgt, winselte unruhig und entrüstet darüber, daß man die Gegenwart eines Wolfs duldete; im übrigen war sie der festen Überzeugung, daß ihre Herren einen Fehler machten.

Alle begannen, die Treppe hinauf ins Haus zu gehen. Wolfsblut heftete sich seinem Herrn an die Fersen. Dick, oben auf der Veranda, grollte; Wolfsblut, auf den Stufen, sträubte die Nackenhaare und grollte zurück.

»Hol Collie ins Haus, und die anderen beiden sollen sich zusammenraufen«, schlug Scotts Vater vor. »Hinterher sind sie sicher gute Freunde.«

»Dann wird Wolfsbluts erster Freundschaftsbeweis darin bestehen, daß er beim Begräbnis die Beileidbezeugungen entgegennimmt«, antwortete Scott und lachte.

Der Ältere blickte ungläubig erst auf Wolfsblut, dann auf Dick und zuletzt auf seinen Sohn.

»Du meinst ...?«

Weedon nickte. »Genau das meine ich. Dick wäre binnen einer Minute nicht mehr unter den Lebenden – allerspätestens nach zwei Minuten.«

Er wandte sich Wolfsblut zu. »Komm, du Wolf. Wir werden dich schon mit ins Haus nehmen müssen.«

Wolfsblut marschierte steifbeinig die Stufen hinauf und überquerte die Veranda. Er hielt den Schwanz steil nach oben und ließ Dick nicht aus den Augen, um gegen einen Flankenangriff gewappnet zu sein; gleichzeitig war er darauf gefaßt, daß das Unbekannte im Innern des Hauses sich durch einen wütenden Angriff offenbaren würde. Doch nichts Schreckenerregendes ereignete sich. Nachdem er eingetreten war, kundschaftete er die Umgebung sorgfältig aus, um es aufzuspüren, jedoch ohne Ergebnis. Dann ließ er sich zufrieden aufseufzend zu den Füßen seines Herrn nieder; er beobachtete alles, was vor sich ging, jederzeit bereit, hochzuspringen und sein Leben gegen die Schrecken zu verteidigen, die ganz gewiß in einer Behausung lauerten, deren Dach sich wie eine Falle über ihm geschlossen hatte.

III. DAS REICH SEINES HERRN

Wolfsblut war nicht nur von Natur aus anpassungsfähig, sondern auch viel herumgekommen, so daß er die Bedeutung und die Notwendigkeit der Anpassung kannte. Hier, in Sierra Vista, wie Richter Scotts Anwesen hieß, fühlte er sich bald zu Hause. Mit den Hunden hatte er keine ernsthaften Schwierigkeiten mehr. Sie kannten ihre Herren hier im Süden besser als er, und nachdem diese ihn mit in ihr Haus genommen hatten, gehörte er in ihren Augen dazu. Obwohl er ein Wolf und die ganze Sache höchst ungewöhnlich war, hatten die Herren seine Gegenwart gutgeheißen; sie, als die Hunde dieser Herren, konnten sich diese Haltung nur zu eigen machen.

Dick begegnete ihm zunächst mit erzwungener und recht steifer Förmlichkeit, akzeptierte Wolfsblut dann aber ohne weitere Umstände als Neuzugang auf dem Gelände. Wenn es nach ihm gegangen wäre, dann wären die beiden sogar gute Freunde geworden; doch Wolfsblut war jeder Freundschaft abhold. Er wollte von den übrigen Hunden bloß in Frieden gelassen werden. Sein ganzes Leben lang hatte er sich von seinesgleichen ferngehalten, und das war ihm nach wie vor ein Bedürfnis. Dicks Annäherungsversuche empfand er als lästig, und so scheuchte er ihn knurrend davon. Im Norden hatte er gelernt, daß man die Hunde seines Herrn nicht anrühren durfte, und diese Lektion vergaß er nicht. Er hielt jedoch an seiner Privatsphäre und seinem Einsiedlertum fest und ignorierte Dick so gründlich, daß dieses gutmütige Tier schließlich die Lust verlor und kaum mehr Interesse für ihn aufbrachte als für den Pflock vor dem Stall, wo man die Pferde festmachte.

Anders Collie. Zwar duldete sie ihn, weil ihre Herren es geboten, doch fühlte sie sich deswegen keineswegs veranlaßt, ihn in Ruhe zu lassen. In ihr Gedächtnis hatten sich die Spuren zahlloser Verbrechen eingegraben, deren er und seinesgleichen sich ihren Ahnen gegenüber schuldig gemacht hatten. Das unter Schafherden angerichtete Unheil ließ sich nicht an einem Tag oder innerhalb einer Generation vergessen. Vielmehr spornte sie das alles zur Vergeltung an. Sie durfte sich nicht offen gegen ihre Herren stellen, die ihn akzeptierten, doch hinderte sie nichts daran, Wolfsblut das Leben mit ständigen Sticheleien schwerzumachen. Die Fehde zwischen ihnen war uralt, und was Collie betraf, so würde sie ihn daran hindern, das zu vergessen.

Collie nutzte daher die Tatsache, daß sie Hündin war, um Wolfsblut zu schikanieren und zu mißhandeln. Sein Instinkt verbot es ihm, sich zu wehren, während ihre Hartnäckigkeit ihm nicht erlaubte, sie zu ignorieren. Wenn sie auf ihn

losstürmte, wandte er ihren scharfen Zähnen die pelzge-
schützte Schulter zu und ging steifbeinig und würdevoll
davon. Wenn sie ihn allzu heftig bedrängte, war er gezwungen, sich mit der Schulter nach außen und mit abgewandtem
Kopf im Kreis zu drehen, wobei er durch Mimik und Augen-
ausdruck zu erkennen gab, daß er die Sache gelangweilt über
sich ergehen ließ. Gelegentlich jedoch, wenn sie ihn in sein
Hinterteil knuffte, trat er einen hastigen und keineswegs
würdevollen Rückzug an. Gewöhnlich aber gelang es ihm,
eine geradezu feierliche Würde zu wahren. Er ignorierte ihre
Existenz, wann immer er konnte, und ging ihr möglichst aus
dem Weg. Kaum sah oder hörte er sie kommen, stand er auf
und trollte sich.

Auch auf anderen Gebieten hatte Wolfsblut viel zu lernen.
Das Leben im Nordland war ein Kinderspiel im Vergleich zu
der komplizierten Lage in Sierra Vista. Zunächst mußte er
sich mit der Familie seines Herrn vertraut machen. Darauf
war er in gewisser Weise schon vorbereitet. Wie Mit-sah und
Kloo-kooch zu Grauer Biber gehört hatten, mit ihm die
Nahrung, das Feuer und die Decken teilten, so gehörten nun,
auf Sierra Vista, alle Bewohner des Hauses zu seinem geliebten Herrn und Meister.

Damit begann aber auch schon der Unterschied, und das
war noch das wenigste. Sierra Vista war viel weitläufiger als
der Wigwam von Grauer Biber. Es galt, viele Personen zu
berücksichtigen. Da waren Richter Scott und seine Frau; die
beiden Schwestern seines Herrn, Beth und Mary; seine eigene
Frau, Alice. Und schließlich noch seine Kinder, Weedon und
Maud, gerade vier und sechs Jahre alt. Niemand konnte ihm
über all diese Menschen etwas erzählen, und von Blutsbanden
und Verwandtschaftsgraden wußte er nicht das geringste und
würde es auch nie erfahren können. Er begriff jedoch sehr
schnell, daß sie alle in Beziehung zu seinem Herrn standen.
Wann immer sich eine Gelegenheit bot, beobachtete er sorg-

fältig, was sie taten und sagten, horchte auch auf den Tonfall ihrer Worte und erfuhr so allmählich, wie nahe diese Menschen seinem Herrn waren und welchen Grad an Zuneigung er ihnen entgegenbrachte. Nach dem so geeichten Maßstab behandelte Wolfsblut sie dann. Was seinem Herrn am Herzen lag, lag auch ihm am Herzen; was dem Herrn teuer war, mußte auch Wolfsblut in Ehren halten und sorgfältig hüten.

Das galt insbesondere für die beiden Kinder. Sein Leben lang hatte er Kinder nicht gemocht. Er haßte und fürchtete ihre Hände. Was ihre Tyrannei und Grausamkeit ihn in den Indianerdörfern gelehrt hatten, war keine Lektion der Zärtlichkeit gewesen. Im Anfang, wenn Weedon und Maud ihm nahe kamen, hatte er warnend geknurrt und sie böse angeblickt. Ein Klaps von seinem Herrn und eine scharfe Zurechtweisung hatten ihn gezwungen, ihr Streicheln hinzunehmen, obgleich er, während ihre winzigen Hände über sein Fell strichen, nicht aufhörte zu grollen, und zwar ohne den liebevoll brummenden Unterton. Später wurde ihm klar, daß sein Herr große Stücke auf den Jungen und das Mädchen hielt. Danach brauchte er weder Klaps noch Ermahnung, um sich von ihnen streicheln zu lassen.

Dennoch zeigte Wolfsblut nie überschwengliche Gefühle. Er akzeptierte die Kinder seines Herrn mit bemühtem Anstand und ließ ihre Späße über sich ergehen, wie man eine schmerzhafte Operation erduldet. Wenn er es nicht länger aushielt, stand er auf und suchte unmißverständlich das Weite. Nach einiger Zeit begann er sogar, die Kinder zu mögen, ohne das allerdings nach außen zu zeigen. Er ging nicht auf sie zu. Andererseits lief er bei ihrem Anblick auch nicht mehr fort, sondern wartete darauf, daß sie zu ihm kamen. Und noch einige Zeit später konnte man bemerken, wie sich ein freudiger Schimmer in seine Augen stahl, wenn er sie kommen sah, und er blickte ihnen wohl auch irgendwie bedauernd nach, sobald sie ihn verließen, um sich anderen Vergnügungen zuzuwenden.

Es war alles eine Frage der Entwicklung und brauchte seine Zeit. Nach den Kindern achtete er Richter Scott am meisten. Dafür gab es möglicherweise zwei Gründe. Erstens stellte er offenbar einen wertvollen Besitz seines Herrn dar, und zweitens war er zurückhaltend. Wolfsblut lag ihm gern zu Füßen, wenn er auf der breiten Veranda die Zeitung las und Wolfsblut hin und wieder mit einem freundlichen Wort oder Blick bedachte – ein Zeichen, mit dem er Wolfsbluts Existenz und Anwesenheit zur Kenntnis nahm, ohne diesem lästig zu werden. Das galt jedoch nur, solange sein Herr nicht da war. Sobald dieser erschien, hörten alle anderen Lebewesen für Wolfsblut einfach auf zu existieren.

Wolfsblut erlaubte allen Familienmitgliedern, ihn zu streicheln und zu verwöhnen, aber er gab ihnen nie das, was er seinem Herrn gewährte. Keine ihrer Liebkosungen konnte ihm sein wohliges Brummen entlocken, und so sehr sie es auch versuchten, brachten sie ihn nie dazu, sich an sie zu schmiegen. Diesen Ausdruck völliger Selbstaufgabe und absoluten Vertrauens behielt er allein seinem Herrn vor. Im Grunde betrachtete er die Familienmitglieder so, als seien sie Teil seines Besitzes.

Wolfsblut hatte auch frühzeitig gelernt, zwischen der Familie und den Hausangestellten zu unterscheiden. Sie fürchteten ihn, während er lediglich darauf verzichtete, sie anzugreifen – und zwar wieder, weil er sie als Besitz seines Herrn ansah. Zwischen ihnen und Wolfsblut herrschte Neutralität, nichts weiter. Sie kochten für seinen Herrn, spülten das Geschirr und erledigten andere Arbeiten, so wie Matt oben im Klondike. Mit anderen Worten, sie gehörten zur Ausstattung des Hauses.

Außerhalb des Hausstands gab es sogar noch mehr Dinge, die Wolfsblut lernen mußte. Das Reich seines Herrn war

343

weitläufig und verwirrend, doch es hatte durchaus seine Grenzen. Der Besitz selbst reichte bis zur Landstraße. Dann begann der gemeinsame Herrschaftsbereich aller Götter – Straßen und Wege. Die einzelnen Reiche fremder Herren waren ebenfalls durch Zäune abgetrennt. Unzählige Gesetze regelten alles und bestimmten das Verhalten; aber er verstand die Sprache der Götter nicht und konnte nur durch Erfahrung lernen. Er gehorchte seinen natürlichen Instinkten, bis sie ihn mit einem Gesetz in Konflikt brachten. Wenn das mehrmals geschehen war, hatte er das Gesetz gelernt und beachtete es in der Folge.

Das wirksamste Erziehungsmittel blieb jedoch der Klaps, den sein Herr ihm gab, oder die Zurechtweisung, die er aussprach. Aufgrund der großen Liebe, die Wolfsblut zu ihm empfand, schmerzte ihn ein Klaps von seinem Herrn viel heftiger als jede Tracht Prügel, die Grauer Biber oder Beauty Smith ihm verabreicht hatten. Sie hatten ihn nur körperlich getroffen; unter dem körperlichen Schmerz hatte sein Geist sich weiterhin zornig aufgelehnt, machtvoll und unbesiegbar. Der Klaps, den sein Herr ihm gab, war immer zu leicht, um körperlich zu schmerzen. Und doch ging er tiefer. Er drückte die Mißbilligung seines Herrn aus, und Wolfsblut sank dann innerlich in sich zusammen.

In Wirklichkeit teilte sein Herr nur selten einen Klaps aus. Seine Stimme genügte. Ihr Klang sagte Wolfsblut, ob er recht tat oder nicht. An dieser Richtschnur orientierte er sein Verhalten, ihr paßte er sein Handeln an. Sie war der Kompaß, nach dem er steuerte und der ihn lehrte, sich in dem neuen Land und den neuen Lebensumständen zurechtzufinden.

Im Nordland war das einzige gezähmte Tier der Hund. Alle anderen Tiere lebten in der Wildnis und stellten, wenn sie nicht selbst zu wehrhaft waren, für jeden Hund rechtmäßige Beute dar. Sein Leben lang hatte Wolfsblut sich lebendige Tiere als Nahrung gesucht. Er kam nicht auf die Idee, daß es im Süden anders sein könnte. Allerdings sollte er es während seines Aufenthalts im Santa Clara Tal schon bald lernen. Als er eines Tages am frühen Morgen hinter dem Haus hervortrottete, entdeckte er ein Huhn, das aus dem Hühnerhof entkommen war. Wolfsblut wollte es fressen; es war ein natürlicher Impuls. Ein paar Sätze, ein Angstschrei, ein kräftiger Biß, und schon hatte er das unternehmungslustige Tier verschlungen. Es war ein Hofhuhn, fett und zart; Wolfsblut leckte sich die Lefzen und stellte fest: So etwas war gute Kost.

Im Verlauf des Tages lief ihm bei den Ställen noch ein verirrtes Huhn über den Weg. Einer der Stallburschen wollte es retten. Er kannte Wolfsbluts Art nicht und bewaffnete sich lediglich mit einer kleinen Peitsche. Beim ersten Hieb ließ Wolfsblut das Huhn fallen und stürzte sich auf den Mann. Ein Knüppel hätte ihn aufhalten können, aber keine Peitsche. Er stürmte auf den Mann zu, steckte einen weiteren Peitschenhieb ein, ohne einen Laut von sich zu geben oder zurückzuzucken, und setzte dann zum Sprung an die Kehle an. Ein Schrei: »Mein Gott!«, und der Bursche taumelte rückwärts. Er hatte die Peitsche fallenlassen und schützte den Hals mit den Armen. Folglich wurde ihm sein Unterarm bis auf die Knochen aufgerissen.

Der Mann war völlig verstört. Was ihn so erschreckte, war weniger Wolfsbluts Wildheit als vielmehr sein lautloses Vorgehen. Indem er Gesicht und Hals weiterhin mit seinem zerfleischten und blutigen Arm abdeckte, versuchte er sich zur Scheune zurückzuziehen. Es wäre ihm wohl übel ergangen, wenn Collie nicht auf der Bildfläche erschienen wäre. Sie rettete ihm – wie zuvor schon Dick – das Leben. In rasender Wut fiel sie über Wolfsblut her. Sie hatte recht gehabt. Sie hatte es besser gewußt als ihre verblendeten Herren. Ihr ganzes Mißtrauen wurde nun bestätigt. Das räuberische

Wildtier hatte sich eben doch wieder auf seine alten Tricks besonnen.

Der Bursche flüchtete sich in die Ställe, und Wolfsblut wich vor Collies scharfen Zähnen zurück oder drehte sich im Kreise, um ihr die Schulter zuzukehren. Doch Collie ließ nicht locker wie sonst, wenn sie ihn angemessen bestraft hatte. Im Gegenteil, ihre Wut steigerte sich mit jedem Augenblick, bis Wolfsblut schließlich alle Würde fahrenließ und ganz unverhohlen sein Heil in der Flucht über die Felder suchte.

»Er wird schon noch lernen, die Hühner nicht anzurühren«, sagte sein Herr. »Aber ich kann ihm diese Lektion nur erteilen, wenn ich ihn in flagranti erwische.«

Dazu kam es zwei Nächte später, doch die Sache nahm andere Ausmaße an, als Weedon Scott vorausgesehen hatte. Wolfsblut hatte den Hühnerhof und die Gewohnheiten seiner Insassen aufmerksam beobachtet. Nachts, als sie auf ihren Stangen schliefen, kletterte er auf einen frisch aufgeschichteten Holzhaufen, balancierte über den Firstbalken und ließ sich in den Hof hinunterfallen. Sekunden später befand er sich im Hühnerhaus, und die Metzelei begann.

Am Morgen, als sein Herr auf die Veranda trat, begrüßten ihn fünfzig weiße Leghornhühner, die der Stallknecht in Reih und Glied dort ausgebreitet hatte. Scott stieß einen leisen Pfiff aus, erst überrascht und am Ende voller Bewunderung. Er wurde auch von Wolfsblut begrüßt, der jedoch keinerlei Scham- oder Schuldgefühle zeigte. Seine Haltung war aufrecht und stolz, hatte er doch eine lobenswerte und verdienstvolle Tat vollbracht. Er war sich ganz offenbar keiner Verfehlung bewußt. Scott biß sich auf die Lippen; jetzt stand ihm eine unangenehme Pflicht bevor. Er redete mit heftigen Worten auf den nichtsahnenden Übeltäter ein; Wolfsblut hörte nur den Zorn seines Herrn und Meisters heraus, der ihm außerdem die Nase auf die toten Hennen drückte und ihm dabei jedesmal einen tüchtigen Klaps versetzte.

Wolfsblut räuberte nie wieder im Hühnerstall. Es verstieß gegen das Gesetz, und das hatte er gelernt. Dann führte sein Herr ihn durch die Hühnerhöfe. Es entsprach Wolfsbluts natürlichem Instinkt, sich beim Anblick von lebendiger Beute, die um ihn herum und direkt vor seiner Nase aufflatterte, auf die Tiere zu stürzen. Er folgte seinem Instinkt, wurde aber durch die Stimme seines Herrn zurückgehalten. Sie blieben eine halbe Stunde dort. Immer wieder stieg der Impuls in Wolfsblut hoch, und jedesmal wurde er, sobald er ihm nachgeben wollte, von der Stimme seines Herrn verwarnt. Auf diese Weise lernte er das Gesetz, und noch ehe er den Hühnerhof verlassen hatte, war er soweit, die Gegenwart der Tiere völlig zu ignorieren.

»Ein Hund, der Hühner jagt, ist nicht zu bessern.« Am Frühstückstisch schüttelte Richter Scott traurig den Kopf, als sein Sohn erzählte, wie er Wolfsblut Unterricht erteilt hatte. »Wenn sie sich einmal daran gewöhnt haben und auf den Geschmack von Blut gekommen sind…« Noch einmal schüttelte er traurig den Kopf.

Weedon Scott teilte seine Meinung jedoch nicht.

»Weißt du, was ich tun werde?« sagte er schließlich herausfordernd. »Ich werde Wolfsblut einen Nachmittag lang mit den Hühnern einsperren.«

»Denk an das arme Federvieh«, wandte sein Vater ein.

»Außerdem«, fuhr der Sohn fort, »zahle ich für jedes Huhn, das er umbringt, einen Dollar in Gold.«

»Aber Vater muß auch etwas einsetzen«, mischte sich Beth ein.

Der Vorschlag wurde erst von ihrer Schwester und dann lautstark von allen am Tisch unterstützt. Richter Scott nickte zustimmend.

»Gut.« Weedon Scott dachte einen Moment nach. »Wenn

Wolfsblut nach Ablauf der Frist kein Huhn angerührt hat, dann mußt du für jede zehn Minuten, die er im Hühnerhof verbracht hat, würdig und langsam zu ihm sagen, und zwar so, als säßest du auf dem Richterstuhl und sprächst feierlich ein Urteil: ›Wolfsblut, du bist klüger als ich dachte.‹«

Von verschiedenen versteckten Beobachtungsposten aus verfolgten die Familienmitglieder das Experiment. Die Sache war ein Reinfall. Nachdem ihn sein Herr in den Hühnerhof eingeschlossen und dort alleingelassen hatte, legte sich Wolfsblut schlafen. Einmal stand er auf und ging zum Wassertrog hinüber, um seinen Durst zu stillen. Ungerührt sah er über die Hühner hinweg. Sie existierten gar nicht für ihn. Um vier Uhr nahm er einen Anlauf und gelangte auf das Hühnerhausdach, von wo er nach draußen auf den Boden sprang und mit gesetzten Schritten auf das Haus zustrebte. Er hatte seine Lektion gelernt. Und auf der Veranda stellte sich Richter Scott zum Entzücken der Familie vor Wolfsblut auf und sprach langsam und feierlich sechzehnmal hintereinander die Worte: »Wolfsblut, du bist klüger als ich dachte.«

Was Wolfsblut jedoch verwirrte und oft in Ungnade fallen ließ, war die Vielzahl der Gesetze. Er mußte lernen, daß er auch die Hühner fremder Götter nicht zu behelligen hatte. Außer ihnen gab es noch Katzen, Kaninchen und Truthähne; alles sollte er in Ruhe lassen. Als er das Gesetz erst teilweise begriffen hatte, ging sein Eindruck sogar dahin, daß überhaupt kein Lebewesen angetastet werden durfte. Draußen auf den abgelegenen Weiden konnte eine Wachtel ungestraft vor seiner Nase auffliegen. Angespannt und vor Gier zitternd bemeisterte er seinen Impuls und blieb stehen. Er gehorchte dem Willen der Götter.

Dann erlebte er eines Tages, wie Dick draußen auf den Weiden einen Hasen aufstöberte und ihm nachjagte. Sein Herr sah zu, ohne sich einzumischen. Ja, er ermutigte Wolfsblut sogar, sich an der Jagd zu beteiligen. Dadurch erfuhr er, daß Hasen nicht tabu waren. Und letzten Endes erlernte er das vollständige Gesetz. Zwischen ihm und allen Haustieren mußte Frieden herrschen. Er mußte nicht ihre Freundschaft suchen, aber wenigstens Neutralität wahren. Die anderen Tiere jedoch – Eichhörnchen, Wachteln und Wildkaninchen – waren Geschöpfe der Wildnis, die dem Menschen nie Treue geschworen hatten. Sie stellten für jeden Hund eine erlaubte Beute dar. Nur zahme Tiere genossen den Schutz der Götter, und unter ihnen war die tödliche Fehde untersagt. Leben und Tod ihrer Untertanen standen in ihrer Macht, und darüber wachten sie eifersüchtig.

Nach dem einfachen Leben im Nordland war im Santa Clara Tal alles sehr verwickelt. Was diese komplizierte Zivilisation vor allem forderte, war Selbstbeherrschung und Zurückhaltung – ein inneres Gleichgewicht, gefährdet und labil wie der Gaukelflug eines Schmetterlings und doch gleichzeitig so unnachgiebig wie Stahl. Das Leben hatte tausend Gesichter, und Wolfsblut stellte fest, daß er keinem ausweichen konnte. Wenn man in die Stadt fuhr, nach San José, und er hinter der Kutsche herlief oder auf der Straße herumlungerte, dann floß das Leben wie ein breiter, tiefer und stets ruheloser Strom an ihm vorbei, drang auf seine Sinne ein, verlangte von ihm sofortige und pausenlose Anpassung und Zuordnung und zwang ihn fast immer, seine natürlichen Instinkte zu unterdrücken.

Da gab es die Metzgereien, in denen das Fleisch greifbar nahe war. Man durfte es nicht anrühren. Da waren Katzen in den Häusern, die sein Herr aufsuchte. Man mußte sie in Ruhe lassen. Und ständig gab es Hunde, die ihn anknurrten und die er nicht angreifen sollte. Und außerdem diese zahllosen Leute auf den überfüllten Gehsteigen, deren Aufmerksamkeit er auf sich zog. Sie blieben stehen, wenn sie ihn erblickten, zeigten mit dem Finger auf ihn, musterten ihn eindringlich, redeten mit ihm und, was das Schlimmste war, streichelten ihn. Diese gefährliche Berührung durch lauter fremde Hände hatte er hinzunehmen. Und das gelang ihm auch. Zudem überwand er seine linkische Verlegenheit und ließ die Aufmerksamkeiten zahlloser fremder Götter hochmütig über sich ergehen. Er begegnete ihrer Herablassung mit seiner eigenen. Außerdem hatte er etwas an sich, das allzu große Vertraulichkeiten ausschloß. Sie tätschelten ihm den Kopf, um anschließend weiterzugehen, glücklich und stolz auf ihren eigenen Wagemut.

Aber es fiel Wolfsblut durchaus nicht alles so leicht. Wenn er in den Außenbezirken von San José hinter der Kutsche herlief, traf er auf kleine Jungen, die sich ein Vergnügen daraus machten, ihn mit Steinen zu bewerfen. Er wußte jedoch, daß es ihm untersagt war, sie zu verfolgen und zu Boden zu reißen. In diesem Fall mußte er seinem Selbsterhaltungstrieb Gewalt antun, und er beachtete das Verbot, denn er wurde allmählich zahm und erwies so seine Eignung für das Leben in der Zivilisation.

Dennoch befriedigte ihn die Sache nicht ganz. Er hatte keine abstrakten Vorstellungen von Fairneß und Gerechtigkeit. Aber dem Leben ist ein gewisser Sinn für den gerechten Ausgleich eigen, und deswegen empfand er es als unbillig, daß ihm nicht erlaubt wurde, sich gegen die Steinwürfe zur Wehr zu setzen. Er hatte vergessen, daß durch seinen Bund mit den Menschen diese verpflichtet waren, für ihn zu sorgen und ihn zu schützen. Eines Tages sprang sein Herr mit der Peitsche in der Hand von der Kutsche und verprügelte die Steinewerfer. Danach hörten sie auf, Wolfsblut zu ärgern; jetzt begriff er die Zusammenhänge und war zufrieden.

Er machte noch eine ähnliche Erfahrung. An einer Kreuzung auf dem Weg in die Stadt lungerten gewöhnlich drei Hunde vor einer Bar herum, die sich angewöhnt hatten, auf ihn loszustürmen, wenn er vorbeikam. Sein Herr, der Wolfsbluts todbringende Art zu kämpfen kannte, hatte ihm immer wieder eingeschärft, daß er sich nicht wehren durfte. Da Wolfsblut sich dieses Gebot zu Herzen genommen hatte, kam er grundsätzlich in Schwierigkeiten, wenn sie die Kreuzung passierten. Den ersten Ansturm bremste er immer durch sein Zähnefletschen ab, so daß die Hunde Distanz hielten; aber anschließend blieben sie ihm auf den Fersen und belästigten ihn mit ihrem frechen Gekläffe. Das ging eine ganze Weile so. Die Männer vor der Bar ermunterten ihre Hunde sogar dazu, Wolfsblut zu attackieren. Eines Tages hetzten sie die Hunde ganz öffentlich auf ihn. Weedon Scott hielt die Kutsche an.

»Gib's ihnen«, forderte er Wolfsblut auf.

Wolfsblut konnte es nicht fassen. Er sah seinen Herrn und dann die Hunde an. Dann warf er noch einmal einen gespannten, fragenden Blick auf seinen Herrn.

Er nickte. »Gib's ihnen, alter Junge. Mach sie fertig.«

Wolfsblut zögerte nicht länger. Er machte kehrt und sprang lautlos mitten unter seine Gegner. Alle drei erwarteten ihn. Die Luft war erfüllt vom Lärm knurrender Hunde und aufeinanderkrachender Zähne, während ihre Leiber umeinanderwirbelten. Eine aufsteigende Staubwolke verhüllte das Kampfgetümmel. Ein paar Minuten später wälzten sich zwei Hunde im Dreck, und der dritte suchte sein Heil in der Flucht. Er setzte über einen Graben, schlüpfte durch ein Gatter am Bahngleis und jagte über das freie Feld davon. Wolfsblut folgte ihm und schien dabei rasch und mühelos, wie seine wilden Artgenossen, über den Boden dahinzugleiten, ohne jeden Laut und unaufhaltsam, bis er den Hund in der Mitte des Feldes stellte und niederriß.

Nach diesem dreifachen Vernichtungsschlag hatte er kaum noch Schwierigkeiten mit Hunden. Sein Ruf verbreitete sich durch das ganze Tal, und jedermann sorgte dafür, daß sein Hund den ›Kämpfenden Wolf‹ nicht belästigte.

IV. DIE STIMME DER NATUR

Monate verstrichen. Im Südland gab es Nahrung im Überfluß und nichts zu tun. Wolfsblut führte ein sattes, glückli-
ches und zufriedenes Leben. Er befand sich nicht nur im
geographischen Sinn im Süden, sondern überhaupt auf der
Sonnenseite des Lebens. Die Zuneigung der Menschen wärmte
ihn, und er gedieh dabei wie eine Pflanze auf fettem Boden.

Nichtsdestoweniger blieb er auf unbestimmte Weise anders als die übrigen Hunde. Er kannte die Gesetze sogar
besser als sie, die doch nie ein anderes Leben kennengelernt
hatten, und er gehorchte ihnen auch penibler. Aber immer
noch strahlte er eine Art untergründige Wildheit aus, als ob er
sich seine ungezähmte Natur bewahrt hätte und der Wolf in
ihm nur schlummere.

Mit den anderen Hunden schloß er keine Freundschaft.
Innerhalb der eigenen Art hatte er allein gelebt, und diese
Einsamkeit gab er nicht auf. Durch die Nachstellungen von
Lip-lip und der Meute junger Hunde in seiner Welpenzeit
hatte sich ebenso wie durch die späteren Erfahrungen als
Kampfhund Beauty Smiths seine Abneigung gegen Artgenossen verfestigt. Sein Leben war aus seiner natürlichen Bahn
umgelenkt worden, und mit der Abwendung von seinesgleichen hatte er sich um so enger an die Menschen angeschlossen.

Zudem betrachteten ihn alle Hunde des Südens mit Argwohn. Er weckte in ihnen die instinktive Furcht vor der
Wildnis, so daß sie ihn stets mit zähnefletschendem Knurren
und angriffslustigem Haß begrüßten. Andererseits hatte er
die Erfahrung gemacht, daß er es nicht nötig hatte, sich mit
den Zähnen zu wehren. Die hochgezogenen Lefzen mit den
entblößten Fängen verfehlten selten ihre Wirkung und führten fast immer dazu, daß ein lärmend auf ihn zujagender
Hund seinen Angriff überstürzt abbrach.

Eine ständige Heimsuchung blieb Wolfsblut jedoch nicht erspart – Collie. Sie gönnte ihm nicht einen Augenblick Ruhe. Sie war dem Gesetz gegenüber weniger gefügig als er. Hartnäckig widersetzte sie sich allen Anstrengungen ihres Herrn, der zwischen ihr und Wolfsblut Freundschaft stiften wollte. Ihr scharfes, nervöses Knurren klang ihm unablässig in den Ohren. Sie hatte den Zwischenfall mit den Hühnern nie vergessen und ließ sich nicht von ihrer Überzeugung abbringen, daß er böse Absichten hege. Sie verurteilte ihn schon im voraus und behandelte ihn entsprechend. Dadurch entwickelte sie sich zur wahren Plage für ihn und blieb ihm beim Stall und auf dem Gelände wie ein Polizist immer auf den Fersen. Sobald er auch nur einen neugierigen Seitenblick auf eine Taube oder ein Huhn riskierte, brach sie in entrüstetes, wutschnaubendes Bellen aus. Er ignorierte sie am liebsten, indem er sich mit dem Kopf zwischen den Pfoten auf dem Boden ausstreckte und zu schlafen vorgab. Das machte sie ratlos und brachte sie zum Schweigen.

Von Collie abgesehen erging es Wolfsblut gut. Er verfügte über die notwendige Selbstkontrolle und Zurückhaltung und kannte die Regeln. Er erwarb eine gelassene Ruhe und philosophische Toleranz. Er lebte nicht länger in einer feindlichen Umwelt. Seine Unversehrtheit und sein Leben waren nicht mehr ständig in Gefahr. Der Schrecken des Unbekannten, das wie eine allgegenwärtige Drohung über ihm geschwebt hatte, verblaßte allmählich. Das Leben war glatt, ohne Kanten. Es floß ruhig dahin, und an den Ufern lauerten weder Furcht noch Feind.

Ihm fehlte der Schnee, ohne daß er sich dessen bewußt gewesen wäre. »Ein ungewöhnlich langer Sommer« hätte er wohl gedacht, wenn er solche Gedanken hätte fassen können. So aber vermißte er den Schnee nur ganz diffus in seinem Unterbewußtsein. Auf ähnliche Weise spürte er eine nicht greifbare Sehnsucht nach dem Norden, vor allem, wenn er in der Sommerhitze unter der Sonne litt. Das führte jedoch nur dazu, daß er sich unbehaglich fühlte und unruhig wurde, ohne zu wissen, warum.

Wolfsblut war nie überschwenglich gewesen. Außer seiner Art, sich an seinen Herrn zu schmiegen und seinem Grollen durch liebevolles Brummen eine besondere Note zu geben, verfügte er über keine Mittel, seine Liebe auszudrücken. Jetzt aber gelang es ihm zu seinem Glück, eine dritte Form zu finden. Immer hatte er empfindlich auf das Lachen der Götter reagiert. Ihr Gelächter hatte ihn so toll gemacht, daß er vor Wut raste. Seinem Herrn und Meister aber konnte er gar nicht böse sein, und wenn dieser ihn einmal im Scherz gutmütig auslachte, dann war er verwirrt. Er fühlte brodelnden Zorn, der wie früher aufwallen wollte, dann jedoch in Konflikt mit seiner Liebe zu diesem Herrn geriet. Er konnte nicht wütend werden, mußte aber irgend etwas tun. Zuerst reagierte er mit Würde, worauf sein Herr noch herzhafter lachte. Er versuchte es mit gesteigerter Würde, was seinen Herrn erst recht zum Lachen reizte. Am Ende kam ihm durch das Lachen alle Würde abhanden. Mit halboffener Schnauze und leicht nach oben gezogenen Lefzen betrachtete er seinen Herrn mit einem fragenden Blick, der eher liebevoll als belustigt wirkte. Er hatte gelernt zu lachen.

Ebenso lernte er, mit seinem Herrn herumzutollen, zu Boden geworfen und auf den Rücken gerollt zu werden und unendlichen Schabernack mit sich geschehen zu lassen. Er täuschte seinerseits Zorn vor, indem er das Fell sträubte und wütend knurrte. Wenn er die Zähne schnappend aufeinanderkrachen ließ, dann schien es, als sei es ihm tödlicher Ernst. Doch nicht einmal vergaß er sich. Er schnappte immer nur ins Leere. Am Ende einer solchen Rauferei, wenn das Knuffen und Stoßen, das Schnappen und Knurren Schlag auf Schlag erfolgte, brachen sie den Kampf unvermittelt ab und funkelten sich aus nächsten Nähe gegenseitig an. Und dann, ebenso unvermittelt, wie eine Sonne, die über stürmischer See aufgeht, fingen sie an zu lachen. Der Höhepunkt folgte unweigerlich, wenn nämlich Weedon Scott seine Arme um Wolfsbluts Nacken und Schultern schlang und dieser sein behaglich brummendes Liebesgrollen anstimmte.

Niemals aber raufte ein anderer Mensch mit Wolfsblut. Er ließ es nicht zu. Er bestand auf seiner Würde. Wenn es trotzdem jemand versuchte, dann waren sein warnendes Knurren und das gesträubte Fell alles andere als gespielt. Daß er seinem Herrn diese Freiheiten erlaubte, war kein Grund dafür, daß er jedermanns Hund wurde, der seine Liebe nach allen Seiten verschwendete und beliebigen Herren für ein bißchen Jux und Tollerei zur Verfügung stand. Er hatte nur ein Herz zu vergeben und war nicht bereit, sich selbst oder seine Liebe herabzuwürdigen.

Sein Herr ritt häufig aus, und es gehörte zu den wichtigsten Pflichten in Wolfsbluts Leben, ihn dabei zu begleiten. Im hohen Norden hatte er seiner Treuepflicht genügt, indem er den Schlitten zog, doch hier im Süden gab es keine Schlitten, und Hunde trugen keine Lasten. So erwies er seine Treue gegenüber dem Herrn auf neue Weise und wich beim Ausritt nicht von seiner Seite. Auch der längste Tag ließ ihn nicht müde werden. Er hatte die Gangart des Wolfs, geschmeidig, erschöpfungsfrei und mühelos, und wenn sie nach einer Strecke von fünfzig Meilen zurückkehrten, lief er dem Pferd leichtfüßig voraus.

Es geschah auf einem dieser Ausritte, daß Wolfsblut noch eine Möglichkeit entdeckte, sich zu artikulieren. Das war insofern bemerkenswert, als er sie nur zweimal in seinem Leben nutzte. Beim ersten Mal hatte sein Herr versucht, einem temperamentvollen Vollblut beizubringen, wie Gatter geöffnet und wieder geschlossen werden konnten, ohne daß der Reiter dafür absitzen mußte. In seinem Bemühen, das Tor zu schließen, drängte er das Pferd immer wieder gegen den

Zaun, und jedesmal scheute das Tier zurück und galoppierte davon. Es wurde zusehends ängstlicher und aufgeregter. Wenn es sich aufbäumte, gab sein Herr ihm die Sporen und zwang es nieder, worauf es nach hinten auszuschlagen begann. Wolfsblut beobachtete den Vorgang mit wachsender Unruhe, bis er nicht mehr an sich halten konnte und das Pferd von vorn wütend und warnend anbellte.

Obgleich er danach noch oft versuchte zu bellen und sein Herr ihn dazu ermunterte, gelang es ihm nur noch einmal, und da war sein Herr nicht zugegen. Erst ein Galopp über die Weide, ein zwischen den Hufen des Pferds plötzlich aufspringender Hase, ein heftiges Scheuen und Stolpern, ein Sturz vom Pferd und ein gebrochenes Bein seines Herrn konnten diese Wiederholung letztlich auslösen. Wolfsblut wollte dem Pferd als Übeltäter mit einem Satz an die Kehle, doch die Stimme seines Herrn hielt ihn zurück.

»Lauf nach Hause!« befahl ihm dieser, nachdem er seine Verletzung untersucht hatte.

Wolfsblut aber spürte keine Neigung, ihn im Stich zu lassen. Weedon Scott kam auf die Idee, eine Nachricht zu schreiben, suchte aber in seinen Taschen vergeblich nach Bleistift und Papier. Noch einmal befahl er Wolfsblut zurückzulaufen.

Dieser sah ihn sehnsüchtig an, machte sich auf den Weg und kehrte dann winselnd wieder um. Scott redete freundlich, aber ernsthaft auf ihn ein, so daß er die Ohren aufstellte und ihm gebannt zuhörte.

»Das ist schon recht so, alter Junge; du läufst jetzt nach Hause«, erzählte ihm sein Herr. »Los, lauf nach Hause und sag ihnen, was mit mir passiert ist. Nach Hause, du Wolf. Los, nach Hause!«

Wolfsblut wußte, was das Wort »nach Hause« bedeutete, und wenn er auch die anderen Worte seines Herrn nicht verstand, so begriff er wohl, daß er zurücklaufen sollte. Er drehte um und trabte widerwillig davon. Dann blieb er unentschlossen stehen und blickte über die Schulter zurück.

»Lauf nach Hause!« Das war ein strenger Befehl, und dieses Mal gehorchte er ihm.

Als Wolfsblut eintraf, saß die Familie auf der Veranda und genoß die kühle Abendluft. Er tauchte keuchend und staubbedeckt unter ihnen auf.

»Weedon ist zurück«, rief die Mutter.

Die Kinder begrüßten Wolfsblut mit Freudengeschrei und rannten auf ihn zu. Er wich auf der Veranda nach rückwärts aus, aber sie trieben ihn zwischen einem Schaukelstuhl und dem Geländer in die Enge. Er knurrte und wollte sich an ihnen vorbeidrängen. Ihre Mutter sah ängstlich zu ihnen hinüber.

»Ehrlich gesagt macht er mich in der Nähe der Kinder nervös«, sagte sie. »Ich habe schreckliche Angst, er könnte sie eines Tages aus heiterem Himmel anfallen.«

Mit wütendem Knurren sprang Wolfsblut aus seiner Ecke und warf dabei die Geschwister zu Boden. Ihre Mutter rief sie zu sich, um sie zu trösten und ihnen zu sagen, sie sollten Wolfsblut in Ruhe lassen.

»Ein Wolf bleibt eben ein Wolf«, bemerkte Richter Scott. »Man kann ihm nicht trauen.«

»Er ist doch gar kein reinrassiger Wolf«, warf Beth in Vertretung ihres abwesenden Bruders ein.

»Das sagt Weedon«, erwiderte ihr der Richter. »Er vermutet bloß, daß Wolfsblut auch etwas vom Hund hat. Er wird dir aber selbst bestätigen, daß er nichts Definitives darüber weiß. Und was sein Aussehen betrifft...«

Er brachte den Satz nicht mehr zu Ende. Wolfsblut stand laut knurrend vor ihm.

»Fort! Sitz!« befahl ihm Richter Scott.

Wolfsblut wandte sich der Frau seines geliebten Herrn zu. Sie schrie erschreckt auf, als er ihr Kleid mit den Zähnen packte und daran zerrte, bis das feine Gewebe nachgab. Inzwischen waren alle Augen auf ihn gerichtet. Er hatte aufgehört zu knurren; er stand mit aufgerichtetem Kopf in ihrer Mitte und sah sie an. Seine Kehle zuckte krampfhaft, ohne einen Laut hervorzubringen, obwohl sein ganzer Körper sich in konvulsivischer Anstrengung wand, um das Unsagbare zu äußern, das aus ihm heraus wollte.

»Ich hoffe, er verliert nicht den Verstand«, sagte Weedons Mutter. »Ich habe Weedon gegenüber schon meiner Sorge Ausdruck gegeben, das warme Klima des Südens könnte einem Tier der Arktis vielleicht nicht bekommen.«

»Wenn ihr mich fragt, ich glaube, er versucht zu reden«, verkündete Beth.

In diesem Augenblick hatte Wolfsblut die Möglichkeit gefunden, sich zu artikulieren. Urplötzlich brach ein lautes Gebell aus ihm heraus.

»Weedon ist etwas zugestoßen«, sagte seine Frau überzeugt.

Jetzt hatten sich alle erhoben, und Wolfsblut rannte die Stufen hinab, wobei er sich auffordernd nach ihnen umsah. Zum zweiten und letzten Mal in seinem Leben hatte er gebellt und sich auf diese Weise verständlich gemacht.

Nach diesem Zwischenfall schlossen ihn die Menschen auf Sierra Vista enger ins Herz, und selbst der Stallbursche, dem er den Arm zerfleischt hatte, räumte ein, daß er, obgleich ein Wolf, doch ein kluger Hund sei. Richter Scott beharrte aber auf seiner Meinung und bewies seinen unwilligen Zuhörern durch eigene Messungen und durch Zitate aus der Enzyklopädie sowie anderen naturgeschichtlichen Abhandlungen, daß es sich um einen Wolf handle.

Die Tage kamen und gingen und verwöhnten das Santa Clara Tal mit ununterbrochenem Sonnenschein. Als sie dann kürzer wurden und für Wolfsblut der zweite Winter im Süden herannahte, machte er eine merkwürdige Entdeckung.

Collies Zähne waren stumpf geworden. Ihr Zwicken wurde eher gutmütig und spielerisch, so daß es nicht mehr wirklich schmerzhaft für ihn war. Sie vergaß, daß sie ihm das Leben zur Qual gemacht hatte, und wenn sie um ihn herum tollte, reagierte er darauf mit einer steifen Fröhlichkeit, die ihn um so lächerlicher erscheinen ließ.

Eines Tages entführte sie ihn auf eine ausgedehnte Jagd durch die entfernteren Weiden bis in den Wald. Es war der Nachmittag, an dem sein Herr ausritt, und Wolfsblut wußte das. Das Pferd wartete gesattelt vor der Tür. Wolfsblut zauderte. Doch er hatte etwas in sich, das tiefer saß als alle Gesetze, die er gelernt hatte, alle Gewohnheiten, durch die er geprägt worden war, tiefer als die Liebe zu seinem Herrn und sein ureigener Lebenswille. Er zögerte; als Collie ihn aber anstieß und vor ihm davontrabte, drehte er sich um und folgte ihr. An diesem Tag mußte sein Herr beim Ausritt auf einen Begleiter verzichten, während Wolfsblut und Collie Seite an Seite durch den Wald streiften, wie einst seine Mutter Kiche und der alte Einauge durch die schweigenden Wälder des Nordens gelaufen waren.

V. DER SCHLAFENDE WOLF

Damals waren die Zeitungen gerade voll von Berichten über die tollkühne Flucht eines Zuchthäuslers aus San Quentin. Es handelte sich um einen gewalttätigen Mann. Er war schon als mißglücktes Geschöpf zur Welt gekommen, und die Behandlung durch die Gesellschaft hatte die Sache keineswegs gebessert. Die Gesellschaft arbeitet mit groben Pranken, und dieser Mann stellte ein eindrucksvolles Ergebnis solcher Handarbeit dar. Er war eine Bestie – eine menschliche Bestie zwar, aber nichtsdestoweniger so schreckenerregend, daß man ihn kaum anders als ein blutrünstiges Ungeheuer nennen konnte.

Im Zuchthaus hatte er sich als nicht besserungsfähig erwiesen. Strafen hatten seinen Widerstand nicht brechen können. Er hätte tollwütig um sich schlagend zu sterben vermocht, aber er konnte nicht leben und sich schlagen lassen. Je wütender er sich wehrte, um so rücksichtsloser behandelte ihn die Gesellschaft, und diese Rücksichtslosigkeit machte ihn noch wilder. Zwangsjacken, Essensentzug oder Prügelstrafen, das war die falsche Behandlung für Jim Hall; doch es war die Behandlung, die ihm widerfuhr. Er kannte nichts anderes, seit er als kleiner, aufgedunsener Junge in einem Slum von San Francisco groß geworden war – weicher Lehm, der darauf wartete, von der Gesellschaft geformt zu werden.

Als Jim Hall zum dritten Mal im Gefängnis saß, geriet er an einen Wärter, der fast so eine Bestie war wie er selbst. Dieser Wärter behandelte ihn ungerecht, verleumdete ihn beim Direktor, sorgte dafür, daß er unglaubwürdig wurde und schikanierte ihn ständig. Der Unterschied zwischen ihnen bestand darin, daß der Wärter einen Schlüsselbund und einen Revolver trug. Jim Hall hatte nichts als die bloßen Hände und seine Zähne. Eines Tages jedoch stürzte er sich auf den Wärter und zerfleischte ihm die Kehle wie irgendein Tier aus dem Urwald.

Daraufhin verlegte man ihn in die Zelle für hoffnungslose Fälle. Drei Jahre verbrachte er dort. Die Zelle hatte einen eisernen Boden, und auch Decke und Wände waren aus Eisen. Er verließ sie nie. Er sah nicht einmal den Himmel oder die Sonne. Der Tag war Zwielicht, die Nacht finsteres Schweigen. Er befand sich in einem metallenen Grab, lebendig eingesargt. Er erblickte kein menschliches Angesicht, sprach mit keinem menschlichen Wesen. Wenn man ihm das Essen durch die Luke schob, knurrte er wie ein wildes Tier.

Er haßte alles. Ganze Tage und Nächte hindurch brüllte er seinen Haß in das Universum hinaus. Wochen und Monate lang gab er keinen Laut von sich, und in diesem finsteren Schweigen nagte er an der eigenen Seele. Er war Mensch und Ungeheuer, grauenhaft und furchterregend wie die Ausgeburt eines kranken Hirns.

Und dann, eines Nachts, gelang ihm die Flucht. Der Direktor behauptete, so etwas sei ausgeschlossen, doch die Zelle war trotzdem leer, und die Leiche eines Wärters lag zur Hälfte in, zur Hälfte außerhalb der Tür. Zwei weitere Leichen säumten seinen Weg durch das Gefängnis bis zu den Außenmauern; er hatte die Aufseher mit bloßen Händen getötet, um keinen Lärm zu machen.

Er war mit den Waffen der Ermordeten ausgerüstet – ein wandelndes Arsenal, auf der Flucht durch die Berge und verfolgt von der geballten Macht der Gesellschaft. Auf seinen Kopf war ein hoher Preis in Gold ausgesetzt. Habgierige Farmer jagten ihn mit Schrotflinten. Mit seinem Blut ließ sich eine ganze Hypothek abzahlen oder das College für den Sohn finanzieren. Verantwortungsbewußte Staatsbürger holten ihre Gewehre aus dem Schrank und setzten ihm nach. Eine Meute von Bluthunden folgte der Spur seiner wundgelaufenen Füße. Und Detektive, die Spürhunde des Gesetzes, eine Kampftruppe im Sold der Gesellschaft, blieben ihm Tag und Nacht mit Hilfe von Telephon, Telegraph und Sonderzug auf den Fersen.

Manchmal stießen sie auf ihn und versetzten die morgendlichen Zeitungsleser mit Berichten in Entzücken, in denen geschildert wurde, wie Männer sich ihm heldenhaft entgegengestellt oder aber auf der Flucht selbst Stacheldrahtzäune niedergetrampelt hatten. Nach solchen Scharmützeln karrte man Tote und Verwundete zurück in die Städte, und neue blutgierige Menschenjäger rückten an ihre Stelle.

Dann plötzlich verschwand Jim Hall. Vergeblich suchten

die Bluthunde nach der verlorenen Spur. Harmlose Viehzüchter in abgelegenen Tälern wurden mit vorgehaltener Waffe gezwungen, sich auszuweisen, während habgierige Anwärter auf das Blutgeld die Überreste Jim Halls in einem Dutzend verschiedener Schluchten ausfindig gemacht haben wollten.

In dieser Zeit las man in Sierra Vista die Zeitungen weniger gespannt als besorgt. Die Frauen hatten Angst. Richter Scott tat die Sache mit einem Lachen ab, allerdings unberechtigterweise, denn noch in seinen letzten Tagen im Amt war Jim Halls Fall vor ihm verhandelt und mit seinem Urteil abgeschlossen worden. Jim Hall hatte im Gerichtssaal in aller Öffentlichkeit verkündet, daß der Tag seiner Rache an diesem Richter noch kommen werde.

Dieses eine Mal war Jim Hall tatsächlich im Recht gewesen. Er war nicht schuld an dem Verbrechen, für das er verurteilt wurde. Man hatte ihm die Sache »angehängt«, um im Jargon der Ganoven und der Polizei zu sprechen. Er kam ins Gefängnis für ein Verbrechen, das man ihm untergeschoben und das er gar nicht begangen hatte. Wegen seiner zwei Vorstrafen setzte Richter Scott das Strafmaß auf fünfzig Jahre fest.

Der Richter war nicht allwissend, und ihm war nicht bekannt, daß er einer Verschwörung der Polizei aufsaß, daß Beweise getürkt und Meineide geschworen worden waren und daß Jim Hall mit dem Verbrechen, das man ihm anlastete, nichts zu tun hatte. Jim Hall andererseits ahnte nicht, daß Richter Scott in Unkenntnis des wahren Sachverhalts entschieden hatte. Er glaubte, der Richter habe alles gewußt und mit der Polizei unter einer Decke gesteckt, um einer ungeheuerlichen Ungerechtigkeit Vorschub zu leisten. Als daher von Richter Scott das verhängnisvolle Urteil verkündet wurde, das ihn für fünfzig Jahre lebendig begraben sollte, sprang Jim Hall auf, und in seinem Haß gegen die ganze Gesellschaft, die ihm so übel mitgespielt hatte, wütete er im Gerichtssaal, bis ihn ein halbes Dutzend seiner blauuniformierten Widersacher zu Boden zerrte. In seinen Augen repräsentierte Richter Scott den Gipfel der Ungerechtigkeit, und gegen ihn verspritzte er das ganze Gift seiner Wut, schleuderte er den Bannstrahl zukünftiger Rache. Dann begrub man ihn bei lebendigem Leibe ... und er entkam.

Wolfsblut hatte von alldem nichts erfahren. Aber zwischen ihm und Alice, der Frau seines Herrn, gab es ein Geheimnis. Jeden Abend, nachdem man in Sierra Vista zu Bett gegangen war, stand sie auf und holte Wolfsblut in die große Eingangshalle. Nun war Wolfsblut jedoch kein Haushund, und es war ihm auch nicht gestattet, im Haus zu schlafen. Deswegen schlich Alice sich Morgen für Morgen nach unten, um ihn wieder hinauszulassen, ehe die Familie erwachte.

Das ganze Haus lag noch in tiefem Schlaf, als Wolfsblut in einer solchen Nacht erwachte. Er verhielt sich völlig still. Er witterte lautlos und las aus der Luft eine Botschaft, die ihm die Anwesenheit eines fremden Gottes verriet. Sein Gehörsinn meldete ihm das Geräusch von Bewegungen. Wolfsblut brach nicht in wütendes Gebell aus. Das war nicht seine Art. Der fremde Gott bewegte sich leise, doch Wolfsbluts Bewegungen blieben noch geräuschloser, denn er trug keine Kleidung, die sich an seinem Körper reiben konnte. Lautlos folgte er ihm. In der Wildnis hatte er lebendige Beute gejagt, die überaus scheu war, und er kannte den Vorteil des Überraschungsangriffs.

Der fremde Gott hielt am Fuß der großen Treppe inne und lauschte, während Wolfsblut ihn abwartend und wie erstarrt dabei beobachtete. Diese Treppe führte zu seinem geliebten Herrn und zum Wertvollsten, was er besaß. Wolfsbluts Nackenhaar sträubte sich, aber noch unternahm er nichts. Der fremde Gott hob einen Fuß. Er betrat die erste Stufe.

In diesem Moment schlug Wolfsblut zu. Keine Warnung, kein Knurren kündigte an, was er tat. Mit einem Sprung durch die Luft saß er dem Mann im Nacken. Mit den Vorderpfoten krallte er sich in seine Schultern, während er gleichzeitig die Fänge in seinen Hals grub. Einen Augenblick lang klammerte er sich fest, lang genug, um den Mann rückwärts zu Boden zu zerren. Gemeinsam stürzten sie zu Boden. Wolfsblut tat einen Satz zur Seite und war sofort wieder mit zuschnappenden Fängen zur Stelle, als der Mann sich hochrappeln wollte.

Sierra Vista schreckte aus dem Schlaf. Der Lärm, der von unten heraufdrang, klang, als wäre die Hölle los. Man hörte Revolverschüsse, dann den Schrei eines Menschen in Todesangst. Es folgte ein mächtiges Knurren und Grollen, und alles ging unter im Lärm von krachenden Möbeln und splitterndem Glas.

Der Aufruhr legte sich jedoch fast ebenso plötzlich, wie er entstanden war. Der Kampf hatte kaum drei Minuten gedauert. Die erschreckten Hausinsassen versammelten sich auf dem oberen Treppenabsatz. Von unten, aus abgrundtiefer Dunkelheit, kam ein gurgelndes Geräusch, wie von im Wasser aufsteigenden Luftblasen. Hin und wieder verwandelte sich das Gurgeln in ein Zischen, fast Pfeifen. Doch auch das erstarb rasch. Dann drang nichts mehr aus der Finsternis herauf außer dem schweren Keuchen eines verzweifelt nach Luft ringenden Lebewesens.

Weedon Scott drückte auf einen Knopf; Treppe und Eingangshalle erstrahlten in hellem Licht. Erst jetzt wagten sich Weedon und Richter Scott vorsichtig und mit ihren Revolvern bewaffnet nach unten. Ihre Vorsicht war überflüssig. Wolfsblut hatte ganze Arbeit geleistet. Mitten unter den Trümmern umgestürzter und zerschmetterter Möbel lag ein Mann halb auf der Seite. Sein Gesicht war unter seinem Arm verborgen. Weedon Scott beugte sich über ihn, schob den

Arm beiseite und drehte das Gesicht des Mannes nach oben. Eine klaffende Halswunde verriet, wie er zu Tode gekommen war.

»Jim Hall«, sagte Richter Scott. Vater und Sohn blickten sich bedeutungsvoll an.

Darauf wandten sie sich Wolfsblut zu. Auch er lag auf der Seite. Seine Augen waren geschlossen, doch die Lider öffneten sich ein wenig in dem Bemühen, sie anzusehen, als sie sich zu ihm herunterneigten. Sein Schwanz zuckte bei dem vergeblichen Versuch, ein Wedeln zustande zu bringen. Weedon Scott tätschelte ihn, was er mit einem grollenden Laut tief aus der Kehle beantwortete. Es war ein schwacher, kaum hörbarer Laut, der sogleich wieder verstummte. Die Lider senkten sich, und alle Spannkraft wich aus seinem Körper.

»Der arme Teufel, mit dem ist es aus«, murmelte Weedon.

»Das wollen wir doch erst mal sehen«, widersprach ihm der Richter und ging zum Telephon hinüber.

»Ehrlich gesagt, er hat eine Chance von eins zu tausend«, verkündete der Arzt, nachdem er Wolfsblut eineinhalb Stunden lang versorgt hatte.

Die Morgendämmerung kroch durch die Fenster und ließ das elektrische Licht verblassen. Mit Ausnahme der Kinder war die ganze Familie um den Arzt versammelt, um die Diagnose zu hören.

»Ein gebrochener Hinterlauf«, fuhr er fort. »Drei gebrochene Rippen, von denen wenigstens eine die Lungen durchbohrt hat. Er hat fast sein ganzes Blut verloren. Höchstwahrscheinlich liegen innere Verletzungen vor. Man hat offenbar auf ihm herumgetrampelt, ganz zu schweigen von den drei Kugeln, die seinen Körper glatt durchschlagen haben. Eine Chance von eins zu tausend ist eigentlich zu optimistisch. Er hat wohl nicht einmal eine von eins zu zehntausend.«

»Man darf trotzdem nichts unversucht lassen«, rief Richter Scott aus. »Scheuen Sie keine Kosten. Röntgen Sie ihn – tun

365

Sie alles. – Weedon, telegraphiere sofort nach Dr. Nichols in San Francisco. – Das ist nicht gegen Sie gerichtet, Doktor, verstehen Sie mich nicht falsch; aber es soll alles geschehen, was menschenmöglich ist.«

Der Arzt lächelte nachsichtig. »Natürlich verstehe ich das. Er verdient jede nur erdenkliche Fürsorge. Man muß ihn pflegen wie ein menschliches Wesen, wie ein krankes Kind. Und vergessen Sie nicht, was ich Ihnen wegen des Fiebers sagte. Ich bin um zehn Uhr wieder da.«

Wolfsblut bekam seine Pflege. Richter Scotts Vorschlag, eine ausgebildete Krankenschwester zu holen, wurde von den Frauen, die diese Aufgabe selbst übernahmen, empört niedergestimmt. Und Wolfsblut nahm die eine von den zehntausend Chancen wahr, die ihm der Arzt noch hatte absprechen wollen.

Der Mediziner war für seine Fehleinschätzung kaum zu tadeln. In seiner gesamten Praxis hatte er nur Menschen behandelt und operiert, die in der Zivilisation verweichlicht waren, ein behütetes Leben führten und als Nachfahren von Generationen behüteter Menschen existierten. Im Vergleich zu Wolfsblut waren sie gebrechlich und schlaff, hingen ohne Kraft am Leben. Wolfsblut kam direkt aus der Wildnis, wo die Schwachen rasch untergehen und niemand ein Anrecht auf Schutz besitzt. Weder sein Vater noch seine Mutter hatten irgendwelche Schwächen aufgewiesen, ebensowenig wie die Generationen ihrer Vorfahren. Eine eiserne Konstitution und die Lebenskraft der Wildnis machten Wolfsbluts Erbe aus; sein ganzes Wesen klammerte sich folglich mit jener Zähigkeit, die einst allen Lebewesen eigen war, und mit jeder Faser seines Körpers und seiner Seele ans Dasein.

Gefesselt wie ein Gefangener, durch Gipsverbände an jeder Bewegung gehindert, dämmerte Wolfsblut viele Wochen dahin. Er verschlief zahllose Stunden und träumte viel. Eine unendliche Prozession von Bildern aus dem Nordland zog an seinem inneren Auge vorbei. Die Geister der Vergangenheit wurden wieder wach und leisteten ihm Gesellschaft. Noch einmal bewohnte er die Höhle mit Kiche, kroch zitternd Grauer Biber zu Füßen, um ihm den Treuebund anzubieten, rannte vor Lip-lip und der heulenden Meute toller Welpen um sein Leben.

Noch einmal lief er allein durch die Stille, um in den Monaten der Hungersnot lebendige Beute zu jagen. Noch einmal führte er das Schlittengespann, und hinter ihm schnalzten die Karibupeitschen von Mit-sah und Grauer Biber, die »Raa! Raa!« riefen, wenn sie an einen Engpaß kamen und das Gespann sich zusammenlegte wie ein Fächer, um ihn zu passieren. Er durchlebte noch einmal jeden Tag bei Beauty Smith und die Kämpfe, die er ausgefochten hatte. In solchen Momenten winselte und knurrte er im Schlaf, und die ihn dabei beobachteten, sagten, er habe Alpträume.

Unter einem dieser Alpträume litt er besonders – das waren die rasselnden, klingelnden Untiere, die elektrischen Straßenbahnen, die ihm wie gigantische, kreischende Luchse erschienen. Er lag im Dickicht verborgen und lauerte darauf, daß ein Eichhörnchen sich weit genug von der rettenden Zuflucht eines Baums entfernte. In dem Augenblick, wo er zum Sprung ansetzte, verwandelte es sich in eine elektrische Bahn, die sich mit schrecklicher Drohgebärde kreischend, rasselnd und feuerspeiend wie ein Berg vor ihm auftürmte. Das gleiche geschah, wenn er den am Himmel kreisenden Raubvogel herausforderte. Er stieß von oben auf ihn herab und verwandelte sich im Sturzflug in die allgegenwärtige elektrische Tram. Oder aber er hockte wieder in Beauty Smiths Verschlag. Draußen versammelten sich die Männer, und er wußte, daß ein Kampf bevorstand. Er behielt die Tür im Auge, durch die sein Gegner kommen würde. Da schwang sie auf, und was man zu ihm hereinstieß, war diese entsetzliche Straßenbahn. Er durchlebte solche Szenen wohl tausendmal, und in jedem einzelnen Fall versetzte sie ihn in die gleichen grauenhaften Angstzustände.

Dann kam der Tag, an dem man ihm den letzten Gips und den letzten Verband abnahm. Es war ein Festtag. Ganz Sierra Vista hatte sich versammelt. Sein Herr kraulte ihm die Ohren, und er brummte sein Liebesgrollen zurück. Die Frau seines Herrn nannte ihn »Guter Wolf«, ein Name, der mit Beifall begrüßt und von allen Frauen übernommen wurde.

Er versuchte, auf die Füße zu kommen, und brach nach mehreren Versuchen vor Schwäche zusammen. Er hatte so lange liegen müssen, daß seine Muskeln nicht mehr zusammenwirkten und alle Kraft aus ihnen gewichen war. Seine Schwäche beschämte ihn ein wenig, gerade so, als versäume er seine Pflichten gegenüber seinem Herrn. Deswegen unternahm er zusätzliche, heldenhafte Anstrengungen, sich zu erheben; endlich stand er torkelnd und schwankend auf allen vier Beinen.

»Der gute Wolf!« riefen die Frauen im Chor.

Richter Scott sah sie an und triumphierte.

»Wenn Ihr es selbst sagt«, antwortete er. »Ich habe es ja immer schon behauptet. Ein bloßer Hund hätte diese Tat niemals vollbracht. Er ist ein Wolf.«

»Ein guter Wolf«, verbesserte ihn seine Frau.

»Ja, ein guter Wolf«, antwortete der Richter zustimmend. »Und ›Guter Wolf‹ werde ich ihn von jetzt an rufen.«

»Er wird das Laufen wieder lernen müssen«, sagte der Arzt. »Warum nicht gleich damit anfangen? Es kann ihm nicht schaden. Nehmen Sie ihn nach draußen mit.«

Und wie einen König geleitete ihn ganz Sierra Vista behutsam vor die Tür. Er war überaus schwach, und als er die Wiese erreichte, legte er sich hin, um ein wenig auszuruhen.

Dann bewegte sich die Prozession weiter voran. Wolfsbluts Muskeln verspürten winzige Energieschübe, als das Blut sie wieder durchpulste. Man langte bei den Stallungen an, und dort auf einer Schwelle lag Collie, umgeben von einem halben Dutzend rundlicher Welpen, die in der Sonne spielten.

Wolfsblut betrachtete das Bild mit Verwunderung. Collie knurrte ihn drohend an, und er hielt sorgfältig Abstand. Weedon Scott schob mit der Zehenspitze ein krabbelndes Junges zu ihm hin. Argwöhnisch sträubte er das Fell, doch sein Herr gab ihm zu verstehen, daß keine Gefahr drohe. Eine der Frauen hielt Collie fest, die Wolfsblut eifersüchtig beobachtete und ihn ihrerseits knurrend warnte, sich sehr wohl in acht zu nehmen.

Das Junge krabbelte auf ihn zu. Er richtete die Ohren auf und musterte es interessiert. Dann berührten sich ihre Nasen, und er spürte die winzige, warme Zunge des Welpen an seiner Backe. Da schob Wolfsblut, er wußte selbst nicht warum, die eigene Zunge aus dem Maul und leckte dem Jungen das Gesicht.

Die Umstehenden reagierten mit Beifall und Freudenrufen. Das überraschte ihn, und verblüfft sah er sie an. Dann überkam ihn erneut seine Schwäche, so daß er sich niederlegte. Der Kopf ruhte seitlich am Boden, die Ohren hatte er aufgestellt, und aus dieser Perspektive beobachtete er das Junge. Jetzt krabbelten auch die übrigen Welpen zu ihm hin – zum großen Mißfallen ihrer Mutter. Mit ernster Miene gestattete er ihnen, auf ihm herumzuklettern und von seinem Rücken herabzupurzeln. Beim Applaus der Umstehenden legte er anfänglich etwas von seiner alten linkischen Verlegenheit an den Tag. Doch das verging, während die Jungen unbekümmert weiter miteinander balgten und auf ihm herumtollten. So blieb er geduldig liegen, mit halbgeschlossenen Lidern, und träumte in der Sonne vor sich hin.

ANHANG

NACHWORT

Wie und warum ist Jack London auf den Hund gekommen? Weshalb wurde dessen Wildform, der Wolf, zu seinem Totemtier, das ganz artgemäß im Rudel durch Londons Biographie streift? Denn schließlich unterschrieb er nach den ersten literarischen Erfolgen seine privaten Briefe nicht nur mit »Wolf«, er baute sich auch noch ein »Wolf House«, hielt sich einen Husky namens »Brown Wolf« und legte sich ein Exlibris zu, auf dem ein Wolfskopf prangte. Wobei einem sofort einfällt, daß auch seine berühmteste literarische Figur diese Physiognomie aufweist – zumindest charakterlich. Wolf Larsen, der Seewolf, besitzt dabei sogar »sea legs«, ist gerade dort in seinem Element, wo er keinen festen Boden mehr unter den Füßen hat, sondern nur noch Schiffsplanken. Und wieso nennt ihn die Besatzung dann nicht milieugerechter »Shark Larsen«? Weil der Hai als Vergleichsbestie die Dinge auf unerträgliche Weise verwässern würde, denn der Kapitän der »Ghost«, Höllenhund auf einem Höllenschiff, ist schließlich kein Mackie Messer. Nein, alles was Flossen hat, kommt nicht in Frage. Was aber privilegiert dann ein vierbeiniges Wesen, auf dessen Spuren wir unversehens im Kreis gelaufen und so wieder bei der Ausgangsfrage angelangt sind?

Die Lehre von dem einen zureichenden Grund gehört in die Logik. Die Literatur dagegen ist überdeterminiert, hat – wie Petrarcas Melancholie – tausend Ursachen. Entsprechend pirscht sich Canis lupus bei London aus allen möglichen Himmelsrichtungen an, schlüpft in die Texte hinein, umschleicht die Helden und die Leser, ist aber oft genug wie vom Erdboden verschluckt, wenn man ihn argumentativ anvisiert und die Spukgestalt dingfest machen will. Soviel aber ist sicher: Jack Londons *Mondo Cane* hat zu tun mit der archaischen Eben- und Gegenbildlichkeit des Tieres, mit dem Hundeleben, das dieser Autor in seiner Jugend durchzustehen hatte und dann ins Abenteuerliche umdichtete, sowie mit den neuen Spielräumen, die der Darwinismus den Künsten eröffnete.

London hat die Vierbeiner als Erzählgegenstand natürlich nicht entdeckt. Sobald der Mensch von sich zu reden begann, kamen auch die Mitgeschöpfe zu Wort – und oszillierten äonenlang zwischen Gott und Beute. Verwandt waren die Tiere und ganz anders, überlegen und verletzlich, entrückt und eßbar. Mythologisch oder fabelhaft hat sich Homo sapiens schon immer an ihnen gemessen, bis er vermessen genug wurde, sich die Krone der Schöpfung auf die Pelzrelikte über der Schädelnaht zu drücken, dem Demiurgen ein spezielles Interesse an seinesgleichen nachzusagen und die Wunschvorstellung als Gottesebenbildlichkeit theologisch festzuschreiben.

Damit entstand die Notwendigkeit, das Tier in uns, das die Naturreligionen noch orgiastisch freisetzen und mit dem sie sich kultisch verbrüdern konnten, zu leugnen oder auszutreiben. Die Kluft sollte abgrundtief werden, der zivilisationstechnisch ausgehobene Graben unüberwindlich. Nur, mit dem Fortgang dieses Projekts wuchsen die Verlockungen der ›anderen Seite‹, und wenn uns die Tiere von sich aus auch nicht mehr zu nahe kommen konnten, so verbiesterten und verbrutalisierten die diversen Selbstverengelungsverfahren ihre Subjekte doch auf eine geradezu heimtückische Weise. Was Wunder, daß Stimmen laut wurden, die wie de Sade geradewegs zum Überlaufen ins Animalische aufriefen oder, moderater, statt des Maximalismus der Ratio ein neues Gleichgewicht, eine Homöostase von biologischer Mitgift und menschlichem Zuerwerb für wünschenswert erklärten.

In diesem Sinne argumentiert auch London, wenn er rück-
blickend schreibt: »Ich habe früh herausgefunden, daß ich
zwei unterschiedliche Naturen besaß. Diese Tatsache sollte
mir große Schwierigkeiten bereiten, [aber es] gelang mir
schließlich, beide Seiten meines Wesens auszubalancieren...
Für das vollkommene Vieh und den vollkommenen Heiligen
habe ich gleichwenig übrig.« Wie dieses Spannungsverhältnis
die Zwillingsromane *Ruf der Wildnis* und *Wolfsblut* durch-
zieht, wird später noch deutlich werden. Wichtig ist zunächst, daß London das Tier, und hier insbesondere eine
Tierart, wieder in seine alten Rechte als maßgebliche Bezugs-
größe des Menschen einsetzt und ihm literarisch ein gut Teil
seiner verlorenen Würde zurückerstattet.

Diese Wiederannäherung an das andere erfolgte lebensge-
schichtlich zunächst keineswegs freiwillig. London war ein
uneheliches Kind, der spätere Stiefvater ein Versager, dessen
Unternehmungen den Abstieg der Familie nur noch beschleunigten. Der Halbwüchsige geriet in schlechte Gesellschaft, wurde marginalisiert und hatte nach menschlichem
Ermessen nur noch die Wahl zwischen krimineller Karriere
und einer Zukunft als Arbeitstier. Beides hat er ausprobiert.
1892 plünderte London schon fast geschäftsmäßig Austern-
bänke; 1894 wurde er im Staat New York wegen Landstreicherei verhaftet und ins Gefängnis gesteckt. Dazwischen
heuerte der junge London auf einem Robbenfänger an, schuftete zehn Stunden am Tag und für den Hungerlohn von
10 Cents in einer Jutespinnerei und ließ sich als Heizer in
einem Kohlekraftwerk ausbeuten. Dann hatte er das Hundeleben satt und begann, sich mit einer verzweifelten Kraftan-
strengung nach oben durchzubeißen, sich literarisch ins Geschirr zu legen, die Last seiner Herkunft »auszubrechen« und
sich wie der Überhund Buck in Richtung Ziellinie in Bewegung zu setzen.

Solche Metaphern aus dem Tierreich braucht man im Zusammenhang mit der Biographie Londons nicht krampfhaft zu suchen, sie drängen sich auf. Und sie tun das, weil dieser Autor am eigenen Leib erfahren hat, daß sich der Mensch-Tier-Dualismus zwischen gesellschaftlichen Schichten in erschreckender Weise wiederherstellen kann. Am Grund des »social pit«, ganz unten auf der sozialen Stufenleiter, gibt es für die ›Höhergestellten‹ oft genug nur noch einen Bodensatz von Kreaturen, die man sich vom Halse hält, indem man ihnen entscheidende Attribute des Menschlichen erst gar nicht mehr zubilligt. Und deshalb war es sicher kein Zufall, daß der »underdog« London eben eine Art Sozialreport über die Londoner Slums (Die Menschen des Abgrunds) in Arbeit hatte, als ihm die Idee zu seinem ersten Hunderoman kam.

Die verwilderte Jugend mit ihren menschenunwürdigen Seiten, aus der London später erzählerisch Kapital zu schlagen wußte und deren Unglück sich so fast alchimistisch in klingende Münze verwandelte, hat ihn traumatisiert und seelisch verkrüppelt. In einem Brief an Anna Strunsky heißt es mit bemerkenswerter Offenheit: »Ich habe fünfundzwanzig Jahre lang meine Gefühle unterdrückt. Ich habe gelernt, nicht überschwenglich zu sein. Diese bittere Lektion vergißt man nicht leicht ... Ich lerne jetzt, mich an kleinen Dingen zu erfreuen, die nichts mit mir zu tun haben. Aber bei den Sachen, die mich betreffen und mit meinem tiefsten Inneren im Zusammenhang stehen, ist das unmöglich, ganz unmöglich. Kann ich mich überhaupt verständlich machen? Hörst du, was ich sage? Ich fürchte nicht. Es gibt Poseure. Und ich bin der erfolgreichste von allen.«

In den letzten beiden Sätzen steckt vielleicht der Schlüssel zu Londons Werk. Ein Wesen, dem in der Prägephase seiner Existenz solange Steine in den Weg gelegt, Erniedrigungen und Enttäuschungen zugemutet werden, bis es alle regulären Lebenschancen verbaut sieht, entdeckt den Ausweg in den schönen Schein, die Flucht in die Irrealität der Kunst. Dorthin rettet es sich mit seinen Blessuren, mit jenen inneren Verletzungen, die bei London nie mehr ausheilen sollten. Und plötzlich werden die Mauern durchlässig, weil dieser Eskapist Geschichten zu erzählen hat. Die fremden Schutzwälle, die die bessere Gesellschaft um sich herum auftürmt, bröckeln und die eigenen, mit denen sich der Deklassierte vor dem weiteren Abstieg ins inhumane Dahinvegetieren zu schützen suchte, nicht minder. Die lustvolle Vertierung, die menschliche Selbstaufgabe muß für den »hobo« London eine ganz unplatonische Verlockung gewesen sein. Als unterhaltsamer Fabulierer durfte er ihr endlich nachgeben und sich den Wolfspelz überstreifen. Und je glaubhafter er sich zwischen den Zeilen auf allen vieren fortbewegte, desto aufrechter konnte er sein Haupt durch San Francisco tragen.

Daß der hochtalentierte ›Bastard‹ so spektakulär aus der Proletenhaut fuhr und schon mit der auf den Namen Buck hörenden Kreuzung zwischen Collie und Bernhardiner – also keineswegs erst mit dem seefesten Werwolf Larsen – zum Erfolgsautor aufstieg, hatte neben der uralten Faszination von Tiergeschichten und den sozialen Regressionserfahrungen drittens und letztens wissenschaftliche Gründe. Ergebnisse der Verhaltensforschung und Soziobiologie konnte sich London zwar nicht zunutze machen, da diese Disziplinen noch gar nicht existierten. Wohl aber war die einschneidende geistige Klimaveränderung, die wir mit dem Namen Darwins verbinden, ein ganz entscheidender Faktor.

Der Darwinismus ebnete nämlich die Kluft zwischen Mensch und Tier evolutionstheoretisch wieder ein, stellte die gesamte Schöpfung unter das eine Gesetz des »survival of the fittest« und proklamierte schon bald ein gleichsam naturwüchsiges neues Gesellschaftsverständnis, das beispielsweise in der »Synthetischen Philosophie« des von London hochgeschätzten Sozialdarwinisten Herbert Spencer eine enorme Breitenwirkung entfaltete. Auch die ästhetischen Folgen dieses Paradigmawechsels waren gravierend, denn die Kunst konnte gar nicht umhin, so oder so auf die Gefährdung und Erosion des überkommenen Menschenbildes zu reagieren. Wenn die emphatische Selbstdefinition des ›Nicht-Tieres‹ sich dabei unaufhaltsam in Richtung ›Nicht-mehr-Tier‹ oder gar ›Noch-Tier‹ verschob, so hatte sie entweder apollinisch dagegen anzukämpfen oder sich der dionysischen Herausforderung zu stellen.

London gehörte zur zweiten Fraktion, zu jenen Autoren, die die darwinistische Perspektive als Horizonterweiterung erlebten und begriffen, daß sie keineswegs kunstfeindlich war, sondern der literarischen Einbildungskraft mehr Spiel gab, ihr Imaginationsfelder von neuem erschloß, wie sie etwa schon in der Antike vom metamorphen Verwandlungsdenken des Mythos erkundet worden waren. Wenn der eiserne Vorhang, die bodenlose Leere zwischen Mensch und Tier eine selbstverliebte optische Täuschung darstellte, dann konnte man endlich wieder – und diesmal mit wissenschaftlicher Sanktion – Transitgeschichten erzählen, das Kreatürliche und Instinktive unseres Wesens zur Sprache bringen und sich über das Tier in uns in die Tiere um uns herum einfühlen.

Die Literaten haben die Chance nicht ungenutzt verstreichen lassen. Noch vor dem Ende des 19. Jahrhunderts hatte Robert Louis Stevenson seine prototypische Verprimitivierungsphantasie *Der seltsame Fall von Dr. Jekyll und Mr. Hyde* zu Papier gebracht, H. G. Wells spiegelbildlich die monströse Evolutionsparabel *Die Insel des Dr. Moreau* geschrieben, in der der Protagonist alle möglichen Vierbeiner zwangshumanisiert. Der Naturalismus erhob die neue biologische Sichtweise zum Programm. Und die Tiergeschichte erlebte mit Rudyard Kiplings *Dschungelbuch* eine überwältigende Renaissance.

So also ließe sich der geistes- und lebensgeschichtliche Kontext umreißen, in dem Jack Londons *Ruf der Wildnis* entstanden ist. Daß der Roman, wie alle gute Literatur, in diesen Rahmenbedingungen nicht aufgeht, sondern Eigenwert und Eigenleben besitzt, hat der Verfasser schon nachdrücklich unterstrichen, als er das Manuskript bei seinem Verleger George Brett abliefert: »Es ist eine Tiergeschichte«, schreibt er, »die sich von ihrem Gegenstand und seiner Behandlung her ganz grundsätzlich von der Masse jener Tiergeschichten unterscheidet, die so erfolgreich sind; und doch erscheint sie der *Saturday Evening Post* volkstümlich genug, denn die haben gleich danach geschnappt.« Ganz hat er seinem Urteil und der Einschätzung der eigenen künstlerischen Leistung aber wohl doch nicht getraut, denn London schnappt seinerseits zu, als ihm der Verlag die für damalige Verhältnisse ansehnliche Pauschalsumme von zweitausend Dollar für das Copyright anbietet. Das Buch wird zum Bestseller und erreicht eine Millionenauflage. Der geprellte Jack London allerdings verliert nie wieder ein Wort über den wahrhaft tierischen Profit, der in der Ersatzwildnis des Kommerzes mit seinem Geistes- und Geisterhund zu machen war.

Vielleicht hatte das auch damit zu tun, daß der dichte und temporeiche Text sich gleichsam von selbst schrieb und dem um Anerkennung und Marktwert kämpfenden Nachwuchsautor 1903 in kaum einem Monat in den Schoß fiel. Die Intentionslosigkeit des Vorgangs ist von London des öfteren betont worden, und seine Tochter Joan hat Formulierungen wie »Glückstreffer« oder »Produkt des Zufalls« überliefert. Die schöpferische Erfahrung des Überwältigt-, ja Beschenktwerdens wäre als Indiz für die Unverdientheit eines Erfolges aber gründlich mißverstanden. Die Tatsache, daß der rationale, gleichsam kunsthandwerkliche Fabrikationswille leerläuft oder ausgeschaltet ist, weist vielmehr darauf hin, daß etwas Tieferliegendes, Unbewußtes schon lange an der Arbeit war und sich dann urplötzlich zur Sprache bringt.

So auch im Fall des ersten Hunderomans Londons. Der mit

einiger Verzögerung wirkende faktische Schlüsselreiz ist nämlich mit Hilfe der Sekundärliteratur problemlos aufzuspüren. Während seiner Überwinterung am Klondike hatte London 1897/98 die beiden Bond-Brüder kennengelernt, die zwei Hunde nach Alaska mitgebracht hatten, von denen der eine – er trug auch noch Londons Vornamen Jack – offenbar großen Eindruck auf ihn machte. Dieser Jack liefert das Vorbild für Buck, und London war unbekümmert genug, sich auch noch Richter Bonds Ranch südlich von San Francisco, die er bei einem späteren Besuch in Augenschein genommen hatte, als dekorativen Schauplatz des Eingangskapitels auszuleihen.

Trotzdem argumentieren solche empirischen Erdungen an den entscheidenden kreativen Vorgängen vorbei. Zahllose Goldsucher müssen von den Tieren, von denen nicht selten ihr Überleben abhing, beeindruckt gewesen sein; mit Sicherheit haben Dutzende auch das Prachtexemplar Jack gekannt, aber nur in einem einzigen Kopf verwandelt es sich in eine literarische Figur, die dann mehr Menschen begeistert als alle Huskies aus Fleisch und Blut zusammengenommen. Wie erklärt sich das? Warum dieses Gehirn und kein anderes? Weil die Hunde es sich ausgesucht haben und auf ihre sprichwörtliche Spürnase eben auch in diesem Fall Verlaß war?

Es lohnt sich, eine derart paradoxe Antwort nicht einfach vom Tisch zu wischen. Wer das vorgängige Kurzgeschichtenwerk Londons kennt, dem wird nämlich die Hartnäckigkeit aufgefallen sein, mit der Wölfe, Hunde, Huskies darin auftauchen und aus der Statistenrolle fallen. Es ist, als ob sie sich schon dort nicht mehr damit zufriedengeben wollten, die milieugerechte Staffage des rauhen Pionieralltags abzugeben, als ob sie sich zunehmend in den Vordergrund spielten, um sich auf ihren großen Auftritt im *Ruf der Wildnis* vorzubereiten. Schon »Das weiße Schweigen« aus Londons 1900 erschienenem literarischen Erstling *Der Sohn des Wolfes* eröffnete mit einem frostklirrenden Genrebild, dessen Gegenstand die prekäre Symbiose von Schlittenhund und Schlittenführer ist. »Unbeugsame Frauen« von 1901 beginnt noch kunstvoller mit einem Augenspiel zwischen Mensch und Tier, wobei der Leser drei Zeilen lang nicht weiß, durch welche Pupillen er eigentlich wohin blickt. »Das Gesetz des Lebens« betont den Widerspiegelungseffekt zwischen dem Ende eines Elchbullen und dem resignativen Sichfügen des alten Koskoosh, der nach einem erfüllten Dasein in denselben ausweglosen Kreis von Wolfsleibern gerät. Und »Bâtard« erzählt wieder ein Jahr später, 1902 also, von der Rache einer gequälten Kreatur, wobei der Hund jetzt nicht nur zum gleichgewichtigen Gegenspieler seines Herrn Black Leclère aufgestiegen ist, sondern diese Bestie in Menschengestalt schließlich sogar besiegt.

Hier ist der Graben zwischen Zwei- und Vierbeiner erzählperspektivisch schon soweit eingeebnet, daß der Leser über weite Strecken seine Gattungsloyalität vergißt und mit dem Hundebastard sympathisiert, wenngleich es zum Auftakt von ihm heißt: »Bâtard war ein Teufel.« London hat damit zum ersten Mal wahrhaft grenzüberschreitend gearbeitet und seine Fähigkeit unter Beweis gestellt, im Tier humane Latenzen zu entdecken, auf der anderen Seite aber auch die animalischen Strebungen der menschlichen Psyche nicht zu beschönigen. Ohne diese Auflösung von Ausschließlichkeiten, ohne das Überblendenkönnen zwischen angeblich Unvereinbarem, das London über Jahre lernen und einüben mußte, wäre *Der Ruf der Wildnis* erst gar nicht entstanden oder aber als disneyhaft verkitschte Tierromanze in die Buchhandlungen gekommen.

Der qualitative Sprung wird augenfällig, sobald man die Darstellung Bucks mit der einsinnigen Vermenschlichung der Tiere im *Dschungelbuch* oder ihrer Sentimentalisierung in anderen zeitgenössischen Erfolgstiteln wie Anna Sewells *Black Beauty*, Margaret Saunders' *Beautiful Joe* oder Ernest Setons *Biography of a Grizzly* vergleicht. Londons vierbeiniger Held ist keine niedliche Miniaturausgabe unseresgleichen, kein kindliches Gemüt auf Pferdehufen oder Bärenpranken, das man mit Streicheleinheiten versorgt und unter ständigem symbolischen Getätschel ein Buch lang auf seinem Lebensweg begleitet. Buck zeigt vielmehr animalischen Eigensinn, er besitzt Biß im doppelten Sinne literarischer Plausibilität und körperlicher Wehrhaftigkeit, er bringt das Kunststück fertig, uns zu gefallen, indem er Zweibeiner angreift und tötet, und er entzieht sich als Phantomhund und »man-eater« schließlich und endlich aller Verfügbarkeit, so daß er selbst dem Erzähler entläuft und von ihm freigegeben werden muß.

Keine märchenhafte Annäherungs- und Integrationsgeschichte also, bei der suggeriert wird, Tiere seien auf ihre Art eben doch die besseren Menschen, sondern ein Flucht- und Verwilderungsroman, die Saga eines wundersamen Entkommens. London leugnet die Fremdheit der Kreatur nicht einfach, indem er sie wegerzählt; er überwindet sie, indem er sie in sich selbst und in uns allen wiederentdeckt. In Buck einfühlen kann sich ein hochzivilisiertes menschliches Bewußtsein mit anderen Worten nur deshalb, weil in ihm selbst etwas mühsam Gezähmtes und Wölfisches schlummert, das den »Ruf der Wildnis« immer noch vernimmt und von Zeit zu Zeit energisch daran gehindert werden muß, ihm zu folgen. Allenfalls im Als-ob der Kunst darf sich diese an die Kette gelegte atavistische Wildheit noch ausleben, nur hier zugleich harmlos und glaubhaft wieder Gestalt annehmen. Und Jack London ist mit Buck vielleicht auch deshalb eine so einprägsame Inkarnation gelungen, weil das Sozialtabu, das das vergesellschaftete Individuum daran hindert, sich raubtierhaft durchs Leben zu schlagen und mit Zähnen und Klauen gegen zugefügtes Unrecht zu wehren, besonders schwer auf diesem ehemaligen Tunichtgut lastete.

Das subjekte Gefühl der Ausweglosigkeit hatte sich – nach literarischen Achtungserfolgen – Ende 1902 denn auch wieder verstärkt. Zum einen, weil London die Zwangsmechanismen des Marktes, auf dem er sich als freier Schriftsteller behaupten mußte, hautnah zu spüren bekam, zum zweiten, weil seine Ehe mit Elizabeth Maddern gescheitert war und nur noch als Fassade geordneter Verhältnisse weiterexistierte. Fluchtphantasien stellen sich unter derartigen Umständen wie von selbst ein, aber die Kraft, sie nicht impulsiv verpuffen zu lassen, sondern geduldig auszukomponieren, haben die wenigsten.

London war auch in dieser Hinsicht die Ausnahme von der Regel. Es gelang ihm, sich kunstvoll zu artikulieren, weil er intellektuell auf den Hund gekommen war, das heißt auf jenes Stellvertretertier, das dem Menschen als Kulturfolger und Zivilisationsgewinnler am nächsten steht und das doch unter der Entfeindung und Banalisierung der Welt sowie den allgegenwärtigen Dressurmaßnahmen kaum weniger zu leiden hat als sein Herr. Nur hatte diese Herrenrasse bedingungslos auf Höherentwicklung gesetzt und konnte sich die Devolution allenfalls mit den Fratzen der Morlocks und den hirnlosen Engelsgesichtern der Eloi vorstellen, wie sie H. G. Wells in der *Zeitmaschine* abkonterfeite. Die Wonnen des Rückschritts ließen sich somit nur indirekt beschwören, und um der Leserschaft einzuflüstern, daß Ausbrechen doch auch Heimkommen bedeuten könne, brauchte man ein unverdächtiges, also vierbeiniges Demonstrations- und Projektionsobjekt.

Hinter der gradlinigen und schlichten Erzählung von dem verwöhnten Luxusgeschöpf Buck, das in die harte Überlebensschule einer Pioniergesellschaft verschleppt wird und über deren Primitivität schließlich in eine noch potenzierte

Ursprünglichkeit gelangt, wo es als Wolf mit den Wölfen heult – hinter diesem stellvertretenden Verwildern und sich Vorkämpfen ins arktische Paradies steckt damit eine rückwärtsgewandte Utopie, gleichzeitig und gegensinnig aber auch schon das Dementi dessen, was heute gemeinhin Aussteigermentalität heißt. Denn all die Abenteuerlichkeiten, die der schon aus literarischem Überlebensinstinkt unterhaltsame London aufbietet, münden in das wohl radikalste Mißtrauensvotum gegen uns selbst: in die *fiktive Evakuierung*. Und die immer mitschwingende Absage ans uneigentliche Leben aus den Fleischtöpfen der Begüterten oder im Geschirr jener umtriebigen Habenichtse, die es mit aller Gewalt zu den gleichen kalifornischen Immobilien bringen wollen, wird überboten durch die Ansage und Verkündigung von etwas Übermächtigem, das zerstört und zugleich regeneriert und aller zivilisatorischen Unnatur über kurz oder lang den Garaus macht.

Man muß das Buch von diesem heilsamen Ausklang her lesen, aus einer Menschenleere zurückschauen, in der sich die Spuren des Vandalismus schon wieder verwischen. Denn selbst globale menschliche Zudringlichkeit schrumpft aufs Episodische, wenn man den erd- und evolutionsgeschichtlichen Horizont nur groß genug wählt. Und das Schlußkapitel unserer Ausbeutereien fällt unweigerlich so aus, wie bei Jack London nachzulesen ist: »Ein großer Wolf . . . wandert allein aus dem freundlichen Waldland herüber und tritt hinaus auf die Lichtung. Hier sickert ein gelbes Rinnsal aus verrotteten Elchlederbeuteln und verschwindet im Boden; dazwischen steht Gras auf langen Halmen, und modriges Grün überwuchert das Gelb, das kein Sonnenstrahl mehr erreicht.«

Das Tier in uns, so könnte man die schmerzliche Einsicht, zu der sich der zivilisationsmüde Möchtegern-Deserteur Jack London durchschreibt, in Worte fassen, dieses animalische Es wird für den Ruf der Wildnis niemals taub werden. Aber sobald ein Mensch, dieses Zwangsaggregat aus unbewußten, bewußten und kollektiven Beweggründen, sich den Sirenenklängen überläßt, stößt ihn ›Mutter Natur‹ zurück. Er kann zwar zusehen, wie sich die freie Wildbahn einem ehemaligen – und exzeptionellen – Haustier wieder öffnet, aber diese Rückkehr und Wiedervereinigung gleichsam am eigenen Leibe zu erleben bleibt ihm versagt.

Das liegt an den dämonischen Kopfgeburten, von denen zivilisierte Gesellschaften genauso heimgesucht, überwältigt und deformiert werden wie die primitiven Yeehats. Sie erzeugen da Fremdheitsgefühle, wo der Instinkt ganz selbstverständlich zu Hause ist, und vor den Halluzinationen, die sie in die Welt setzen, suchen wir entweder in Panik das Weite oder rennen ihnen nach – in unser Unglück.

Die Menschen, durch deren Hände Buck geht, sind so allesamt Besessene. Der Spielleidenschaft verfallen wie der Gärtnergehilfe Manuel, einem anderen lukrativen Nervenkitzel ergeben wie der Mann im roten Sweater, rekordsüchtig wie Perrault, pflichtvernarrt wie die Männer vom Postdienst, Traumtänzer wie Charles, Hal und Mercedes, Glücksspieler und Glücksritter wie Thornton und die »sourdoughs« seiner Umgebung. Denn selbst den Lebensretter Bucks, der vom Autor so sorgsam mit allen Attributen eines edlen Charakters ausgestattet wird, treibt ein durch und durch subidealer Impuls: der »Lockruf des Goldes«, das Hirngespinst vom gleichsam über Nacht hereinbrechenden, grenzenlosen Reichtum.

Thorntons Herumabenteuern in der Wildnis hat deshalb mit Bucks triebhafter Suche nach dem Ursprung nichts zu tun, auch wenn sie sich dabei als Tandem bewegen. Die Männer befinden sich auf einem allerdings zunächst eher gemächlichen Raubzug, und wie Buck zu seiner Ur-Natur zurückfindet, so gelangen auch sie scheinbar an das Ziel ihrer Wünsche, erhalten Gelegenheit zu einer sagenhaften Akkumulation: »Und am Ende ihrer Wanderschaft fanden sie zwar nicht die verschollene Hütte, aber eine flache Mulde in einem breiten Tal, wo das Gold am Grund ihrer Pfanne schimmerte wie Butter. Sie suchten nicht weiter. Mit jedem Arbeitstag verdienten sie sich Tausende von Dollars in bestem Goldstaub und in Nuggets, und sie arbeiteten jeden Tag. Das Gold wurde in Elchlederbeutel zu jeweils fünfzig Pfund abgefüllt und wie Brennholz vor der Hütte aus Fichtenstämmen aufgeschichtet. Sie schufteten wie die Berserker, und ein Tag nach dem anderen huschte vorbei wie im Traum, während sie ihre Schätze anhäuften.«

London beschreibt eine Orgie der Raffgier in unberührter Natur, und er beschreibt die Omen der Vergeblichkeit, die die drei ›Glückspilze‹ auf ihrer Anreise haben links liegen lassen: die »verwischten Spuren ihrer Vorgänger«, den alten Pfad, der »irgendwo begann und irgendwo endete«, die Jagdbehausung mit den quasi fossilen Überresten einer vergangenen Zivilisationsstufe, »einem Haufen verrotteter Dekken [und] einem langläufigen Steinschloßgewehr«. Als der Roman endet, sind das Trio, seine Unterkunft und sein Gold selbst zu einem derartigen Menetekel geworden, und die zivilisierte Menschheit ist wieder hinter den schneeweißen Horizonten des unberührten Nordlandes verschwunden. Die ›Fremdkörper‹ waren nicht von Dauer; das Heulen der wilden Meute beweist einen ungleich längeren Atem.

Die Fluchtphantasie *Der Ruf der Wildnis* ist damit grundiert von der Einsicht, daß wir dem Käfig unserer Hochzivilisation selbst dann nicht entkommen, wenn wir die Gitter bis ans Ende der Welt vorschieben. Die Zwangsjacke ist angewachsen, die Urangst des »behaarten Mannes« Fortschrittspeitsche, das imaginative sich Hineinversetzen in eine glücklichere Kreatur der einzige Auslauf, den wir noch haben.

Gut zwei Jahre später sollte das alles nicht mehr gelten. Auch Jack London war versessen auf die »Goldbutter« am

Grunde seines literarischen Schürfgeschirrs, und er kam auf die Idee, den Claim des Hunderomans ein zweites Mal auszubeuten. In trauter Zweisamkeit mit Charmian Kittridge hieß das Projekt mit sujetgerechtem, also zynischem Unterton ›The Call of the Tamed‹, was wahlweise als ›Ruf der Gezähmten‹ oder ›Ruf der Fadheit‹ wiederzugeben wäre. Gegenüber seinem Verleger argumentierte London allerdings weniger despektierlich, kündigte ein »Gegenstück« an und erläuterte: »Ich werde den Prozeß umkehren. Anstelle der Devolution oder Dezivilisation eines Hundes will ich die Evolution, die Zivilisierung beschreiben – die Ausbildung von Zahmheit, Treue, Liebe, Moralität und aller anderen Vorzüge und Tugenden.«

Weil George Brett vom Verlagshaus Macmillan aufgrund dieser Absichtserklärung eher einen Haustier-Knigge witterte als eine spannende Geschichte, reagierte er zunächst zurückhaltend, mochte den inzwischen etablierten *Seewolf*-Verfasser aber auch nicht vor den Kopf stoßen. Also begann London am 26. Juni 1905 mit der Ausarbeitung des Themas und schrieb dreieinhalb Monate lang gegen seine Natur und seine Überzeugungen an, indem er jene Segnungen der Zivilisation zu feiern vorgab, die er bisher – und keineswegs nur auf den Spuren Bucks – mit unverhohlener Skepsis betrachtet hatte.

Das Ergebnis konnte nur eine Tour de force, eine Art bemühter literarischer Kopfstand sein, wobei der Grad schriftstellerischer Körperbeherrschung schon aus der Tatsache erhellt, daß London dabei gar keine so schlechte Figur macht. Schließlich gelingt es ihm, das spöttische Lachen, das ihn allein hätte treffen können, von vornherein zu universalisieren und einer übergeordneten Instanz zu unterstellen. Aus deren metaphysischem Abstand ist die Auswilderung Bucks ein ebenso belangloses Ereignis wie die gegenläufige ›Versittlichung‹ Wolfbluts, und sobald das Leben diesen lautlosen

Hohn, den kosmischen Spott über sein Possenspiel ein paar Herzschläge lang zu spüren bekommt, überfällt es ein lähmender Schauder: »Eine ungeheure Stille lastete auf dem Land; es lag öde, leblos, ohne jede Regung da, so einsam und kalt, daß es nicht einmal schwermütig wirkte. Ein Anflug von Gelächter war spürbar, erschreckender als alle Schwermut – ein Lachen, so freudlos wie das Lächeln der Sphinx, so kalt wie der Frost, so grimmig wie das unfehlbare Schicksal. Die herrische Weisheit der Ewigkeit, für die wir keine Worte haben, spottete der Nichtigkeit des Lebens und seiner Mühen.« Diese elementare Weisheit kennt das Vor und Zurück nur als zwei Vektoren desselben Verflüchtigens, und es ist ihr Patronat, dessen sich der Zweitverwerter London auf dem marktgängigen Pfad in die Heimeligkeit zu versichern sucht.

Wo ihm das in *Wolfsblut* gelingt, erzählt er eine absurde Geschichte – und die gleich zweimal. In beiden Fällen geht es um die Odysseus-Thematik der (Wieder-)Gewinnung zivilisierter Lebensumstände, wobei Londons Held im ersten Fall eine Leiche, im zweiten ein dreiviertel Wolf ist. So formuliert klingt das fast schon nach Beckett und Ionesco, und wer sich die Eingangsdialoge von Bill und Henry auf der Bühne vorzustellen vermag, wird sich diese anachronistische Assoziation nicht verbieten. Der Naturalist London erreichte zumindest einen ähnlichen Grad der Desillusion wie das absurde Theater, und vielleicht muß man den Aberwitz und das Widersprüchliche seines zweiten Hunderomans überakzentuieren, um ihn vor dem Verdikt des Ausgewalzten oder einem eilfertigen Abschieben in die Jugendbuchecke zu bewahren.

Im ersten Teil, der nach Ansicht namhafter Kritiker gar nicht zum Roman gehört und eine eigenständige Kurzgeschichte darstellen soll, geht es um die Überführung Lord Alfreds, eines betuchten Wildnisopfers, in die Zivilisation. Rabenmutter Natur hat den beiden Transportunternehmern

dabei die Wölfe auf den Hals gehetzt und spielt ein existenz-
bedrohendes Zehn-kleine-Negerlein-Spiel mit den Schlittenhunden, das die Betroffenen mit einer umwerfenden Mischung aus Galgenhumor und clownesker Begriffsstutzigkeit
kommentieren. Die Pointe des Kesseltreibens: Der Leichnam
ist unantastbar, das Leben nicht, und damit er seinen Weg
fortsetzen kann und in geweihte Erde gelangt, findet Bill
seine letzte Ruhe in Wolfsmägen, und auch Henry entgeht
der Kadaverisierung nur um Haaresbreite, und zwar durch
einen offensichtlichen Gnadenakt des Autors, dessen Sinn für
groteske Umschwünge und Situationskomik ein ›sauberes‹
tragisches Finale nicht zuläßt.

Dieser Kobold der Lächerlichkeit treibt auch im folgenden
weiter sein Unwesen und vernetzt damit Vorspann und
Hauptaktion sehr viel inniger als die als einzige Figur in den
zweiten Teil hinüberwechselnde rote Wölfin. Von letaler
Absurdität, insbesondere für die Beteiligten, sind viele Dinge
in diesem Roman, angefangen bei der Brautwerbung um die
Mutter Wolfsbluts über die Stachelschwein-Episode und den
ersten Ausflug des Welpen bis zu der sturen Verbissenheit der
kämpfenden Bulldogge oder den Mißverständnissen während
der Eingewöhnungsphase auf der Farm. Selbst die zu Recht
gepriesenen Passagen, in denen London den Leser einen Blick
durch Wolfspupillen tun läßt, vor denen ein Hase in der
Schlinge zappelt oder Feuer gemacht wird, eröffnen nicht
selten Aussichten ins lebensgefährlich Komische.

Damit aber ist unverhofft auch ein Über-Lebensmittel in
einem Milieu aufgetaucht, das mit der verheißungsvollen
freien Wildbahn Bucks kaum noch Ähnlichkeit aufweist, weil
es nicht ursprünglich macht und mythisch entrückt, sondern
verludern läßt oder ins heulende Elend treibt: »Hätte das
Wolfsjunge wie Menschen gedacht, dann hätte es das Leben
vielleicht kurz und bündig als unersättlichen Appetit und die
Welt als jenen Ort bezeichnet, wo sich ein derartiges Verlan-

gen in zahllosen Formen manifestiert: Das Leben verfolgt und wird verfolgt, jagt und wird gejagt, frißt und wird gefressen, und alles geschieht in blinder Verwirrung, gewalttätiger Unordnung – ein chaotisches Gemetzel der Gefräßigkeit, vom Zufall gesteuert, gnadenlos, planlos, endlos.« Dieses Gegenbild der Zivilisation verlockt nichts und niemanden mehr, denn in der Zwangsjacke steckt hier alle Kreatur, während der Mensch zumindest ein Privileg mit auf den Lebensweg bekommen hat, das (oft genug gequälte) Lachen, das nichts ändert und doch befreit.

Wolfsblut reagiert auf Heiterkeitsausbrüche mit ungestümer Wut, so wie übrigens auch Bâtard durch Musik ganz aus dem Häuschen seiner tierischen Identität gerät. Beides sind Formen der Abstandnahme und Selbsttranszendierung, die wilden Geschöpfen nach London versagt bleiben und sie vielleicht gerade deshalb bis zum äußersten reizen. Nur »Menschenwesen« und »Götter« – aus hündischer Perspektive ohnehin Synonyme – können sie ausbilden, und als Wolfsblut im vierten Teil lachen lernt, geht das allein über Anstekkung und Imitationsverhalten. Aus dem dreiviertel Wolf ist inzwischen ein »gutes« Haustier geworden, das seine Brutalität nur noch zur Verbrechensbekämpfung und zu anderen sozial sanktionierten oder prämierten Zwecken einsetzt. Trotzdem bleibt ihm auch jetzt noch das Lachen in der Kehle stecken, und sein Blick erscheint dem Autor »eher liebevoll als belustigt«.

Daß London es bei einer Art Mimikry bewenden läßt, zeugt nicht nur von tierpsychologischem Einfühlungsvermögen, sondern auch von – Mitleid. Ein wahrhaft humorvoller Wolfsblut hätte nämlich ein geradezu übermenschliches Maß an Selbstironie aufbringen müssen, um die verkitschte Schlußeinstellung seiner Odyssee zu ertragen, die die Weichen für die gefühlsseligen Problemlösungen in den Tierserien des Fernsehprogramms gestellt haben könnte. So wie die

Dinge liegen, bemerkt der Hund aber kaum, wie ihm geschieht. Nur der Leser schüttelt den Kopf über den Absturz in dösige Harmlosigkeit, Wohlleben und Welpengekrabbel und knirscht in Duldungsstarre mit den Zähnen – bis es ihm plötzlich durch den Kopf schießt. Was? Die Erinnerung an die unterkühlte kosmische Erheiterung zu Beginn und die Einsicht, daß dieses Buch gar nicht anders als lächerlich enden kann, wenn es mit der Eingangsvision Londons und den zwei absurden Eisheiligen, die sich ganz pietätlos an einem Sarg zu Tisch setzen und die halbe Himmelfahrt des Insassen arrangieren, überhaupt etwas auf sich haben soll.

Der Ruf der Wildnis begleitet ein Stellvertretertier zurück an die Pforten paradiesischer Natürlichkeit, die sich ihm auftun, ohne daß der menschliche Beobachter über diese Schwelle vorzudringen vermöchte, weil der Abscheu vor den eigenen lemurenhaften Urbildern und die Angst vor eingeborener Wildheit ihn aussperren. *Wolfsblut* entwirft dazu das nur teilweise überzeugende Pendant einer heilsamen Zivilisierung. Hier ist die freie Wildbahn eine Schlachtbank, die der von Beauty Smith repräsentierte Teil der Menschheit allerdings nach Kräften in seinen Herrschaftsbereich hinein verlängert. Weedon Scott erlöst Wolfsblut deshalb nicht nur vom Kampf ums Dasein, sondern auch aus den Klauen der eigenen Artgenossen, deren Bestialität, wie im Fall Jim Halls, aber wiederum Institutionen jener bürgerlichen Gesellschaft und Kultur zu verantworten haben, die der Richterhaushalt in Sierra Vista ganz bilderbuchhaft verkörpert. Solche Teufelskreise und Bastardisierungen von Gut und Böse entwerten die angebotene Alternative, die das ›befreite‹ Geschöpf am Ende zudem noch zur komischen Figur macht.

Vielleicht hat Jack London in der 1908 veröffentlichten Kurzgeschichte »Feuermachen« die einzig mögliche Konsequenz aus der Unzugänglichkeit eines instinktgesicherten wilden Zuhause und den Absurditäten zivilisatorischer Ersatzparadiese gezogen und zu einem eindrucksvollen Bild verdichtet. Diesmal ist das Tier der unbeteiligte Beobachter und zugleich Objekt menschlichen Neides, weil es von Natur aus für die extremen Minusgrade gerüstet ist, die seinem Herrn zum Verhängnis werden. Von Panik überwältigt verfällt dieses Greenhorn schließlich auf den unsinnigen Plan, den Husky zu töten, um sich gleichsam in die Lebenswärme seines Inneren hineinzuwühlen: »Seine Arme schossen auf den Hund zu, und er war völlig überrascht, als er feststellte, daß seine Hände nichts halten konnten, daß er die Finger weder zu krümmen vermochte noch irgendein Gefühl darin hatte. Für einen Moment war ihm entfallen, daß sie schon abgestorben waren und immer weiter erfroren. Es ging alles ganz schnell, und bevor der Hund ihm entschlüpfte, hatte er bereits die Arme um seinen Körper gelegt. Er setzte sich in den Schnee und hielt das Tier fest, das sich knurrend und winselnd wehrte. Doch mehr, als den Hund zu umklammern und einfach dazusitzen, konnte er nicht tun. Er merkte, daß er nicht in der Lage war, ihn zu töten. Es war ausgeschlossen. Mit seinen unnützen Händen konnte er das Jagdmesser weder ziehen noch halten, noch konnte er den Hund erdrosseln. Er gab ihn frei, und das Tier raste mit eingezogenem Schwanz und immer noch knurrend davon.«

Könnte es nicht sein, daß auch die Literatur nur zu solchen befremdlichen Umarmungen in der Lage ist, die aus der Ferne fast mütterlich wirken, aber nie ohne Hintergedanken auskommen? Und daß sie die Geschöpfe, ob sie will oder nicht, immer wieder in eine Naturgeschichte entlassen muß, die sich schon so viel länger, so viel unermüdlicher, so viel ideenreicher fortschreibt als alles, was jemals über sie zu Buche geschlagen ist?

Ulrich Horstmann

ZEITTAFEL

1876   Jack London (eig. John Griffith London) wird in San Francisco geboren.

1880   Umsiedlung auf eine Farm nach Alameda, Kalifornien.

1881   Einschulung.

1886   Umzug der Familie nach Oakland.

1887   Gelegenheitsarbeiten neben der Schule, Zeitungsjunge.

1891   Arbeit in einer Konservenfabrik.

1893   Matrose auf dem Robbenfänger »Sophia Sutherland«. Niederschrift der Erzählung *Typhoon off the Coast of Japan (Taifun vor der japanischen Küste)*.

1894   Jack London schließt sich »Kellys Arbeitslosenarmee« auf ihrem Protestmarsch nach Washington an. Nach dem Scheitern des Marschs lebt er als Tramp, wird wegen Landstreicherei verhaftet und kehrt nach Oakland zurück.

1895   Besuch der »Oakland High School«, Verbindungen zur »Socialist Labor Party«.

1896   Jack London schreibt sich an der »University of California« in Berkeley ein. Publikation von Aufsätzen und Erzählungen. Mitglied der »Socialist Labor Party«.

1897   Er verläßt die Universität, um als freier Schriftsteller seinen Lebensunterhalt zu verdienen. Der Erfolg bleibt jedoch aus. Am 12. März Einschiffung nach Alaska, um als Goldgräber sein Glück zu versuchen.

1898   Nach erfolgloser Goldsuche Rückkehr nach Oakland. Jack London fristet sein Dasein als Verfasser von Kurzgeschichten; Gelegenheitsarbeiten.

1899 Veröffentlichung von *An Odyssey of the North (Eine Odyssee des Nordens)* in der Zeitschrift »Atlantic Monthly«.

1900 Veröffentlichung der Kurzgeschichtensammlung *The Son of the Wolf (Der Sohn des Wolfs)*. Heiratet Elizabeth (Bessy) Maddern.

1901 Geburt Joan Londons. Veröffentlichung der Kurzgeschichtensammlung *The God of His Fathers (Der Gott seiner Väter)*. Eintritt in die »Socialist Party«.

1902 Veröffentlichung des Romans *A Daughter of the Snows (An der weißen Grenze)*, der Kurzgeschichtensammlung *Children of the Frost (In den Wäldern des Nordens)* und des Jugendbuchs *The Cruise of the Dazzler (Joe unter Piraten)*. Reise nach England. Geburt der zweiten Tochter Bess (Becky) London.

1903 Publikation des Romans *The Call of the Wild (Ruf der Wildnis)*, des Briefwechsels mit Anna Strunsky *The Kempton-Wace Letters* und der Reportage *The People of the Abyss (Die Menschen des Abgrunds)*.

1904 Reise nach Japan, Korrespondent im Russisch-Japanischen Krieg. Veröffentlichung des Romans *The Sea-Wolf (Der Seewolf)* und des Erzählbandes *The Faith of Men (Das Vertrauen der Menschen)*.

1905 Veröffentlichung des Romans *The Game (Das Spiel)*, des Erzählbandes *Tales of the Fish-Patrol (Austernpiraten)* und des Essaybandes *The War of the Classes (Der Klassenkampf)*. Nach der Scheidung von seiner ersten Frau heiratet er Charmian Kittredge.

1906 Publikation des Romans *White Fang (Wolfsblut)* und des Erzählbandes *Moon Face and Other Stories (Das Mondgesicht)*. Umzug nach Glen Ellen, Kalifornien.

1907/08 Veröffentlichung des Romans *The Iron Heel (Die eiserne Ferse)* sowie der Erzählbände *Love of Life (Liebe zum Leben)*, *Before Adam (Vor Adam)* und *The*

Road (Abenteuer des Schienenstrangs). Reise in die Südsee mit Charmian.

1909 Erscheinen des Romans *Martin Eden*. Die geplante Weltumsegelung auf der »Snark« muß aus Krankheitsgründen unterbrochen werden.

1910 Publikation des Erzählbandes *Lost Face (Verlorenes Gesicht)*, des Essaybandes *Revolution* und des Romans *Burning Daylight (Lockruf des Goldes)*.

1911 Veröffentlichung von: *South Sea Tales (Südseegeschichten)*, *When God Laughs and Other Stories (Nur Fleisch)*, *Adventure (Die Insel Berande)* und *The Cruise of the Snark (Die Fahrt der Snark)*.

1912 Es erscheinen: *A Son of the Sun (Ein Sohn der Sonne)*, *The House of Pride* und *Smoke Bellew (Alaska Kid, Kid & Co.)*. Jack London und Charmian umsegeln als Passagiere des Viermasters »Dirigo« Kap Hoorn.

1913 *The Abysmal Brute (Die Bestie des Abgrunds)* und *John Barleycorn (König Alkohol)* erscheinen.

1914 Veröffentlichung von *The Valley of the Moon (Das Mondtal)*, *The Mutiny of the Elsinore (Die Meuterei auf der »Elsinore«)* und des Erzählbands *The Strength of the Strong*.

1915 Jack London wird Kriegskorrespondent in Mexiko. Veröffentlichung der Romane *The Scarlet Plague* und *The Star Rover (Die Zwangsjacke)*.

1916 Reise nach Hawaii. Austritt aus der »Socialist Party«. Am 22. November stirbt London auf seiner Ranch in Kalifornien an einer Medikamentenüberdosis.

INHALT

Der Ruf der Wildnis   5
Wolfsblut 119
Nachwort 373
Zeittafel 393

Lesen, was zu lesen lohnt: Winkler Weltliteratur

Dünndruckausgaben
Lieferbar in Leinen und Leder

Frank Wedekind
Werke in zwei Bänden
– Band I: Gedichte und
Lieder/Prosa/Frühlings-
Erwachen und die Lulu-
Dramen
– Band II: Der Marquis von
Keith/Karl Hetmann/Musik/
Die Zensur/Schloß Wetter-
stein/Franziska und andere
Dramen
Herausgegeben, mit Nach-
worten (Band I und II),
Anmerkungen und
Zeittafel von E. Weidl.
Insgesamt 1664 Seiten,
mit 12 Illustrationen von
Alastair.

Else Lasker Schüler
Werke
Lyrik, Prosa, Dramatisches.
Herausgegeben, mit Nach-
wort, Anmerkungen und
Zeittafel von S. Bauschinger.
526 Seiten.

Heinrich Mann
Professor Unrat oder
Das Ende eines Tyrannen
Die kleine Stadt
Romane. Mit Nachwort,
Anmerkungen und
Zeittafel von H. Scheuer.
662 Seiten.

Alfred Döblin
Berlin Alexanderplatz
Die Geschichte von Franz
Biberkopf. Roman. Mit
Nachwort, Anmerkungen
und Zeittafel von H. Kiesel.
587 Seiten.

Günter Grass
Hundejahre
Roman. Mit Nachwort,
Anmerkungen und
Zeittafel von V. Neuhaus.
Ca. 730 Seiten.

Henrik Ibsen
Dramen
Aus dem Norwegischen von
Chr. Morgenstern, E.
Klingenfeld, M.v. Borch u.a.
Mit einem Nachwort von O.
Oberholzer und C. Raspels.
724 Seiten.

Johann Wolfgang von
Goethe
Werke in sechs Bänden
Nach dem Text der Artemis-
Gedenkausgabe der Werke
Goethes. Neu herausge-
geben, mit einem Essay zu
jedem Band von D. Borch-
meier. Mit 45 Farbtafeln.
Auch als Kassette
erhältlich.

- Band I: Gedichte/West-
östlicher Divan/Reineke
Fuchs/Hermann und
Dorothea/Achilleis
Mit Anmerkungen von E.-
M. Lenz und P. Huber.
852 Seiten mit 7 Tafeln.
- Band II: Dramen (Faust I
und II/Die Laune des
Verliebten/Götz von
Berlichingen/Clavigo/Stella/
Egmont/Iphigenie/Torquato
Tasso/Die natürliche
Tochter/Pandora/Des
Epimenides Erwachen
Mit Anmerkungen von I.-M.
Barth und P. Huber. 1104
Seiten mit 8 Tafeln.
- Band III: Die Leiden des
jungen Werther/Unterhal-
tungen deutscher Ausge-
wanderten/Die Wahlver-
wandtschaften/Novelle/
Maximen und Reflexionen
Mit Anmerkungen von
A. Viviani und P. Huber.
704 Seiten mit 9 Tafeln.
- Band IV: Wilhelm Meisters
Lehrjahre/Wilhelm Meisters
Wanderjahre
Mit Anmerkungen von
A. Viviani und P. Huber.
1048 Seiten mit 5 Tafeln.
- Band V: Dichtung und
Wahrheit
Mit Anmerkungen von S.
Scheibe. 852 Seiten mit
7 Tafeln.
- Band VI: Reisen (Die
Italienische Reise/Reise in
die Schweiz 1797/
Campagne in Frankreich/
Belagerung von Mainz/
St. Rochusfest zu Bingen)
Mit Anmerkungen von
E.-M. Lenz, A. Viviani und
P. Huber. 912 Seiten mit
9 Tafeln.

Artemis & Winkler Verlag, München und Zürich